HEYNE BÜCHER

W0383101

SCIENCE FICTION

Herausgegeben
von Wolfgang Jeschke

STAR TREK in der Reihe
HEYNE SCIENCE FICTION & FANTASY:

Vonda N. McIntyre, *Star Trek II: Der Zorn des Khan* · 06/3971
Vonda N. McIntyre, *Der Entropie-Effekt* ·06/3988
Robert E. Vardeman, *Das Klingonen-Gambit* · 06/4035
Lee Correy, *Hort des Lebens* · 06/4083
Vonda N. McIntyre, *Star Trek III: Auf der Suche nach Mr. Spock* · 06/4181
S. M. Murdock, *Das Netz der Romulaner* · 06/4209
Sonni Cooper, *Schwarzes Feuer* · 06/4270
Robert E. Vardeman, *Meuterei auf der Enterprise* · 06/4285
Howard Weinstein, *Die Macht der Krone* · 06/4342
Sondra Marshak & Myrna Culbreath, *Das Prometheus-Projekt* · 06/4379
Sondra Marshak & Myrna Culbreath, *Tödliches Dreieck* · 06/4411
A. C. Crispin, *Sohn der Vergangenheit* · 06/4431
Diane Duane, *Der verwundete Himmel* · 06/4458
David Dvorkin, *Die Trellisane-Konfrontation* · 06/4474
Vonda N. McIntyre, *Star Trek IV: Zurück in die Gegenwart* · 06/4486
Greg Bear, *Corona* · 06/4499
John M. Ford, *Der letzte Schachzug* · 06/4528
Melinda Snodgrass, *Die Tränen der Sänger* · 06/4551
Jean Lorrah, *Mord an der Vulkan Akademie* · 06/4568
Janet Kagan, *Uhuras Lied* · 06/4605
Laurence Yep, *Herr der Schatten* · 06/4627
Barbara Hambly, *Ishmael* · 06/4662
J. M. Dillard, *Star Trek V: Am Rande des Universums* · 06/4682
Della van Hise, *Zeit zu töten* · 06/4698
Margaret Wander Bonanno, *Geiseln für den Frieden* · 06/4724
Majliss Larson, *Das Faustpfand der Klingonen* · 06/4741
J. M. Dillard, *Bewußtseinsschatten* · 06/4762 (in Vorb.)
Brad Ferguson, *Krise auf Centaurus* · 06/4776 (in Vorb.)

STAR TREK: DIE NÄCHSTE GENERATION:
David Gerrold, *Mission Farpoint* · 06/4589
Gene Deweese, *Die Friedenswächter* · 06/4646
Carmen Carter, *Die Kinder von Hamlin* · 06/4685
Jean Lorrah, *Überlebende* · 06/4705
Peter David, *Planet der Waffen* · 06/4733
Diane Carey, *Gespensterschiff* · 06/4757 (in Vorb.)
Howard Weinstein, *Macht Hunger* · 06/4771 (in Vorb.)
John Vornholt, *Masken* · 06/4787 (in Vorb.)

STAR TREK: DIE ANFÄNGE:
Vonda N. McIntyre, *Die erste Mission* · 06/4619
Margaret Wander Bonanno, *Fremde vom Himmel* · 06/4669
Diane Carey, *Die letzte Grenze* · 06/4714

DAS STAR TREK-HANDBUCH:
von Ralph Sander · 06/4670

Diese Liste ist eine Bibliographie erschienener Titel
KEIN VERZEICHNIS LIEFERBARER BÜCHER!

MAJLIESS LARSON

DAS FAUSTPFAND DER KLINGONEN

Ein STAR TREK-Roman

Deutsche Erstausgabe

Science Fiction

WILHELM HEYNE VERLAG
MÜNCHEN

HEYNE SCIENCE FICTION & FANTASY
Band 06/4741

Titel der amerikanischen Originalausgabe
PAWNS AND SYMBOLS
Deutsche Übersetzung von Andreas Brandhorst
Das Umschlagbild schuf Boris Vallejo

4. Auflage

Redaktion: Rainer Michael Rahn

Printed in Germany 1994
Umschlaggestaltung: Atelier Ingrid Schütz, München
Satz: Kort Satz GmbH, München
Druck und Bindung: Ebner Ulm

ISBN 3-453-04464-9

Für
Al, Cheryl, Chris, Julie
und insbesondere Rhonda,
meine ersten Lektoren und Kritiker

KAPITEL 1

Jean Czerny preßte die Wange an den Labortisch und beobachtete das improvisierte Filter. Seit dem Morgen hatten sich kaum zwei Zentimeter Wasser im Glas angesammelt. Der Hunger stellte eigentlich keine Belastung mehr dar, aber Jean war sehr durstig. Sie mußte sich mit Grundwasser begnügen, das durch Trümmer und Schutt rann, schließlich vom Balken über dem Tisch herabtropfte. Langsam. Viel zu langsam. Die junge Frau griff nach dem Glas und trank. Nicht genug. Sie seufzte leise, griff nach dem Laborbuch und las die letzten Einträge.

Gestern wütete ein Erdbeben. Bin allein im Laboratorium, w... es begann. Habe versucht, die Tür zu öffnen. Muß von irgend... Gegenstand getroffen worden sein. Verlor das Bewußtsein. Als ich wieder zu mir kam — Finsternis. Rief den ganzen Tag über um Hilfe. Keine Antwort. Geborstene Betonplatten versperren den Weg nach draußen.

Heute schlimme Kopfschmerzen. Keine Lebensmittel und nur wenig Wasser. Bin allein, völlig allein. Brauche mehr Wasser. Kann nicht klar denken. Ruhe mich jetzt ein wenig aus.

10/5/06?? Fühle mich heute etwas besser. Fand einen Konzentratriegel in der Schublade des Laborschranks. Und ich habe ein Filter für das Grundwasser zusammengebastelt. Die von mir entwickelten Quadrotritikal-*Samen blieben glücklicherweise erhalten und befinden sich nun im Schutzkasten. Ich höre nichts, nur Stille. Die* Enterprise *müßte nächste Woche eintreffen. Kann ich bis dahin durchhalten?*

Es folgten weitere Einträge. Am sechsten Tag hatte Jean ausführliche Informationen über ihre neue *Quadrotritikal*-Sorte zu Papier gebracht. Am achten Tag schrieb sie nichts. Und am neunten, gestern:

Bin sehr schwach und durstig.

Jean griff nach dem Stift und malte sorgfältig ein Zeichen nach dem anderen.

10/11/06 Ebenso.

Sie kicherte, schluchzte plötzlich und fügte hinzu:

Bitte, Gott, laß die Enterprise *pünktlich sein. Ich bin so müde, so schrecklich müde... Benötige Ruhe... Muß schlafen. Ein großes Glas, bis zum Rand mit klarem Wasser gefüllt... Es wird alles gut, bestimmt...*

Irgend etwas krachte, und Jeans Gedanken glitten durch einen mentalen Nebel, fanden allmählich in die Wirklichkeit zurück. Dichter Staub wallte vor ihr, und in dem formlosen Wogen zeichneten sich zwei uniformierte Gestalten ab. Die junge Frau konnte keine Einzelheiten erkennen.

»Dem Himmel sei Dank«, murmelte sie. »Ihr seid endlich gekommen...« Dann fiel sie in Ohnmacht.

Einige Dinge ändern sich nie, und dazu gehört auch der antiseptische Geruch in einer Krankenstation. Jean brauchte gar nicht die Augen zu öffnen, um festzustellen, wo sie sich befand. Sie rutschte ein wenig zur Seite — die Liege war sehr hart. Nach einer Weile hob sie die Lider, doch die Umgebung blieb hinter einem dunstigen Schleier verborgen. »Dr. McCoy? Hört mich jemand? Ich kann nichts sehen! Was ist los mit mir?«

Ein dunkles Gesicht schwebte heran, und feste Hände

drückten die junge Frau aufs Bett zurück. »Sie kommt zu sich, Doktor.«

Eine fremde Stimme, und sie klang... falsch. *Mit meinem Gehör stimmt irgend etwas nicht.* Eine andere, ebenso unvertraute Stimme: »Bleiben Sie still liegen. Sie leiden an einer metabolischen Krise. Aber es dauert nicht mehr lange, bis Sie wieder sehen können.« Nach einer kurzen Pause: «Geben Sie mir die zweite Dosis und eine Stim-Kapsel.«

Jean zuckte zusammen, als jemand nach ihrem Arm griff, und unmittelbar darauf spürte sie einen Stich. Es fühlte sich nicht nach dem üblichen Injektor an. Und was bedeutete ›Stim-Kapsel‹? Nun, jedenfalls funktionierte das Mittel. Benommenheit und Schwäche wichen von ihr, und der Dunst vor ihren Augen verflüchtigte sich. Die junge Frau betrachtete das dunkle Gewebe über der Liege, und es verstrichen einige Sekunden, bevor sie zu dem Schluß gelangte, daß man sie nicht in die Krankenstation der *Enterprise* gebracht hatte. Sie drehte den Kopf, musterte die in Grün gekleidete Gestalt neben ihr. »Wo bin ich? Wer sind Sie?«

Drei in schwarze und goldene Uniformen gehüllte Männer traten näher. »Sie kommen genau zum richtigen Zeitpunkt, Commander. Die Frau hat das Bewußtsein wiedererlangt und möchte wissen, wo sie ist.« Und zu Jean: »Sie können Ihre Fragen an Commander Kang richten.«

Einer der drei Neuankömmlinge blieb am Fußende der Liege stehen und lächelte flüchtig. Er wirkte recht groß und muskulös, selbst für einen Klingonen. Schwarzes Haar glänzte, umrahmte ein markantes, ausdrucksstarkes Gesicht. In den Augen glühte eine natürliche Arroganz. »Ah, Miß Czerny, offenbar geht es Ihnen besser. Dr. Eknaar hat gute Arbeit geleistet. Als ich Sie gestern hierherbrachte, waren Sie in ziemlich schlechter Verfassung. Nun, Sie haben die Ehre, sich an Bord eines Schlachtkreuzers des klingonischen Imperiums zu befinden.« Er deutete eine Verbeugung an. »Ich bin Commander Kang von der Imperialen Flotte. Wir empfingen das Notsignal von Shermans Planet und nahmen zunächst eine Lagesondierung vor, weil wir mit angeblichen Notrufen von Föderationsstützpunkten schlechte Erfahrungen gesammelt haben. Als sich die Authentizität der Signale herausstellte, beschlossen wir sofort, Sie zu retten.«

Klingonen! Jeans Gedanken rasten, und Dutzende von Fragen lagen ihr auf der Zunge. Ein klingonischer Angriff? Sabotage? Welche Absichten verfolgte Kang? Gab es andere Überlebende? Vermutlich beschleunigte sich ihr Puls, denn der Commander und Eknaar sahen auf einen Monitor neben dem Bett. *Ich muß vorsichtig sein,* dachte Jean und wählte ihre Worte mit großer Sorgfalt. »Kang? Ich dachte, Commander Koloth sei für diesen Sektor zuständig.«

»Wir sind mit einer speziellen Mission beauftragt.« Kang kniff die Augen zusammen. »Seit wann wissen gewöhnliche Agrikultur-Experten über die Einsätze klingonischer Offiziere Bescheid? Oder nahmen Sie auf Shermans Planet auch andere Pflichten wahr?«

Jean versteifte sich innerlich. »Angesichts der besonderen Umstände wird das Stationspersonal ausführlich über alle Truppenbewegungen an der Peripherie des Imperiums informiert. Meine Kollegen werden es Ihnen bestätigen.«

»Das ist leider nicht möglich. Allem Anschein nach sind Sie die einzige Überlebende.«

Der Monitor wies deutlich auf Jeans steigenden Blutdruck hin. Sie zweifelte an der Aufrichtigkeit des Commanders. »Da ich den Notruf nicht gesendet habe, muß noch jemand anders überlebt haben«, erwiderte sie scharf.

»Ja, wir fanden einen Mann im Kommunikationsraum, aber er starb kurz nach unserer Ankunft. Ihm blieb gerade noch Zeit genug, das baldige Eintreffen der *Enterprise* zu erwähnen.«

Jean mißtraute Kang, aber unbegründbare Vorwürfe nützten nichts. Selbst wenn die Klingonen für die Katastrophe verantwortlich waren: Ihre gegenwärtige Situation riet zu Takt und Freundlichkeit; bissige Ironie mochte zu fatalen Konsequenzen führen.

Die junge Frau beherrschte sich und verbarg ihren Argwohn. »Das stimmt«, sagte sie kühl. »Die *Enterprise* führt eine Routinepatrouille durch und fliegt auch Shermans Planet an. Wenn ich wirklich die einzige Überlebende bin, so danke ich Ihnen hiermit für die Hilfe. Ich möchte Ihnen jedoch nicht länger zur Last fallen. Bitte bringen Sie mich zur Station zurück. Ich werde dort auf die *Enterprise* warten.«

»Unmöglich.« Ein dünnes Lächeln umspielte Kangs Lippen. »Bitte versetzen Sie sich in unsere Lage. Wenn mein Schiff in der Nähe von Shermans Planet geortet wird... Wahrscheinlich gäbe man uns die Schuld für die Zerstörung der Basis. Wir haben das Sonnensystem bereits verlassen. Was Sie betrifft, Miß Czerny: Sie bekommen noch Gelegenheit, sich für meine Gastfreundschaft erkenntlich zu zeigen.«

In der jungen Frau verkrampfte sich etwas. Ihre Ahnungen trogen sie nicht: Der Köder des klingonischen Altruismus enthielt einen spitzen Haken. Jean saß in der Falle und entschied, kein Blatt mehr vor den Mund zu nehmen. »Behaupten Sie nur nicht, daß Sie sich von Mitleid einem Menschen gegenüber leiten ließen! Warum haben Sie mich gerettet, Kang? Was verlangen Sie von mir?«

»Ob Sie es glauben oder nicht: Wir brachten Sie ohne irgendwelche Hintergedanken an Bord. Aber jetzt können Sie tatsächlich eine Gegenleistung erbringen: Öffnen Sie den Kasten, der die neuen *Quadrotritikal*-Samen enthält; und erklären Sie uns die Bedeutung jener Aufzeichnungen.« Der Commander nickte einem seiner beiden Begleiter zu, der daraufhin eine dicke Kladde hervorholte. Jean erkannte das Laborbuch.

Der Kokon ihrer Selbstbeherrschung splitterte. »Meine neue Sorte! Sie hatten kein Recht, sie mitzunehmen!« Jean richtete sich ruckartig auf und stieß fast an die Gerüststange über der Liege. Bernsteinfarbene Lichter blinkten auf dem Monitor; zornig löste Jean die Sensoren von Armen und Schläfen. »Entführung und Diebstahl! Darauf läuft es hinaus!«

»Ganz im Gegenteil. Ich habe Sie aus den Trümmern des Labors befreit und Ihr Leben gerettet. Deshalb kann ich Anspruch auf Sie und Ihren Besitz erheben. Es liegt mir fern, mit einer Diskussion darüber kostbare Zeit zu verschwenden. Sind Sie bereit, den Kasten zu öffnen und die Aufzeichnungen zu erläutern?«

»Schmoren Sie im neunten Ring der Hölle!«

Kang zuckte mit den Achseln. »Ich bedauere es sehr, daß Sie nicht einsichtiger sind. Aber wir haben verschiedene Möglichkeiten, Sie zur Kooperation zu bewegen. Dr. Eknaar, verabreichen Sie ihr das Wahrheitsserum.«

Der klingonische Arzt versuchte vergeblich, Jean auf die Liege zu drücken, und er bedachte den Commander mit einem besorgten Blick. »Wir haben ihr bereits eine Dosis gegeben, als Aernath die Einträge im Laborbuch übersetzte. Das Lourkain bewirkt bei Miß Czerny eine starke allergische Reaktion. Deshalb dauerte es so lange, bis sie wieder zu sich kam.«

Kang schnaufte verärgert. »Dann benutzen Sie den Schmerzstimulator. Ich brauche die Informationen.« Er wandte sich um und wollte das Zimmer verlassen.

»Es wird nicht klappen«, sagte Jean hastig.

Kang zögerte und sah sie an. »Sind Sie auch gegen den Stimulator allergisch? Nun, das spielt keine Rolle. Sie werden trotzdem alle Fragen beantworten.«

Zum Glück waren die Verbindungen zum Monitor unterbrochen. Die Anzeigen des medizinischen Überwachungsgeräts konnten Jean also nicht verraten. »Sie irren sich, Commander Kang. Ich habe Ihnen ja schon gesagt, daß man uns ständig über die Ereignisse im Imperium auf dem laufenden hielt. Doch das ist noch nicht alles. Das Stationspersonal wurde sorgfältig ausgewählt und vorbereitet. Meine Allergie gegen Lourkain kennen Sie bereits. Wenn Sie mich mit dem Schmerzstimulator foltern, so bringen Sie mich innerhalb weniger Sekunden um. Gegen meinen Willen erfahren Sie *nichts* von mir.«

Kang kam mit zwei langen, energischen Schritten heran, stieß den leise murmelnden Arzt beiseite, packte Jean an den Schultern und zerrte sie hoch. »Ist das einer von Kirks heimtückischen Plänen?« grollte er. Die junge Frau hielt seinem durchdringenden Blick stand. »Nein, Sie lügen. Kirk hat immer den einen oder anderen Trumpf im Ärmel, aber er ist nicht einmal dann fähig, seine Leute zu opfern, wenn es die Umstände erfordern. Sie bluffen.«

»Sie kennen Captain Kirk recht gut«, erwiderte Jean ruhig. »Und er weiß auch, was er von Ihnen erwarten kann. Seine Absicht bestand keineswegs darin, irgend jemanden zu opfern. Er wollte uns nur unnötiges Leid ersparen. Weil er damit rechnete, daß Sie nicht vor dem Einsatz des Schmerzstimulators zurückschrecken.«

Die junge Frau hielt den Atem an, als sich Kangs Hände noch fester um ihre Schultern schlossen. Einige Sekunden lang starrte er sie finster an. »Ich glaube noch immer, daß Sie mir etwas vormachen. Lieutenant, der Stimulator.«

»Commander...«, wandte Eknaar ein. »Wenn Miß Czerny die Wahrheit sagt, wenn sie stirbt, sobald wir mit dem Verhör beginnen... Dann gehen die neuen Samen für uns verloren. Aernath meinte, der Schutzkasten zerstöre seinen Inhalt, wenn wir versuchen, ihn gewaltsam zu öffnen. Wir brauchen die Frau lebend.«

Kang ließ Jeans linke Schulter los und wirbelte herum. Der Arzt wich rasch einen Schritt zurück. »Bleiben Sie bei Ihren Quacksalbereien, Eknaar. Weisen Sie mich nicht auf das Offensichtliche hin. Wie ist Miß Czernys gegenwärtiger physischer Status?«

Eknaar schürzte kurz die Lippen. »Nach den allgemeinen Behandlungen und der Stim-Kapsel... Ihr Zustand entspricht dem einer normalen menschlichen Frau. Mit fünfzig Kilogramm erscheint sie mir ein wenig unterernährt, doch die biologischen Funktionen sind wieder stabil.«

Kang richtete seine Aufmerksamkeit auf Jean. »Nun, Czerny? Möchten Sie es sich noch einmal überlegen? Kirk mag Sie auf Lourkain und den Schmerzsimulator vorbereitet haben, aber ich kenne noch einige andere Methoden, um Ihren Widerstand zu brechen. Eine schlichte Geste der Dankbarkeit würde uns allen viel Mühe ersparen.«

Jean bemerkte ein seltsames Blitzen in seinen Augen und beschloß, an den guten Willen des Commanders zu appellieren. »Ich darf Ihnen das Korn nicht geben, aber Captain Kirk hat die Autorität, es Ihnen zu überlassen. Wenn es so wichtig für Sie ist... Kehren Sie zu Shermans Planet zurück und bitten Sie um den Samen. Stellen Sie in Aussicht, mich dafür freizulassen. Kirk wäre bestimmt bereit, Ihren Wunsch zu erfüllen.«

Kang lachte. »Ich soll ihn um etwas *bitten*, das sich bereits in meinem rechtmäßigen Besitz befindet? Sie haben eine sonderbare Vorstellung von der Ehre eines klingonischen Kommandaten.«

Es knackte im Interkom-Lautsprecher. »Brücke an Commander. Es ist sechsundzwanzig Uhr fünfzig. Brückenbericht und Kursänderung stehen an.«

Kang löste die Hand so plötzlich von Jeans rechter Schulter, daß sie auf die harte Matratze zurückfiel. »Bestätigung. Ich nehme den Bericht im Beratungszimmer entgegen.« Er drehte sich um. »Die Frau kommt mit.«

Der Commander verließ das Zimmer, und seine beiden Begleiter griffen nach Jeans Armen, zerrten sie von der Liege und durch die Tür. Czerny leistete keinen Widerstand, gab sich Mühe, auf den Beinen zu bleiben – um nicht einfach durch den Korridor geschleift zu werden. Sie benötigte Zeit, um ihre Gedanken zu ordnen, um die Lage einzuschätzen. Mit einem Bluff hatte sie verhindert, daß man sie mit dem Schmerzstimulator verhörte, aber wahrscheinlich war es ihr nicht gelungen, alle Zweifel Kangs auszuräumen. *Andere Methoden.* Was meinte er damit? Er durfte auf keinen Fall das neue Korn bekommen! Warum kreuzte das klingonische Raumschiff in jenem Sektor?

Warum Kang und nicht Koloth? Der Samen kam nicht als Grund in Frage — es handelte sich um eine Neuentwicklung, von der nur das Personal der Station wußte. Die Station... Gab es wirklich keine anderen Überlebenden? Hatte auch die *Enterprise* den Notruf empfangen? So viele Fragen. Und sie alle blieben ohne Antwort. Jean kämpfte gegen die in ihr prickelnde Panik an. Überleben und erfolgreich sein — das Motto der Klingonen. Dieser Grundsatz galt nun auch für die junge Frau. Eine Herausforderung nach der anderen: Es kam zunächst darauf an, Kang möglichst lange hinzuhalten. Um der *Enterprise* eine Chance zu geben.

Die Klingonen stießen sie grob in einen Raum mit holzvertäfelten Wänden. Kang saß hinter seinem schlichten Schreibtisch, vor dem einige andere Stühle standen. Er beugte sich zum Tisch-Interkom vor. »Halten Sie den Kurs, bis Sie neue Anweisungen erhalten. Gibt es sonst noch etwas zu melden?«

»Nein, Sir. Ende des Brückenberichts, Commander.«

»In Ordnung. Ich möchte nicht gestört werden. Kang Ende.« Er unterbrach die Verbindung, wandte sich an das Trio vor ihm und winkte. »Also los.«

Jean wurde an die Wand gepreßt, und einer der beiden Klingonen trat ihr auf den Fuß. Aus einem Reflex heraus krümmte sie sich, und ein wuchtiger Hieb schleuderte sie zurück, rammte ihren Kopf an harten Stahl. Wut brodelte in ihr. »Verdammte Feiglinge! Sie bezeichnen sich als imperiale Offiziere, aber ich würde nicht einmal meine Wäsche von Ihnen waschen lassen!«*

Kang lachte kurz. »Haben Sie gehört, Tirax?«

Der Klingone vor Jean errötete. »Mit Ihrer Erlaubnis, Commander...«

Kang schmunzelte. »Aber sie darf nicht sterben, Lieute-

---

* Für Klingonen eine schlimme Beleidigung. Nur Frauen der unteren Kasten kümmern sich um so ›niedere Arbeiten‹ wie das Waschen. Einem klingonischen Mann käme es nie in den Sinn, seine eigene Kleidung zu reinigen — von der anderer Personen ganz zu schweigen.

nant.« Er zog eine Schublade auf und entnahm ihr einen Dolch. »Fangen Sie, Czerny.« Die Klinge bohrte sich neben Jean in die Wand. Tirax hob ein eigenes Messer, und der zweite Wächter grinste, trat beiseite.

Die junge Frau griff nach dem Dolch und wog ihn versuchsweise in der Hand. Sie war keine geübte Duellantin, aber in der Aldebaran-Kolonie hatte sie als Amateurin die Stilett-Meisterschaft gewonnen. Damals traf sie ein nur fünf Zentimeter großes Ziel aus einer Entfernung von zehn Metern. Damals, vor vielen Jahren...

Sie musterte Tirax und versuchte, ihren Gegner einzuschätzen. Wenn es ihr gelang, von dem Wächter zurückzuweichen, bevor der Lieutenant angriff... Tirax sprang auf sie zu, und Jean warf das Messer. Der Dolch des Klingonen sauste an ihr vorbei, und einen Sekundenbruchteil später taumelte Tirax an die Wand, starrte erstaunt auf die Klinge herab, die rechts oben in seiner Brust steckte. Mit einem Ruck zog er sie heraus, schnappte nach Luft und krümmte sich schmerzerfüllt zusammen. Jean nahm die Waffe des Lieutenants und wartete.

Kang lächelte anerkennend. »Es handelte sich nicht gerade um ein typisches klingonisches Duell, aber Sie haben sich gut geschlagen — für eine menschliche Frau.« Er wandte sich an den zweiten Wächter. »Bringen Sie Tirax zur Krankenstation und kehren Sie dann hierher zurück.«

»Ja, Sir.« Der andere Offizier grinste nun nicht mehr, stützte den verwundeten Lieutenant und führte ihn aus dem Zimmer.

Kang stand auf, zog seinen Blaster aus dem Halfter und verstaute ihn in der Schublade. Er behielt Czerny im Auge, als er um den Schreibtisch herumging und seinen Dolch aufhob. »Jetzt beginnt die zweite Runde...«

Jean wich einen Schritt fort. »Ich bitte Sie, Kang. Ich möchte nicht gegen Sie kämpfen. Um Himmels willen, hören Sie mich an. Machen Sie Schluß mit diesem Wahnsinn, bevor es zu spät ist. Lassen Sie mich frei — dann bin ich bereit, diesen Zwischenfall zu vergessen. Achten Sie den Friedensvertrag!«

Kang wischte das Messer an seiner Hose ab. »Es liegt mir fern, mich über die Bestimmungen des Vertrages hinwegzusetzen.« Er sah Jean an. »Wächter!«

»Bitte, Kang...« Czerny atmete tief durch. »Ich... ich möchte Sie nicht verletzen.«

»Mich verletzen? Wie wär's, wenn Sie mich töten? Nun, wie gefällt Ihnen diese Vorstellung?«

Jean schüttelte den Kopf. »Wenn ich gegen Sie kämpfe, verliere ich so oder so. Und das wissen Sie.«

»Dann gehen Sie auf meine Forderungen ein.«

»Ich kann nicht.«

»Na schön. Also verteidigen Sie sich.«

Kang und Czerny belauerten sich gegenseitig, und Jeans Hand schloß sich fester um das Heft des Dolches. Als sie der Tür den Rücken zukehrte – jenem Zugang, durch den sie das Zimmer betreten hatten – holte sie aus und warf den Dolch, beobachtete, wie sich die Klinge in die linke Schulter des Commanders bohrte.

Sofort wirbelte sie um die eigene Achse lief zum Schott und hoffte inständig, daß es nicht verriegelt war. Es glitt tatsächlich auf, aber einen Augenblick später wurde sie von Kang herumgerissen, ging zusammen mit ihm zu Boden. Der Commander rollte sich herum, hielt die junge Frau fest.

Jean blickte zu ihm hoch und sah, daß er nur eine harmlose Fleischwunde erlitten hatte. Kang schüttelte andeutungsweise den Kopf. »Man darf sich nie von einem überlegenen Gegner abwenden«, sagte er im Plauderton. »So etwas ist in jedem Fall ein taktischer Fehler.«

»Meinen Sie damit auch sich selbst?« erwiderte Jean spöttisch. »Sie fliehen vor Kirk, nicht wahr?«

Kangs Lächeln wuchs in die Breite. »Wenn Kirk *diesmal* beschließt, mich zu verfolgen, Miß Czerny... Nun, dann wird er sich der Erkenntnis stellen müssen, daß ich ihm keineswegs unterlegen bin.«

Jean erstarrte förmlich, als der Dolch herabkam und auf den Bauch zielte. Kang schnitt ihre Bluse auf, vom Nabel bis zur Kehle. Die Messerspitze schabte über die Haut, ohne sie zu ritzen, verharrte am Hals. Czerny spürte, wie sich ihr Puls beschleunigte, musterte ein klingonisches Gesicht, von dem sie nur zehn Zentimeter trennten. Kang drehte das Messer, preßte die Klinge unter das Kinn der jungen Frau und zwang ihren Kopf hoch. »Sie dienen mir als Schachfigur bei einer ganz besonderen Partie. Ihre Rettung ist eine glückliche Fügung des Schicksals.«

»Dieb!« brachte Jean mühsam hervor. »Entführer!«

»Sie sind tapfer. Sie geben nicht so leicht auf. O ja, Sie verstehen zu kämpfen, und das gefällt mir. Keine Sorge, Czerny, Sie werden überleben — und mir dadurch einen Erfolg ermöglichen.« Er lachte, bevor er seine Lippen auf die der Frau unter ihm preßte. Jean fühlte sein Messer an ihrem Leib — und zuckte zusammen, als ein fast schrilles Pfeifen ertönte.

Kang murmelte einen Fluch, stand auf und zerrte Czerny in die Höhe. Er zog sie mit sich, als er zum Schreibtisch ging und den Kommunikator einschaltete. »Bei Durgath, ich habe doch gesagt, daß ich nicht gestört werden will. Was ist los?«

»Ein Raumschiff der Föderation nähert sich uns, Sir. Unsere Grußfrequenzen sind geschlossen, wie von Ihnen befohlen. Das Schiff feuerte die Phaserkanonen ab — ein Warnschuß vor unseren Bug. Sollen wir uns auf ein Gefecht einlassen, Commander?«

»Haben Sie die Förderationseinheit identifiziert?«

»Ja. Es ist die *Enterprise*, Commander.«

»Ausgezeichnet.« Kang wirkte sehr zufrieden. »Status Gelb — volle Kampfbereitschaft. Öffnen Sie die Grußfrequenzen. Ich bin auf dem Weg zur Brücke.«

Die Tür öffnete sich, und der zweite Lieutenant trat ein. »Ihre Order, Commander?«

»Czerny bleibt hier, bis Sie andere Anweisungen von mir bekommen.« Kang drehte sich zu Jean um. »Offenbar will Captain Kirk erneut die Klinge mit mir kreuzen. Sie können per Interkom mithören. Das Gespräch dürfte recht interessant werden.« Er ging.

Der Klingone starrte lüstern auf die offene Bluse der Frau und trat an die Konsole heran. Jean ließ sich auf einen der Stühle vor dem Schreibtisch sinken. Die *Enterprise* war eingetroffen! Gab es eine Möglichkeit, sich mit ihr in Verbindung zu setzen? *Nun, wenigstens kann ich mithören,* dachte Jean und spitzte die Ohren. Kang erreichte den Kontrollraum und befahl, einen Kontakt mit dem Föderationsschiff herzustellen.

»So begegnet man sich wieder, Captain Kirk! Vermutlich haben Sie einen Grund dafür, ins stellare Territorium des Imperiums vorzudringen und auf einen klingonischen Kreuzer zu schießen.« Kangs Stimme klang ruhig und kühl.

»Commander Kang. Sie wissen genau, weshalb wir Sie verfolgen. Diesmal sind die Hinweise eindeutig und unmißverständlich: Verletzung des organianischen Friedensvertrages.« James Kirk – energisch, entschlossen.

»Verletzung des Vertrages? Eindeutige Hinweise? Ich verstehe nicht, Captain. Wovon sprechen Sie?«

»Wir wissen, daß Sie von Shermans Planet kommen. Dort gibt es nun einen von Ihnen eingerichteten Stützpunkt. Streiten Sie das etwa ab?« Jean glaubte, in Kirks Stimme einen Hauch von Ärger zu hören.

»Einen Stützpunkt? Sie irren sich, Captain Kirk. Wir haben eine wissenschaftliche Mission entsandt. Nach den Bestimmungen des Vertrages gehört Shermans Planet demjenigen, der ihn am besten entwickeln kann. Die Bemühungen der Föderation sind bisher nicht sehr erfolgreich gewesen. Ihre Station fiel einer Naturkatastrophe zum Opfer, und deshalb beanspruchen wir das Recht, bei den Organianern einen gleichberechtigten Status zu beantragen. Eine entsprechende Botschaft ist bereits übermittelt worden. Wenn Sie Wert darauf legen, politisch-militärische Zwischenfälle zu vermeiden, sollten Sie das klingonische Raumgebiet unverzüglich verlassen. Dann bin ich bereit, Ihr aggressives Verhalten zu vergessen.«

»Einen Augenblick, Kang. Das ist noch nicht alles. Ich werfe Ihnen die Zerstörung einer Niederlassung der Föderation auf Shermans Planet vor. Sie haben die Basis überfallen und das ganze Personal umgebracht, und dafür werden Sie Rechenschaft ablegen müssen.«

»Wollen Sie mich etwa für ein Erdbeben verantwortlich machen, Kirk?« fragte Kang amüsiert.

»Nein, die Aufzeichnungen in der Station zeigen, daß es sich um ein natürliches Ereignis handelte. Aber es gab Überlebende, und an Ihrer Präsenz nach dem Beben kann kein Zweifel bestehen. Sie brachten den Kommunikationsoffizier Jones um, plünderten das Laboratorium, entführten oder ermordeten die Agrikultur-Spezialistin Czerny. Ein solches Verhalten ist praktisch mit einer Kriegserklärung gleichzusetzen. Ich verlange die Auslieferung der Schuldigen.«

»Das sind sehr ernste Vorwürfe, Captain. Worauf gründen sie sich? Wo sind die Beweise?«

»Als Ihre Leute in Czernys Labor vordrangen, ließen sie nicht die nötige Vorsicht walten: Wir fanden einige Stofffetzen, die von einer klingonischen Uniform stammen. Und was Jones betrifft ... Dr. McCoy stellte fest, daß man ihm vor seinem Tod Lourkain und ein Sedativ verabreichte — solche Substanzen gehören nicht zu den bei uns gebräuchlichen medizinischen Präparaten. Leugnen Sie Ihre Verantwortung dafür?«

Irgend etwas vibrierte in Kangs Stimme, als er antwortete: »Ihre Leute sind sehr tüchtig, Captain. Mein Kompliment für Dr. McCoy und seine Gründlichkeit. Nun, ich kann trotzdem nachweisen, daß wir keineswegs als Feinde kamen. Sie ziehen die falschen Schlüsse aus den Indizien. Bitte erlauben Sie mir, Ihnen den wahren Sachverhalt zu verdeutlichen.« Jean vernahm ein Klicken, bevor Kang hinzufügte: »Dr. Eknaar zur Brücke.« Es klickte noch einmal. »Lieutenant, bringen Sie Ihr Mündel hierher.«

»Ja, Commander.« Der Klingone ergriff Jean am Ellenbogen und führte sie in den Gang. Während sie durch schmale Korridore schritten, versuchte die junge Frau, ihre Gedanken zu ordnen. Kangs Absicht bestand offenbar darin, ihre Anwesenheit an Bord seines Schiffes zu bestätigen. Ergab sich für sie die Chance, selbst mit Kirk zu sprechen? Was sollte sie ihm sagen? Welche Informationen brauchte er? Konnte der Captain Kang dazu zwingen, sie freizulassen? Welche Falle bereitete Kang für die *Enterprise* vor? Himmel, es gab so viele Dinge, die ihr ein Rätsel blieben!

Kurz darauf betraten Jean, der Lieutenant und Dr. Eknaar den kleinen Kontrollraum. Czerny ignorierte die bunten Anzeigen der Waffenkonsole auf der linken Seite, sah über Kang hinweg, der vor dem Bildschirm saß. Ein vertrauter Anblick bot sich ihr dar: die Brücke der *Enterprise*, ein Captain Kirk, der sich im Sessel des Befehlsstands zurücklehnte. Hinter ihm bediente Uhura die Kommunikationskonsole. Fähnrich Chekov, der Navigator, und Steuermann Sulu nahmen ihre üblichen Posten ein. Irgend etwas schnürte Jean die Kehle zu, und wehmütiger Kummer erfaßte sie. Vor ihrer Versetzung zur Forschungsstation auf Shermans Planet hatte sie nur kurze Zeit im wissenschaftlichen Laboratorium der *Enterprise* gearbeitet, aber jene Gesichter waren für sie wie eine Heimat. Sie bemerkte, wie Kirk die Lippen zusammenpreßte, als er sie erkannte, und plötzlich wurde sie sich ihres äußeren Erscheinungsbildes bewußt.

Kirk wandte sich wieder an Kang. »Ich sehe meine Vorwürfe bestätigt und bestehe darauf, daß Miß Czerny ...«

Der Commander unterbrach ihn mit einer knappen Geste. »Dr. Eknaar, beschreiben Sie dem Captain, in welchem Zustand wir die Spezialistin Czerny gefunden haben.«

»Gewiß, Commander. Sie war kaum bei Bewußtsein, litt an akuter Auszehrung und starken metabolischen Störungen. Hinzu kamen eine ernste Dehydration und eine starke Gehirnerschütterung ...«

»Wie lange hätte Miß Czerny ohne eine Behandlung überlebt?«

»Nun, wahrscheinlich weniger als dreißig Stunden, Sir.«

Kang richtete seinen Blick auf den Bildschirm. »Wir empfingen einen Notruf Shermans Planet, und unsere Sondierung ergab, daß sich kein Föderationsschiff in der Nähe befand. Nur zwei Personen überlebten das Beben. Als wir den Kommunikationsoffizier fanden, lag er bereits im Sterben, und wir verabreichten ihm das Sedativ, um seine Schmerzen zu lindern. Die Spezialistin Czerny brachten wir sofort in unsere Krankenstation. Um Ihre Worte zu benutzen, Captain: Wir handelten allein aus humanitären Gründen.«

»Was hat es damit auf sich, Miß Czerny?« Kirk deutete auf ihre Bluse.

Die Frage verwirrte Jean. »Ich...«, begann sie.

Kang unterbrach sie. »Nun, Captain... Einer meiner Männer weckte den Zorn der Spezialistin, und daraufhin forderte sie ihn zu einem Duell heraus.« Er drehte den Kopf und hob die Hand, verbarg ein flüchtiges Lächeln. »Sie hat gewonnen. Und das Ergebnis besteht darin, daß einer meiner besten Lieutenants mehrere Tage in der Krankenstation verbringen muß. Das weckte natürlich meinen Ärger, und deshalb...« Er zuckte mit den Schultern.

»Miß Czerny?« fragte Kirk.

Diesmal war Jean vorbereitet. »Es wurden mehrere Dinge aus meinem Labor entwendet, Captain Kirk, unter ihnen auch der Schutzkasten mit der neuen und besonders widerstandsfähigen *Quadrotritikal*-Sorte. Die Klingonen wollten mehr darüber erfahren und entdeckten meine Allergie gegen Lourkain. Unter den gegebenen Umständen nahm ich mir die Freiheit, die Todeskonditionierung in bezug auf den Schmerzstimulator zu erwähnen.«

Kirk zuckte mit keiner Wimper. »O, natürlich, Lieutenant Czerny. Der Status X ermächtigt Sie dazu.« Jean blinzelte überrascht, als der Captain diese Rangbezeichnung nannte. Und was bedeutete *Status X?* Lieutenant/Status/

Ermächtigung... *Habe ich etwas vergessen?* »Commander Kang«, fuhr der Captain fort, »Sie halten nicht nur ein Mitglied meiner Crew fest, sondern besitzen auch Materialien, die der Föderation gehören. Ich fordere Sie in aller Form zur Rückgabe auf und verlange, daß die Verantwortlichen unter Arrest gestellt werden, bis die Organianer ein Urteil fällen.«

Diesmal lächelte Kang ganz offen. »Das soll wohl ein Witz sein, Captain. Czerny ist an mich *gebunden.*«

Kirk runzelte die Stirn. »*Gebunden?*«

»Durch die klingonische Tradition. Sie befinden sich im stellaren Territorium des Imperiums, Captain. Ich habe der Spezialistin das Leben gerettet, und dadurch ist sie mir verpflichtet, an mich *gebunden* — bis ich sie freigebe. So will es unser Brauch. Derzeit hat *Lieutenant* Czerny nicht unbeträchtliche Bedeutung für mich, und daher lehne ich es ab, ihr schon jetzt eine Rückkehr zu gestatten.«

Kirks Züge verhärteten sich. »Miß Czerny stammt von Aldebaran, einem Planeten, der sich dem Völkerbund angeschlossen hat. Als Repräsentant der Föderation fordere ich ihre unverzügliche Freilassung.«

»Soll das heißen, daß Sie in diesem Fall den klingonischen Sitten Ihre Anerkennung verweigern, Captain?« fragte Kang scharf.

»In der Tat«, erwiderte Kirk.

»Dann nehme ich mir das Recht, Ihre Jurisdiktion abzulehnen, Captain Kirk. Ich schlage vor, Sie wenden sich an die Organianer. Wir übermitteln ihnen eine Aufzeichnung dieses Gesprächs. Nun, wenn Sie nicht den Befehl bekommen haben, einen Krieg zu beginnen, rate ich Ihnen, unser Raumgebiet zu verlassen und zur Föderation zurückzukehren. Ich möchte darauf hinweisen, daß Sie von zwei weiteren Kreuzern flankiert werden. Wir halten nichts von Eindringlingen, Captain Kirk.«

Jean starrte auf den Bildschirm und beobachtete, wie sich der vulkanische Erste Offizier Spock an der wissenschaftlichen Station aufrichtete. »Bestätigung, Captain. Die Sensoren zeigen drei klingonische Schlachtkreuzer.«

Kirk kaute verärgert auf der Unterlippe. »Als Ihr Schiff zerstört wurde, Kang, nahmen wir die überlebenden Besatzungsmitglieder an Bord — und behandelten sie gut. Ich hoffe, Czerny ergeht es nicht anders. Ich mache Sie persönlich für ihre Sicherheit verantwortlich.«

Die Miene des Commanders verfinsterte sich kurz. »Ich werde daran denken, Captain.« Spöttisch fügte er hinzu: »Bis zum nächsten Mal, Kirk.« Abrupt unterbrach er die Verbindung und stand auf. Wut funkelte in seinen Augen. »Wer ist der verdammte Idiot, der einen Teil seiner Uniform im Laboratorium gelassen hat?«

»Hier, Sir«, brummte ein klingonischer Wächter. Er meinte nicht etwa sich selbst, sondern einen jüngeren, kräftig gebauten Mann, gab ihm einen Stoß.

»Nun?« grollte Kang.

»Es gibt keine Entschuldigung, Commander«, entgegnete der Klingone leise.

»Eknaar, halten Sie sich in Bereitschaft.« Kang nickte dem Wächter zu. »Stärke fünfundzwanzig Prozent. Standard-Dauer. Anschließend sechzig Stunden Arrest.«

Jean sah entsetzt, wie der Wächter den Schmerzstimulator hervorholte und an den Kopf des jungen Klingonen preßte. Zum erstenmal beobachtete sie, welche Wirkung das Gerät entfaltete. Übelkeit stieg in ihr empor, als der Mann brüllte und zu Boden sank. Er zuckte am ganzen Leib, und nach einigen Sekunden verhallten seine Schreie. Der Wächter steckte den Stimulator wieder ein, und Eknaar untersuchte den Bewußtlosen. Jean schnappte nach Luft und taumelte, hielt sich nur mit Mühe auf den Beinen. Nach einer Weile erhob sich Eknaar wieder. »Stabiler Kreislauf. Bringen Sie ihn in sein Quartier.«

Jean spürte Kangs neugierigen Blick auf sich ruhen, und mühsam straffte sie ihre Gestalt. Der Commander wandte sich an den Arzt. »Und der Kommunikationsoffizier? Ich habe doch gesagt, es sollten keine Spuren zurückbleiben.«

Eknaar krümmte die Schultern, und in seinem Gesicht zeigte sich ein Schatten von Sorge. »Im menschlichen Stoffwechselsystem wird das Lourkain schneller abgebaut, aber vielleicht überlebte der Mann nicht so lange, wie ich zunächst vermutete. Ich wies Sie auf das Risiko hin...«

»Ja, ich weiß. Aber ich will keine Warnungen von Ihnen, sondern Resultate.« Kang ging zur Tür. »Lieutenant, eskortieren Sie die Frau. Eknaar, wenn Sie mit ihr fertig sind, kehren Sie in Ihre Kabine zurück. Während der nächsten dreißig Stunden werden Sie Ihre Unterkunft nicht verlassen.«

Die Bestrafung des jungen Klingonen mit dem Schmerzstimulator hatte Jean zutiefst erschüttert, und wie in Trance setzte sie einen Fuß vor den anderen. Vor dem Zugang der Krankenstation blieb Kang stehen. »Eine allgemeine Analyse, Eknaar. Anschließend wird Czerny in einer Zelle untergebracht.« Er drehte sich um und marschierte davon.

Benommen streckte sich Jean auf der Diagnoseliege aus und ließ sich untersuchen. Es war ihr gelungen, den Commander bis zum Eintreffen der *Enterprise* hinzuhalten, aber ihre Lage hatte sich nicht verbessert. Ganz im Gegenteil: Die Aussicht auf Rettung rückte in weite Ferne. Vor ihrem inneren Auge sah sie nach wie vor den jungen Klingonen, der schreiend zu Boden sank. Nur mit Mühe gelang es ihr, ein Schaudern zu unterdrücken.

Schließlich klopfte ihr Eknaar auf den Oberschenkel. »Alles in Ordnung, Mädchen. Sie können wieder aufstehen. Wenn ich Ihnen einen Rat geben darf: Hoffen Sie nicht auf die Hilfe des Captains. Selbst wenn Föderation oder Organianer etwas unternehmen – vielleicht ist es dann schon zu spät für Sie. Geben Sie Kang die Informationen, die er von Ihnen wünscht – er ist bestimmt bereit, eine faire Übereinkunft mit Ihnen zu treffen. Aber wenn Sie ihm weiterhin die Stirn bieten...«

Jean starrte den untersetzten, grauhaarigen Arzt stumm an. Ihr fiel keine passende Antwort ein.

Der Wächter führte sie erneut durch die Korridore, und schließlich fand sie sich in einer kleinen Kabine wieder. Die Einrichtung bestand aus Koje, Tisch und einem dreibeinigen Stuhl. Auf dem Tisch stand der Schutzkasten. Kang erwartete Jean in Begleitung eines anderen Klingonen, den sie noch nicht kannte. Der Commander musterte sie eingehend, und erneut glaubte die junge Frau, in seinem Gesicht ein seltsames Gefühl zu erkennen. Er deutete auf den schlanken Klingonen an seiner Seite.

»Das ist Aernath, ein Fachmann für Agrikultur. Er befaßt sich mit Ihren Unterlagen, und ich habe ihm gestattet, Sie jederzeit zu besuchen. Es liegt in Ihrem eigenen Interesse, mit ihm zusammenzuarbeiten. Öffnen Sie jetzt den Kasten.«

Jean rührte sich nicht von der Stelle, hielt den Blick auf Kangs Schulter gerichtet. Er hatte die vom Messer verursachte Wunde nicht behandeln lassen, als wäre die Verletzung für ihn zu unbedeutend. Aber Czerny bemerkte, wie vorsichtig er den betreffenden Arm bewegte, und die Vorstellung, daß er Schmerzen empfand, bereitete ihr eine gewisse Genugtuung. Sie wagte es nicht, ihn anzusehen oder zu sprechen, fürchtete viel zu sehr, dadurch die Kontrolle über sich zu verlieren. Stumm schüttelte sie den Kopf.

Kang trat vor, packte Jean am Nackenhaar und neigte ihren Kopf mit einem groben Ruck nach hinten. »Sie irren sich, wenn Sie glauben, auf Kirk oder die Organianer warten zu können«, zischte er. »Ihnen bleibt nicht annähernd soviel Zeit.« Die eisige Stimme des Commanders jagte Jean einen kalten Schauer über den Rücken.

Sie schloß die Augen und konzentrierte ihre ganze Willenskraft auf ein Wort. »Nein.«

Kang ließ die junge Frau los, und Jean taumelte. »Na schön. Wir sorgen dafür, daß Sie zu dem Zustand zurückkehren, in dem wir Sie fanden. Mit einem kleinen Unterschied: Dr. Eknaar wird Ihnen Glukose-Injektionen geben – um zu verhindern, daß die Ketone Ihr Hungergefühl dämpfen. Sie können essen, wenn wir das Korn von Ihnen erhalten.« Er deutete auf den Schutzkasten. »Wir haben das Ding ans Interkomsystem angeschlossen. Sie brauchen es nur zu berühren, um ein Signal zu senden. Dann kommt sofort jemand zu Ihnen.«

Die drei Klingonen gingen. Jean blickte durch die transparente obere Hälfte der Zellentür, sah den Wächter, der draußen im Gang Aufstellung bezog. Er konnte den ganzen Raum beobachten — abgesehen von der winzigen Hygienenische in der einen Wand. Sie enthielt eine schlichte Toilette und ein Becken. Jean drehte den Hahn auf, aber es sprudelte kein Wasser hervor. Niedergeschlagen kehrte sie ins Hauptzimmer zurück, machte einen weiten Bogen um den Tisch und streckte sich bäuchlings auf der Koje aus. Sie konnte die Anspannung nicht länger ertragen, begann zu schluchzen und bebte am ganzen Leib.

Irgendwann schlief sie ein.

KAPITEL 2

Captain Kirk saß noch immer im Kommandosessel auf der Brücke der *Enterprise.* Seine Aufmerksamkeit galt dem Wandschirm. »Nehmen Sie Kurs auf Shermans Planet, Mr. Sulu. Und richten Sie die visuelle Erfassung auf unsere klingonischen ›Freunde‹.« Zwei Kreuzer blieben rasch zurück, und der dritte folgte ihnen, als die *Enterprise* abdrehte und das stellare Territorium des Imperiums hinter sich ließ. Kirk stellte fest, daß kein Angriff drohte. Er nickte zufrieden. »Beenden Sie die Alarmstufe Rot, Mr. Sulu. Wir bleiben auf Alarmstufe Gelb, solange uns die Eskorte begleitet. Mr. Scott, Sie haben das Kommando.« Er stand auf, strich seinen Uniformpulli glatt und sah Dr. McCoy an, der neben dem Turbolift wartete.

»Pille, Mr. Spock...«

Die beiden Männer schlossen sich ihm an, als Kirk den Lift betrat. »Besprechungsraum«, wies er den Computer an. Der Vulkanier Spock stand entspannt, das Gesicht völlig ausdruckslos. Dr. McCoy wirkte nicht annähernd so ruhig, rieb sich nachdenklich das Kinn. Seine Miene zeigte deutliche Besorgnis. »Nun«, murmelte der Captain, »wir wissen, daß Jean Czerny lebt und sich an Bord von Kangs Schiff befindet. Der Rest...«

Die beiden Schotthälften glitten mit einem leisen Zischen auseinander, und Kirk betrat das Konferenzzimmer, gefolgt von seinen beiden Begleitern. Kirk und McCoy schenkten sich Kaffee ein, nahmen dann am Tisch Platz. »Ihr habt das Gespräch gehört und alles gesehen«, sagte Jim ernst. »Was haltet ihr davon? Pille?«

McCoy schüttelte den Kopf. »Schwer zu beurteilen. Wir wissen, wie verheerend das Erdbeben auf Shermans Planet wirkte, und daher glaube ich, daß die Ausführungen des klingonischen Arztes der Wahrheit entsprechen. Eine schwere Gehirnerschütterung kann das Erinnerungsvermögen beeinträchtigen, sogar über einen längeren Zeitraum hinweg. Ich müßte Czerny selbst untersuchen, um genau festzustellen, wie es ihr geht.«

»Offenbar hat sie sich gut erholt«, erwiderte Kirk. »Was hat es mit ihrer angeblichen Allergie gegen Lourkain auf sich? Gibt es in ihrer Krankengeschichte irgendwelche Hinweise?«

»Du weißt ja, daß Starfleet normalerweise darauf verzichtet, solche Drogen bei Verhören zu verwenden. Wie dem auch sei: Czerny ist tatsächlich gegen ähnlich beschaffene Substanzen allergisch. Ich vermute, die Klingonen haben ihr ein entsprechendes Serum verabreicht — und sie dadurch fast umgebracht.« McCoy schnitt eine Grimasse. »Selbst heftige metabolische Reaktionen sind nicht ausgeschlossen. Vielleicht verdankt sie ihr Leben nur der Erfahrung des klingonischen Arztes.«

»Und ihr Gedächtnis?« hakte Kirk nach. »Glaubst du, sie leidet an Amnesie? Und wenn das der Fall ist: Wieviel hat sie vergessen? Wann erinnert sie sich wieder?«

McCoy überlegte. »Gehirnerschütterungen führen häufig zu einer Amnesie, die auf den Zeitpunkt der Verletzung beschränkt ist. Aber manchmal erweitert sich der Erinnerungsverlust auch auf andere Reminiszenzen. Vermutlich ist das bei Czerny der Fall. Ich habe bei ihr keine Reaktion bemerkt. Fiel euch etwas auf?«

Spock und Kirk schüttelten den Kopf. »Sie erkannte nicht einmal den Code.« Kirk hob die Hand, strich über sein Haar. »Zum Teufel auch, wieso ausgerechnet Kang? Wir haben mit einer klingonischen Aktion gerechnet, aber der Geheimdienst war sicher, daß eine Konfrontation mit Koloth bevorstand!«

»Sicher, Captain?« Spock klang skeptisch. »Immerhin sprach eine Wahrscheinlichkeit von achtzehn Prozent für Commander Kang. Ein Rest von sieben Prozent betraf die Alternative eines anderen klingonischen Kreuzers. Die

Analyse fand auf der Grundlage der aktuellen militärischen Konstellation am Rande des Imperiums statt.«

»Aber es bleibt bei drei zu eins für Koloth, Mr. Spock. Nun gut. Was wissen wir über Kangs Schiff?«

Der Vulkanier aktivierte das Computerterminal und gab den Sicherheitscode ein. Ernst betrachteten die drei Männer den Bildschirm. »Leider fehlen uns wichtige Daten, Captain«, sagte Spock schließlich.

»Großartig. Es läuft also auf folgendes hinaus: Jean Czerny hat vergessen, worum's geht; sie befindet sich an Bord des falschen Kreuzers; und Kang hat die Samen ihrer neuen Korn-Sorte und verlangt Informationen darüber.« Kirk rieb sich die rechte Wange, dachte an einen Kang, der Chekov mit dem Schmerzstimulator gequält hatte. »Er schreckt bestimmt nicht davor zurück, Jean zu töten.« Er ließ die Hand wieder sinken. »Und ich sehe keine Möglichkeit, ihr zu helfen.«

Spock betätigte einige Tasten, und die Darstellung auf dem Schirm veränderte sich. »Jean Ly-Kieu Czerny. Eurasierin. Wissenschaftliche Sektion, Abteilung Agrikultur. Vor der Versetzung wurde ihr psychometrisches Profil noch einmal überprüft. Das Ergebnis: ein bemerkenswert niedriger xenophobischer Index; unterschiedliche paranoide Tendenzen; geistige Flexibilität; hohe Widerstandskraft gegenüber Streß. Sie meldete sich freiwillig für das Projekt auf Shermans Planet.« Spock sah Kirk an. »Sie brauchen sich keine Vorwürfe zu machen, Captain. Starfleet Command traf eine logische Entscheidung.«

»Verdammt Spock!« platzte es aus McCoy heraus. »Das grüne Blut in Ihren Adern könnte man als Kühlmittel für Computer verwenden! Wir sprechen von einer lebenden, denkenden und fühlenden Frau, und vielleicht vergnügt sich Kang gerade damit, sie langsam zu Tode zu foltern. Es ist nur menschlich, daß Jim sich Sorgen um sie macht.«

»Ich kenne die menschlichen Charakteristiken, Doktor«, erwiderte Spock kühl. »Ich wollte nur ...«

»Meine Herren, bitte ...« Kirk musterte seine Begleiter.

»Ihr habt beide recht, aber eure Argumente helfen weder mir noch Czerny. Ich schlage vor, wir kümmern uns zunächst um den klingonischen Stützpunkt auf Shermans Planet. Eine weitere Überraschung, die niemand in unserem Plan berücksichtigte.«

KAPITEL 3

Am dritten Tag begann der Schutzkasten zu flüstern. Jean ignorierte die eindringliche Stimme, doch zweimal während des dreißigstündigen Bordtages brachte der Wächter Wasser, und er stellte es direkt neben dem Behälter ab. Wenn die junge Frau danach griff, schien die Stimme lauter zu werden: *Sie können essen, wenn wir das Korn von Ihnen erhalten.* In ihrer Magengrube krampfte sich etwas zusammen, und das Wasser konnte den Schmerz nicht lindern. Vor einer Weile war Eknaar mit Spritzen und Zuckerlösung gekommen, und nach der Injektion wurden die Krämpfe noch schlimmer. Jean starrte auf den Kasten aus dunklem Durastahl. Es wäre so einfach gewesen. Sie brauchte nur einige Sekunden, um ihn zu öffnen... *Geben Sie uns das Korn. Dann können Sie essen, essen...*

»Sei still!« sagte sie zornig. »Sei endlich still!«

Das Türschloß summte und brach den Bann der hypnotischen Stimme. Eine Ablenkung. Jean seufzte erleichtert und erhob sich.

Aernath stand auf der Schwelle. In der einen Hand hielt er mehrere Zettel, in der anderen eine Frucht.

»Hallo! Darf ich eintreten?«

Jean nickte benommen. Der junge Klingone zog einen Stuhl heran, nahm neben der Koje Platz und legte seine Unterlagen auf die Matratze. Czerny musterte ihn neugierig. Ein schlanker, fast zart gebauter Mann, etwa fünfzehn Zentimeter größer als sie und rund fünfundsechzig Kilo schwer; dünnes, schwarzes Haar, ein langer Schnurrbart. Und die Augen: dunkelblau, fast purpurn. Doch Jeans Aufmerksamkeit galt in erster Linie der Frucht. Sie wirkte wie eine Mischung aus Pampelmuse und Pfirsich, verströmte einen überaus aromatischen und appetitanregenden Duft. Aernath biß geistesabwesend davon ab, während er die Zettel sortierte. Er sprach zwischen den einzelnen Bissen, aber Jean hörte gar nicht hin, sah nur, wie sich weiße Zähne in saftiges Fruchtfleisch bohrten. Ein kleines Stück verschwand im Mund, dann ein anderes. Fasziniert beobachtete die junge Frau, wie Saft über den Daumen des Klingonen tropfte. Nach einer Weile musterte er sie aus amethystfarbenen Augen.

»Haben Sie auch nur ein Wort von dem verstanden, was ich Ihnen gesagt habe?«

»Wie? Entschuldigen Sie bitte.« Jeans Blick klebte an der Frucht fest, und nach einigen Sekunden starrte Aernath auf seine Hand herab.

»Oh. Natürlich.« Er zog einen kleinen Dolch aus dem Stiefel – jeder Klinoge schien ein solches Messer bei sich zu führen –, zerschnitt die Frucht und reichte Jean die eine Hälfte. Czerny zögerte, sah kurz zur Tür. »Seien Sie unbesorgt«, sagte Aernath. »Der Wächter macht gerade Pause, und es dauert noch etwas, bis er zurückkehrt.« Als Jean mit Heißhunger aß, fügte er hinzu: »Schmeckt's?«

»Ja. Wirklich lecker.«

»Nun, solche Spezialitäten gehören nicht zu den üblichen Rationen an Bord eines klingonischen Schlachtkreuzers. Ich baue sie in meinem Labor an. Die Pflanze stammt von einer der Randwelten am anderen Ende des Imperiums, und sie hat einen unaussprechlichen Namen. Ich nenne sie einfach Ruhmesobst. Sie blüht mehrmals im Jahr, doch es wächst jeweils nur eine Frucht. Übrigens: Was macht Ihr Kopf?«

»Mein Kopf? Schon besser. Warum fragen Sie?«

Aernath reichte ihr ein Blatt. »Sehen Sie sich das an.« Jean erkannte eine der letzten Seiten ihres Laborbuchs, las die ersten Worte einer längeren Beschreibung der *Quadrotritikal*-Sorte. Der Klingone behielt sie im Auge. »Ziemlich konfus, nicht wahr? Zunächst blieb alles völlig rätselhaft für mich. Bis ich mir noch einmal den Anfang vornahm und versuchte, aus den anderen Aufzeichnungen schlau zu werden. Wenigstens sind es zusammenhängende Sätze. Aber ich verstehe nicht annähernd genug. Hier und dort sind ganze Absätze durch Tropfwasser unleserlich geworden. Haben Sie wirklich einen so hohen Proteingehalt erzielt — ungeachtet der verschiedenen Wachstumsbedingungen?« Aernath griff nach einem anderen Blatt, das mehrere Datenkolonnen zeigte. »Diese Informationen betreffen doch verschiedene ambientale Konditionen, oder?«

Jean nickte widerstrebend. Zwar wußte der Klingone längst Bescheid, aber es bereitete ihr trotzdem Unbehagen, seine Annahmen zu bestätigen. Aernath pfiff leise durch die Zähne. »*Siee.* Ein phänomenaler Proteingehalt — und er betrifft unterschiedliche Biotope. Ich kenne nur eine Sorte, die noch mehr liefert, allerdings nur unter ganz bestimmten Voraussetzungen.«

Das weckte Jeans Interesse. »Im Ernst? Sie haben Korn, das mehr als fünfundzwanzig Prozent Protein enthält? Wie heißt es?«

»*Klibikul.* Aber es reift nur im zweiten Jahr, und deshalb eignet es sich kaum für Ernährungszwecke.« Aernath erklärte ihr die Besonderheiten der Pflanze.

Sie führten ein angeregtes Gespräch, und Aernath stellte noch einige andere Fragen, die Jean bereitwillig beantwortete — ohne das Gefühl zu haben, wichtige Dinge zu verraten. Schließlich stand der junge Mann auf und ging, ohne einen weiteren Besuch in Aussicht zu stellen. Eine seltsame Stille schloß sich an, und Jean starrte wieder auf den Schutzkasten, der ihren *Quadrotritikal*-Samen enthielt. Kaum mehr als eine Handvoll Körner — und doch ein kostbarer Schatz für die Förderation. Ideal für Siedler, die neue Welten erschlossen und eine autarke Ernährungsbasis brauchten. Neue Welten. Deshalb hatte sich Jean für den Starfleet-Dienst entschlossen: um eine Chance zu bekommen, den Kolonisten auf unerschlossenen Planeten zu helfen. Herausforderungen und Abenteuer. Czerny verzog das Gesicht. Das gegenwärtige Abenteuer gefiel ihr nicht sonderlich. Sie meinte das Angebot ernst, die Ergebnisse ihrer Arbeit mit den Klingonen zu teilen. Aber nur aus freiem Willen. Sie wollte sich nicht unter Druck setzen lassen, lehnte es ab, das von Kang erbeutete Diebesgut als rechtmäßigen Besitz des Commanders anzuerkennen. Nein, damit verlangte er eindeutig zuviel.

Jean saß in einer Zelle, von Hunger geplagt. Und die Entscheidung lag nicht etwa bei Starfleet, sondern allein bei ihr. Sollte sie Kang den Inhalt des Kastens überlassen und sich an die Hoffnung klammern, irgendwann mit einigen Körnern der neuen Sorte zur Föderation zurückzukehren? Oder war es besser, durchzuhalten und auf die Rettung zu warten? Wie würde Spock ihre Lage beurteilen? Nein, diese Frage konnte nicht beantwortet werden. *Spock ist Spock, und ich bin ich.* »Ich brauche mehr Zeit, um die Situation einzuschätzen«, sagte Jean laut und richtete ihren Blick wieder auf den Schutzkasten. Er flüsterte jetzt nicht mehr.

Die Hungerkrämpfe weckten Jean früh am nächsten Morgen. Nur der Wachwechsel vor der Zellentür half ihr, die Zeit zu strukturieren: drei Schichten zu jeweils dreißig Stunden. Tag war es, wenn man ihr Wasser brachte; Nacht, wenn die Tür geschlossen blieb. Nun, eigentlich spielten solche Dinge keine Rolle. Die Zeit dehnt sich und verliert ihre Bedeutung, wenn man nichts zu tun hat. Jean freute sich, als erneut Aernath kam, und ihr Gewissen strafte sie mit einer sonderbaren Mischung aus Schuldbewußtsein und Ärger.

»Hallo. Ich bin's noch einmal.« Der Klingone nahm Platz, legte seine Papiere beiseite und holte ein kleines Paket hervor. »Hab' Ihnen was vom Mittagessen aufgespart.«

Jean musterte ihn argwöhnisch, und die klaren, amethystblauen Augen erwiderten ihren Blick ruhig. »Gibt's in diesem Zimmer keine Wanzen?« hauchte sie.

»Wie bitte?«

Czerny gestikulierte vage. »Ich meine, man hat hier doch sicher Abhöranlagen installiert, oder?«

»Oh, jetzt verstehe ich.« Aernath schmunzelte. »Nun, die Schaltungen mußten modifiziert werden, um den Kasten ans Interkom-System anzuschließen. Sie können also frei sprechen. Ich bin der einzige Zuhörer.«

»Warum helfen Sie mir?« fragte Jean.

»Damit Sie offen zu mir sind und die Wahrheit sagen. Sie belügen mich doch nicht, oder?« Als Czerny nickte, fuhr Aernath fort: »Außerdem bin ich sicher, daß Sie sich an meiner Stelle ebenso verhielten.«

»Das wäre gar nicht nötig«, entgegnete Jean steif. »Die Föderation behandelt Gefangene weitaus besser.«

Aernath lächelte amüsiert und nachsichtig. »Ja, natürlich.« Er zuckte mit den Achseln. »Bedienen Sie sich.«

Jean verzichtete auf eine weitere Bemerkung und öffnete das Paket. Es enthielt ein klebriges Brot, dessen Konsistenz an kalten Haferbrei erinnerte. Die junge Frau zögerte nicht, biß sofort hinein. Unterdessen ging Aernath seine Unterlagen durch. »Die neue Sorte ist wirklich beeindrukkend, wenn sie auch unter natürlichen Bedingungen so gut gedeiht wie im Labor. Sie haben sie noch nicht im großen Maßstab getestet, oder?«

Czerny schüttelte den Kopf.

»Wie konnten Sie den Samen überhaupt entwickeln? Ihre Aufzeichnungen enthalten keine Hinweise darauf.«

Jean faltete das Paketpapier zu einem kleinen Rechteck und reichte es zurück. »Aus gutem Grund. Es ist mein Geheimnis.«

»Aber es handelte sich doch um eine *Quadrotritikal*-Variante, nicht wahr?«

»Ja. Übrigens: Warum ist Kang so sehr daran interessiert? Will er auf Shermans Planet mit einem Anbau-Projekt beginnen?«

»Auf Shermans Planet?« Aernath wirkte erst verwirrt, dann unsicher. »Äh, ja. Nun, ich glaube, das kann ich ruhig zugeben.«

Jean kniff die Augen zusammen. Zorn funkelte in ihren Pupillen. »Ich weiß, daß Sie dort eine Landegruppe abgesetzt haben. Captain Kirk erwähnte einen Stützpunkt, als er mit dem Commander sprach. Aber warum kümmert sich ausgerechnet Kang um diese Sache? Er wurde doch einem ganz anderen Quadranten zugewiesen.«

Aernath deutete zum Tisch. »Geben Sie ihm die Saat und fragen Sie ihn selbst.«

Jeans Lippen bildeten einen dünnen Strich. »Nein. Die neue Sorte ist das Resultat *meiner* Arbeit. Er hat kein Recht darauf, und ich...« Sie brach ab, als ein Magenkrampf neuerlichen Schmerz durch ihren Leib schickte.

»Er hat Ihnen das Leben gerettet«, sagte Aernath langsam.

»Und deshalb kann er Anspruch auf mich und meinen Besitz erheben?« erwiderte Jean scharf. »Ist das wirklich ein klingonischer Brauch – oder nur ein bequemer Vorwand für Kang, um mich hier festzuhalten?«

Aernath schwieg einige Sekunden lang, sammelte dann die Blätter ein. Jean rutschte hin und her, massierte ihren Bauch. »Die Tradition existiert tatsächlich«, antwortete der junge Mann schließlich. »Obwohl man sich nicht gerade sehr häufig auf sie beruft.«

Jean beugte sich vor. »Angenommen, ich rette Ihr Leben. Sind Sie dann an mich *gebunden*, bis ich Sie ausdrücklich freigebe?«

Aernath sah die Frau nachdenklich an. »Es geschieht nur selten, daß Klingonen ihre Feinde schonen, und umgekehrt verhält es sich ebenso. Aber im Prinzip haben Sie recht. Ich wäre an Sie *gebunden*, ja. Bis Sie mich freigeben. Oder bis ich meine Schuld begleiche, indem ich Ihr Leben rette.«

Kurz darauf ging Aernath, und Jean blieb still sitzen, betrachtete den Schutzkasten und überlegte.

Am nächsten Tag stattete ihr der junge Klingone keinen Besuch ab, und aus Sekunden und Minuten schienen Stunden zu werden. Am folgenden Tag kam Eknaar, und Jean war fast froh, ihn zu sehen.

»Wie geht es Ihnen heute?« fragte der Arzt.

»Bestimmt fühle ich mich weitaus schlechter, wenn Sie mit mir fertig sind«, sagte Czerny.

»Ach, Sie sind eine Närrin«, antwortete Eknaar schlicht.

Nach der Glukose-Injektion wurde der Hunger fast unerträglich. Die meiste Zeit über lag Jean auf der Koje und versuchte, die Krämpfe und den Schmerz zu ignorieren. Der Schutzkasten verspottete sie erneut. Sie schloß die Augen und ließ ihre Gedanken treiben, zog sich in eine Art Trance zurück, die angenehmes Vergessen brachte. Aernath kam gegen Ende der zweiten Schicht.

»Hallo, da bin ich wieder. Oh-oh. Der Arzt war hier, nicht wahr? Sie sehen schrecklich aus.«

Jean rang sich ein Lächeln ab. »Sie verstehen es gut, jemanden zu trösten. Zum Glück sind Sie kein Krankenpfleger. Bleiben Sie bei Ihren Pflanzen.« Sie setzte sich auf.

»Nun, ich habe den größten Teil des Tages bei meinen Pflanzen verbracht *und* mich mit Ihren Aufzeichnungen beschäftigt — mit den Berichten über die ersten untersuchten Muster. Wissen Sie, was ich glaube? Für die Entwicklung der neuen Sorte diente Ihnen eine der ursprünglichen Arten als Grundlage. Richtig getippt?«

Jean zuckte mit den Achseln. Aernath kam der Wahrheit sehr nahe. Als sie keine Antwort gab, kam der Klingone auf gewöhnliches *Quadrotritikal* zu sprechen und erwähnte wie beiläufig, daß er derzeit eigene Tests durchführte. Er griff in eine Tasche seines Kittels und holte eine Phiole hervor. »*Klibikul,* erinnern Sie sich? Hier sehen Sie eine Probe. Komisches Zeug, nicht wahr?« Plötzlich hielt er ein Nahrungspaket in der anderen Hand.

Jean nahm es dankbar entgegen. »Ich weiß Ihre Hilfe sehr zu schätzen, Aernath.« Sie sprachen über mehrere Einträge im Laborbuch und diskutierten verschiedene Details, bevor der Klingone aufstand und ging.

Während der nächsten Tage wiederholten sich die Begegnungen. Jean wartete ungeduldig auf die Besuche und erzählte bereitwilliger von ihrer Arbeit — damit Aernath länger blieb. Bei zwei Gelegenheiten forderte er sie freundlich dazu auf, Kang nachzugeben und den Schutzkasten zu öffnen. Czerny weigerte sich, aber es fiel ihr immer schwerer, an ihrem Widerstand festzuhalten.

Eines Tages, während der zweiten Schicht, trafen Eknaar und Kang ein. Jean wurde nervös, als der Arzt Untersuchungen vornahm, eine Blutprobe analysierte und sich an den Commander wandte. »Ich habe mich nicht geirrt. Hier ist der Beweis.« Kang nickte, schwieg jedoch.

Czerny spürte, wie sich überwunden geglaubte Furcht in ihr regte. Bahnte sich neue Gefahr an? Die Gesichter der beiden Männer lieferten ihr keine Anhaltspunkte. *Was mag geschehen, wenn Aernath kommt, während Eknaar und Kang hier sind?* Ihre Besorgnis wuchs. Als der Wächter an die Tür klopfte, packte der klingonische Arzt hastig seine Sachen zusammen, verstaute sie unter der Koje. Dann wich er mit dem Commander in die kleine Hygienenische zurück.

Das Türschloß summte, und Aernath trat ein.

»Hallo, ich... He, was ist denn los?« Er verharrte abrupt, als er Kang und Eknaar sah. Auch der Wächter kam ins Zimmer.

»Durchsuchen Sie ihn!« befahl Kang.

Jean hob erschrocken die Hand zum Mund.

»Der Dolch steckt in meinem rechten Stiefel. Ich trage keine anderen Waffen bei mir.« Aernaths Stimme klang beherrscht, doch in seinen Zügen zeigte sich vage Furcht.

»Wir suchen nicht nach Waffen«, erwiderte Kang kühl.

»Wonach dann?« fragte Aernath verwirrt.

Kang kniff die Augen zusammen. »Eknaar hat Czernys Blut untersucht. Jemand gibt ihr zu essen.« Der Wächter entdeckte ein Nahrungspaket, und Aernath erbleichte.

»Ich habe ausdrücklich verboten, der Frau Lebensmittel zu bringen«, sagte Kang. »Sie kennen die Order, nicht wahr?«

»Ja, Commander.«

»Haben Sie sonst noch etwas zu sagen? Möchten Sie sich rechtfertigen?«

»Nein, Sir.«

Kang gab dem Wächter ein Zeichen. »Ihr Schmerzstimulator. Volle Stärke, tödliche Dauer.«

»Nein!« entfuhr es Jean. Die vier Männer drehten sich erstaunt zu ihr um, aber Czerny achtete zunächst gar nicht darauf. Die Vorstellung, daß Aernath schreiend zu Boden sank, nach qualvollen und endlos langen Minuten starb, entsetzte sie. »Warten Sie!« fügte sie heiser hinzu. »Wollen Sie ihn etwa töten, nur weil er mir etwas zu essen brachte?«

Kang sah Aernath an. »Er hat einem direkten Befehl zuwidergehandelt. Sogar mehrmals. Er muß bestraft werden.«

Jean stand auf, wankte näher. »Es ging ihm nur darum, Informationen von mir zu gewinnen. Er nahm Ihre Interessen wahr.«

»Aber er hat keinen Erfolg erzielt und meine Order mißachtet«, stellte Kang fest. Der Wächter justierte den Stimulator.

Jean schob sich an Aernath heran und streckte wie schützend den Arm aus. »Nein, bitte nicht. Bitte!« Sie richtete ihren Blick wieder auf Kang. »Hören Sie... Sind Sie bereit, ihn am Leben zu lassen, wenn ich den Schutzkasten öffne?«

Kang musterte sie verblüfft. »Sie haben sich die ganze Zeit über geweigert, auf meine Forderungen einzugehen. Und nun wollen Sie nachgeben, um einen Klingonen vor dem Tod zu bewahren? Warum?«

»Weil er freundlich zu mir war«, sagte Jean. »Weil er keine so harte Strafe verdient hat.«

»Sie wiesen gerade darauf hin, daß er Ihnen nicht aus selbstlosen Motiven geholfen hat. Und jetzt behaupten Sie, der Grund sei Sympathie Ihnen gegenüber gewesen.« Kang schüttelte den Kopf. »Sie widersprechen sich selbst.«

»Nein. Nein, ich meine...« Jean suchte nach den richtigen Worten. »Ich wünschte, ich könnte klar denken... Nein, es ist kein Widerspruch. Das eine schließt das andere nicht aus.« Verzweifelt versuchte sie, die in ihr keimende

Panik im Zaum zu halten, das gräßliche Phantasiebild aus sich zu verbannen. *Zurück zum Kern der Sache,* fuhr es ihr durch den Sinn. *Laß dich nicht ablenken.* »Meine Frage. Sie haben meine Frage nicht beantwortet! Verschonen Sie Aernath, wenn ich den Schutzkasten öffne? Lassen Sie ihn dann am Leben?«

»Ja.«

Jean sah den jungen Klingonen an und zögerte. »Kann ich mich darauf verlassen?«

Es verschlug Aernath die Sprache, und er brauchte einige Sekunden, um sich zu fassen. »Der Commander hat sein Wort gegeben. Und er wird es halten.«

Kangs leise Stimme erklang hinter Jean. »Öffnen Sie den Kasten.«

Als sie sich umdrehte, bemerkte sie einmal mehr das seltsame Glühen in den Augen des Kommandaten. »Ja, sofort.« Rasch ging sie zum Tisch und entriegelte das Codeschloß. Aernath gesellte sich an ihre Seite und betrachtete den Inhalt.

»Nun?« fragte Kang.

»Zweifellos *Quadrotritikal.* Um die Sorte festzustellen, sind einige Tests notwendig. Morgen kann ich Ihnen mehr sagen.«

»In Ordnung.«

Jäher Argwohn erfaßte Jean. »Haben Sie das alles in Szene gesetzt? War es ein Trick? Um mich zu überlisten? Um mich zu veranlassen, Ihnen den Samen zur Verfügung zu stellen?«

Kang erwiderte ihren Blick nachdenklich. »Spielt das eine Rolle? Immerhin habe ich Aernaths Hinrichtung angeordnet.«

»Sie hätten ihn wirklich getötet?«

»Ja.«

»Aber jetzt ist er frei, ohne irgendwelche Einschränkungen?« fragte Jean.

Kang winkte ungeduldig. »Selbstverständlich.«

»Nun...« Czerny holte tief Luft. »Wenn ich die Situation richtig beurteile, habe ich Aernaths Leben gerettet. Er ist also an mich *gebunden*, nicht wahr?«

Gespanntes Schweigen folgte, und Aernath erblaßte zum zweitenmal. Kang neigte den Kopf zurück und lachte schallend. »Eine Schachfigur, ja. Aber höchst eigensinnig. Und schlau. Selbst wenn es ein Trick war — Sie haben Ihren eigenen Nutzen daraus gezogen. Nicht schlecht.« Er deutete eine Verbeugung an. »Er gehört Ihnen«, fügte er hinzu. »Ich hoffe, Sie haben mit Ihrem *Gebundenen* nicht so viele Schwierigkeiten wie ich mit meinem.«

Jean berührte Kang am Arm. »Manchmal fällt es recht schwer, sich an neue Bräuche zu gewöhnen. Nötig sind Verständnis, Sanftmut und Geduld.«

»Nun, an Verständnis scheint es Ihnen nicht zu fehlen. Aber Sanftmut und Geduld? Nein, Sie haben die Instinkte einer Kriegerin. Und das gefällt mir.« Kang hob die rechte Hand, umfaßte Jeans Kinn. »Schade, daß Sie keine Klingonin sind.«

»Schade, daß Sie kein Mensch sind«, konterte die Frau.

Der Commander lachte leise. »Nun, ich überlasse Ihnen Aernath. Ich postiere auch weiterhin einen Wächter vor der Tür, aber Sie können kommen und gehen, solange Sie sich begleiten lassen. Ich erwarte Sie morgen abend zum Essen. Bis dann.«

Die Tür schloß sich hinter Kang, Eknaar und dem dritten Klingonen. Aernath starrte eine Zeitlang verwirrt ins Leere, und nach einer Weile begegnete er Jeans Blick.

»War es eine List oder nicht?«

Der junge Mann schüttelte den Kopf. »Meine Anweisung bestand darin, Sie mit allen mir geeignet erscheinenden Mitteln zur Kooperation zu bewegen. Es wurden keine Einzelheiten vereinbart.«

»Das ist alles? Und Sie haben den anderen Befehl ganz bewußt ignoriert, weil Sie sich Kangs Nachsicht erhofften? Der Zweck heiligt die Mittel, nicht wahr? Überleben und erfolgreich sein — so lautet Ihre Devise.«

»Das stimmt in gewisser Weise«, gestand Aernath ein. »Allerdings blieb der Erfolg aus, und deshalb ...«

»Nein, Sie irren sich!« beharrte Jean. »Ihre... Freundlichkeit veranlaßte mich dazu, den Kasten zu öffnen.«

Der Klingone schüttelte den Kopf. »Die Drohungen des Commanders gaben den Ausschlag.«

Jean wies ihn nicht darauf hin, daß sie fast seinem Drängen nachgegeben und ihm die neue *Quadrotritikal*-Sorte ohne das Eingreifen Kangs zur Verfügung gestellt hätte. Statt dessen erwiderte sie: »Wie dem auch sei – Sie haben dafür gesorgt, daß ich Ihrem Schicksal nicht gleichgültig gegenüberstehe. Aus diesem Grund habe ich den Behälter geöffnet. Um Ihnen das Leben zu retten.«

»Was verlangen Sie jetzt von mir?« fragte Aernath niedergeschlagen.

»Ihren Laborkittel«, antwortete Jean sofort.

Der junge Mann kam ihrer Aufforderung verwundert nach.

Czerny streifte den Kittel über, schloß den Haftsaum und entspannte sich. Es fühlte sich gut an, die zerschnittene Bluse zu bedecken. Sie holte das Nahrungspaket hervor und nahm im Schneidersitz auf ihrer Koje Platz. Aernath blieb stehen.

»Bitte setzen Sie sich.« Er gehorchte. Jean musterte den Klingonen, der steif und verkrampft vor ihr saß, und sie ahnte, was er empfand. »Sie sind verärgert und glauben sich gedemütigt. Bitte denken Sie daran, daß ich mich in der gleichen Lage befinde – und im Gegensatz zu Ihnen bin ich nicht mit all den komischen Sitten und Traditionen aufgewachsen. Ich möchte nur etwas von Ihnen, das keine großen Opfer verlangt: Freundschaft. Ich brauche jemanden, dem ich vertrauen, auf den ich mich verlassen kann. Jemanden, der mich vor Schwierigkeiten bewahrt, bis ich das Imperium verlassen und in meine Heimat zurückkehren kann. Sind Sie bereit, mir einen solchen Dienst zu erweisen?« Aernath sah sie an, und Jean zuckte innerlich zusammen. *Himmel, seine klaren blauen Augen, ihr Kontrast zu der dunklen Haut*... Sie hatte das Gefühl, einen elektrischen Schlag zu bekommen, wenn sie diesen Mann berührte.

»Wenn Sie Wert darauf legen«, entgegnete Aernath. »Soll auch *ich* Schwierigkeiten vermeiden, um Sie zu schützen?«

Jean Czerny lachte. Ein Teil der Distanz zwischen ihnen schrumpfte, aber der Klingone entspannte sich nicht ganz. Die junge Frau wurde wieder ernst. »In Ordnung. Ja, ich erwarte von Ihnen, daß Sie aufpassen und auf der Hut sind. Wenn Sie in ein klingonisches Fettnäpfchen treten, so ergeben sich daraus auch Konsequenzen für mich.« Sie strich einige Krümel vom Papier, faltete es und stand auf. »Derzeit möchte ich folgendes: etwas zu trinken, eine Dusche und saubere Kleidung. In dieser Reihenfolge.«

Aernath verließ Jeans Quartier, sobald sich ihm eine Möglichkeit dazu bot. Als er zu seiner eigenen Unterkunft zurückkehrte, hallte ein bitterer Refrain in ihm: *Gebunden. An eine menschliche Frau. Cymele hat mich verdammt!* Andere Klingonen zeichneten sich durch unerschütterliche Selbstsicherheit aus, fühlten sich überlegen, aber Aernath interessierte sich viel zu sehr für Xenobiologie, um eine derartige Einstellung zu teilen. Ihn faszinierten fremde Pflanzen, fremde Tiere. Und nun sah er sich mit einer Fremden aus der Föderation konfrontiert, einem Menschen. Er hatte die Situation völlig falsch eingeschätzt, bedauerte es nun, nicht auf den Rat älterer und klügerer Krieger gehört zu haben. *Sssts* — so nannten sie die Menschen. Weiche Haut, scharfe Zähne. »Man ist nur dann vor einem *Ssst* sicher, wenn man mit dem Blaster auf ihn zielt.« *Ssst!* Aernath wußte um die Gefahr, aber er war seiner eigenen Neugier zum Opfer gefallen. Nun, jetzt gab es kein Zurück mehr. Überleben und erfolgreich sein. So lautete sein Motto. Er war an die Frau *gebunden,* dazu verpflichtet, sie zu schützen, und vielleicht... Er holte das Florett aus seinem Zimmer, begab sich in die Sportkammer und justierte den automatischen Fechtgegner auf Stufe drei. Aernath exerzierte, bis ihn die körperliche und geistige Erschöpfung von allen belastenden Gedanken befreite.

Den nächsten Tag verbrachte Jean, indem sie sich mit Aernaths kleinem, aber gut ausgerüsteten Laboratorium vertraut machte. Schließlich nahm sie vor einem Sichtschirm Platz und betrachtete Bilder von der Flora im Imperium, während Aernath die *Quadrotritikal*-Samen analysierte. Sie plauderte und spürte, wie er allmählich seine Verschlossenheit aufgab und mehr aus sich herausging, ihr Informationen über sich selbst anbot, über Kang und das Raumschiff. Der Klingone war ein wenig jünger als Czerny, und zum erstenmal nahm er an einer Mission im All teil. Im Gegensatz zu ihm stammten die meisten Besatzungsmitglieder von Kangs Heimatwelt.

»Sie kommen von Maras Planet?« fragte Jean. »Mara... So heißt doch Kangs Frau, nicht wahr?« Aernath nickte. »Sie wurde auf einer anderen Welt geboren?«

»Ja. Die beiden Planeten gehören zum gleichen Sonnensystem. Mara stammt vom äußeren, Kang vom inneren.«

»Shermans Planet befindet sich in unmittelbarer Nähe des Imperiums, und daher unterrichtete man uns über die Manöver der klingonischen Flotte. Doch von Ihren Welten erfuhren wir nur wenig. Trotzdem kursieren viele Gerüchte, und eins davon...« Jean zögerte kurz. »Hat Mara ihren Mann verlassen?«

Aernath beugte sich über den Tisch und las einen Computerausdruck. »Mhm. Kurz nach der Begegnung mit der *Enterprise*, als Kang sein Schiff verlor.«

»Warum haben sie sich getrennt?«

Aernath richtete sich wieder auf und verschränkte die Arme. Seine Stimme klang ein wenig schärfer, als er erwiderte: »Die Föderation veränderte sie. Mara verließ die Flotte, kehrte auf ihren Heimatplaneten zurück, ging sogar in den Untergrund. Der Commander gibt Kirk die Schuld. Er wird ihm nie verzeihen.«

»Wenn Kang einen solchen Groll gegen Captain Kirk hegt... Warum hat er dann nicht versucht, ihn zu töten, als sich die *Enterprise* im stellaren Territorium des Imperiums befand?«

Aernath überlegte kurz. »Wahrscheinlich gäbe er sich nicht mit Kirks Tod zufrieden. Er will ihn in Mißkredit bringen, ihn ruinieren. Außerdem...«

Jean wartete, und als der Klingone weiterhin schwieg: »Außerdem was?«

»Keine Ahnung«, sagte Aernath knapp. »Vielleicht gibt Ihnen Kang selbst Auskunft. Irgendwann.«

Czerny begriff, daß der junge Mann nicht mehr über dieses Thema sprechen wollte. »Und Sie? Was halten Sie von uns, von der Föderation?«

Aernath zuckte mit den Achseln. »Was soll ich darauf antworten? Außer Ihnen kenne ich keine anderen Menschen. Sind Sie ein typisches Beispiel für Ihr Volk?«

Diese Frage überraschte Jean, und sie wich ihr aus. »Nun, was ist mit mir? Welche Rolle spiele ich in Kangs Plänen? Er hat mich mehrmals als Schachfigur bezeichnet.«

Aernaths Unbehagen war offensichtlich. »Nun, indem er Sie festhält, weckt er Kirks Zorn. Abgesehen davon...« Er zögerte erneut, fügte dann hinzu: »Sie baten mich, Schwierigkeiten aus dem Weg zu gehen. Ich habe bereits genug gesagt. Stellen Sie Ihre restlichen Fragen dem Commander. Vielleicht läßt er sich sogar dazu herab, Ihnen zu antworten.«

KAPITEL 4

CAPTAINS LOGBUCH: STERNZEIT 5960.2

Wir haben festgestellt, daß es tatsächlich einen Überlebenden des Erdbebens auf Shermans Planet gibt: Agrikultur-Spezialistin Czerny. Sie wurde vom klingonischen Kommandaten Kang festgenommen. Wir sind inzwischen zu Shermans Planet zurückgekehrt, um die landwirtschaftlichen Arbeiten fortzusetzen und den klingonischen Stützpunkt zu überwachen, während wir auf eine Antwort der Organianer warten.

Captain Kirk beendete den Logbuch-Eintrag und wandte sich an Uhura. »Irgendeine Reaktion, Lieutenant?«

»Nein, Sir. Wenn die Klingonen eine Kommunikationsstation eingerichtet haben, müßten sie uns empfangen. Ich vermute, sie ignorieren unsere Signale.«

Kirk drehte den Kommandosessel um und sah den Vulkanier an. »Welche Ergebnisse erbrachte die Sondierung, Mr. Spock? Sind die Klingonen noch immer dort, wo wir sie zuerst geortet haben?«

»Bestätigung, Captain. Sie haben sich in der Nähe von Mousse Rock verschanzt, zwei Komma sechs Kilometer von der Föderationsstation entfernt.«

»Moose Rock, Mr. Spock?«

»Mousse, Captain. Wie das gleichnamige französische Dessert. Lieutenant Le Clerc, die zur ersten Landegruppe gehörte, hielt diese Bezeichnung für angemessen, weil die entsprechende Felsformation der Struktur jener kulinarischen Spezialität ähnelt. Ich nehme an, die Klingonen haben ihre Basis ausgerechnet dort eingerichtet, weil sich der Bereich gut verteidigen läßt.«

»Können wir feststellen, mit wie vielen potentiellen Gegnern wir rechnen müssen?

»Die Anzeigen der Lebensindikatoren lassen nur eine grobe Schätzung zu: fünfunddreißig bis fünfzig Personen.«

»Lieutenant Uhura, sind bereits Berichte von der Landegruppe eingetroffen, die auf Shermans Planet zurückblieb, als wir Kang verfolgten?«

»Ja, Sir. Lieutenant DeCastro meldet keine besonderen Zwischenfälle. Die Arbeiten machen gute Fortschritte, und bisher haben die Klingonen nichts unternommen.«

»Gut.« Kirk nickte. »Ich möchte, daß die Station so schnell wie möglich in Ordnung gebracht wird. Die Kommunikation hat absolute Priorität. Benachrichtigen Sie den Transporterraum. Das erste Ablösungsteam besteht aus Chefingenieur Scott, Lieutenant Kevin Riley, Lieutenant Johnson, Fähnrich Tamura von der Sicherheitsabteilung und Ihnen, Lieutenant Uhura.« Kirk bemerkte, daß Sulu plötzlich aufsah, als er den Namen seines Freundes Riley hörte. Der Steuermann hatte schon seit einer ganzen Weile nicht mehr an planetaren Missionen teilgenommen. «Und Mr. Sulu«, fügte er hinzu.

»Vielen Dank, Sir«, sagte Sulu und lächelte erfreut.

»Übergeben Sie Ihre Posten den Leuten der Bereitschaftsgruppe«, sagte Kirk. »In einer halben Stunde geht's los.«

Das leise Sirren des Transferfeldes verklang, und Sulu sah sich neugierig um. Sie standen nun neben einem Gebäude, das die heftigen Erschütterungen während des Erdbebens unbeschädigt überstanden hatte. Es handelte sich um ein einstöckiges Haus aus Stein, vor dem sich ein großer Garten erstreckte.

Weiter hinten ragten dunkle Felsen auf, und Dutzende von Hügeln folgten auf die Ebene. Sulu interessierte sich kaum für Geologie, viel mehr für Botanik, und deshalb nahm er nicht an der Diskussion über die Folgen des Bebens teil. Er begnügte sich mit der Erkenntnis, daß die Katastrophe auf eine einzigartige Verkettung seismischer Zufälle zurückging und sich im Verlauf der nächsten hundert Jahre bestimmt nicht wiederholen würde. Die übrigen Angehörigen der Landegruppe sprachen über tektonische Platten und ähnliche Dinge, doch Sulus Aufmerksamkeit galt in erster Linie dem Garten und der lokalen Flora. Er freute sich auf die nächsten Tage, obgleich der Wind bereits herbstliche Kühle heranwehte.

Lieutenant DeCastro stand auf der linken Seite und sprach mit Johnson, während einige Mitglieder seines Teams entmaterialisierten. Das Haus verfügte über einen eigenen, inzwischen reparierten Generator. Der rund fünfzig Meter entfernte Verwaltungskomplex bot sich zum größten Teil als Trümmerhaufen dar, und nur der Kommunikationsraum war nicht völlig zerstört worden. Hinzu kam die ausgefallene Hauptenergieversorgung der kleinen Kolonie — diese beiden Faktoren hatten Vorrang.

Sulu und Riley halfen Chefingenieur Scott dabei, die vom Frachttransporter der *Enterprise* transferierte Ausrüstung zu kontrollieren, brachten die Geräte nach einer kurzen Überprüfung zum administrativen Zentrum. Die fünf restlichen Männer aus DeCastros Team gingen ihnen zur Hand, und Uhura arbeitete im Kommunikationszimmer. Sie alle waren verschwitzt und müde, als sie sich am späten Nachmittag vor dem Haus versammelten. DeCastro wies seine Leute an, sich auf die Rückkehr an Bord vorzubereiten. Uhura und Riley nutzten die Gelegenheit, sich in den beiden Duschkabinen zu waschen. Sulu ließ sich auf eine Treppenstufe sinken und hielt den Blick auf die Stelle gerichtet, an der die nächste Gruppe — ihre Ablösung — materialisieren sollte. Es geschah nichts.

Der Chefingenieur brummte etwas Unverständliches und klappte seinen Kommunikator auf. »Scott an Transporterraum. Auf was warten Sie noch, Kyle? Schicken Sie die Jungs herunter.«

Die Antwort überraschte ihn: Scott hörte nicht etwa den britischen Akzent des Transporteroffiziers, sondern vernahm einige leise Flüche. Schließlich erklang Lieutenant Kyles Stimme. »Einen Augenblick, Sir. Wir haben hier ein Problem.« Irgend etwas klickte und knackte und prasselte. Dann: »Das ist der letzte. Los, Mann, holen Sie ihn von der Plattform.« Eine scharfe Erwiderung. »Das hat mir gerade noch gefehlt!« stieß Kyle verärgert hervor.

Sulu hob erstaunt die Brauen.

Scott konnte sich nicht länger beherrschen. »Würde mir vielleicht jemand erklären, was bei euch los ist, verdammt?«

»Entschuldigen Sie bitte, Mr. Scott. Beim letzten Transfer kam es zu einer Fehlfunktion. Wir hätten DeCastro und seine Leute fast aus dem Fokus verloren. Ich mußte die Notenergie einsetzen, um den Transporterstrahl stabil zu halten, und dadurch wurden einige Komponenten überlastet. Sie brannten durch. Die Subsysteme sind ausgefallen, und es dürfte eine Weile dauern, sie zu reparieren. Soll das Ablösungsteam ein Shuttle benutzen?«

Scott schnitt eine Grimasse. Er haßte es, wenn mit der *Enterprise* irgend etwas nicht in Ordnung war. Und er verabscheute es noch weitaus mehr, wenn ihn die Umstände daran hinderten, selbst etwas zu unternehmen. Langsam drehte er den Kopf und sah Johnson an. »Lieutenant?«

Der kräftig gebaute und braunhaarige Sicherheitsoffizier zuckte mit den Schultern. »Wir können bis morgen hierbleiben, wenn's unbedingt sein muß. DeCastro meldete keine Aktivitäten außerhalb des klingonischen Stützpunkts; offenbar sind nicht einmal Patrouillen unterwegs. An der Peripherie unserer Station gibt es Sensoren, die rechtzeitig Alarm geben.«

Scotty hob seinen Kommunikator »Nein, Lieutenant Kyle, der Einsatz eines Shuttles ist nicht notwendig. Die Techniker sollen sich sofort an die Arbeit machen. Sorgen Sie dafür, daß der Transporter bis morgen wieder funktioniert. Scott Ende.«

Johnson wies Fähnrich Tamura die erste Wache zu und übernahm den Küchendienst. Als er das Haus betrat, seufzte Scott leise, wischte sich den Schweiß von der Stirn und nahm neben Sulu auf der Treppe Platz. Sie sahen der zierlichen Japanerin nach, und schließlich fragte Sulu: »Wie stehen die Chancen, daß der Transporter morgen wieder einsatzfähig ist?«

»Keine Ahnung«, erwiderte der Chefingenieur. »Ich weiß nicht, wie umfangreich die Schäden sind. Aber selbst wenn der Defekt nur wenige Schaltkreise betrifft: Bestimmt sitzen wir hier mindestens achtzehn Stunden lang fest.«

Sulu schürzte die Lippen, machte sich jedoch keine allzu großen Sorgen. Wenn es zu Schwierigkeiten mit den Klingonen kam — die Feuerkraft der *Enterprise* gewährte ausreichend Schutz. Ansonsten gab es keine nennenswerten Probleme. Der Steuermann hatte nichts dagegen, einen oder zwei weitere Tage auf dem Planeten zu verbringen.

Riley öffnete die Tür, grinste und strich sich übers nasse Haar. »Der nächste bitte. Meine Dusche ist frei. He! Wo sind denn die anderen?« Sulu erzählte ihm von der Fehlfunktion des Transporters. »Oh-oh. Seit meiner Rückkehr zur *Enterprise* ist dies der erste Abstecher auf einen Planeten — und prompt geht etwas schief. Mit dem irischen Glück scheint es nicht sehr gut bestellt zu sein, oder?«

Das Abendessen erwies sich als reines Vergnügen. Rusty Johnson galt als mürrischer, schweigsamer Mann, der die Einsamkeit liebte, doch als Koch stellte er ein verblüffendes Geschick unter Beweis. Als sie seine Crêpes Suzette verspeisten, drohte Scott scherzhaft damit, ihn mit permanentem Küchendienst zu beauftragen, sobald die nächste Gruppe eintraf. Der Chefingenieur war so erfreut, daß er sogar anbot, Uhura beim Abwaschen zu helfen.

Während sie mit Tellern hantierten, berichtete Uhura von den Ergebnissen ihrer Arbeit — und stellte fest, daß Scott beim Aufräumen in der Küche die gleiche sorgfältige Gründlichkeit zeigte wie in seinem geliebten Maschinenraum. Als Starfleet-Offizier genoß man den Vorteil, außerordentlich vielseitige und begabte Kollegen kennenzulernen, und dabei erlebte man immer wieder neue Überraschungen.

Kevin Riley kam in die Küche und summte leise *My Wild Irish Rose.* Er grinste von einem Ohr zum anderen. »Uhura, Sie ahnen nicht, was ich im Schrank gefunden habe!«

Uhura stellte eine Pfanne beiseite und drehte sich um. »Ihre Fröhlichkeit gibt mir einen Hinweis. Eine hübsche junge Dame aus Irland? Oder bot Ihnen ein Kobold seinen mit Gold gefüllten Topf an?«

»Weder noch!« verkündete Riley triumphierend. »Nein, der Schrank enthielt eine Gitarre. Wie wär's mit einem abendlichen Konzert?«

Uhura bedachte den jungen Ingenieur mit einem sanften, mütterlichen Lächeln. »Nun...« Sie sah Scott an, der die Arbeitsplatte so hingebungsvoll polierte, als handele es sich um eine seiner Jeffries-Röhren.

»Warum nicht, Uhura? Auf diese Weise können wir einen angenehmen Abend verbringen.« Er schmunzelte und fügte hinzu: »Vielleicht sollten wir auch die Klingonen einladen.«

»Na schön«, sagte Uhura und seufzte. »Wenigstens denken Sie dann nicht dauernd an den Transporterraum. Dort wären Sie bestimmt die nächsten Stunden beschäftigt, wenn Sie sich jetzt an Bord der *Enterprise* befänden.«

Scott verzog das Gesicht und bestätigte damit die Worte des Kommunikationsoffiziers.

Kurz darauf kehrten sie in den Wohnraum zurück. Rusty Johnson saß vor der Tür, behielt die Konsole des Warnsystems im Auge und zündete sich eine Pfeife an. Uhura stimmte die Gitarre und spielte mehrere Melodien: ein afrikanisches Kinderlied, eine schottische Weise, eine walisische Ballade und ein irisches Shanty. Es folgten ein vulkanisches Instrumentalstück und ›Jenseits von Antares‹.

»Jenes Lied habe ich schon lange nicht mehr gehört«, sagte Kevin leise.

Uhura spürte seine Melancholie und zupfte einige rasche Akkorde. »Hier ist eins, das kaum jemand hören möchte«, erwiderte sie und begann mit *I'll Take You Home Again, Kathleen.* Hier und dort stöhnte jemand, und glatte Mienen verwandelten sich in Grimassen. Selbst Rusty rang sich ein dünnes Lächeln ab. Kevin lief rot an – und die Stimmung war gerettet. Uhura lehnte sich zurück und improvisierte ein wenig.

»Das klingt neu«, meinte Scott.

Uhura nickte. »Die Melodie geht mir schon seit ein paar Jahren durch den Kopf. Shermans Planet hat mich daran erinnert.«

»Gibt es auch einen Text dazu?« fragte Sulu.

Uhura nickte und lachte leise. »Ja. Ich nenne es ›Uhuras Klagelied‹.«

Und sie begann:

»Ich singe euch das Lied von Cyrano Jones,
Händler im All, berühmt und berüchtigt,
nie der Mut von ihm wich.
Geißel der Klingonen, für James Kirk ein Fluch.
Froh und munter durchstreift er die Galaxis,
verkauft *Tribbles,* Flammensteine und glänzendes Funkeltuch.
Bezahlen müssen arme Touristen wie ich.

Oh – der Ärger mit den *Tribbles,* der Ärger mit den *Tribbles.*
Sie kommen nicht allein,
auch nicht in Paaren, nein.
Sie kommen in Scharen,
und bald besteht das ganze Hier
nur noch aus *Tribbles* – und dir.

Ich singe euch das Lied von Cyrano Jones,
Galaktischer Kaufmann, unbezähmbar und keineswegs scheu.

Haftbefehle und zornige Raumschiff-Kommandanten
sind für ihn alles andere als neu.
Er handelt mit Schätzen, lockt mit Tand
und reißt armen Touristen wie mir das Geld aus
der Hand. Oh...«

Die anderen stimmten mit ein, wiederholten die Verse und grinsten. Nur Kevin wirkte ein wenig verwirrt. »Ein hübsches Lied. Aber warum ist es so komisch? Was hat es mit den *Tribbles* auf sich?«

»Oh, Junge, wenn Sie keine *Tribbles* kennen, sollten Sie besser nicht danach fragen und für Ihre Unwissenheit dankbar sein«, antwortete Scott.

Doch Sulu eilte seinem Freund zu Hilfe und erzählte die Geschichte. In der Raumstation K 7 bekam Uhura von Cyrano Jones ein niedliches, pelziges Geschöpf, das sich innerhalb kurzer Zeit in eine wahre Plage verwandelte. Aus einem Wesen wurden Hunderte und Tausende; sie vermehrten sich mit rasender Geschwindigkeit, nicht nur in der Station, sondern auch an Bord der *Enterprise*. Letztendlich führte diese Heimsuchung dazu, daß man eine Verschwörung der Klingonen entdeckte — es ging dabei um die Vergiftung von Korn, das für Shermans Planet bestimmt war. Und so wurde aus dem Schurken Jones ein Held. Als Sulu seinen Bericht beendete, wies Rusty lakonisch darauf hin, es sei bereits acht Uhr. Damit begann Kevin Rileys Wache.

»Herzlichen Dank, Uhura«, sagte Kevin, als er zur Tür ging. »Ich würde gern weitere Lieder von Ihnen hören.«

Riley ging nach draußen, und Sulu sah ihm nach, wandte sich dann an Uhura. »Ich erinnere mich an eine Komposition von Ihnen, die Sie uns schon seit langer Zeit nicht mehr vorgetragen haben. Ich meine das canopianische Liebessonett.«

»Oh, ja. *Frau und Nachtigall* von Tarbolde.« Uhura nickte, griff erneut nach der Gitarre und begann zu spielen. Einige Minuten später kam Keiko Tamura ins Zimmer und nahm Kevins Platz ein. Uhura spielte auch ein balinesisches Tempellied und beendete ihre Vorstellung mit einer zweiten afrikanischen Melodie.

Sulu streckte sich und gähnte. »Ich habe morgen früh Wache und sollte jetzt an der Matratze horchen. Aber bleiben Sie ruhig hier – Sie stören mich keineswegs. Danke, Uhura.« Er begab sich in sein Quartier, lauschte noch eine Zeitlang den sanften Gitarrenklängen und schlief ein.

Am Nachmittag des nächsten Tages waren die Reparaturarbeiten noch immer nicht abgeschlossen. Kirk saß im Befehlsstand auf der Brücke und dachte über die Situation nach. Scotty hatte sich gerade zum viertenmal nach dem Stand der Dinge erkundigt. *Vielleicht ist es doch besser, ein Shuttle zu schicken...*

»Wir empfangen einen Notruf, Captain«, meldete Lieutenant Alden, der Uhura am Kommunikationspult vertrat.

»Vom Planeten?« Kirk drehte den Kommandosessel herum.

»Nein, Sir. Er stammt aus dem interstellaren Raum. Richtung sechs null drei Komma sieben.«

»Werden Einzelheiten genannt?«

»Es handelt sich um ein Dringlichkeitssignal. Offenbar ist das Lebenserhaltungssystem beschädigt. Die Energiereserven reichen nur noch für zwanzig Stunden.«

Kirk fluchte lautlos. »Identifizierung?«

»Ein Frachter, Sir. Die U.S.S. *Deirdre* unter dem Befehl von Captain Naranjit Singh.«

»Randy Singh?« entfuhr es Kirk.

»Sie kennen ihn?«

»Ja, ziemlich gut sogar. Erinnern Sie sich an das Massaker auf Tarsus Vier? Randys Frachter traf als erstes Schiff mit einer Ladung Lebensmittel ein. Aber was macht er in diesem Sektor? Wie dem auch sei... Mr. Spock, geben Sie die Koordinaten ein und berechnen Sie die voraussichtliche Flugzeit. Befinden sich andere Föderationsschiffe in der Nähe?« Kirk richtete seinen Blick auf den Ersten Offizier.

»Nein, Captain. Alle anderen Einheiten sind weiter entfernt als die *Enterprise.* Flugzeit etwa siebzehn Komma zwei Stunden, um den angegebenen Koordinatenpunkt zu erreichen. Wenn Sie mir diesen Hinweis gestatten, Sir: Als man uns nach Capella Vier rief, sendeten die Klingonen ein falsches Notsignal und verwendeten dabei die ID-Kennung der *Deirdre.*«

»Ein Täuschungsmanöver? Will man uns von Shermans Planet fortlocken?«

»Eine solche Möglichkeit sollte zumindest in Betracht gezogen werden«, erwiderte der Vulkanier.

»Aber wenn der Notruf echt ist, bleibt uns nicht viel Zeit...« Kirk holte tief Luft und traf eine Entscheidung, die ihm nicht gerade leicht fiel. »Mr. Spock, beordern Sie die Ablösungsgruppe zum Shuttledeck. Geben Sie den Leuten die Anweisung, Mr. Scott zu informieren. Vielleicht überwachen die Klingonen des Stützpunkts unsere Kommunikation. Wenn das der Fall ist, möchte ich ihnen keine Hinweise geben. Mr. Chekov, berechnen Sie einen Kurs zur *Deirdre.*« Der Captain betätigte eine Taste. »Kirk an Scott.«

Er bekam sofort Antwort. »Hier Scott.«

»Die Reparatur des Transporters dauert noch eine Weile. Die zweite Gruppe kommt mit einem Shuttle.«

»Aye, Sir«, bestätigte der Chefingenieur. »Soll ich mit der Fähre zurückkehren?«

»Das ist nicht nötig, Scotty. Bleiben Sie ruhig unten. Kirk Ende.«

Als man ihm meldete, das Shuttle sei auf dem Weg, nickte er dem Steuermann zu. »Wir verlassen den Orbit, Lieutenant Hadley. Warp zwei.«

Kurz darauf bildeten die Sterne bunte Streifenmuster auf dem Wandschirm. Kirk fragte sich, was während seiner Abwesenheit auf Shermans Planet geschehen mochte. Wenn die Klingonen merkten, daß die *Enterprise* verschwunden war — begannen sie dann mit einem Angriff auf die Föderationsbasis?

Lieutenant Willinck steuerte das Shuttle in die Atmosphäre des Planeten und wählte einen Kurs, der dicht am klingonischen Stützpunkt vorbeiführte. »Fähnrich, behalten Sie die Anzeigen der Scanner im Auge. Dies ist eine gute Gelegenheit um festzustellen, wie viele Klingonen sich dort unten verbarrikadiert haben.«

Der klingonische Offizier vom Dienst saß in der Kommandozentrale der festungsartigen Station und beobachtete die Monitoren. Das von der *Enterprise* ausgeschleuste Shuttle zeigte sich als heller Fleck und kam rasch näher. »Wenn es den Kurs nicht ändert, beträgt die Minimaldistanz zu uns nur einen halben Kilometer, Commander.«

»Verbinden Sie mich mit der Waffenkontrolle.«

»Ja, Sir.« Der Offizier schaltete das Interkom ein und öffnete einen Mitteilungskanal.

»Status Gelb. Gefechtsbereitschaft.« Lieutenant Klen, der gedrungene Commander des Stützpunkts, wanderte von einer Felswand zur anderen.

»Es werden Sondierungsstrahlen eingesetzt, Commander!« Die aus dem Lautsprecher dringende Stimme klang noch aufgeregter, als sie hinzufügte: »Das Shuttle ist getroffen und stürzt ab!«

Klen stieß einen Fluch aus, verließ die Zentrale und stürmte zum Kontrollraum der Waffenstation. »Sie hirnloser Idiot!« donnerte er. »Ich habe keinen Feuerbefehl gegeben!« Er streckte den voreiligen Klingonen mit einem wuchtigen Fausthieb nieder und nahm an der Konsole Platz.

»Man hat uns gescannt, Commander«, wandte der Mann dumpf ein, stand wieder auf und rieb sich das Kinn.

»Ich weiß«, grollte Klen. »Für gewöhnlich genügt das als Grund, um von unseren Waffen Gebrauch zu machen. Aber wir sind ausdrücklich angewiesen, nur dann das Feuer zu eröffnen, wenn man uns angreift. Sie haben diese Order mißachtet und stehen für dreißig Stunden unter Arrest.« Der Commander sah die Niedergeschlagenheit des

Klingonen und fügte schroff hinzu: »Ihr Treffer wird trotzdem im Logbuch verzeichnet. Und keine Sorge: Sie bekommen eine andere Chance, zu kämpfen und sich den ehrenvollen Tod eines Kriegers zu verdienen. Doch unser Befehl ist unmißverständlich: Wir sollen zunächst nichts unternehmen. Aber wenn es die Menschen tatsächlich wagen, uns anzugreifen, müssen sie für jeden eroberten Meter einen hohen Blutzoll entrichten. Wegtreten!« Schuld nagte an Klens Gewissen, als der Mann ging. Sein Untergebener hatte direkten Anweisungen zuwidergehandelt, und es ließ sich wohl kaum mit den Erfordernissen der Disziplin vereinbaren, auf eine harte Strafe zu verzichten. Doch das feige Warten ging allen gegen den Strich, selbst dem Commander.

Scott sah den Strahlblitz und beobachtete hilflos, wie das Shuttle ins Trudeln geriet. Offenbar versuchte jemand an Bord, die Fluglage stabil zu halten, doch es gelang ihm nicht: Die Fähre stürzte zwei Kilometer von der Föderationsbasis entfernt ab. »Scott an Kirk, Scott an Kirk. Die Klingonen haben auf das Shuttle geschossen!« Keine Antwort. Der Chefingenieur überprüfte seinen Kommunikator und stellte fest, daß mit dem kleinen Gerät alles in bester Ordnung war. Warum reagierte die *Enterprise* nicht? Er wandte sich an Johnson. »Versuchen Sie, eine Verbindung zum Shuttle herzustellen.« Er wartete keine Bestätigung ab, lief zum Kommunikationsraum, in dem Uhura und Sulu arbeiteten. »Die Klingonen haben das Feuer auf die Fähre eröffnet, und es gelingt mir nicht, einen Kontakt zur *Enterprise* herzustellen. Was ist mit den hiesigen Instrumenten?«

Zwei verblüffte Gesichter sahen von einem demontierten Pult auf. »Es dauert noch etwa eine Stunde, um die Anlage in einen funktionstüchtigen Zustand zu versetzen«, entgegnete Uhura. »Hier, nehmen Sie meinen Kommunikator.«

Der Chefingenieur griff danach. »Scott an *Enterprise*,

bitte kommen.« Stille. »Sulu, machen Sie sich zusammen mit Johnson, Tamura und Riley auf den Weg zum Shuttle. Stellen Sie fest, wie dort die Lage ist. Wir kümmern uns inzwischen um die Konsole hier. Ich habe so eine Ahnung, daß sich die *Enterprise* nicht mehr in der Umlaufbahn befindet, aber es ist mir ein Rätsel, warum wir keine Nachricht vom Captain erhielten. Vielleicht...« Er unterbrach sich, verdrängte seine düsteren Gedanken und trat zum Pult.

Sulu steckte seinen Tricorder ein, bewaffnete sich mit einem Phaser und lief los. Riley und Tamura näherten sich bereits vom Haus her.

»Die Fähre antwortet nicht«, sagte Johnson.

»Was ist passiert?« fragte Riley, als Tamura und er auf Hörweite herankamen.

»Die Klingonen haben das Shuttle abgeschossen«, erklärte Rusty. »Und die *Enterprise* ignoriert unsere Signale.«

»Oh-oh.« Riley pfiff durch die Zähne. »Wir sind in Schwierigkeiten.« Seine wachsende Besorgnis spiegelte sich auch in den Zügen der Japanerin wider.

Johnson drehte sich zu Sulu um. »Anweisungen von Commander Scott?«

»Ja. Wir sollen beim Shuttle nach dem Rechten sehen. Uhura und er sind dabei, die Kommunikationsanlage zu reparieren. Sie brauchen etwa eine Stunde.« Als der Steuermann Johnson erwartungsvollen Blick bemerkte, fiel ihm plötzlich ein, daß Rusty der ranghöchste Offizier war. Sulu salutierte übertrieben zackig. »Zu Befehl!«

»Verlieren wir keine Zeit.«

Johnson setzte sich sofort in Bewegung, eilte im Laufschritt los. Die anderen folgten ihm. Ein dichtes Gehölz verwehrte den Blick auf die herabgestürzte Raumfähre, und das Unbehagen in Sulu nahm zu. Wenn die Klingonen jetzt ihren Stützpunkt verließen... Aus den Augenwinkeln musterte er die zierliche Japanerin und fragte sich kurz, ob es besser gewesen wäre, sie bei Scotty und Uhura zurückzulassen. Vielleicht drohte Gefahr.

Es dauerte nicht lange, bis sie den Waldrand erreichten, und im Schutz der Bäume und Büsche setzten sie den Weg fort. Sulu sah sich immer wieder mißtrauisch um. Nach einigen Minuten hörte er ein Geräusch und verharrte abrupt. Nur ein knapper Kilometer trennte sie von der klingonischen Basis, und aus jener Richtung näherte sich ein Fahrzeug. Als Riley es sah, stieß er zornig hervor: »Dreimal verfluchte Diebe. Das ist ein Föderationstraktor. Sie haben ihn bestimmt aus unserer Station gestohlen!«

Ihnen blieb keine Zeit für eine Diskussion. Phaserstrahlen zuckten aus dem Shuttle, und hinter dem Traktor gleißten Energieblitze: Die große Maschine zog einen Wagen, in dem einige Klingonen hockten. Beide Fahrzeuge rollten in eine Schlucht, und dort schwärmte der Gegner aus.

Sulu beobachtete die nur wenige Meter entfernte Fähre. Ihr Bug hatte sich in den weichen Boden gebohrt, und die verzogene Luke des Ausstiegs stand offen, zeigte zum freien Bereich auf der anderen Seite des Gehölzes.

Johnson brummte leise. »Die Leute im Shuttle sitzen in der Falle. Sie können nicht den Notausgang benutzen, und die andere Schleuse bietet keinen Schutz. Wir müssen die klingonische Patrouille außer Gefecht setzen. Riley, Sie kommen mit mir nach links. Sulu und Tamura, Sie sichern die rechte Flanke. Ich glaube, es sind insgesamt fünf. Einen brauchen wir fürs Verhör. Bei den anderen ist es nicht nötig, Rücksicht zu nehmen.« Johnson und Riley krochen durchs Unterholz.

Als sich Sulu umdrehte, um Tamura zu folgen, bemerkte er eine Bewegung am Shuttle. Ein Fähnrich der Sicherheitsabteilung kletterte durchs gesplitterte Bugfenster, sprang zu Boden und rannte zu den Bäumen. Doch er kam nur zwei Meter weit. Rechts von Sulu richtete sich ein Klingone auf und schoß. Er tötete zum letztenmal. Zwei Phaserstrahlen — einer aus der Fähre, der andere aus Tamuras Waffe — bohrten sich in seinen Leib.

»Einer ist erledigt«, stellte die kleine Japanerin ruhig fest und schlich weiter.

Sulu schloß sich ihr an. Aufmerksam behielt er die Umgebung im Auge, und gleichzeitig bewunderte er die katzenhafte Geschmeidigkeit Tamuras. Ohne die rote Uniform hätte sie niemand gesehen, aber in ihrer derzeitigen Aufmachung stellte sie ein viel zu deutliches Ziel dar. Sulu bückte sich, griff nach einer Handvoll feuchter Erde und strich die dunkle Masse auf seinen gelben Pulli. Erneut erklang energetisches Fauchen, diesmal auf der linken Seite des Shuttles. Die anderen Insassen machten nicht den Fehler, dem Beispiel des Fähnrichs zu folgen und ebenfalls aus dem Fenster zu klettern.

Sulu setzte vorsichtig einen Fuß vor den anderen, alle Sinne angespannt. Immer wieder blickte er nach links, und plötzlich sah er eine Bewegung hinter der Raumfähre. Ein zweiter Klingone. Er näherte sich der Schleuse, nutzte jede Deckung aus, hob die Waffe...

Der Steuermann schoß. »Zwei«, sagte er leise. Niemand antwortete. Wo steckte Tamura?

Weiter vorn schimmerte etwas. Eine rote Uniform. Sulu erstarrte förmlich und fragte sich, ob die Japanerin den Verstand verloren hatte. Warum blieb sie nicht im Gebüsch? Ein dritter Klingone bemerkte sie, und Sulu hob seinen Strahler. Doch der Gegner verschwand immer wieder hinter dicken Baumstämmen, bot ihm kein klares Ziel. Auf einmal fiel Tamura, unmittelbar bevor der Klingone feuerte. Sie gab einen schmerzerfüllten Schrei von sich und kroch in Sulus Richtung zurück. *Zum Teufel auch, was hat das zu bedeuten?* dachte der Steuermann. *Sie ist bestimmt nicht getroffen worden. Himmel, eben verursachte sie nicht das geringste Geräusch, und jetzt kann man sie schon von weitem hören.*

Der Klingone folgte ihr.

Und Sulu verstand, justierte seinen Phaser auf Betäubung und verschmolz mit den Schatten.

An Tamuras Timing gab es nichts auszusetzen. Sie kreuzte den Weg des Klingonen zwei Meter neben Sulu, stemmte sich in die Höhe... Der Angreifer sprang, und

Sulu drückte ab. Die Entladung traf den Mann an der Brust, und er stürzte besinnungslos zu Boden, rührte sich nicht mehr. Tamura kippte zur Seite und schoß. Ein blasser Strahl streifte die Schulter des Klingonen und Sulus Arm. Der entsprechende Gegner starb, als ihn gleich mehrere Energieblitze trafen: von Tamura, vom Shuttle und von jemandem hinter der Raumfähre. »Das sind vier, glaube ich«, sagte die Japanerin.

»Hoffentlich fünf«, preßte Sulu hervor. Heißer Schmerz loderte in seinem verletzten Arm, und Übelkeit schnürte ihm die Kehle zu. Er lag flach auf dem Rücken.

Tamura rollte den Klingonen beiseite, so daß er eine Art Barriere bildete, robbte dann zu dem Steuermann. »Ist es sehr schlimm?«

»Nein, ich glaube nicht. Ich bin nur am rechten Ellenbogen verletzt.«

»Kommen Sie hier herunter und zeigen Sie mir die Wunde.« Die Japanerin half ihm über einen Hang und riß Sulus Ärmel auf. »Sie haben recht. Nur eine leichte Verbrennung. Aber ziemlich schmerzhaft, nicht wahr?«

Sulu nickte knapp. »Kann man wohl sagen.«

Tamura zog ein Medo-Päckchen aus dem Stiefel. »Ein bißchen Sprayplast und eine Dosis Deltaendorph – das sollte eigentlich genügen, bis wir zur Station zurückkehren. Halten Sie still.«

Sulu sah ihr zu und beglückwünschte sich, daß er sie nicht bei Uhura und Scotty zurückgelassen hatte. Wer zur Sicherheitsabteilung gehörte, hatte natürlich eine Spezialausbildung hinter sich, aber Tamura schien noch kompetenter zu sein als ihre Kollegen. Sie konnte es weit bringen. »Ausgezeichnete Arbeit«, sagte er und deutete auf den Bewußtlosen. »Sie haben ein offizielles Lob verdient.«

Tamura lächelte kurz. »Danke, Sir.« Sie strich sich einige Erdbrocken von den Knien und stand auf. »Mehr kann ich derzeit nicht für Sie tun. Wir sollten uns um den Gefangenen kümmern, bevor er erwacht und einen Wutanfall bekommt.«

Sulu griff nach der Waffe des Klingonen und zielte auf ihn, während die Japanerin einige Streifen von der Uniform des Mannes löste und ihm die Hände auf den Rücken band. Irgendwo hinter ihnen erklang Johnsons Stimme. »Ahoi, Shuttle. Gedulden Sie sich noch etwas. Wir räumen hier draußen auf. Lieutenant Sulu! Tamura! Wo sind Sie?«

»Hier drüben«, antwortete der Steuermann.

Kurz darauf schob sich Rusty hinter einem Dickicht hervor und warf einen kurzen Blick auf den Klingonen. »Ah, Sie haben einen erwischt. Gut.« Er zeigte auf Sulus Arm. »Schlimm?«

»Nein, nur ein Streifschuß. Wo ist Kevin?«

»Inzwischen im Shuttle, nehme ich an«, erwiderte Johnson. »Bewachen Sie diesen Burschen. Tamura und ich überprüfen den Traktor.«

Einige Minuten später hörte Sulu das Brummen eines Motors – die Zugmaschine rollte der Fähre entgegen. Der gefesselte Klingone begann sich zu bewegen, als Tamura und Johnson zurückkehrten. Die Japanerin ging neben dem Gefangenen in die Hocke und massierte ihm die Brust. »Los, wach endlich auf!« Der Mann öffnete die Augen und starrte sie finster an. Tamura griff erneut nach dem Medo-Pack und verabreichte ihm eine Injektion.

»Sie haben nur vier Dosen«, stellte Rusty fest. »Warum verschwenden Sie eine an ihn?«

»Damit er gehen kann«, gab Tamura zurück. »Sonst wird's im Wagen zu eng.«

»In Ordnung.« Johnson nickte und stieß den Klingonen mit der Stiefelspitze an. »Auf die Beine. Sulu, bringen Sie die anderen Leute im Wagen unter und fahren Sie den Traktor. Wir machen uns unterdessen mit dem Kerl hier auf den Weg. Lassen Sie sich von Fähnrich Ahmad ablösen, wenn Sie zu uns aufschließen. Ich möchte mit Willinck reden.«

An der Luke des Shuttles begegnete Sulu einem grimmig dreinblickenden Riley. »Drei Tote. Jemand mit einer schweren Kopfverletzung. Lieutenant Banerjee hat sich das Schlüsselbein gebrochen. Und noch etwas ...«

»Ja?«

»Die *Enterprise* mußte den Orbit verlassen, weil sie einen Notruf empfing. Deshalb konnten wir keinen Kontakt herstellen. Captain Kirk befürchtete, daß die Klingonen unsere Sendungen abhören, und aus diesem Grund schickte er die Nachricht mit dem Shuttle.«

Sulu verzog das Gesicht. »Wir sind also auf uns allein gestellt. Wie lange?«

»Wie Lieutenant Willinck meinte, schätzt Spock den Hin- und Rückflug auf mindestens vierzig Stunden. Vorausgesetzt natürlich, es handelt sich um ein authentisches Notsignal und keinen klingonischen Trick.«

An jenem Abend fand sich eine kummervolle Gruppe im Haus ein. Hinter der Station gab es vier frische Gräber – der am Kopf verwundete Fähnrich war auf dem Rückweg gestorben. Uhura und Scott wiesen darauf hin, daß die Kommunikationsanlage jetzt einwandfrei funktioniere, aber sie wollten erst dann einen Test durchführen, wenn die *Enterprise* eingreifen konnte. Die Klingonen durften nicht erfahren, in welcher Lage sie sich befanden. Die Wachen wurden verstärkt.

Nach dem Essen nahm Tamura ein Tablett und suchte zusammen mit Johnson und Sulu den Gefangenen auf. Er saß in der Wäschekammer, und Zorn funkelte in seinen Augen. Nachdem er ein Glas Wasser getrunken hatte, packte er das Tablett mit der freien Hand, schleuderte es nach Tamura und stieß einige klingonische Flüche aus.

Rusty hielt sich nicht damit auf, Rücksicht zu nehmen. Er griff nach der verletzten Schulter des Klingonen und schüttelte ihn heftig. »Hör mir gut zu, Freundchen. Wir haben dir Arzneien und zu essen gegeben, aber von jetzt an wirst du dir solche Dinge *verdienen* – mit Anworten und Respekt. Hast du verstanden?«

Der Mann knurrte etwas Unverständliches.

»Wenn du spurst, lassen wir dich als offiziellen Kriegsgefangenen zur *Enterprise* beamen, und dort bleibst du, bis die hiesigen Probleme gelöst sind. Aber wenn du weiterhin auf stur schaltest...« Johnson zuckte mit den Achseln. »Also gut, fangen wir an. Deine Identität?«

»*Tormin** erster Klasse, Imperiale Flotte, Besatzungsmitglieder der *Klolode Zwei.*«

»Das ist alles? Kein Name? Kein ID-Nummer?«

»Nicht für dich, Mensch!«

»Wie du willst, *Tormin*«, sagte Johnson. »Was ist mit eurer Mission? Warum seid ihr Klingonen auf Shermans Planet?«

»Um euch zu vertreiben. Um euch alle zu töten.«

»Das dachte ich mir bereits. Nun, ich bin an Einzelheiten interessiert, zum Beispiel an eurer Garnisonsstärke.«

»Sie genügt, um euch allen den Garaus zu machen.«

»Was ich zu bezweifeln wage, *Tormin.*« Rusty griff nach dem Haar des Klingonen und zwang seinen Kopf zurück. »Zahlen. Ich will Zahlen. Wie groß ist Eure Garnison?«

Der Klingone schnaufte verächtlich. »Wenn du unbedingt Bescheid wissen willst – geh doch hin und zähl die Krieger.«

»Wie heißt dein Commader?«

Der Gefangene schwieg und spuckte, als Johnson die Frage wiederholte. Rote Flecken der Wut bildeten sich auf Rustys Wangen, und er holte ganz plötzlich aus, versetzte dem Klingonen eine schallende Ohrfeige. Johnson seufzte, als der Mann weiterhin still blieb. »Na schön. Tamura, verschnüren Sie ihn gut. Er hat eine ganze Nacht Zeit, um zu überlegen. Wenn er sich auch morgen weigert, uns Auskunft zu geben...«

Captain Kirk blickte ins Projektionsfeld und beobachtete den Frachter, der antriebslos im All schwebte. Die U.S.S.

---

* *Tormin:* ein dem Sergeant vergleichbarer Rang in der klingonischen Sicherheitssektion.

Deirdre, kein Zweifel. Seit rund achtzehn Stunden herrschte Alarmstufe Gelb an Bord der *Enterprise,* doch nirgends zeigte sich ein klingonischer Kreuzer. »Alarmstufe Rot, Lieutenant Hadley. Lieutenant Alden, versuchen Sie, eine Verbindung zu dem Schiff herzustellen. Was zeigen die Lebensindikatoren, Mr. Spock?«

Der Turbolift öffnete sich, und Dr. McCoy betrat die Brücke. »Falls die Sache wirklich so ernst ist, wie es den Anschein hat, Jim... Eine medizinische Einsatzgruppe wartet im Transporterraum.«

»Danke, Pille. Spock?« Die beiden Männer sahen den Vulkanier an.

»Ich empfange ein Signal vom Frachter, Sir«, warf Lieutenant Alden ein.

»Gut. Visuelle Übertragung, Lieutenant Hadley. Chekov, irgendwelche anderen Raumschiffe in Sensorreichweite?«

»Negativ, Captain.«

Die Darstellung auf dem Wandschirm wechselte und zeigte eine nur matt erhellte Kabine, in der ein stämmiger Mann mit wettergegerbtem Gesicht saß. Er trug die Uniform des Frachtdienstes, und das Haar verbarg sich unter einem weißen Turban.

»Captain Kirk an U.S.S. *Deirdre,* bitte kommen.«

»Hallo, Jimmy-Boy! Bist du das wirklich? Deine Stimme ist wie ein Glas Wasser für einen verdurstenden Wüstensohn. Wir sind in Schwierigkeiten. Kannst du uns helfen?«

McCoy musterte Kirk. *»Jimmy-Boy?«*

Der Captain schmunzelte. »Ich war ein einfacher Fähnrich, als wir uns auf Tarsus Vier kennenlernten.« Er betätigte eine Taste. »Randy, du alter Bussard. Hast dich überhaupt nicht verändert. Wir beamen dich gleich zu uns. Wie viele Personen befinden sich sonst noch an Bord deines Schiffes?«

»Abgesehen von mir nur noch vier.«

»Bis gleich. Und noch etwas, Randy: Ich glaube, du bist uns einige Erklärungen schuldig. Laß dir eine gute Geschichte einfallen.«

»Klar, Jimmy. Du weißt ja, daß meiner Phantasie keine Grenzen gesetzt sind. Singh Ende.«

Erneut wechselte das Bild auf dem Wandschirm: Der Frachter schwebte vor schwarzem Samt. Kirk wandte sich an McCoy. »Gib mir Bescheid, sobald du Singh untersucht hast. Wenn er keine sofortige Behandlung braucht, erwarte ich ihn im Besprechungszimmer. Lieutenant Alden, unterrichten Sie Raumstation K 7, damit die *Deirdre* abgeschleppt werden kann. Ist nach wie vor alles ruhig dort draußen, Lieutenant Hadley?«

»Ja, Sir.«

»Um so besser. Alarmstufe Gelb. Nehmen Sie Kurs auf Shermans Planet. Warp sechs. Sie haben das Kommando.«

»Aye, Captain.«

Kirk stand auf und sah seinen Ersten Offizier an. »Mr. Spock?« Der Vulkanier folgte ihm, als er in den Turbolift trat, und kurz darauf erreichten sie das Konferenzzimmer. Captain Naranjit Singh ließ nur wenige Minuten lang auf sich warten und sah bereits wesentlich besser aus.

»Danke, Jimmy. Einige Stunden länger, und wir hätten ins Gras gebissen.«

»Oder in Wüstensand.«

»Mit dem gleichen Ergebnis.«

»Was ist passiert, Randy?« fragte Kirk. »Bist du hier nicht im falschen Sektor?«

»Da hast du völlig recht, verdammt! Wir waren einige hundert Lichtjahre entfernt unterwegs, mit einer Ladung *Ryetalyn* und anderen Medikamenten — völlig normales Zeug, ohne jeden strategischen Wert. Ein Mikrometeorit nahm uns aufs Korn, traf die gute alte *Deirdre* mittschiffs und legte unser Lebenserhaltungssystem lahm. Wir sendeten sofort einen Notruf und begannen mit den Reparaturen, als plötzlich, wie aus dem Nichts, ein klingonischer Schlachtkreuzer auftauchte.«

»Was für einer?« fragte Kirk und beugte sich vor. »Wie hieß er?«

»Keine Ahnung. Es kam niemand an Bord, und der Commander reagierte nicht auf unsere Anfragen. Die Klingonen drohten uns nur damit, den Frachter vollständig zu zerstören, wenn wir Widerstand leisteten. Und dann nahmen sie uns ins Schlepptau. Wir fürchteten schon, die Burschen wollten uns bis ins Imperium bringen, während wir langsam erstickten. Aber seltsamerweise ließen sie uns hier zurück und beschädigten das Warptriebwerk, um uns an einer Rückkehr zu hindern. Nun, Klingonen kommen auf die seltsamsten Ideen, aber so etwas...«

»Ich glaube, ich verstehe langsam«, murmelte Kirk. Etwas lauter fügte er hinzu: »Man hat dich als einen Köder benutzt, den ich nicht ignorieren konnte. Die Frage lautet: warum und wer? Mr. Spock, bitte zeigen Sie ihm unsere holografischen Bilder von klingonischen Raumschiffen. Vielleicht gelingt uns auf diese Weise eine Identifizierung.«

Seine Hoffnungen erfüllten sich: Singh erkannte die *Geißel,* Captain Koloths Kreuzer. Kirk dankte ihm, schickte ihn anschließend zu seiner Crew zurück. Als die Tür hinter ihm zuglitt, wandte sich Jim an den Vulkanier.

»Jetzt wissen wir wenigstens, warum Jean Czerny von Kang entführt wurde. Koloth war zu jenem Zeitpunkt mindestens zwanzig Flugstunden entfernt. Offenbar haben die beiden Kommandanten ihr Handeln gut aufeinander abgestimmt. Nun, was halten Sie davon, Mr. Spock?«

»Es hat den Anschein, als wollten uns die Klingonen beschäftigt halten. Vielleicht wissen sie nicht genau, was unsere Geheimdienste in Erfahrung bringen konnten. Vielleicht haben sie deshalb einen komplexen Plan entwickelt, um uns abzulenken.«

»Und dazu gehört auch der Stützpunkt auf Shermans Planet?« fragte Kirk.

»In diesem Zusammenhang eine logische Annahme«, bestätigte Spock.

»Hmm. Ja, ich verstehe, was Sie meinen. Wenn das tatsächlich der Fall ist... Wahrscheinlich verschanzen sie sich und halten so lange wie möglich aus. Es bedeutet auch, daß wir mit weiteren von Klingonen verursachten Zwischenfällen rechnen müssen. Unter solchen Umständen sollten wir ein ausreichend großes Kontingent zur Station schicken und die klingonische Basis einfach ignorieren. Sollen sie in ihrem eigenen Saft schmoren.«

»Das wäre die richtige Entscheidung«, pflichtete der Vulkanier bei.

»Aber das ursprüngliche Problem bleibt. Wir wissen nicht, wo sich Czerny aufhält und wie es ihr geht. Wenn wir keine Antworten auf diese Fragen finden, wird die Lage im hiesigen Quadranten immer unsicherer. Himmel, wir brauchen Informationen!«

»Der Nachrichtendienst von Starfleet stellt Ermittlungen an, aber es wird noch eine Weile dauern, bis erste Resultate vorliegen«, sagte Spock.

Der Captain seufzte und schaltete den Tischkommunikator ein. »Ja, ich weiß. Sie haben recht. Nun, wenigstens kann ich dafür sorgen, daß *wir* nicht zuviel Zeit verlieren. Kirk an Brücke. Lieutenant Hadley, geben Sie dem Maschinenraum Bescheid und beschleunigen Sie auf Warp sechs Komma fünf. Ich bin auf dem Weg zu Ihnen. Kirk Ende.«

KAPITEL 5

Jean trat vor den Spiegel in ihrer Kabine und betrachtete sich kritisch. Die schwarze Unterwäsche der klingonischen Uniform erinnerte an eine Art Trikot. Sie streifte das lange Hemd über, schlang eine Kordel um die Taille und nahm sich vor, den Schnitt in ihrer Bluse zuzunähen, sobald sie Gelegenheit dazu fand. Czernys Blick wanderte noch einmal durchs Zimmer, bevor sie den Wächter rief und sich von ihm zu Kang führen ließ. Sie durfte nicht darauf hoffen, bald in die Freiheit zurückzukehren, und der kleine Raum stellte ihr einziges Refugium dar. Es widerstrebte ihr, ihn zu verlassen und den Commander aufzusuchen.

Der Wächter brachte Jean in die holzvertäfelte Kammer, die sie bereits kannte. Kang saß an seinem Schreibtisch und unterzeichnete einige dünne Folien, die er anschließend einem wartenden Besatzungsmitglied gab. Als der Mann ging, stand er auf, trat an Jean heran und musterte sie in ihrer neuen Aufmachung. Er deutete auf die zweite Tür und schloß seine Hand um Czernys Arm. »Ich schätze, diesmal können wir darauf verzichten, unser Geschick im Umgang mit Dolchen zu messen, nicht wahr?« Sein Lächeln wuchs in die Breite, als er der Frau den Nebenraum zeigte: sein persönliches Quartier. »Hierhin wollten Sie fliehen, erinnern Sie sich? Wie heißt es bei Ihnen? Vom Regen in die Traufe...«

Jean antwortete nicht. Zwar spürte sie vages Unbehagen, aber sie sah sich aufmerksam um. Ein kleines, eher spartanisches Zimmer, wenn man die Maßstäbe der *Enterprise* anlegte. Es enthielt ein Bett, einen kleinen Tisch, zwei Stühle und ein dickes Sitzkissen. An der gegenüberliegenden Wand bemerkte Jean einen Kleiderschrank und eine Pforte, die vielleicht in die Hygienezelle führte. Die gläserne Vitrine über der Koje enthielt einige Duellschwerter. Mehrere eingebaute Regale in der dritten Wand, daneben eine Nische, die das Bild eines gefährlich wirkenden, mit langen Reißzähnen ausgestatteten Wesens zeigte. Der Tisch davor war für zwei Personen gedeckt. Die vierte Wand, auf der anderen Seite des Bettes, bestand aus einem großen Bildschirm. Kang verschloß seinen Blaster in einem Kasten am Kleiderschrank, beugte sich dann über die Koje und öffnete ein Fach unter der Vitrine. Zum Vorschein kam ein kompliziert anmutendes Kontrollfeld. Der Commander betätigte zwei Tasten, und daraufhin erhellte sich der Bildschirm. Sterne glänzten im Schwarz des Weltraums.

»Der Sektor direkt vor dem Schiff«, sagte Kang. »Ich möchte ständig auf dem laufenden bleiben, auch wenn ich hier bin.«

Jean blieb stehen. »Wohin sind wir unterwegs?«

»Zum Herzen des klingonischen Imperiums.« Die junge Frau war so angespannt, daß sie unwillkürlich zusammenzuckte, als jemand hinter ihr an die Tür klopfte. »Herein«, brummte Kang. Das Schott glitt beiseite, und ein junger Mann schob einen Servierwagen in die Kabine. Er begann damit, Teller und Schüsseln auf den Tisch zu stellen. »Das kann die Frau erledigen. Gehen Sie.«

Jean wollte protestieren, entschied sich jedoch dagegen und griff nach dem Geschirr, fast dankbar für die Ablenkung. Kang beobachtete sie vom Bett aus.

»Wie lange sind Sie auf Shermans Planet gewesen?« Der Commander sprach leise, aber Czerny schauderte trotzdem.

»Ungefähr zwei planetare Jahre.«

»Und vorher?«

»Bevor man mich zur Station auf Shermans Planet versetzte, habe ich an Bord der *Enterprise* gearbeitet.«

»Und vorher?«

»Ich... ich bin in der Aldebaran-Kolonie geboren und aufgewachsen. Nach dem Studium gehörte ich eine Zeitlang zum Personal der Forschungsstation auf Aldebaran Drei.«

»Wo haben Sie gelernt, so zu werfen?«

»Bitte?«

»Warum können Sie so gut mit Messern umgehen?«

»Oh. Nun, es ist keine Kampftechnik. Jedenfalls habe ich damals nicht mit der Absicht geübt, gegen jemanden zu kämpfen. Ich sah mehr eine Art Spiel darin. Das Stilett ist kleiner und dünner als der bei Ihnen gebräuchliche Dolch, und wir warfen es auf Zielscheiben.« Jean sah den Commander kurz an und fragte sich, ob er ihre Nervosität erkannte, ihre Unsicherheit ausnutzte. Kang streckte die Arme und rollte sich geschmeidig vom Bett herunter.

»Ein interessanter Stil. Ich habe so etwas noch nie zuvor gesehen. Nach dem Essen werden Sie mir zeigen, worauf es dabei ankommt.« Er nahm am Tisch Platz. Jean folgte seinem Beispiel, erleichtert darüber, daß nach der Mahlzeit harmlose Zielübungen auf dem Programm standen. Sie hatte gefürchtet, daß der klingonische Kommandant andere Dienste von ihr verlangte.

Jeans Tage wurden allmählich zur Routine: Frühstück in ihrem Zimmer, anschließend die Arbeit im Laboratorium, zusammen mit Aernath – der sie mittags zur Messe begleitete –, das Abendessen in Gesellschaft Kangs. Nach den abendlichen Mahlzeiten zeigte Czerny dem Commander, wie man mit Messern warf, oder er unterwies sie in einem klingonischen Spiel namens *Tsungu,* das Jean an chinesisches Schach erinnerte. Während des Tages konzentrierte sie sich auf die Arbeit mit *Quadrotritikal* und der ›Czerny-Sorte‹, wie Aernath sie nannte. Der junge Klingone wirkte sofort verschlossen und unnahbar, wenn ihn irgend etwas an seinen gebundenen Status erinnerte, aber ansonsten schien er Gefallen daran zu finden, seine Forschungen zusammen mit Jean fortzusetzen. Manchmal schuf er bei den Experimenten ambientale Bedingungen, die nichts mit Shermans Planet zu tun hatten, doch er weigerte sich, den Grund dafür zu erklären.

Eine Frage beantwortete er jedoch. »Was ist das Herz des klingonischen Imperiums?«

»Unser Sonnensystem.«

Wenn sich Jean abends auf das Essen mit Kang vorbereitete, kehrte die Furcht zurück. Sie gewann den Eindruck, durch einen dichten Nebel zu wandeln, ohne zu wissen, wohin sie ihre Schritte lenkte. Der Commander blieb höflich, und sein Verhalten wirkte keineswegs drohend. Nachdem sich Czerny zur Kooperation entschlossen hatte, schien er eine Art Waffenstillstand mit ihr vereinbart zu haben, doch Jean ahnte, daß es sich nicht um einen stabilen, dauerhaften Frieden handelte. Das Tête-à-tête an diesem Abend diente offenbar wohl kaum zu seinem Amüsement. Kang beobachtete sie, versuchte sie einzuschätzen, sich ein Bild von ihr zu machen. Jean fragte sich vergeblich nach seinen Motiven; die gelegentlichen Fragen und Bemerkungen des Commanders gaben ihr keine Hinweise. Sie wartete und trachtete danach, ihre wachsende Besorgnis zu verbergen.

Sie betrat das Beratungszimmer, als Kang den letzten Bericht fertigstellte. Er schickte das Besatzungsmitglied mit dem Befehl fort, die Meldung sofort zu senden, bedachte Jean nur mit einem flüchtigen Blick, als er aufstand und in seine Kabine ging. Dort verstaute er den Blaster und legte sich auf die Koje, nachdem er Hemd und Stiefel ausgezogen hatte. Er betätigte mehrere Tasten des Kontrollfelds, und das Bild des großen Sichtschirms wechselte häufig, zeigte die einzelnen Sektionen des Raumschiffes. Manchmal brummte Kang einen Befehl, und Jean beobachtete, wie überraschte Crewmitglieder erschraken. Schließlich wählte er wieder die Darstellung des Weltraums und betrachtete das gleichmäßige Glühen der Sterne.

Nach einigen Sekunden beendete Czerny das Schweigen. »Welche Sonne ist unser Ziel?«

Kang stemmte sich in einer fließenden Bewegung hoch – für einen Mann seiner Größe und Masse bewegte er sich erstaunlich flink und anmutig – und deutete auf einen hellen Punkt. »Diese hier.«

»Wann erreichen wir Ihren Heimatplaneten?«

»Morgen, aber...« Er unterbrach sich und wirbelte herum, bedachte die junge Frau mit einem durchdringenden Blick. »Wer hat Ihnen gesagt, daß es mein Heimatplanet ist?«

»Sie«, erwiderte Jean, und die Furcht in ihr verwandelte sich in das Prickeln beginnender Panik. »Sie meinten, wir seien zum Herzen des klingonischen Imperiums unterwegs.«

»Und daraus schlossen Sie, daß wir zu der Welt fliegen, auf der ich geboren wurde?«

»Habe ich mich geirrt?« Jean wollte nicht verraten, wieviel sie wußte, spürte weiterhin Kangs argwöhnischen Blick auf sich ruhen. Wie beiläufig fügte sie hinzu: »Soll ich das Essen kommen lassen?« Der Commander nickte, und daraufhin streckte sie den Arm aus, berührte eine kleine Sensorfläche neben der Koje. Als sie sich umdrehte, stand Kang direkt vor ihr. Tief in Jean versteifte sich etwas, und ihre Knie wurden weich. Der Klingone griff nach ihrem Haar, schob sie ein wenig zur Seite und nahm auf der Bettkante Platz, zwang Czerny auf die Knie.

»›Lieutenant‹ Czerny, nicht wahr? Ich habe Ihre Geschichte überprüft, und offenbar stimmt sie. Aber die Variable in der Gleichung heißt *Enterprise.* Warum sprach Kirk Sie mit ›Lieutenant‹ an? Was hat das zu bedeuten? Was steckt dahinter – ein Trick? Eins versichere ich Ihnen: Wenn Sie mich zu hintergehen versuchen, bringe ich Sie mit meinen eigenen Händen um.«

Entsetzen flutete durch Jeans Bewußtsein. Sie wußte ebenfalls nicht, welche Botschaft in Kirks Worten zum Ausdruck kam, hatte erneut das Gefühl, als fehlten in ihrem Gedächtnis wichtige Informationen. Eine gefährliche Lücke klaffte dort. »Bitte glauben Sie mir, Kang. Ich sage die Wahrheit. Kein doppeltes Spiel. Die derzeitige Situation ist nach wie vor ein Rätsel für mich – genau darin besteht mein Problem. Warum haben Sie mich mitgenommen? Was erwarten Sie von mir? Was planen Sie?«

»Was ich plane?« wiederholte Kang leise. »Es geht darum, einige Schachfiguren zu bewegen und ein Imperium zu schützen. Ich hoffe inständig, daß es mir gelingt, meine Absichten zu verwirklichen. Und Sie, meine Liebe... Sie werden sich so verhalten, wie ich es von Ihnen verlange – ohne ›doppeltes Spiel‹, wie Sie selbst sagten. Sie sind ein unbekannter, nur schwer einschätzbarer Faktor, und ich mag keine unangenehmen Überraschungen. Halten Sie sich an meine Anweisungen. Wenn wir Erfolg haben, können Sie eine Gegenleistung von mir erwarten. Ich gebe Ihnen mein Wort.« Er ließ Jean ganz plötzlich los, und sie neigte sich abrupt nach vorn, bis ihre Stirn an der Bettkante ruhte, zwischen Kangs Beinen.

Czerny zwang sich zur Ruhe und versuchte, den Ballast der Angst abzustreifen. Sie hatte den Commander zornig erlebt, aber diesmal bot er sich ihr völlig anders dar. In seinem Innern brodelte etwas, und Jean nahm eine Anspannung wahr, die irgendeiner Notlage galt, einer geheimnisvollen Krise. Allmählich gelang es ihr, wieder gleichmäßiger zu atmen, und ihr Zittern ließ nach. Noch immer kniete sie vor Kang, starrte auf seine Knie und rührte sich nicht von der Stelle. Die Finger des Commanders tasteten über ihren Nacken, spielten mit einer Locke. Geistesabwesend starrte er auf den Bildschirm, schenkte der Frau vor ihm überhaupt keine Beachtung mehr.

Das Klopfen an der Tür brachte ihn ins Hier und Jetzt zurück. »Herein.« Ein Besatzungsmitglied schob den Servierwagen ins Zimmer und ging wieder. Kang seufzte, erhob sich und zog Jean auf die Beine. Sie nahmen am Tisch Platz, aßen schweigend, und schließlich sagte der klingonische Kommandant: »Morgen abend erreichen wir Tahrn und schwenken in eine Umlaufbahn. Auf dem Planeten findet eine feierliche Prozession statt, und es folgt eine Audienz beim Imperator. Im Palast wird klassisches Hof-Klingonaase gesprochen. Eine Übersetzung ist nicht notwendig – ich gebe Ihnen alle erforderlichen Informationen. Nehmen Sie sich einfach ein Beispiel an mir. Nach dem Empfang bringt man Sie zur Imperialen Agrikultur-Station unweit der Hauptstadt; dort setzen Sie Ihre Arbeit fort. Wenn man Sie fragt, weisen Sie auf Ihren Treueschwur mir gegenüber hin. Hüten Sie sich davor, mit jemandem über die Föderation zu sprechen.«

Jean zögerte. »Und Aernath?«

»Er leistet Ihnen Gesellschaft. Darüber hinaus habe ich Tirax zu meinem persönlichen Gesandten ernannt und ihn angewiesen, Sie zu begleiten. Er wird dafür sorgen, daß alles nach Plan läuft.«

Jean erschauerte. Seit dem Duell hatte sie Tirax nur einmal gesehen, und die Vorstellung, ihm häufiger zu begegnen, gefiel ihr ganz und gar nicht.

Nach dem Essen schickte Kang die junge Frau in ihr Quartier zurück. Auf dem Rückweg überlegte Jean, ob sie den Wächter bitten sollte, sie zu Aernaths Unterkunft zu bringen. Sie sehnte sich danach, mit ihm zu sprechen, ihn zu fragen, wie es weitergehen sollte, was ihr auf Tahrn bevorstand. *Aber das kann auch bis morgen warten,* entschied sie. Einmal mehr dachte sie an die kollegiale Beziehung zwischen ihr und Aernath. Das Band der Freundschaft war noch immer recht dünn. Der Klingone wurde sofort kühl und reserviert, sobald sie ihn an seinen gebundenen Status erinnerte. Wenn sie sich jetzt an ihn wandte... Vielleicht fühlte er sich dann erneut unter Druck gesetzt.

Jean verbrachte eine ruhelose Nacht. Immer wieder hörte sie Kangs Bemerkungen und versuchte, eine Verbindung zu Shermans Planet herzustellen. Irgendwann schlief sie ein.

Am nächsten Morgen, während sie das Frühstück einnahm, begann sie erneut zu grübeln. Schließlich rief Czerny den Wächter. »Ich trage das Geschirr. Wir bringen es in die Kombüse, wenn wir zum Laboratorium gehen.«

Der Klingone schüttelte den Kopf. »Sie bleiben heute in Ihrer Kabine.«

»Was?« entfuhr es Jean verblüfft. »Warum?«

»Befehl von Kang.« Er griff nach dem Tablett und wandte sich zur Tür um.

Czerny hielt ihn am Arm fest. »Nein, warten Sie. Bitte geben Sie Aernath Bescheid. Ich muß mit ihm reden.«

Der Mann sah sie verärgert an. »Mein Befehl besteht darin, vor diesem Quartier Wache zu halten. Ich bin kein Laufbursche. Und ich will mir nicht ausgerechnet jetzt einen Arrest einhandeln, kurz vor einem Landurlaub. Lassen Sie mich los.« Er verließ das Zimmer und verriegelte die Tür. Jean trat in die Hygienenische, preßte sich ein Handtuch vors Gesicht und schluchzte. Sie verfluchte den Wächter und Kang, schickte sie in die neun Ringe der aldebaranischen Hölle. Nach einer Weile setzte sie sich, wartete und hoffte, daß Aernath aus eigenem Antrieb kam. Man brachte ihr das Mittagessen, dann die abendliche Mahlzeit, doch Aernath stattete ihr keinen Besuch ab.

Czerny verbrachte eine weitere schlaflose Nacht.

Am nächsten Morgen lernte sie eine junge Klingonin kennen, die mehrere Kleidungsbündel trug. Die beiden Frauen musterten sich gegenseitig, und schließlich fragte Jean: »Wer sind Sie?«

»Ich komme vom Hof-Protokoll und bin beauftragt, Sie auf die Audienz vorzubereiten.« Sie entrollte die Bündel auf dem Tisch und warf Jean immer wieder verstohlene Blicke zu. »Sind Sie wirklich ein Mensch?«

»Ja«, antwortete Czerny. »Warum?«

»Nun, ich... ich habe noch nie zuvor einen Menschen gesehen.«

»Vermutlich hat sich noch kein anderer Repräsentant meiner Spezies hierhergewagt«, erwiderte Jean trocken.

»Das weiß ich nicht.« Die Klingonin wirkte ein wenig nervös, als sie um Jean herumging und sie von allen Seiten betrachtete. »Zunächst das Haar.«

Czerny nahm Platz und spürte eine seltsame Ruhe. Vielleicht lag es an den zwei schlaflosen Nächten und einem leeren Magen: Sie glaubte plötzlich, sich in den substanzlosen Gespinsten eines Traums zu verfangen. Die Klingonin befaßte sich mit Jeans Haar, kämmte und knüpfte, verwendete Schmucknadeln. »Haben alle Menschen so weiße Haut?« fragte sie, als sie fertig war.

Als Eurasierin hatte Jean ihre Haut nie für weiß gehalten. »O nein«, entgegnete sie ernst. »Bei uns ist das ganze Spektrum üblich: schwarz, weiß, rot, gelb, grün und blau. Selbst Ihr Braun fehlt nicht.« Die Klingonin schien angemessen beeindruckt zu sein.

Jeans Gewand reichte von den Schultern bis zu den Fußknöcheln und bestand aus einem kratzigen, silbrigen Material. Die kurzen Ärmel und der Kragen standen steif ab. Die menschliche Frau beharrte darauf, die dunkle Unterwäsche zu behalten, aber von dem schwarzen Hemd mußte sie sich trennen. Sie traf eine rasche Entscheidung, rollte ihre geringe Habe zu einem Bündel zusammen und nahm es mit.

Jean war ziemlich sicher, an Bord gebeamt worden zu sein, erinnerte sich jedoch nicht an den Transporterraum. Neugierig sah sie sich um, und einige Gegenstände in der Ecke weckten ihre Aufmerksamkeit. Sie erkannte Aernaths Geräte wieder – offenbar sollten sie auf den Planeten transferiert werden. Kang schien an der Absicht festzuhalten, sein Versprechen zu halten. Czerny seufzte erleichtert: Aernath begleitete sie nach Tahrn. Sie fügte dem Stapel ihr eigenes Bündel hinzu und drehte sich um, als sie ein Geräusch vernahm. Kang stand vor der Tür und bedachte sie mit einem anerkennenden Blick. Er trug nun nicht mehr die schlichte Uniform der Imperialen Flotte, sondern eine prächtige Kombination mit Schulterumhang. In zwei Gürtelscheiden steckten ein edelsteinbesetzter Dolch und ein Paradeschwert.

»Ausgezeichnet«, lobte er. »Man könnte Sie für eine Klingonin halten.«

Die Stimme des Kommandanten klang scherzhaft, aber Jean bemerkte das warnende Gleißen in seinen Augen. Die Vorstellung hatte begonnen, und Kang verlangte von Jean, daß sie ihrer Rolle gerecht wurde. Fast trotzig schob sie das

Kinn vor und erwiderte: »Zu Ihren Diensten, Commander.«

Kang wurde von Tirax und drei anderen Offizieren begleitet. Sie trugen schwarze und silberne Uniformen, die Jean nun zum erstenmal sah. Kang trat auf das vordere Transferfeld und wies die anderen an, hinter ihm Aufstellung zu beziehen.

Sie materialisierten im Raumhafen der imperialen Hauptstadt. Nach einer förmlichen Begrüßung stiegen sie in einen Bodengleiter und fuhren über das weite Landefeld. Der Verkehr betraf in erster Linie Tahrn und den Schwesterplaneten, aber Jean sah auch Ladedocks für interstellare Frachter und Abfertigungsstellen für die Schiffe freier Händler. Hier und dort standen Kreuzer neben den gewaltigen, stählernen Leibern von Warp-Transportern.

Überall fielen die schwarzen und scharlachroten Uniformen der Imperialen Sicherheitsgarde auf. Czerny bemerkte die arroganten, feindseligen Blicke der Männer, und plötzlich sah sie Tirax' Präsenz in einem anderen Licht. Kang brauchte sie, und deshalb hatte er Tirax beauftragt, sie zu schützen. *Ich kann von Glück sagen,* dachte sie. *Auf dieser Welt drohen Gefahren, die ich überhaupt nicht kenne.* Sie duckte sich in ihrem Sitz, machte sich so klein wie möglich.

Im Gebäude der Raumhafenkontrolle verließen sie den Bodengleiter und schritten an einigen ISG*-Offizieren vorbei. Kang erwiderte ihren Gruß beiläufig, doch Jean starrte zu Boden, dankbar für ihre Eskorte.

Draußen wartete ein mit großen Rädern ausgestatteter Wagen, der von zwei Tieren gezogen wurde. Auf den ersten Blick betrachtet, erinnerten die Geschöpfe an jenes symbolische Wesen, dessen Bild Jean im Quartier des Commanders gesehen hatte, doch bei genauerem Hinsehen stellte sie einige Unterschiede fest. Trotzdem lag ihr nichts daran, nähere Bekanntschaft mit ihnen zu schließen. Kang

---

* ISG = Imperiale Sicherheitsgarde

kletterte in den Wagen, und Czerny folgte unsicher, als er ihr zuwinkte. Der Kommandant setzte sich und deutete auf ein kleines Kissen zu seinen Füßen. »Knien Sie dort nieder und halten Sie den Kopf gesenkt.« Die vier Lieutenants standen auf der Plattform hinter dem hohen Gefährt.

Kühle Luft wehte der jungen Frau entgegen, und das Stoffdach hielt den Sonnenschein fern – auf diesem Planeten schien es keine Wärme für Jean zu geben. Sie gehorchte Kangs Befehl und senkte den Kopf, aber aus den Augenwinkeln sah sie die Menge am Straßenrand – eine Masse aus schwarzen und kastanienbraunen Tönen, in der es viele scharlachfarbene Flecken gab. Die Wächter der ISG standen stramm und mit hocherhobenem Kopf; ihre Gesichter wirkten grimmig, energisch und entschlossen. Trotzdem herrschte eine festliche, erwartungsvolle Atmosphäre, und Hunderte von Stimmen bejubelten Kang. Ganz gleich, was Czerny von ihm hielt: Offenbar war er auf Tahrn recht populär.

Während Jean die vielen Klingonen beobachtete, gewann sie erste, unterschwellige Eindrücke. Irgend etwas ging nicht mit rechten Dingen zu. Zwischen ihrem eigenen Unbehagen und den freudigen Rufen der Menge erstreckte sich eine metaphorische Grauzone, in der zunächst Konturen fehlten. Czerny verdoppelte ihre Aufmerksamkeit und musterte das Publikum eingehender. Was stimmte nicht? Kurz darauf fiel ihr Blick auf eine Frau, die ein kleines Kind in den Armen hielt: der Bauch weit vorgewölbt, die Beine dünn, das Gesicht eingefallen und apathisch. *Marasmus!* gellte es in Jean. Diese Erkenntnis ermöglichte es ihr, nach den Symptomen Ausschau zu halten. Ihr Verdacht bestätigte sich: Arme, die nur aus Haut und Knochen bestanden, Hohlwangigkeit, trübe Augen, dürre, ausgemergelte Körper in zu weiter Kleidung. Deutliche Anzeichen für Unterernährung, für Mangel an Proteinen und Vitaminen! Jean vergaß ihre Anweisungen und hob den Kopf. Die Züge des Commanders blieben maskenhaft starr. »Kang!« flüsterte sie. »Ihr Volk! Wieso ...«

»Hunger!« preßte Kang zwischen zusammengebissenen Zähnen hervor.

»Hunger? Aber warum?«

»Brand. Trockenfäule. Die verdammten Narren! Ich habe ihnen gesagt, bakteriologische Kriegführung sei reiner Wahnsinn. Aber sie wollten nicht auf mich hören. Einige Viren mutierten, und jetzt sind unsere beiden wichtigsten Kornarten betroffen. Die Folgen sehen Sie hier.«

Damit war zumindest ein Rätsel gelöst. »Das *Quadrotritikal*...«

»Ist immun. Insbesondere Ihre Sorte.«

»Beim All, warum kommen Sie erst jetzt damit heraus?«

Kang sah Jean an. »Hätten Sie mir geglaubt?« zischte er.

Ja, natürlich, erklang es hinter Czernys Stirn. Aber das entsprach nicht der Wahrheit. »Ich... Nein, wahrscheinlich nicht.« Dann platzte es aus ihr heraus: »Shermans Planet! Die Einrichtung des Stützpunkts... Damit wollen Sie die *Enterprise* nur ablenken, nicht wahr? Ach, Kang! Warum haben Sie nicht einfach um Hilfe gebeten?« Erneut sah sie das seltsame Glühen in seinen Augen, und diesmal verstand sie es: Verzweiflung, Schmerz. Und unerschütterlicher Stolz.

Kang wandte sich ab. »Ein klingonischer Kommandant bettelt nicht«, entgegnete er leise und rauh.

Jean neigte den Kopf ans Knie des Klingonen, schloß die Augen, um nicht länger die vom Hunger gezeichneten Gesichter zu sehen. »Kang«, sagte sie leise. »Seien Sie unbesorgt. Ich bin Ihnen *wirklich* zu Diensten.« *Es ist keineswegs illoyal der Föderation gegenüber.*

Kang schwieg, aber Jean spürte, wie er ihr mit dem Zeigefinger über den Nacken strich.

Sie hob die Lider wieder, als sie die Stadt erreichten. Um die klingonische Architektur zu beschreiben, gab es nur einen passenden Ausdruck: massiv. Die Gebäude bestanden aus einzelnen Steinblöcken oder orangefarbenen Ziegeln, und die Dächer waren entweder flach oder kuppelförmig. Jean sah darin einen Hinweis auf mangelnde Phantasie. Der Wagen rollte durch breite Straßen, und an den Kreuzungen standen die hohen Statuen militärischer Helden. Rechts und links zweigten Gassen ab, in denen reger Verkehr herrschte. Das gebräuchlichste Transportmittel schien ein dreirädriges Gefährt mit Pedalen zu sein, und außerdem bemerkte Jean einige Karren, die von ziegenartigen Tieren gezogen wurden. Die einzigen motorbetriebenen Fahrzeuge gehörten der ISG: schwarze und schnittige Bodengleiter.

Die Prozession endete vor einem imposanten Bauwerk, in dessen hellroter Fassade silberne und weiße Fliesen glänzten. Über der breiten Holztür zeigte sich das gleiche Bild wie in Kangs Quartier. Sie verließen den Wagen und stiegen die Treppe hoch, vorbei an einer Ehrengarde, die ähnliche Uniformen trug wie Tirax und seine drei Kollegen. Jean vernahm leise Musik, als sie durch einen Korridor schritten und sich der Audienzkammer näherten. An den Wänden der Passage standen weitere ISG-Wächter, nahmen Haltung an und blickten starr geradeaus. Im Audienzzimmer warteten Dutzende von Klingonen: die Männer in Uniform, die Frauen in schmuckvollere Versionen von Jeans Umhang gehüllt. Die gegenüberliegende Wand bestand aus einem großen Mosaik, und es stellte das inzwischen bereits vertraute Geschöpf mit den langen Reißzähnen dar: hoch aufgerichtet, vor einem Hintergrund aus Sternen. Davor befand sich ein Podium, auf dem ein einzelner Sessel stand.

Jean zuckte fast zusammen, als sie den dort sitzenden Mann musterte: ein grauhaariger Klingone, der ebenfalls Schwarz und Silber trug — und Kang erstaunlich ähnlich sah. Der Commander blieb stehen und hob den Arm zum klingonischen Gruß. Der Imperator erwiderte die Geste. Kang schnallte das Schwert ab, trat auf das Podest zu, reichte seine Waffe dem Imperator, kniete nieder und senkte den Kopf. Der alte Klingone streckte die rechte Hand für den rituellen Kuß aus. Die beiden Männer wechselten einige Worte, und schließlich erhob sich Kang und empfing sein Schwert. Wieder erklangen Stimmen, und der Imperator warf Jean einen kurzen Blick zu, setzte dann sein leises Gespräch mit dem Commander fort. Nach einer Weile winkte Kang und forderte Czerny wortlos auf, sich an seine Seite zu gesellen. Der Imperator bot auch ihr die Hand an, und Jean folgte dem Beispiel des Kommandanten, hauchte einen Kuß auf die dünnen Finger. Kurz darauf kehrte sie zu ihrem ursprünglichen Platz zurück, während der grauhaarige Klingone andere Personen empfing. Nach zehn oder fünfzehn Minuten stand der Imperator auf, und alle Anwesenden hoben die Arme zum Gruß. Der alte Mann ging, und die anderen folgten ihm, angeführt von Kang.

Im Korridor drängte Tirax die junge Frau zur Seite und führte sie – begleitet von einem bewaffneten ISG-Wächter – durch einen Nebeneingang. Sie brachten einige Ecken und eine lange Treppe hinter sich, und Jean blinzelte, als sie nach draußen traten. Ein blaugrauer Bodengleiter stand bereit. Sie stiegen ein, und Jean warf einen kurzen Blick auf die rote Uniform des Fahrers, bevor Tirax die transparente Trennwand vor ihr polarisierte.

Das Passagierabteil bot nur wenig Platz, und Czerny fühlte sich zwischen beiden Klingonen eingezwängt. Klaustrophobische Panik regte sich in ihr, und sie kämpfte dagegen an, lenkte sich ab, indem sie an ihre bisherigen Eindrücke von der Hauptstadt dachte. Warum sah Kang dem Imperator so verblüffend ähnlich? Waren sie miteinander verwandt? Jean nahm sich vor, Aernath zu fragen. Aernath! Sein freundliches Gesicht... Wie sehr sie sich wünschte, mit ihm zu sprechen! Sie konnte nur ihm vertrauen – alle anderen standen ihr mit unverhohlener Feindseligkeit gegenüber. *Ein Alptraum. Dies ist ein Alptraum. Wann erwache ich endlich?* Nur die Beziehung zu Aernath schützte sie davor, Furcht und Entsetzen zum Opfer zu fallen.

Die Fahrt dauerte eine Ewigkeit. Als der Fahrer die Geschwindigkeit drosselte, beugte sich Tirax wortlos vor und betätigte eine Taste, woraufhin die Trennwand wieder durchsichtig wurde. Sie hielten an einem Kontrollpunkt. Auf beiden Straßenseiten, so weit der Blick reichte, erstreckte sich ein vier Meter hoher Zaun aus Maschendraht mit speziellen Ergkapseln. Wer die Barriere berührte, starb durch einen Stromschlag. Der ISG-Wächter überprüfte die Dokumente, richtete einen Scanner auf den Gleiter und winkte. Einige Meter weiter passierten sie eine zweite Schranke, und anschließend beschleunigte der Fahrer wieder. Jean sah aus dem Seitenfenster, und ihr Blick glitt über weites Ackerland. Offenbar gehörte diese Region zur Agrikultur-Station, von der Kang gesprochen hatte. In den einzelnen Parzellen gediehen viele verschiedene Pflanzen, und einige erinnerten Czerny an jene Sorten, die Aernath in seinem Laboratorium untersucht hatte. *Wenn ich zur Föderation zurückkehre, kann ich den botanischen Archiven wichtige Informationen hinzufügen. Vorausgesetzt, Kang erlaubt mir irgendwann die Rückkehr in meine Heimat.* Sie verbannte das einschränkende ›Wenn‹ aus ihren Überlegungen. *Ich* werde *zurückkehren,* versprach sie sich grimmig.

Der Boden war sandgelb, und die Forschungsstation schien mit ihrer Umgebung zu verschmelzen. Nur einige bambusartige Gewächse wiesen auf sie hin. Bisher hatte Jean auf Tahrn noch keine Bäume gesehen, nur Sträucher, die an den aldebaranischen *Lesquit*-Busch erinnerten. Der Bodengleiter hielt vor einem der ockergelben Steinhäuser, und wieder näherte sich ein Wächter. Der Mann salutierte zackig, als Tirax und seine Begleiter ausstiegen. *Die Imperiale Sicherheitsgarde ist wirklich allgegenwärtig.* Auf keinem anderen Planeten hatte Jean eine so starke militärische Präsenz gesehen — nicht einmal bei Starfleet Command!

Der Stationsverwalter — ein kleiner, nervöser Mann, der eine braune Uniform trug — begrüßte Tirax überschwenglich und musterte Czerny besorgt. »Ist das die menschliche Frau, die mit Ag-Tech Aernath zusammenarbeiten soll?«

»Ja«, bestätigte Tirax.

»Hat man sie überprüft?«

»Sie wurde diesem Projekt zugewiesen«, knurrte Tirax.

»Ich verstehe. Ist sie, äh, sauber?«

»Sie trägt Ihnen kein Ungeziefer ins Haus«, sagte Tirax und fügte noch etwas spöttischer hinzu: »Aber lassen Sie sich nicht von ihr kratzen. Vielleicht bekämen Sie *Aitchnit*-Fieber.«

Der Verwalter errötete. »Nein, nein, Lieutenant. Ich meine: Sie bringt doch keine *Tseni*-Viren mit, oder?«

Jean hatte angenommen, daß Tirax einen Groll gegen sie hegte, aber offenbar war Verachtung ein Bestandteil seines Charakters. »Sie kann wohl kaum damit in Berührung gekommen sein. Es sei denn...« Er fügte einen Fluch hinzu, der Jeans Anatomie galt. »Fragen Sie Aernath.«

Möge das aldebaranische Snilfpox *deine Genitalien verfaulen lassen,* dachte Czerny. Sie haßte Tirax mindestens ebensosehr wie er sie.

»Ja, natürlich, Lieutenant. Wenn Sie sich nun in Ihr Quartier zurückziehen möchten...« Der Verwalter schien es eilig zu haben, Jean und ihre Eskorte loszuwerden. Er winkte einen Assistenten herbei, kehrte dann rasch in sein Büro zurück.

Tirax hielt Jean die ganze Zeit über am Ellenbogen fest, als sie zu den Unterkünften gingen. Er bestand darauf, alle Einzelheiten ihres Zimmers zu untersuchen – reine Schikane, fand Jean. Als er sie endlich allein ließ, suchte sie die Hygienezelle auf, wusch sich das Gesicht... Und hörte, wie die Tür aufschwang. Czerny glaubte, Tirax sei zurückgekehrt, und sie bereitete sich auf eine Konfrontation vor.

Aernath stand auf der Schwelle und hielt ihr Bündel. »Hallo. Herzlich willkommen. Ich...« Er brach ab, als er Jean sah. »Bei Durgaths Zähnen und Klauen! Ich hätte Sie fast für eine Klingonin gehalten!«

Diese Bemerkung ließ das sprichwörtliche Faß überlaufen: Jeans innere Verteidigungsschilde splitterten. Aernath schloß die Tür und ließ das Bündel fallen, als Czerny heranstürmte und die Arme um ihn schlang. »Oh, Aernath!« brachte sie hervor und schluchzte. Seit der ersten Nacht an Bord von Kangs Kreuzer hatte sie nicht mehr geweint, doch jetzt verlor sie die Kontrolle über sich. Der andauernde Schrecken, Verwirrung und Einsamkeit – es war zuviel. Tränen strömten ihr über die Wangen.

Aernath erstarrte einige Sekunden lang, klopfte ihr dann unbeholfen auf die Schulter. »*Siee*... Was ist los? Habe ich Sie irgendwie beleidigt? Cheerny! Jean! Sind Sie verletzt?« Er versuchte, sich aus der Umarmung zu befreien.

Jean schmiegte sich noch fester an ihn. »Nein, bitte, halten Sie mich fest.«

Aernaths Verwunderung verwandelte sich in Besorgnis. »Was ist passiert? Cymele, steh mir bei: Verhalten sich alle Menschen so? Leiden Sie? Haben Sie Schmerzen?«

Jean schüttelte den Kopf, nickte und schluchzte erneut. Aernath trachtete nicht mehr danach, sie zurückzuschieben, wartete einfach ab. Irgendwann spürte Czerny seine Reserviertheit, ließ ihn los und rang sich ein Lächeln ab. »Nein, Aernath, Sie trifft nicht die geringste Schuld. Aber als Sie eben eine Klingonin in mir zu erkennen glaubten... Da konnte ich es einfach nicht mehr ertragen. Irgend etwas in mir gab nach. Von jetzt an... Solange ich im verdammten klingonischen Imperium festsitze, dürfen Sie keinen einzigen Tag verstreichen lassen, ohne nach mir zu sehen! Seit sechzig Stunden sehne ich jemanden herbei, mit dem ich sprechen kann.«

»Ich verstehe«, sagte Aernath steif. »Ich werde daran denken.«

Jean musterte ihn und fluchte lautlos. Der Klingone hatte sich erneut vom Freund in einen Untergebenen verwandelt, in den Gebundenen, der Befehle empfing. Was war diesmal der Grund? »Verdammt, Aernath, ich brauche einen Freund, keine Marionette. Sie gehen schon wieder auf Distanz, und das ausgerechnet jetzt! Welcher Fehler ist mir unterlaufen?«

Der Mann entspannte sich ein wenig. »Nun... Zuerst

möchte ich eine Frage wiederholen. Verhalten sich alle menschlichen Frauen so?«

»Die weiblichen Angehörigen von Starfleet neigen eigentlich nicht zu Hysterie, aber unter den gegebenen Umständen... Ja, ich glaube, es ist eine normale Reaktion.«

»In Ordnung. Wie würde ein männlicher Mensch, ein Kollege von Ihnen, auf Ihr Gebaren reagieren?«

Jean wußte nicht genau, worauf Aernath hinauswollte, und deshalb wählte sie ihre Worte vorsichtig. »Vermutlich so wie Sie zu Anfang. Er würde versuchen, die Frau zu trösten, sie fragen, was geschehen ist. Und wenn ihn irgendeine Schuld träfe, wäre er wahrscheinlich bereit, sich zu entschuldigen. Einige Männer fühlten sich nicht ganz wohl in ihrer Haut, und andere nähmen eine beschützende Haltung ein. Warum fragen Sie?«

»Ich möchte Ihnen nicht zu nahe treten, aber eine Klingonin ließe sich nie dazu hinreißen, vor einem Mann zu weinen. Eine derartige Verhaltensweise deutet darauf hin, daß sie verrückt ist, zutiefst gedemütigt wurde oder... den Mann verachtet. Nun, Sie sind nicht übergeschnappt, und es dürfte Ihnen auch klar sein, daß ich Sie keineswegs beleidigen wollte, als ich Sie mit einer Klingonin verglich. Daraus folgt...«

»O mein Gott!« stöhnte Jean. »Ich...«

Aernath ließ sich nicht unterbrechen. »Sie haben natürlich das Recht dazu. Wie dem auch sei: Sie baten um eine Erklärung, und ich möchte versuchen, Ihrem Wunsch zu entsprechen. Ich erwähnte bereits, daß man sich bei einem Feind nur selten auf die *Bindungs*-Tradition beruft. Für gewöhnlich töten Klingonen. In diesem Fall ist die Situation besonders kompliziert. Sie sind ein Mensch, noch dazu eine Frau... Nun, manchmal bin ich mir nicht mehr über meinen Status im klaren.«

»Aernath«, sagte Jean leise. »Ich halte Sie für einen Mann, der mein Freund ist...« Sie zögerte. Aernath hatte sich als Klingone erwiesen, der Mitgefühl zeigte und auf Gewalt in jeder Form verzichtete. Czerny wollte ihn auf keinen Fall demütigen. Wie konnte sie dieses Problem lösen, ohne seinen männlichen Stolz herauszufordern? Sie versuchte es mit einem alten Klischee. »Ich sehe einen Bruder in Ihnen.«

Diese Worte erzielten eine bemerkenswerte Wirkung. »Warum haben Sie das nicht gleich gesagt?« Aernaths betroffene Verlegenheit war wie weggewischt.

Jean fragte sich nach dem Grund für den plötzlichen Stimmungswechsel des Klingonen. »Ich wußte nicht, daß Ihnen dieser Hinweis soviel bedeutet.«

Aernath lachte leise. »Die Sache hat nur einen Haken: Sie sind älter als ich.«

»Ich verstehe nicht ganz...«

»Heutzutage haben die meisten Klingonen nicht mehr als zwei Kinder«, sagte Aernath schlicht.

Jean runzelte die Stirn. »Was hat das mit unserer Beziehung zu tun?«

Daraufhin war Aernath verwirrt. »Als Ihr Bruder wäre ich ein Drittgeborener.«

Czerny starrte ihn groß an. »Das erste Kind ist immer männlichen Geschlechts?«

»Natürlich. Das erste Kind ein Sohn, das zweite eine Tochter. Pflegt ihr Menschen einen anderen Brauch?«

»Ja.« Jean schmunzelte. »Zumindest beim erstenmal überlassen wir alles dem Zufall. Nun, da wir gerade bei Familien sind: Ist der Imperator Kangs Vater?«

»Nein, sein Onkel«, erwiderte Aernath und wirkte erneut verdutzt. »Wieso kommen Sie darauf, daß er sein Vater sein könnte? Als Thronfolger wird immer der schwesterliche Sohn bestimmt.«

»Nun, Kang sieht ihm sehr ähnlich, und... Was sagten Sie gerade?«

»Sie haben ihn *gesehen?*« platzte es aus Aernath heraus.

»Ja«, bestätigte Jean. »Ich habe Kang begleitet, als er heute die Audienzkammer aufsuchte. Wie war das eben mit der Thronfolge?«

Aernath pfiff leise durch die Zähne. »Der Imperator ist

Kangs mütterlicher Onkel, und damit steht Kang der Thron zu. Wußten Sie das nicht?«

Einige Sekunden lang sahen sie sich schweigend an. Dann sagte Czerny langsam: »Ich sollte Ihnen die Ereignisse der beiden vergangenen Tage schildern, und anschließend geben Sie mir einen groben Überblick in bezug auf klingonische Soziologie und Politik.«

»Einverstanden. Aber nicht hier. Ich schlage vor, Sie ziehen sich um und begleiten mich bei einer Besichtigungstour.«

Aernath wartete draußen, und Jean öffnete das Bündel, holte einen schwarzen Pullover und ihre inzwischen genähte Bluse hervor. Hastig löste sie ihr Haar, band es im Nacken zusammen – und machte damit die zweistündige Arbeit der Protokoll-Gesandten zunichte. Kurze Zeit später verließ sie ihr Zimmer.

Aernath musterte sie neugierig. »Eine drastische Veränderung. Stört es Sie so sehr, wie eine Klingonin auszusehen?«

»Wenn alle Klingonen so wären wie Sie, hätte ich nichts dagegen. Aber ich fürchte, Sie sind eine Ausnahme, die die Regel bestätigt.«

»Sie wuchsen mit der Föderationspropaganda auf, und daher kann man wohl kaum von Ihnen erwarten, der klingonischen Kultur gegenüber einen objektiven, vorurteilsfreien Standpunkt zu beziehen. Nun, erzählen Sie mir jetzt von den Geschehnissen der beiden letzten Tage.«

Aernath führte Jean über weite Felder, und sie gaben sich den Anschein, als suchten sie nach geeigneten Anbauplätzen für *Quadrotritikal.* Während sie über die Pfade wanderten, schilderte Czerny das letzte Abendessen in Kangs Kabine. Sie schloß ihren Bericht, indem sie Tirax' Verhalten nach ihrem Eintreffen in der Forschungsstation beschrieb. »Vielleicht verstehen Sie jetzt, warum ich so nervös war, als Sie zu mir kamen. Ich habe keine Ahnung, was Kang vorhat, und hinzu kommt, daß ich nur wenig über das Imperium weiß. Das macht alles noch schlimmer.

Ich sehnte mich so sehr danach, mit jemandem zu sprechen, um Informationen zu bekommen. Und Tirax... Er jagt mir Angst ein. Gibt es irgendeine Möglichkeit, ihn von mir fernzuhalten?«

»*Siee.* Sie haben wirklich ereignisreiche sechzig Stunden hinter sich. Nun, seien Sie unbesorgt, was Tirax betrifft. Wir können bestimmt dafür sorgen, daß er keine Gefahr darstellt. Aber was ist mit Kang? Mit welcher Einstellung begegnen Sie ihm jetzt?«

Die Frage klang beiläufig, aber sie berührte den Gordischen Knoten in Jeans chaotischer Empfindungswelt – einen Knoten, den sie nicht zu durchschlagen wagte. Sie mied Aernaths Blick, und deshalb entging ihr die wache Aufmerksamkeit, mit der er sie musterte.

»Darauf kann ich Ihnen keine Antwort geben. Ich weiß es einfach nicht. Bis vor kurzem hielt ich ihn für einen skrupellosen, aber wenigstens unverblümten Schurken. Doch jetzt habe ich erfahren, daß er der Thronfolger des Imperators ist, und... Beim All! Man muß so hart sein wie Durastahl, um hier den Laden zu schmeißen!« Jean übersah das kurze Nicken ihres Begleiters. »Er hat auch noch ein anderes Wesensmerkmal vor mir verborgen: Kang hängt an seinem Volk. Oh, sicher, er spricht von Schachfiguren und taktischen Opfern, und er würde gewiß nicht zögern, nach solchen Prinzipien zu handeln; aber tief in seinem Innern spürt er den Schmerz. In Ihrer Kultur hat das Individuum nicht die gleiche Bedeutung wie bei uns, Aernath. Kang findet sich damit ab, doch auf seine ganz persönliche Art und Weise nimmt er Anteil. Sogar an meinem Schicksal. Er verhielt sich zurückhaltend. Eknaar versuchte, mich darauf hinzuweisen, aber ich wollte nichts davon hören. Inzwischen wurde mir klar, daß Kangs Selbstdisziplin für Klingonen alles andere als selbstverständlich ist!« Jean berührte Aernath am Arm. »Bitte seien Sie nicht beleidigt. Der Commander fasziniert mich, aber das ändert nichts an unserer Beziehung.«

»Nun, Sie haben ihn richtig eingeschätzt. Kang und

seine Crew unterscheiden sich von der durchschnittlichen Besatzung eines Schlachtkreuzers. Er kann sowohl Diplomat als auch militärischer Kommandeur sein, und er trägt die Seele seines Volkes im Herzen. Kang hat das Zeug zu einem großen Imperator.«

»Aber leider ist ihm manchmal sein verdammter Stolz im Wege. Er achtet so sehr darauf, keine Schwäche zu zeigen, daß er seine eigenen Empfindungen leugnet. Geht er nie aus sich heraus?«

»Es gab jemanden, dem er vertraute.«

»Mara?«

Aernath nickte. »Ja. Seine erste Mannschaft war noch besser als die jetzige. Der Verlust des Raumschiffes kam für ihn einem schweren Schlag gleich, von dem er sich vielleicht nie erholt. Und als Mara ihn verließ...«

»Mara. Ein weiteres Rätsel. Welche Bedeutung hat sie für Kang?«

»Der klingonische Imperator ist kein autokratischer Herrscher in dem Sinne. Stellen Sie sich ihn als Ersten unter Gleichen vor. Nach ihm kommt der Regent meines Heimatplaneten Peneli. Derzeit sitzt dort Maras Bruder auf dem Thron...«

»Ihr Bruder!« entfuhr es Jean. »Das bedeutet...«

»*Wenn* Mara einen Sohn von Kang bekäme, wäre er der Thronfolger von Peneli. Seit vielen Generationen existiert kein so enges Bündnis zwischen den wichtigsten Welten des Imperiums. Es gibt Leute, die eine derartige Entwicklung begrüßen würden, während andere sie strikt ablehnen.«

»Das sind rein theoretische Überlegungen. Mara befindet sich im Exil, und deshalb...«

»Sie ist nicht im Exil, sondern im Untergrund. Ihr Bruder hat sie nie verbannt, und solange er eine solche Maßnahme ablehnt, genießt sie relative Sicherheit. Ich glaube, er wird sich hüten, sie auszustoßen — dadurch käme es zu einem Streit um die Thronfolge. Nun, derzeit deutet vieles auf eine Veränderung der politischen Situation hin, und vielleicht hält er es bald für vorteilhaft, Mara zurückkehren zu lassen...«

»Soll das heißen, ihr Bruder würde sie Kang ausliefern, sie praktisch zwingen, sein Kind zu tragen?«

»Ja.«

»Wie barbarisch! Wenn Mara der Föderation freundlich gesinnt ist, während Kang sie vernichten will... Er würde seine Frau töten!«

Aernath musterte Czerny neugierig. »Wieso glauben Sie, daß Kang die Föderation vernichten will? Das habe ich nie behauptet.«

»Beim All, man braucht ihm nur zuzuhören«, entgegnete Jean scharf. »Um nur ein Beispiel zu nennen: Er haßt Kirk. Oh, er wird natürlich nicht gerade jetzt einen Krieg beginnen, aber wenn die Ernährungskrise überwunden ist...«

»Seltsam, daß Sie so etwas sagen. Immerhin haben Sie sich bereit erklärt, uns bei der Lösung des gegenwärtigen Problems zu helfen.«

»Aernath! Ich kann nicht ruhig zusehen, wie Männer, Frauen und Kinder sterben — selbst wenn es Klingonen sind. Außerdem: Die Föderation ist stark genug, um sich zu schützen.«

»Genau *darum* geht es Kang«, antwortete Aernath. »Er hat nie gesagt, daß er die Föderation zerstören will. Er vertraut ihr nur nicht. Er meint, wir müßten von einer Position der Stärke aus verhandeln — und damals war er wirklich zu einer Übereinkunft bereit. Seine Mission mit dem ersten Kreuzer bestand darin, das militärische Potential der Föderation zu erkunden. Als Mara und er von der *Enterprise* zurückkehrten, vertraten sie konträre Meinungen. In Kang brannte das Feuer des Zorns: Er hatte nicht nur sein erstes Schiff und den größten Teil der Besatzung verloren, sondern mußte sich auch eingestehen, von Kirk überlistet worden zu sein. Hinzu kam die großmütige Geste des Captains, ihm freies Geleit zu gewähren. Die Reaktion des Commanders: Er ist mehr denn je davon überzeugt, daß man gewaltige Macht braucht, um erfolgreich mit der Föderation zu verhandeln — wohingegen Mara dazu drängte, sofort ein Abkommen zu schließen.«

Jean schüttelte den Kopf. »Es ist alles so unglaublich kompliziert. Und jetzt auch noch die Hungersnot. Kang hat mir nicht viel erzählt. Wie schlimm steht es? Wüten Brand und Trockenfäule nur auf Tahrn?«

»Nein. Hier hat die Krise ein besonders bedrohliches Ausmaß angenommen, aber auch auf Peneli steht es nicht gerade zum besten. Darüber hinaus ist noch mindestens ein anderer Planet betroffen. Kang müßte eigentlich wissen, ob sich das Virus auch auf weiteren Welten ausbreitete.«

»Und Sie, Aernath? Was meinen Sie dazu?«

»Sollte ich Ihrer Ansicht nach Partei ergreifen?« fragte er. »Für wen?«

»Ich glaube natürlich, daß Mara recht hat. Aber als Mitglied von Kangs Besatzung dürfte es recht riskant für Sie sein, als ein Fürsprecher der Föderation aufzutreten, oder?«

Aernath lächelte. »Allerdings. Alle Angehörigen der Crew müssen dem Commander Treue schwören. Kang mag nie mein Imperator sein, aber ist mein Kommandant. Außerdem haben Sie mich aufgefordert, Schwierigkeiten aus dem Weg zu gehen.«

Auf Tahrn herrschte ein recht warmes Klima, und die Schwerkraft war ein wenig höher als die der Aldebaran-Kolonie. Jean gewöhnte sich rasch an ihre neue Umgebung, doch man begegnete ihr nach wie vor mit Ablehnung. Die Mahlzeiten wurden im Messesaal serviert, und wenn Czerny eintrat, richteten sich feindselige Blicke auf sie. Die Klingonen mieden ihren Tisch und machten einen weiten Bogen um sie. Nur Aernath bildete eine Ausnahme — bis sie ihn zur Vorsicht gemahnte. Ganz offensichtlich schätzte er die Kameradschaft seiner Kollegen, und Jean fürchtete, daß er zu einem Außenseiter wurde, wenn er ihr weiterhin Gesellschaft leistete. »Immerhin arbeiten wir den ganzen Tag über zusammen«, sagte sie. »Es macht mir nichts aus, eine Stunde lang allein zu sein.« Aber sie blieb nicht etwa im Saal, sondern nahm ihr Tablett und setzte sich draußen in den Schatten der bambusartigen *Seyilt.* Dort lernte sie Tsuyen kennen.

Tsuyen gehörte zu einer der wenigen Familien, die in der Forschungsstation wohnten und ihre Dienste für die Landarbeit anboten. Sie half in der Küche, manchmal auch in den Ställen, aß fast immer auf dem Hof. Nach einigen Tagen errang ihre Neugier den Sieg über kulturell bedingte Scheu. Durch Tsuyen gewann Jean Einblick in banalere Aspekte des klingonischen Lebens, die Aernath bei seinen langen Vorträgen über interplanetare Politik und Intrigen vernachlässigte. Tsuyen gab gern Auskunft und stellte ihrerseits Fragen; Czernys Antworten faszinierten sie und brachten sie häufig zum Lachen.

An diesem Abend zog sich Jean nicht in ihr Quartier zurück, sondern blieb auf dem Hof: Tsuyen wollte ihr zeigen, wie man mit dem kleinen klingonischen Webstuhl umging. Die Frauen dieser Region waren berühmt für ihre Webarbeiten, und Jean hatte mehrmals beobachtet, wie sie vor den Türen ihrer Häuser arbeiteten. Sie brauchte sich nicht lange zu gedulden. Nach dem Küchendienst kam Tsuyen auf den Hof, setzte sich, lehnte den Rücken an die niedrige Mauer und hob den Rock über die Knie. Das untere Ende des Webstuhls hielt sie zwischen den Zehen des eines Fußes, und mit dem anderen bewegte sie die beiden dünnen Stäbe der Kettfäden. Jean sah ihr eine Zeitlang zu. »Lassen Sie es mich versuchen«, sagte sie nach einer Weile, zog die Stiefel aus und nahm neben der Klingonin Platz. Tsuyen half ihr dabei, den Webstuhl in die richtige Position zu rücken. Czerny zog die Fäden ungelenk hin und her, doch schon nach wenigen Minuten entglitten ihr die beiden Kontrollstäbe.

Tsuyen lachte, griff nach der Vorrichtung und begann damit, die verhedderten Schußfäden zu entwirren. »Sie stellen sich so ungeschickt an wie ein kleiner Junge. Überlassen Sie den Webstuhl mir.« Sie arbeitete ruhig und gleichmäßig. »Stimmt es, daß Commander Kang Sie gefangennahm und vor dem Tod bewahrte?«

»Nach einem Erdbeben befreite er mich aus den Trümmern meines Laboratoriums«, erwiderte Jean. »Ohne seine Hilfe wäre ich gestorben.«

»Also begleichen Sie Ihre *Bindungs*-Schuld, indem Sie eine neue Kornsorte entwickeln, um sein Volk zu ernähren. Das ist begrüßenswert.« Die Klingonin nickte anerkennend. »Ein angemessener Tribut für den Commander. Sie können von Glück sagen, daß Kang Sie rettete. Er gibt Sie vielleicht frei, wenn Sie Erfolg haben.«

»Das will ich stark hoffen«, entgegnete Jean trocken. »Ich bin sicher, die Föderation wäre sofort bereit gewesen, ihm zu helfen. Er hätte nur eine entsprechende Bitte an sie richten müssen.«

Tsuyen spuckte verächtlich. »Diesen Scherz finde ich nicht amüsant. Die Föderation wartet nur darauf, daß wir eine Schwäche zeigen. Aber Sie...« Ein kurzes Zögern. »Sie sind anders. Sie achten die klingonische Tradition und tragen Ihre *Bindungs*-Schuld ab.« Offenbar glaubte Tsuyen, damit sei die Sache erledigt.

Jean beobachtete die länger werdenden *Seyilt*-Schatten, und plötzlich fiel ihr Blick auf Tirax, der in einem nahen Zugang stand. Hatte er das Gespräch gehört? Sie erinnerte sich an Kangs Verbot, über die Föderation zu sprechen — wahrscheinlich freute sich Tirax bereits darauf, sie beim Commander zu kompromittieren. Er bemerkte Czernys Aufmerksamkeit, und daraufhin schlenderte er an den beiden Frauen vorbei, verließ den Platz. Jean schauderte unwillkürlich, und als Tsuyen den Kopf drehte, erklärte sie: »Ich glaube, jener Mann haßt mich.«

»Dann meiden Sie ihn«, antwortete die Klingonin sofort. »Er ist ebenso harmlos wie ein in die Enge getriebener *Slean.*« Damit meinte sie ein Raubtier des tahrnianischen Graslands. Jean hatte ein solches Geschöpf gesehen, erlegt von einigen Angehörigen der Sicherheitsgruppe, und sie hielt den Vergleich für angebracht.

Die Arbeit in der Forschungsstation begann im Frühling. Jean und Aernath untersuchten mehrere Pflanzenarten, darunter auch die beiden *Quadrotritikal*-Sorten. Die Frage lautete: Wie gediehen sie unter verschiedenen Bedingungen? Sie kamen gut mit der Arbeit voran. Jean verbrachte ihre Tage auf den Feldern oder im Labor, zusammen mit Aernath und den Assistenten, und manchmal vergaß sie fast, in welcher Lage sie sich befand. Eine halbe Galaxis trennte sie von der Heimat, und überall gab es Feinde.

An diesem Morgen fiel es ihr besonders leicht, sich der Illusion des Friedens hinzugeben. Sie stand zeitig auf und verließ den Gebäudekomplex noch vor dem Frühstück in der Messe. Jetzt saß sie in dem Wäldchen, das ihr Tsuyen vor einigen Tagen gezeigt hatte, und entspannt ließ sie ihren Blick über die Landschaft schweifen. Die Sonne glitt über den Horizont, und ein sanfter Wind kräuselte die Wasseroberfläche des Teichs weiter unten. Vögel zwitscherten; Insekten summten. Jean beobachtete ein Tier mit orangefarbenem Pelz, das lautlos am Ufer entlangschlich, ab und zu vorsprang und mit blitzschnellen Bewegungen der Vorderpfoten Fische fing. Plötzlich verharrte es, hob den Kopf und schnüffelte. *Hat es meine Witterung aufgenommen?* überlegte Czerny – und sprang auf, als hinter ihr ein Zweig knackte.

Tirax stand einige Meter entfernt, hielt einen zerbrochenen Ast in den Händen und musterte die Frau von Kopf bis Fuß. »Haben Sie einen Dolch dabei, Mensch?« fragte er unheilvoll.

Das Herz klopfte Jean bis zum Hals empor, und ein dikker Kloß entstand in ihrer Kehle. »Brauche ich hier einen?«

Tirax warf den gesplitterten Stock beiseite. »Sie sind eine Närrin. Wissen Sie eigentlich, was ich mit Ihnen machen kann?« Jean rührte sich nicht von der Stelle; Panik lähmte sie. Tirax starrte sie weiterhin an, spürte ihr Entsetzen und genoß es sichtlich. Dann stürzte er heran, griff nach Czernys Handgelenk und drehte ihr den Arm auf den Rücken. Er preßte sie an sich, und in seinen Augen blitzte zornige Genugtuung. »Sie sind mir ebenso ausgeliefert wie allen anderen. Und das gefällt mir nicht.« Eine Lüge? »Wenn Ihnen irgend etwas zustößt, zieht mich Kang zur Rechenschaft. In einem solchen Fall wird er mich langsam zu Tode foltern. Kehren Sie jetzt zur Station zurück. Und wagen Sie es nie wieder, Ausflüge auf eigene Faust zu unternehmen.« Tirax ließ sie abrupt los, wirbelte um die eigene Achse und marschierte davon.

Jean war so verängstigt, daß sie ihm aus einem Reflex heraus folgte. Doch dann erwachte ihr Widerstandswille. Sie lief los und verharrte vor dem überraschten Klingonen. »Nein!« rief sie. »Ich lasse mir von Ihnen nicht die friedliche Schönheit verderben, die ich hier finden kann. Kang hat mir befohlen, hier zu arbeiten, und *Sie* bekamen die Anweisung, mich zu schützen. Ich erfülle meine Pflicht. Nehmen Sie die Ihre wahr!« Wütend fügte sie hinzu: »Aber ich will Sie nicht sehen. Lassen Sie den ›Takt‹ walten, den Sie heute morgen bewiesen haben!«

Tirax starrte sie verblüfft an. Dem Haß in seinen Augen gesellte sich widerstrebender Respekt hinzu. »*Siee!* Kang hat recht. Sie würden Durgath in seiner Höhle trotzen. Nun, Sie haben Glück, Mensch. Ich halte mich an meine Befehle. Doch eines Tages verlieren Sie den Nutzen für Kang, und dann wird sich herausstellen, wie zäh Sie sind.« Er ging in Richtung Station.

Jean sah ihm nach, erstaunt von ihrer eigenen Kühnheit. Sie wußte um die Gefahr, begriff auch, daß nur Kangs Wort als Schild zwischen ihr und Tirax stand. Czerny beschloß, Vorsichtsmaßnahmen zu ergreifen, und am Nachmittag bat sie Aernath, ihr einen Dolch zu geben. Zwar unternahm sie auch weiterhin Streifzüge außerhalb des zentralen Stationsgeländes, aber sie trug dabei ein Messer im klingonischen Stiefel. Sie hielt vergeblich nach Tirax Ausschau. Wenn er ihr wirklich folgte, so beherzigte er ihren Rat und hielt sich verborgen.

Mit einigen vorsichtig formulierten Fragen erfuhr Jean

von Aernath, daß Tirax nicht von Tahrn stammte, sondern von Tsorn, einer Randwelt des Imperiums. An seiner Loyalität Kang gegenüber konnte kein Zweifel bestehen, doch er zeigte offen seine Verachtung für Menschen und die Föderation. Er gehörte zu den Leuten, die Verhandlungen strikt ablehnten. »Und deshalb wäre er auch gegen eine Aussöhnung zwischen Mara und Kang«, schloß Aernath. »Obwohl er sich hüten würde, das offen zuzugeben.«

Jean zog den Mantel enger um die Schultern und fröstelte in der kühlen Morgenluft, während sie und Aernath den Pflüger beobachteten. Sowohl die Czerny-Sorte als auch die gewöhnliche *Quadrotritikal*-Art gediehen prächtig. Einige der ersten Anpflanzungen reiften bereits. Der klingonische Arbeiter bereitete den Boden für die Herbstsaat vor und benutzte dabei den traditionellen, von einem Tier gezogenen Pflug, der auf vielen landwirtschaftlichen Anwesen gebräuchlich war. Schnurgerade und tiefe Furchen durchzogen das Feld, und Jean nahm den aromatischen Geruch des feuchten Bodens wahr. Sie atmete tief durch.

»Ich schlage vor, wir überprüfen jetzt die Parzelle K-36 und sehen uns die Ähren an«, meinte Aernath.

Jean stieß mit der Stiefelspitze an einen Lehmbrocken. »Haben Sie eine Ahnung, wie lange wir noch hierbleiben?«

Aernath bedachte sie mit einem durchdringenden Blick. »Schwer zu sagen. In meinen Anweisungen ist von einer ›vorübergehenden Versetzung‹ die Rede. So etwas betrifft meistens einen Zeitraum von einem knappen Jahr. Aber in diesem besonderen Fall...«

»Wann informiert man uns? Was steht uns bevor? Was ist mit mir?«

»Nun, irgendwann übermittelt mir Kang neue Befehle. Was dann geschieht, liegt allein bei ihm. Es bleibt uns keine andere Wahl, als geduldig zu warten.« Aernath schlang den Arm um Jeans Schulter und zog die Frau zu sich heran. »Seien Sie unbesorgt. Können Sie sich einen besseren Ort für unsere Arbeit vorstellen?« Er lächelte.

»Kommen Sie jetzt. Mal sehen, wie sich die Anpflanzung von K-36 entwickelt hat.«

»Ich verstehe durchaus, daß *Sie* sich hier wohl fühlen«, erwiderte Jean spitz. »Aber was mich betrifft... Irgendein Planet in der Föderation wäre mir weitaus lieber.«

Aernath blieb stehen und umarmte Jean. »He! Heute morgen sind Sie ziemlich geladen, was? Haben Sie eine neuerliche Begegnung mit Tirax hinter sich?«

Czerny schüttelte den Kopf. Eine Zeitlang schwiegen sie, genossen den physischen Kontakt, die gemeinsame Wärme von Mantel und Körper. Jean hatte das Gefühl, als gewinne die Aura der Freundschaft feste Substanz, als werde sie greifbar – was für ein kostbarer Schatz angesichts der Feindseligkeit, auf die sie überall stieß. Sie versuchte, ihre Verzweiflung in Worte zu fassen. »Nein. Aber Tirax symbolisiert das ganze Imperium. Sie machen die Situation erträglicher für mich, aber Sie können mir nicht die Freiheit schenken. Dazu ist nur Kang imstande. Ich fürchte ihn – doch er stellt meine einzige Verbindung zur Föderation dar. Was mag geschehen, wenn er mich aufgibt, wenn er mich Tirax überläßt? Ich könnte ihn nicht daran hindern.«

»Durgath wartet darauf, uns alle zu verschlingen«, antwortete Aernath ernst. »Und deshalb sollte man sich von seiner Höhle fernhalten. Noch hat er nicht seine Klauen nach Ihnen ausgestreckt. Nun, was halten Sie davon, wenn wir uns nach der Kontrolle von K-36 den Rest des Tages freinehmen und zu dem Teich wandern? Vielleicht sehen wir jenes mysteriöse Tier, das Sie neulich beobachtet haben.«

Aernath beabsichtigte ganz offensichtlich, Jean ein wenig aufzumuntern. Sie lächelte und wechselte das Thema. »Immer wieder höre ich den Namen Durgath. Was hat es damit auf sich?«

»Er gibt und nimmt das Leben, und außerdem ist er der klingonische Gott des Krieges. Erinnern Sie sich an das Mosaik im Audienzzimmer des Imperators?«

»Die Darstellung des Ungeheuers?«

»Ja.«

»Oh. Ein ähnliches Bild hängt auch in Kangs Kabine an Bord des Kreuzers.«

»In der Tat. Alle Raumschiffe sind Durgath gewidmet, und auf den meisten Welten hält man den Herrscher für einen Vertreter des Gottes. Darüber hinaus spielt Durgath eine wichtige Rolle bei... *Siee!* Sehen Sie sich das an. Ich wußte ja, daß wir heute mit der Ernte beginnen können.«

Sanfter Wind strich über das Korn, und im Licht der Morgensonne glänzten die Ähren in einem weichen, goldfarbenen Ton. Jean vergaß ihren Kummer und trat an Aernaths Seite, als er einen Halm abbrach und die Fruchtkapsel öffnete. Czerny nahm einige Körner und kaute sie. Der Klingone folgte ihrem Beispiel. »Ja, Sie haben recht. Es ist reif. Lassen Sie uns einige Proben nehmen. Der Rest kann heute nachmittag geerntet werden.«

Bei der ersten Anpflanzung herrschten Standard-Bedingungen, im Gegensatz zu den anderen Parzellen. Doch auch dort dauerte es nicht mehr lange bis zur Reife. Die beiden Agrikultur-Spezialisten setzten ihre Tour zufrieden fort, und Aernath reichte Jean die gesammelten Proben. »Hier, bringen Sie die Ähren ins Laboratorium und zerreiben Sie die Körner. Morgen beginnen wir mit einer eingehenden Analyse. Bitten Sie Tsuyen, für heute nachmittag ein Proviantpaket vorzubereiten. Ich beaufsichtige unterdessen das Ausbringen der Herbstsaat.«

Czerny machte sich auf den Weg zur Station, verteilte den Inhalt der verschiedenen Fruchtkapseln auf einem langen Regal und wandte sich mit einigen Anweisungen an Kuri, den jungen Lehrling, der ihnen seit einigen Wochen zur Hand ging. In der Küche rang sie Tsuyen das Versprechen ab, einen Picknick-Korb zu packen, und anschließend kehrte sie zu Aernath zurück.

Die sogenannte ›Herbst-Parzelle‹ diente zur Simulation von Bedingungen, wie sie in den ländlichen Regionen des Planeten herrschten, und deshalb wurde ein großer Teil der Arbeit von klingonischen Arbeitern erledigt. Nach dem Pflügen setzte man eine schwere Vorrichtung ein, die wie eine Mischung aus Hacke und Rechen wirkte. Jean versuchte sich daran, gab jedoch auf, als die Klingonen lachten. Ein alter Bauer klopfte ihr tröstend auf die Schulter. »Lassen Sie sich nicht entmutigen, Tochter. Es dauert viele Jahre, bis man lernt, mit einem solchen Werkzeug richtig umzugehen. Haben Sie Geduld.«

Diese Worte vermittelten eine angenehme Wärme und weckten gleichzeitig eine vage Melancholie in Jean. Bei den landwirtschaftlichen Gehilfen stieß sie nur selten auf Feindseligkeit, obgleich es ihnen nicht an Vorurteilen gegenüber Menschen mangelte. Einmal mehr fragte sie sich, ob sie dazu verdammt war, den Rest ihres Lebens an diesem Ort zu verbringen.

Am frühen Nachmittag war die Saat größtenteils ausgebracht, und sie gesellten sich zu den Frauen und Männern, die das Korn von K-36 und K-43 schnitten – Aernath hatte entschieden, daß auch auf der zweiten Parzelle geerntet werden sollte. Die Herbstsonne strahlte warm vom Himmel, und nach einer Weile wandte sich der klingonische Spezialist an Jean. »Sollen wir nun den Korb holen und zum Teich gehen?«

Czerny entspannte sich während des Spaziergangs. Sie nahmen auf einem flachen Stein am Ufer Platz, und eine Zeitlang beobachteten sie die Fische. Nach einer Weile kam Aernath auf Jeans Bemerkungen am Morgen zurück. »Zwischen Klingonen und der Föderation kann es eigentlich gar keine Freundschaft geben. Das Imperium muß wachsen, und der Völkerbund stellt ein Hindernis für unsere Expansion dar. Deshalb die Feindseligkeit. Ihre Sorgen sind also nicht ganz grundlos. Andererseits: Vielleicht begreifen Sie nicht, wie wichtig unsere hiesige Tätigkeit ist. Die Experimente und Forschungen haben eine enorme Bedeutung, und aus diesem Grund brauchen Sie nichts zu befürchten. Uns stehen die denkbar besten Ressourcen zur Verfügung. Sie können ganz beruhigt sein.«

»Meinen Sie?« erwiderte Jean skeptisch. »Und was ist mit Tirax' Hinweis? Er will mit mir abrechnen, wenn Kang keinen Nutzen mehr in mir sieht. Und ich bezweifle, ob er mir eine Möglichkeit geben wird, mich zu verteidigen. Vielleicht verurteile ich mich selbst zum Tode, wenn wir hier einen Erfolg erzielen. Wer gewährt mir Schutz vor Tirax?«

Aernath musterte sie, wirkte fast beleidigt. »Sie verstehen noch immer nicht, oder?« erwiderte er verärgert. »Sie sind für das Projekt unentbehrlich – dafür bürgen Kang und ich. Sie glauben nach wie vor, Klingonen hätten überhaupt keine Ehre, stimmt's? Der Commander hat Ihnen sein Wort gegeben! Scheren sich Starfleet-Offiziere nicht um solche Dinge?« In den blauen Augen blitzte es.

Jean verbiß sich eine scharfe Antwort. »Es tut mir leid«, sagte sie statt dessen. »Ich fühle mich nur so hilflos, wenn Tirax...«

»Tirax!« Zornig warf Aernath den Grashalm, auf dem er gekaut hatte, ins Wasser. Sofort schnappten einige Fische danach. »Ja, er schnitte Ihnen gern die Kehle durch, und manchmal sind mir auch seine Motive klar. Bei Durgaths Krallen – er ist ein Offizier der Imperialen Flotte und an einen Eid gebunden. Er wird den Befehlen seines Commanders nicht zuwiderhandeln.«

Er erhob sich ruckartig und wanderte am Ufer auf und ab. »Jean, Ihre ›Czerny-Sorte‹ ist besonders vielversprechend. Sie haben die neue Art entwickelt. Wenn wir auf irgendwelche Probleme stoßen, benötigen wir Ihr Wissen, Ihre Erfahrungen. Kang weiß das – ich habe es mehrmals betont. Indem er Ihre Hilfe beansprucht und den Einsatz der Saat bestimmt, hat er große Kontrolle über Anbau sowie Verwendung des Korns. Und Cymele stehe uns bei: Wir *brauchen* das Getreide!« Aernath stöhnte leise und ließ sich wieder auf den Stein sinken. »In diesem Jahr beträgt die Sterblichkeitsquote auf Tahrn fast zwei Prozent. Die Ernte ist sehr schlecht, und der Imperator hat eine strenge Rationierung für den Winter angekündigt. Es kam zu Aufständen, und selbst die Hauptstadt blieb nicht von den Unruhen verschont. Heute morgen hörte ich, daß sich Brand und Trockenfäule auch auf Peneli und Klairos ausgebreitet haben.«

Diese Nachricht bestürzte Jean – und zeigte ihr deutlich, wie isoliert sie in der Forschungsstation waren. Hier hungerte niemand, und aufgrund der fehlenden Marasmus-Symptome fiel es ihr leicht, die Erinnerungsbilder des Leids zu verdrängen. Sie spiegelten sich nun in Aernaths Zügen wider. »Bitte verzeihen Sie mir. Davon wußte ich nichts.« Sie gab einem plötzlichen Wunsch nach und lehnte den Kopf an die Schulter des Klingonen. Ein Fehler: Er versteifte sich sofort.

»Ich hätte nicht davon sprechen sollen. Trösten Sie sich mit dem Gedanken, daß es inzwischen weitaus weniger Klingonen gibt, die darauf warten, Ihnen ein Messer in den Leib zu stoßen.«

»Das ist nicht fair!« platzte es aus Jean heraus. »Ich habe nicht darum gebeten, hierhergebracht zu werden. Aber ich hätte mich sofort bereit erklärt, aus freiem Willen zu helfen – wenn Sie in der Lage gewesen wären, über den Schatten Ihres verdammten Klingonenstolzes zu springen, die Katastrophe zuzugeben und um Hilfe zu bitten. Ich bin ebensosehr bestrebt wie Sie, die Bevölkerung dieser Welt vor dem Hungertod zu bewahren. Aber verlangen Sie nicht von mir, die Feindseligkeit zu ignorieren. Sie *existiert.* Und sie macht mir Angst.«

Aernath sah sie an und hob die Brauen. »Schon gut, schon gut. Frieden. *Siee!* Ich wollte Sie aufmuntern, aber offenbar habe ich das genaue Gegenteil bewirkt. Konnte ich Sie wenigstens davon überzeugen, daß wir nicht beabsichtigen, Sie gefesselt in Durgaths Rachen zu werfen?«

Jean glaubte noch immer, daß sie keineswegs so sicher war, wie Aernath behauptete. Ganz gleich, was er Kang erzählt hatte (aus welchen Gründen auch immer): *Inzwischen weiß er praktisch ebensoviel über das Korn wie ich.* Die junge Frau lächelte zaghaft. »Nun, Sie haben mich davon überzeugt, daß mir von Ihnen und Kang keine Gefahr droht. Das genügt mir. Für den Augenblick.«

»Ich schlage vor, wir essen jetzt.« Aernath griff in den Korb, holte eine Flasche mit tahrnianischem Bier hervor und schenkte zwei Gläser voll. »Auf den Erfolg und das Überleben.«

»Darauf trinke ich gern!« bestätigte Jean.

Sie mußten das Picknick schon bald beenden, denn von Nordwesten her zogen dunkle Wolken heran. Außerdem wurde es rasch kühler. Das Gewitter überraschte sie auf dem Rückweg, und als sie die Station erreichten, waren sie völlig durchnäßt.

Es donnerte und blitzte bis spät in die Nacht, und am nächsten Morgen fand Jean eine dünne Schneeschicht auf dem Hof. Sofort begab sie sich zu den Test-Parzellen, und dort traf sie Aernath. Kummervoll betrachteten sie die von Sturmböen und Frost angerichteten Schäden: Mehrere Anpflanzungen wirkten völlig verheert, und bei den übrigen mußte unverzüglich die Ernte eingebracht werden.

»Es hätte schlimmer kommen können«, sagte Jean. »Wir können den größten Teil retten.«

»Ja. Ich gebe den Gehilfen Bescheid — sie sollen nach dem Frühstück mit der Arbeit beginnen. Zum Glück wurde das Korn der beiden anderen Parzellen gestern eingebracht. Kommen Sie.« Aernath ging in Richtung Messe. Sie aßen gemeinsam, und kurz darauf kam Kuri, der sich ebenfalls auf den Feldern umgesehen hatte. Aernath beauftragte ihn damit, die Ernte zu überwachen.

Anschließend begaben sich die beiden Spezialisten ins Laboratorium und sahen auf den Bildschirm des automatischen Analysegeräts. »Protein... Sechsundzwanzig Komma neun Prozent! *Cheerny!* Wir haben es geschafft!« In seiner Begeisterung schlang Aernath die Arme um Jean und schwang sie umher. »Damit läßt sich das ganze Imperium ernähren...« Er unterbrach sich abrupt und sah über Czernys Schulter zur Tür.

Jean drehte sich neugierig um.

Kang stand wie eine lebende Statue im Zugang und musterte sie ernst. *Ist er gerade erst eingetroffen?* dachte die junge Frau. *Oder beobachtet er uns schon seit einer ganzen Weile?*

»Commander Kang!« platzte es aus Aernath heraus. »Ich, äh, wir... Wir haben Sie nicht erwartet.«

»So hat es den Anschein«, erwiderte Kang trocken. »Offenbar sind Sie heute morgen in recht guter Stimmung. Ich nehme an, Sie können Ergebnisse vorweisen, die Ihren Enthusiasmus rechtfertigen.«

Jean wich rasch beiseite, als Kang Platz nahm, und Aernath begann mit einer detaillierten Schilderung ihrer Arbeit. Die Präsenz des klingonischen Kommandanten weckte seltsame Gefühle in Czerny, und sie brauchte eine Gelegenheit, um das emotionale Chaos in ihr zu ordnen. Sie hatte sich gewünscht, ihn wiederzusehen, doch nun spürte sie die alte Furcht – und jene Art von Faszination, die Spock häufig zum Ausdruck brachte. Kangs Wesen war ebenso komplex wie rätselhaft, und Jean empfand es tatsächlich als faszinierend, ihn zu beobachten – solange sie einen neutralen, unbeteiligten Standpunkt beziehen konnte. Tief in ihrem Innern fühlte sie auch Erleichterung und echte Freude, was sie überraschte.

Die junge Frau zweifelte nicht daran, daß sie gute Arbeit geleistet hatten, und in seinem Bericht wies Aernath immer wieder auf Jeans Verdienste hin. *Kang hat mir für den Erfolg eine Gegenleistung in Aussicht gestellt,* überlegte sie und hoffte, daß er sein Versprechen hielt. Freute sie sich deshalb, ihn wiederzusehen? Weil sie glaubte, die Freiheit rücke in greifbare Nähe?

Kang unterbrach Aernaths Ausführungen. »Melden Sie sich im Verwaltungsgebäude, Czerny.«

Auf dem Weg dorthin machte sie einen kurzen Abstecher in ihr Zimmer und sah ihre Vermutungen bestätigt: Man hatte ihre Sachen bereits fortgebracht; es blieben nur die beiden Webarbeiten an der einen Wand. Jean nahm sie ab: Eine stammte von ihr selbst, die andere von Tsuyen. Sie eilte in die Küche, um ihr Tuch der freundlichen Klingonin zu schenken. Tsuyen schien den Abschied aufrichtig zu bedauern. »Leben Sie wohl, *Cheerny*. Freier Raum und gute Landungen.«

KAPITEL 6

Sie fuhren direkt zum Raumhafen und beamten sich an Bord des Schlachtkreuzers. Ein Besatzungsmitglied führte Jean zu ihrem neuen Quartier in der Offizierssektion, und dort sah Czerny sich neugierig um. In der einen Ecke stand eine Kombination aus Bett und Sofa, und am Fußende der Koje sah sie ein kleines Pult. Ein Tisch und zwei Stühle vervollständigten die Einrichtung. In die Wand über dem Bett war ein Aquarium eingebaut, in dem bunte Fische schwammen. Die Nische über dem Tisch enthielt nicht etwa das bereits vertraute Durgath-Bild, sondern eine kleine Statue: Cymele, die Göttin der Felder und Wälder. Tsuyen hatte Jean erzählt, Cymele sei die Beschützerin der Frauen. Sie griff nach der Skulptur, drehte sie nachdenklich hin und her. Das Objekt bestand aus einem elfenbeinfarbenen Material, fühlte sich warm und seidenartig an. Nach einigen Sekunden stellte sie es zurück und packte ihre Sachen aus, stellte fest, daß der Schrank mehrere klingonische Uniformen enthielt. Verblüfft fragte sich Jean, ob sie ihre Kabine mit einem weiblichen Crewmitglied teilte. Sie hatte keine anderen Frauen an Bord gesehen, und es fehlten persönliche Gegenstände im Zimmer. Daraus folgte: Die Kleidung war für sie bestimmt. Und sie paßte, schien wie nach Maß angefertigt zu sein. Der veränderte Status verlieh ihr Mut, und sie öffnete die Tür, warf einen Blick in den Korridor.

Ein Wächter stand direkt neben dem Schott.

»Wünschen Sie etwas?« fragte er.

Verblüfft gab Jean die erste Anweisung, die ihr in den Sinn kam: »Begleiten Sie mich zu Aernaths Laboratorium.«

Der Klingone sah nur kurz auf, als Czerny eintrat.

»Hallo. Sie kommen gerade rechtzeitig, um mir beim Auspacken zu helfen.«

Jean konnte sich nicht länger gedulden. »Was hat Kang Ihnen gesagt? Was geschieht jetzt?«

Aernath schüttelte kurz den Kopf. »Bitte fassen Sie mit an.«

Gemeinsam trugen sie eine große Topfpflanze zum Tisch, und einige Sekunden später wandte sich der Mann zu Jean um. »Wer mithören will, empfängt jetzt nur noch Statik. Das bringt die Sicherheitsfritzen fast um den Verstand. Sie überprüfen die einzelnen Kammern des Raumschiffes, und es kommt nur selten zu solchen ›Fehlfunktionen‹.« Er deutete auf die Pflanze. »Ihre elektromagnetischen Impulse stören die akustische und visuelle Übertragung. Eine botanische Eigenheit, über die ich noch keinen Bericht verfaßt habe.«

Jean erinnerte sich an die Sicherheitsabteilung des Kreuzers und lachte leise. Manchmal erschien ihr Aernath fast wie ein Mensch. »Ausgezeichnet. Nun zur Sache: Hat Kang irgend etwas verraten? Wohin fliegen wir jetzt?«

»Nach Klairos. Ich hoffte zunächst, unser Ziel sei Peneli, aber dort eignen sich die gegenwärtigen Jahreszeiten nicht zum Anbau. Außerdem dürfte die Trockenfäule auf Klairos weitaus schlimmer sein. Kang ist sehr zufrieden. Worin auch immer sein großer Plan besteht – er meinte, alles liefe bestens.« Aernath runzelte die Stirn. »Wenn ich nur wüßte, was er vorhat.«

»Beschreiben Sie mir Klairos. Und da fällt mir ein: Was hat Kang über mich gesagt?«

»Es handelt sich um eine erst vor kurzer Zeit besiedelte Randwelt. In kultureller Hinsicht recht primitiv. Die meisten bewohnten Gebiete befinden sich in den Bergen. Das Flachland besteht größtenteils aus unerschlossenen Sümpfen. Ich besorge uns für morgen einige Infobänder, in Ordnung? Was Sie angeht ... Nein, Kang hat keine Einzelheiten genannt. Er meinte nur, er sei zufrieden. Ich nehme an, er wird es Ihnen selbst sagen.«

»Vielleicht hat er das bereits – auf seine eigene Art und Weise. Ich wohne im Offiziersquartier.«

Aernath schmunzelte. »Na bitte. Jetzt sehen Sie selbst, daß Ihre Sorgen unbegründet waren. Vielleicht brachte Kang Sie direkt neben Tirax unter. Sie hätten es verdient.«

Jean lächelte schief und verzichtete auf den Hinweis, daß ein Käfig auch aus Gold bestehen konnte. Bisher behielt Aernath mit seinen Prophezeiungen recht, doch was die Heimkehr betraf, waren noch immer Zweifel angebracht. *Ist Kang nun bereit, mich freizugeben?*

Sie räumten im Laboratorium auf, und anschließend lud Aernath die junge Frau zum Essen in die wissenschaftliche Messe ein. Er meinte, Kang und seine Lieutenants seien noch immer auf dem Planeten und nähmen an einigen Konferenzen teil. »Ich gäbe meinen Ruhmesobst-Strauch, um zu erfahren, worüber sie sprechen. Gleich mehrere Kreuzer sind in der Umlaufbahn, außerdem auch noch ein romulanisches Schiff. Ich hoffe inständig, das *Tseni*-Virus hat sich nicht auf weiteren Welten ausgebreitet.«

Jean zögerte nicht, ihren neuen Status auszunutzen, nahm Aernaths Einladung sofort an. In der Messe hielten sich nur wenige Personen auf; die meisten Besatzungsmitglieder stammten von Tahrn und genossen einen Landurlaub. Ein Xenozoologe nahm an ihrem Tisch Platz; wie sich herausstellte, kam er von Peneli. Czerny hörte stumm zu, als Aernath und der andere Mann über Gerüchte sprachen, bei denen es um Maras Welt ging. Nach einer Weile erörterten sie die Lage auf Tahrn, und Aernath erzählte nicht nur von dem Erfolg mit der neuen *Quadrotritikal*-Sorte, sondern erwähnte auch, wie das von der Hungersnot geplagte Volk auf die angekündigten Rationierungsmaßnahmen reagierte.

»Es sind harte Zeiten«, sagte der Zoologe und vollführte eine Geste, die dem leeren Zimmer galt. »Wer vom Landurlaub zurückkehrte, kam mit ähnlichen Schilderungen.« Er schüttelte den Kopf. »Es widerstrebt mir, Tahrn zu besuchen, solange sich die Lage nicht gebessert hat.« Die beiden Klingonen schwiegen kummervoll.

Jean schnitt ein anderes Thema an. »Sie sind schon einmal auf Tahrn gewesen?«

»Ja. Ich habe dort ein Forschungsprojekt geleitet.«

»Vielleicht können Sie ein Tier für mich identifizieren. Das Personal unserer Station sah sich außerstande, meine Fragen zu beantworten.« Jean beschrieb das Geschöpf mit dem orangefarbenen Fell.

»Vielleicht ein *Boryx.* Sind sehr selten und ziemlich unangenehm.«

»Wie meinen Sie das?«

»Nun, es gibt zwei verschiedene Arten: die eine gestreift, die andere mit einfarbigem Fell. Häufig kommt es zu Revierstreitigkeiten, die zu erbitterten Kämpfen führen. Ab und zu geschieht es, daß sich die Männchen gegenseitig kastrieren. Was ihre Seltenheit erklärt. Aber die *Boryx* sind nichts im Vergleich zur Fauna auf Klairos. Dort gibt es Dutzende von scheußlichen Gattungen.«

»Kennen Sie den Planeten?« fragte Czerny.

»Nein. Ich hätte nichts dagegen, auf Klairos mit zoologischen Untersuchungen zu beginnen. Vorausgesetzt, mir stünden sowohl einige Photonentorpedos als auch ein zuverlässiges Warnsystem zur Verfügung. Überall wimmelt es von potentiellen Angreifern: auf dem Boden, in der Luft, im Sumpf.«

»Klingt ganz nach einem ruhigen, geeigneten Plätzchen für landwirtschaftliche Experimente.« Jean schnitt eine Grimasse. »Bitte nennen Sie uns einige Beispiele dafür, was uns auf Klairos erwartet.«

Der Zoologe nickte und meinte, folgende Geschöpfe verdienten besondere Beachtung: der sechzig Kilo schwere Dolchzahn, ein Raubtier, das in den Bergen jagte; der große Schneevogel mit einer Flügelspannweite von drei Metern und Krallen, die selbst einen ausgewachsenen Klingonen packen und forttragen konnten; und einige namenlose Amphibien, die in den Sümpfen lauerten und nach allem schnappten, was sich bewegte. Dr. Eknaar gesellte sich ihnen hinzu, als der Zoologe ein amphibisches Wesen beschrieb. Es erinnerte Jean an die mythischen Drachen auf der Erde, die sie aus den Märchen ihres Großvaters kannte.

»Das bakteriologische Leben ist ebenfalls sehr gefährlich«, fügte der Arzt hinzu. »Zumindest für Klingonen. Ich weiß nicht, ob auch die menschliche Physiologie bedroht ist, aber wir sollten kein Risiko eingehen. Ich schlage vor, Sie und Aernath lassen sich impfen. Kommen Sie morgen in die Krankenstation.«

»Ja, danke.«

Als sie ihre Tabletts zurückbrachten, sagte Aernath: »Ich gehe jetzt in die Sicherheitsabteilung. Vielleicht kann ich bei einer Tsungu-Partie in Erfahrung bringen, was es mit Kangs Konferenzen auf sich hat. Möchten Sie, daß ich Sie zuerst zu Ihrem Quartier begleite?«

Jean schüttelte den Kopf. »Nein. Ich finde den Weg auch allein.« Der Kreuzer war nicht gerade ihr Zuhause, aber inzwischen kannte sie sich einigermaßen darin aus. Czerny entschied, ihre neue Freiheit auf die Probe zu stellen und voll auszukosten. Niemand hielt sie auf, als sie durch die Korridore wanderte, und der Wächter vor ihrer Kabine nickte nur, als sie sich näherte. Versuchsweise betätigte sie den Verriegelungssensor und hörte ein leises Klicken. Die Tür ließ sich abschließen! Sie öffnete wieder und sah den Klingonen an. »Bleiben Sie bis morgen früh hier?«

»Wenn Sie es wünschen ...«

»Nein«, erwiderte sie fest. »Sie können gehen. Gute Nacht.« Als Jean kurze Zeit später noch einmal in den Korridor spähte, war der Wächter tatsächlich verschwunden.

Erneut berührte sie den Sensor, betrat die große Hygienezelle — und blieb abrupt stehen, als sie eine zweite Tür bemerkte, die offenbar Zugang zum nächsten Quartier erlaubte. Das Eingangsschott ließ sich verriegeln, aber an dieser Pforte fehlte ein programmierbarer Sensorpunkt. Wer auch immer auf der anderen Seite wohnte: Er konnte

Jean jederzeit einen Besuch abstatten. Das angenehme Gefühl der Sicherheit und Zuversicht wich neuer Besorgnis, als sie sich an Aernaths scherzhafte Bemerkung entsann. Hatte Kang sie tatsächlich neben Tirax untergebracht? Sie horchte, vernahm jedoch keine Geräusche. Was sie nicht weiter überraschte: Tirax befand sich noch immer auf Tahrn, ebenso wie der Commander. *Nun, heute abend sollte ich auf eine Dusche verzichten.* Sie erfrischte sich und kehrte in den Wohnraum zurück.

Dort zog sie die Stiefel aus, legte Kissen und Decke auf den Boden, machte es sich so bequem wie möglich und hielt ihr Messer bereit. Immer wieder wanderte ihr Blick zur Tür der Hygienezelle, aber nichts regte sich dort. Irgendwann schlief sie ein und verbrachte eine ereignislose Nacht.

Als Jean am nächsten Morgen erwachte, hatte der Schlachtkreuzer die Umlaufbahn verlassen. Zusammen mit Aernath ging sie zur Krankenstation und ließ sich dort impfen. Den ganzen Tag über sahen sie sich Infobänder über Klairos an, und es stellte sich bald heraus, warum Aernath die Kultur jenes Planeten als primitiv bezeichnete. In den klaironischen Familien gab es mehr als nur zwei Kinder, und den Frauen verweigerte man selbst die elementarsten Rechte. Hinzu kam eine direkte väterliche Erbfolge. »Ein barbarischer Brauch«, kommentierte Aernath. »Ausgesprochen asozial. So etwas kann keine anständige Gesellschaftsstruktur gewährleisten.«

Das für Jean so verwirrende System der Vererbung durch den mütterlichen Onkel förderte offenbar soziale Beziehungen, die für Klingonen eine große Rolle spielten. Czerny beschloß, sich bei Gelegenheit eingehender damit zu beschäftigen. Derzeit bestand ihre Aufgabe darin, Pläne für den Anbau der neuen Getreidesorten zu entwickeln. Wenn sie Klairos erreichten, ging dort der Winter zu Ende, und sie mußten sofort mit dem Projekt beginnen, denn in den Bergen war die Wachstumszeit begrenzt.

»Es wäre sicher nützlich, den Anbau auch im Flachland

zu versuchen«, sagte Aernath. »Ich hoffe, man stellt uns einen Polder zur Verfügung.«

»Einerseits könnte das Korn dort zwanzig Tage länger reifen, aber andererseits ist die Feuchtigkeit wesentlich höher. Vielleicht sinkt dadurch der Proteingehalt. Ein interessantes Experiment.« Jean hätte es vorgezogen, auf irgendeinem Planeten der Föderation zu arbeiten, doch sie ließ sich von Aernaths Aufregung anstecken. Eine zweite Chance, um die neue Sorte unter verschiedenen Bedingungen zu testen! Und gleichzeitig half sie dabei, eine ernste Ernährungskrise zu lösen.

Gegen Abend kehrte Czerny zu ihrem Quartier zurück und begegnete dort dem Wächter, der eine Nachricht für sie hatte. »Der Commander schickt Ihnen dieses Paket und erwartet Sie zum Essen.«

Das Paket enthielt ein langes, bunt schimmerndes Gewand. *Offenbar ist Kang wirklich sehr zufrieden*, dachte Jean, als sie sich umzog. Vielleicht sollte sie nicht nur das Sicherheitsproblem der zweiten und nicht verriegelbaren Tür in ihrer Kabine erwähnen, sondern den Commander auch auf ihre mögliche Freilassung ansprechen. Ihr lagen keine Berichte darüber vor, daß die Trockenfäule auch auf andere Welten übergegriffen hatte. Wenn sie ihren tahrnianischen Erfolg auf Klairos wiederholen konnten, war Aernath bestimmt in der Lage, die Arbeit ohne ihre Hilfe fortzusetzen und auch die penelische Hungersnot zu beenden. Wenn Kang ihr sein Wort gab, sah Jean den kommenden Monaten weitaus gelassener entgegen. Wenn, wenn, wenn... Ständig lauerte das kalte, alle Hoffnungen in Frage stellende ›Wenn‹ an der Schwelle ihres Bewußtseins. Aernath wies mehrmals auf die klingonische Ehre hin, aber konnte Czerny Kang vertrauen, einem erklärten Feind der Föderation? Sie schob die Zweifel beiseite und blieb optimistisch, als sie das Zimmer verließ und sich fast fröhlich an den Wächter wandte. »Bitte bringen Sie mich zu Commander Kang. Anschließend können Sie Ihr eigenes Quartier aufsuchen.«

Überrascht stellte Jean fest, daß sich Kangs Quartier ganz in der Nähe befand, hinter der Ecke des nächsten Korridors. Er schien sich zu freuen, sie wiederzusehen. »Sie sind heute sehr förmlich.«

Czerny senkte mit ungewohnter Bescheidenheit den Kopf. »Ein hübsches Gewand. Ich hielt es für angemessen, Ihrer Einladung in dieser Aufmachung zu folgen.«

»Oh, sicher. Es wundert mich allerdings, warum Sie nicht durch die Tür dort gekommen sind.« Sie betraten den Wohnraum des Kommandanten, und Kang deutete auf den zweiten Zugang.

Jean stellte sich ein Schema des Kabinentrakts vor, und plötzlich begriff sie, daß Kangs Unterkunft an ihre grenzte. Sie lachte erleichtert und sah den fragenden Blick des Commanders. »Ich fürchtete schon, Sie hätten mich neben Tirax untergebracht. Aernath meinte, es geschähe mir ganz recht — gewissermaßen als Strafe für Argwohn und fehlendes Vertrauen.«

»Ja, Aernath und Tirax berichteten mir von Ihrer... Antipathie.« Kang lächelte. »Wirklich schade. Er gehört zu meinen besten Offizieren. Sie haben sich einen sehr gefährlichen Feind geschaffen.«

»Es ist seine Entscheidung, nicht meine. Ich bin bereit, mit jedem Freundschaft zu schließen — abgesehen von denen, die meine Heimat vernichten wollen.« Jean sah Kang fast herausfordernd an.

Der Commander nickte langsam. »Tirax glaubt, die Föderation sei schwach und könne leicht besiegt werden. Ich teile seine Meinung nicht, aber es ist wichtig, daß ich sie höre. Glücklicherweise gehört Tirax zu meinem Bordrat — und er nimmt kein Blatt vor den Mund. Seine Einstellungen ändern nichts an der Loyalität mir gegenüber, und ich bin nach wie vor in der Lage, flexibel zu reagieren. Können Sie sich damit abfinden?«

Jean hielt dem Blick des Klingonen stand. »Ich schätze, mir bleibt keine andere Wahl. Nun, Sie kennen auch *meine* Ansicht.«

Kang seufzte. »Ich frage mich, ob...« Er brach ab, verstaute seinen Blaster, stellte eine Flasche Wein und ein kleines Glas auf den Tisch.

»Übrigens«, sagte Jean. »Aernath und ich haben gute Arbeit geleistet; alles deutet auf einen Erfolg hin. Sie haben mir für diesen Fall eine Gegenleistung versprochen. Ich möchte sie nun in Anspruch nehmen.«

Kang füllte das Glas und sah auf. »Genügt mein Angebot nicht?« erwiderte er verwundert.

Czerny fragte sich, was er damit meinte. Den goldenen Käfig?

»Nein.«

»Nun gut. Ich höre.«

»Entlassen Sie mich aus der *Bindungs*-Pflicht. Ich möchte meine Freiheit zurück.«

Der Commander lächelte erneut. »Einverstanden.- Sie sind frei.« Er griff nach dem Weinglas und vergoß feierlich einen Tropfen vor dem Bild in der Nische. Dann drehte er sich um. »Möchten Sie dieses Glas mit mir teilen?« Als Jean nickte, hob er es wie zu einem Toast. »Auf unser Überleben, auf unseren Erfolg.« Er trank einen Schluck und streckte die Hand aus.

Czerny bemühte sich, ihre Hoffnungen im Zaum zu halten. Freiheit! Sie nahm das Glas entgegen und wiederholte den Trinkspruch. »Auf unser Überleben, auf unseren Erfolg.« Sie leerte den kleinen Kelch in einem Zug, reichte ihn zurück. Kang stellte ihn wieder auf dem Tisch ab. »Werden Sie mir nach der Arbeit auf Klairos die Heimkehr ermöglichen?«

Erneut wirkte der Klingone überrascht. »Nach der Arbeit auf Klairos? Das wäre entschieden zu früh. Sie wissen zuviel, um so bald zur Föderation zurückzukehren. Ganz zu schweigen von einigen anderen Erwägungen...«

Die freudige Erwartung zerstob, wich neuerlicher Niedergeschlagenheit. »Wann?« fragte Jean leise und hörte, wie das *Wenn* erneut an die Tür ihrer Seele klopfte.

»Haben Sie noch ein wenig Geduld. Lassen wir die Zukunft. Besinnen wir uns lieber auf die Gegenwart...« Plötzlich kam Kang heran und umarmte Jean, überraschte sie so sehr, daß sie zuerst überhaupt keinen Widerstand leistete. Doch ihre verdutzte Benommenheit wich sofort kalter Panik. Verlangte der Commander nun jenen Tribut von ihr, den triumphierende Gegner seit Jahrtausenden von Frauen forderten? Czerny wand sich hin und her, aber Kang hielt sie ebenso mühelos fest wie eine aldebaranische *Jequard* ihr Junges. Er zog sie zu sich heran, preßte seine Lippen auf die ihren – und in Jean entstand die gleiche Wut wie während der beiden Begegnungen mit Tirax. »Lassen Sie mich los!« zischte sie und neigte den Kopf in den Nacken. »Rühren Sie mich nicht an!«

Kang wich tatsächlich einen Schritt zurück.

Jean starrte ihn zornig an. »Na schön. Ich bin eine Schachfigur für Sie, und daran kann ich nichts ändern. Aber wenn Sie mich noch einmal anfassen, bringe ich mich selbst um und versuche, Sie ins Jenseits mitzunehmen!«

Der Commander blinzelte und schien völlig perplex zu sein. Dann verwandelte sich sein Gesicht in eine Fratze. »Verschwinden Sie von hier, bevor ich Ihnen die Mühe erspare und Sie töte!« knurrte er drohend. »Raus!« Er schloß die Hand um den Kelch und warf ihn nach ihr. Jean eilte durch die zweite Tür, hörte das Splittern von Glas. Sie stürmte durch ihre eigene Kabine, durch ein aufschwingendes Schott, setzte die Flucht in den Korridoren des Schiffes fort. Im Laboratorium schloß sie hinter sich ab und verbarrikadierte den Zugang mit Geräten, Untersuchungstischen und kleinen Vitrinen.

Czerny war nun davon überzeugt, daß es keine Chance mehr für sie gab, jemals zur Föderation heimzukehren. Zitternd wartete sie darauf, daß jemand an die Tür hämmerte, daß Kang gewaltsam versuchte, sich Zutritt zu verschaffen. Sie eilte durchs Labor, sammelte den Samen ein, der einen ziemlich großen Haufen ergab. Gleichzeitig trachtete sie danach, ihre Gedanken zu ordnen. Verdammt! Wie töricht von ihr anzunehmen, man könne einem Klingonen vertrauen. *Kang hatte nie die Absicht, mich freizulassen. Aber Aernath... Er ist noch weitaus schlimmer. Er hat sich nur so menschlich und verständnisvoll gegeben, um mein Vertrauen zu wecken, um mich besser auszunutzen. Schluß damit.* Jean griff nach der Klappe des Desintegrators — und zögerte.

Vor ihrem inneren Auge sah sie Kinder mit weit vorgewölbten Bäuchen und apathischen Gesichtern. Ärgerlich strich sie sich über die Stirn, als könne sie die Schreckensbilder auf diese Weise vertreiben. Um ihren Bann zu brechen, dachte sie an die Aldebaran-Kolonie, an ihre Freunde, an Starfleet und die *Enterprise*. Dort lagen ihre Treuepflichten. Die junge Frau fühlte sich auf die Brücke des Kreuzers zurückversetzt, beobachtete noch einmal den Bildschirm, der ihr Kirk und seine Offiziere zeigte. Reminiszenzen, die seltsames Unbehagen in ihr weckten. Die Worte des Captains fielen ihr ein, und wieder gewann sie den Eindruck, daß in ihrer Erinnerung etwas fehlte. Sie vernahm Spocks Stimme: »Es gibt immer eine Wahl.« Sprach wirklich der Vulkanier und nicht Kirk? Und was sagte er? *...breiter Ermessensspielraum...* Etwas in der Art?

Jean lächelte bitter. Welche Alternativen mochte der Erste Offizier in ihrer derzeitigen Situation erkennen? Sie sah nur zwei. *Entweder öffne ich den Desintegrator und vernichte das Korn — oder ich warte.* Sie wartete.

Jean Czerny schreckte aus einem unruhigen Schlaf, als sie Geräusche an der Tür hörte. Vermutlich Aernath: Nur er konnte das Schott öffnen, wenn es von innen verriegelt war. Die junge Frau holte ihr Messer hervor, hockte weiterhin neben dem Desintegrator und beobachtete, wie die Tür aufglitt. Aernath fluchte leise vor sich hin, als er über die improvisierte Barrikade hinwegkletterte, und dann sah er die Frau. »Jean! Bei Durgath, was machen Sie hier?«

»Man hat also Sie geschickt, nicht wahr? Mit welchem Auftrag? Sollen Sie ›vernünftig‹ mit mir sprechen, mir alles ›erklären‹? Weitere Lügen? Weitere Versprechen? Oder dienen Sie nur als Ablenkungsmanöver, während sich Kang aus einer anderen Richtung heranschleicht?«

»Wovon reden Sie da? Was hat das alles zu bedeuten?« Aernath schloß die Tür und trat näher, blieb jedoch stehen, als Jean den Dolch hob. »Stecken Sie das Ding ein und erzählen Sie mir, was geschehen ist. Ich bin allein gekommen, und von mir haben Sie gewiß nichts zu befürchten.«

»Klingonen!« platzte es abfällig aus Jean heraus. »Und Sie sind der Schlimmste von allen. Sie haben mich davon überzeugt, man könne wenigstens einigen von euch vertrauen, auch dem so großzügigen, diplomatischen Commander! Ha! Kang hat versucht, mich zu vergewaltigen.«

»Was?« Aernath starrte Jean verwirrt und fassungslos an. »Was soll das heißen, er hat es ›versucht‹?«

»Ich habe ihm gesagt, er soll mich loslassen. Und daß ich Selbstmord begehen werde, wenn er mich noch einmal anrührt.«

»Unglaublich. Es gab keinen Grund für Kang, Ihnen zu nahe zu treten, und wenn es wirklich seine Absicht gewesen wäre... Er hätte sich bestimmt nicht mit einem ›Versuch‹ begnügt.«

»Es ist mir völlig gleichgültig, was Sie denken. Ich weiß genau, was passiert ist...«

»Jean«, warf Aernath ein. »Woher stammt das Gewand?«

Czerny sah an sich herab und verzog das Gesicht. »Kang schickte es mir gestern abend – zusammen mit einer Einladung zum Essen.«

Aernath runzelte die Stirn. »Wo befindet sich Ihre Kabine?«

»Sie grenzt an das Quartier des Kommandanten. Warum?«

»Maras Zimmer.« Der Klingone seufzte und machte einen weiten Bogen um Jean, als er eine Pflanze zum Tisch brachte und dort absetzte. Er nahm Platz. »Ich glaube, Sie sollten mir die Ereignisse des gestrigen Abends in allen Einzelheiten schildern.«

Irgend etwas in seinem Tonfall tilgte den Zorn aus Jean. Sie blieb mißtrauisch, aber trotzdem verspürte sie den Wunsch, mit Aernath zu sprechen, sich mit seiner Hilfe von ihrer emotionalen Bürde zu befreien. Sie holte tief Luft und begann mit einem ausführlichen Bericht. Der Mann am Tisch unterbrach sie mehrmals, erkundigte sich nach Details. Er wirkte immer nervöser und aufgeregter. Als Jean Kangs Umarmung und ihre Reaktion darauf beschrieb, sprang Aernath auf und packte die junge Frau an den Schultern. »Sie Närrin! Begreifen Sie denn nicht, was Sie getan haben?«

»Was *ich* getan habe? Oh, das ist wirklich nett! Beim All, *Kang* hat *mich* angegriffen. Es war nicht etwa umgekehrt.«

Aernath schüttelte sie. »Er ließ Sie gehen! Jemand anders hätte Sie auf der Stelle getötet. Selbst ich.« Jean hob erneut den Dolch, aber der Klingone stieß einfach ihre Hand beiseite. »Nein, nein, keine Sorge. Es liegt mir nichts daran, Ihnen den Hals umzudrehen.« Er wandte sich ab, wanderte unruhig umher. »Aber warum? Und warum ausgerechnet jetzt? Was will er damit erreichen...? Geht es um Tirax? Und Mara... Bei Cymele! Ich weiß nicht genug über die Lage auf Peneli!« Er schien Jean völlig vergessen zu haben.

»Wenn's Ihnen nichts ausmacht... Würden Sie mir bitte erklären, was hier eigentlich gespielt wird?« fragte Czerny eisig. »Oder sind Sie noch immer damit beschäftigt, sich eine plausible Geschichte einfallen zu lassen?«

Aernath drehte sich verärgert um. »Sie Närrin!« wiederholte er. »Sie verstehen wirklich nicht, oder?« Er zögerte und überlegte. »Ich bin sicher, daß ich Ihnen von Durgath und... Nein, wir wurden unterbrochen. Jean, Sie haben mir gerade den *Vermählungsritus* beschrieben. Oh, sicher, es handelte sich um die knappe, militärische Version, aber sie ist trotzdem bindend. Sie erhoben keine Einwände, nahmen den Kelch entgegen und...« Er gestikulierte ausladend, schüttelte fast verzweifelt den Kopf.

»Heirat! Das ist doch lächerlich! Ich konnte doch gar nicht wissen, was sein Verhalten bedeutete. Wieso glaubt Kang, ich sei bereit, seine...«

»Spielt keine Rolle. Jetzt ist es ohnehin zu spät. Verdammt und verflucht! Jean, bitte versuchen Sie wenigstens einmal, wie ein Klingone zu denken. Kang ist Commander der Imperialen Flotte, und eines Tages wird er auf dem Thron des Imperators sitzen. Er bietet Ihnen das *Vermählungsrecht* an, das Sie erst akzeptieren – und dann ganz plötzlich zurückweisen. Was erwarten Sie unter solchen Umständen von ihm?«

Jean dachte nach. »Oh...« Und sie fügte hinzu: »Aber seine Ehe mit Mara besteht nach wie vor. Das haben Sie mir selbst gesagt.«

»Na und? Er kann sechs Frauen haben, wenn er will. Aber eine aus der Föderation?« Aernaths Sorge schien in erster Linie Kangs Motiven zu gelten, nicht so sehr Jeans Dilemma. »Unsere nächsten Schritte hängen vor allen Dingen davon ab, was der Commander plant.«

»*Unsere* nächsten Schritte?« entfuhr es Czerny. »Wieso kommen Sie darauf, daß *wir* etwas unternehmen? Ich weiß nicht einmal, ob Sie die Wahrheit sagen, ob ich Ihnen vertrauen kann. Vielleicht ist es nur ein klingonischer Trick.«

Aernath maß sie mit einem durchdringenden Blick. »Ich kann Sie nicht zwingen, mir zu glauben«, sagte er. »Wenn Sie weiterhin alle Klingonen für ehrlose Schurken halten, gibt es keine Vertrauensbasis. Dann sind Sie völlig allein.« Er zögerte kurz, und als Jean schwieg, fuhr er fort: »Wenn Sie jedoch bereit sind, uns eine eigene Integrität zuzugestehen... Dann bin ich nach wie vor Ihr Gebundener. Es ist mir nicht gelungen, Sie vor diesen Schwierigkeiten zu bewahren, aber ich biete Ihnen meine Hilfe an.«

Jean ließ sich auf einen Stuhl sinken. »Ich weiß nicht, was ich von der ganzen Sache halten soll. Ich möchte Ihnen so gern glauben...«

Als sie sich bewegte, sah Aernath das Korn vor dem Desintegrator. »Jean! Die Samen... Was hatten Sie damit vor?«

Czerny beobachtete, wie er die Saat hastig in Sicherheit brachte. »Ich wollte sie zerstören und auch alle Unterlagen beseitigen, bevor...« Sie dachte an Kang und schauderte.

Aernath musterte sie aus zusammengekniffenen Augen. »Aber Sie haben sich dagegen entschieden. Warum?«

»Ich... ich konnte mich einfach nicht dazu durchringen, den Desintegrator zu benutzen.« Eine seltsame Art von Verlegenheit erfaßte Jean, als sie erklärte: »Ein Freund von mir sagte einmal, es gebe immer eine Wahl. Vielleicht glaubte ich, mir bliebe noch eine Alternative.«

»Das stimmt auch – wenn Sie gewillt sind, ein gewisses Risiko einzugehen.« Erneut spürte Jean Aernaths sondierenden Blick auf sich ruhen. »Wie hätten Sie reagiert, wenn Ihnen die Bedeutung von Kangs Angebot klar gewesen wäre?«

Czerny dachte einige Sekunden lang nach. »Ich hätte ihn trotzdem gebeten, mir eine Heimkehr zu ermöglichen – und ihn nach den Gründen gefragt.«

»Ohne eine Antwort zu bekommen«, erwiderte Aernath sofort. »Und Ihre Teilnahme an dem *Vermählungsritus?*«

Jean zögerte und ahnte, worauf der Klingone hinauswollte. »Ich weiß es nicht«, sagte sie ehrlich. »Die jüngsten Ereignisse haben ein emotionales Chaos in mir entstehen lassen, das ich erst noch entwirren muß.«

»Na schön. Angenommen, Kang ist bereit, Ihnen eine zweite Chance zu geben. Könnten Sie sie akzeptieren?«

»*Ich* soll eine zweite Chance bekommen?« wiederholte die junge Frau scharf.

»Verdammt, Jean, seien Sie doch nicht so empfindlich! Nun, ich möchte es anders ausdrücken. Wenn Kang beschließt, das Mißverständnis zu vergessen – sind Sie in der Lage, seinem Beispiel zu folgen?«

»Um noch einmal von vorn zu beginnen?«

Aernath nickte langsam. »Ja, wahrscheinlich. Kang ist

bestimmt nicht geneigt, einfach aufzugeben. Sie spielen eine wichtige Rolle bei seinen rätselhaften Plänen, und das bedeutet, er wird Sie behalten. Er mag es ganz und gar nicht, wenn ihm irgend jemand – noch dazu eine Frau, wenn Sie mir diese Bemerkung gestatten – einen Strich durch die Rechnung macht.«

»Ich bin also nach wie vor eine Schachfigur für ihn«, schloß Jean. »Und das bedeutet, ich habe eigentlich gar keine Wahl.«

»Wie man's nimmt«, murmelte Aernath geheimnisvoll.

Jean schürzte die Lippen und wußte, daß der Klingone noch immer auf eine klare Antwort wartete. Konnte sie Kangs Angebot annehmen? Wenn Sie die Situation am vergangenen Abend verstanden und genug Zeit gehabt hätte, gründlich darüber nachzudenken... Nun, vielleicht. Aber jetzt... Sie schüttelte den Kopf. »Nein, ich glaube kaum.«

Aernath brummte zustimmend. »Das überrascht mich nicht.«

»Und jetzt?«

»Wir warten auf Kangs nächsten Zug, um im Bild zu bleiben. Aber bei Cymeles Mantel: Halten Sie sich von ihm fern! Er darf Sie auf keinen Fall sehen, wenn Sie es ablehnen, um Verzeihung und Milde zu bitten. Eine neuerliche Begegnung mit ihm könnte fatal sein.«

»Und *wenn* ich bereit wäre, mich zu entschuldigen?«

Aernath wählte seine Worte mit aller Sorgfalt. »Wer weiß? Vielleicht tötet er Sie trotzdem. Aber ich glaube, es spricht alles dafür, daß er Sie am Leben läßt.«

Jean seufzte. »Wie ich vorhin schon sagte: Eigentlich habe ich gar keine Wahl. Ich muß warten, bis Kang etwas unternimmt. Und ich werde Ihren Rat beherzigen, ihm aus dem Weg gehen.«

Die beiden Agrikultur-Spezialisten versuchten, so zu arbeiten, als sei überhaupt nichts geschehen, aber Jean konnte sich nicht richtig konzentrieren und schließlich gab sie es auf. Sie begab sich in ihr Quartier und beschloß, kalt zu duschen, eine leichte Mahlzeit einzunehmen und sich gründlich auszuschlafen.

Sie justierte die Duschkontrollen, öffnete den Hahn und griff nach der Seife. Einen Sekundenbruchteil später strömte siedend heißes Wasser auf ihren Rücken herab. Jean gab einen schmerzerfüllten Schrei von sich, tastete mit der Hand durch den Dunst, schaltete die Düsen ab und taumelte zur Tür. Plötzlich sprang eine dunkle Gestalt durch den rosaroten Dunst, der vor Czernys Augen wallte. Kang schlang die Arme um sie und trug die junge Frau zum Bett. »Die verdammten Techniker haben die Dusche falsch angeschlossen. Ich hätte sie schon längst reparieren lassen sollen. Bleiben Sie still liegen.« Er holte eine Medo-Packung hervor und entnahm ihr einen kleinen Zylinder. Es zischte leise, als der Commander etwas auf Jeans Hals und Nacken sprühte, dann auch die Arme behandelte. Er beugte sich über sie hinweg und aktivierte das Interkom. »Kang. Eknaar, kommen Sie sofort in mein Quartier. Ende.« Er berührte Czerny vorsichtig an der Schulter. »Tut es noch immer sehr weh?«

Sie schnitt eine Grimasse. »Inzwischen hat der Schmerz ein wenig nachgelassen. Aber mein Gesicht ...«

Kang sprühte Schaum auf seine Hände. »Schließen Sie die Augen.« Geschickt strich er die Masse auf, von den Wangen bis zu den Ohrläppchen. Er zögerte kurz, ging fort und kehrte kurz darauf mit einem großen Handtuch zurück, um Jeans Blöße zu bedecken.

Eknaar traf ein und sah die junge Frau an. »Was ist passiert?«

»Die Dusche ist falsch angeschlossen. Das Wasser war kochend heiß.« Kang trat zur Seite, und der Arzt untersuchte Jean rasch. »Nun?«

»Nicht besonders schlimm. Überwiegend Verbrennungen ersten Grades. Auf der Schulter könnten sich Blasen bilden, doch ich bin sicher, die Folgen halten sich in Grenzen. Die Synthohaut wird eine rasche Rekonvaleszenz gewährleisten.«

Kang atmete erleichtert auf. »Gut. Bringen Sie sie fort.« Er wandte sich um und marschierte davon.

Eknaar hob erstaunt den Kopf. »Was für eine seltsame Reaktion. Sie sind doch nur leicht verletzt.«

»Es gibt einen anderen Grund«, sagte Jean. »Er ist wütend auf mich.«

Eknaar schnaubte leise. »Unsinn. Er mag verärgert sein, ja, aber Zorn? Nein. Dann verhielte er sich völlig anders. Kommen Sie, stehen Sie auf.« Der Arzt führte Jean in ihre Kabine, gab ihr ein Sedativ und versprach, am nächsten Morgen zurückzukehren. Mitten in der Nacht erwachte Czerny und spürte benommen, wie sie von Eknaar eine weitere Injektion bekam. Unmittelbar darauf schlief sie wieder ein und bemerkte nicht, daß der Mann keineswegs in den Korridor trat, sondern Kangs Unterkunft aufsuchte.

Sie fühlte sich wesentlich besser, als man ihr am nächsten Morgen das Frühstück brachte. Wenige Minuten später kam der Doktor. »Oh«, machte Jean. »Nach der Visite in der vergangenen Nacht habe ich Sie erst später erwartet.«

Eknaar verzog das Gesicht. »Es war nicht meine Idee, das versichere ich Ihnen. Ich bekam einen ausdrücklichen Befehl!« Er schüttelte den Kopf. »Wenn Ihr Zustand wirklich so besorgniserregend wäre, hätte ich Sie in der Krankenstation untergebracht. Nun, wie geht es Ihnen jetzt?«

»Ich bin noch immer ein bißchen steif, und der Rücken brennt.«

»Kann ich mir denken. Sehen wir uns die Schulter an ... Hm, einige kleine Blasen, weiter nichts. Die Synthohaut hat das Schlimmste verhütet.« Eknaar griff nach einem Sprühzylinder und trug eine neue Schicht auf, legte dann einen dünnen Verband an. »Sie bleiben heute im Bett«, sagte er. »Um die Binde brauchen Sie sich nicht zu kümmern — sie löst sich von ganz allein. Und vermeiden Sie es, zu heiß zu duschen.«

Jean streckte sich auf der Matratze aus und lauschte den Stimmen in der Hygienezelle: zwei Techniker reparierten die Dusche. Gegen abend fühlte sie sich fast normal und ein wenig ruhelos. Sie lächelte erfreut, als Aernath mit dem Essen kam. »Ich befolge nur meine Anweisungen, Miß Czerny«, sagte er geziert und ahmte ihre Stimme nach, als er hinzufügte: »Solange ich im verdammten klingonischen Imperium festsitze, dürfen Sie keinen einzigen Tag verstreichen lassen, ohne nach mir zu sehen. Wie steht's heute in diesem verdammten Imperium?«

»Aernath, ich glaube, Sie würden auch bei der Beerdigung Ihrer Großmutter Witze reißen. Danke, daß Sie gekommen sind. Setzen Sie sich und leisten Sie mir Gesellschaft.«

»Wie ich hörte, hat Kang Sie aus der Dusche geholt. Angeblich läßt er Eknaar rund um die Arbeit arbeiten. Stimmt das?«

»Mehr oder weniger.« Jean lächelte. »Was meinen Sie, Aernath? Ist dies der ›nächste Zug‹ des Commanders? Eknaar behauptete, Kang sei gar nicht wütend, nur besorgt.«

»Möglich. Sie konnten ihn beobachten. Was glauben *Sie?*«

»Nun, wenn es ihm wirklich darum ginge, mit mir abzurechnen... Eine bessere Gelegenheit hätte sich ihm bestimmt nicht geboten.«

»Was haben Sie jetzt vor?«

»Nun, ich werde auf seinen Zug reagieren.«

Aernath sah sie nachdenklich an. »Wollen Sie das wirklich? Sie sollten ganz sicher sein, bevor Sie etwas unternehmen.«

»Ich glaube, es kommt nicht so sehr darauf an, was ich will oder nicht«, erwiderte Jean ernst.

»Ich schätze, da haben Sie recht. Also gut: Können Sie es schaffen?«

»Ja.«

Aernath wartete, aber Czerny schwieg, nannte keine Einzelheiten.

Die vergangenen dreißig Stunden waren Jean länger als sonst erschienen. Jetzt wartete sie vor der Tür des Beratungszimmers, und als das Besatzungsmitglied mit dem Servierwagen kam, schickte sie den Mann fort und fügte den Tellern und Schüsseln ihr Tablett hinzu. Aernath hatte sie darauf hingewiesen, daß die Tradition ein eigenes Zubereiten der Mahlzeit erforderte, und Czerny sah noch einmal auf die Früchte, die aus dem botanischen Laboratorium stammten. Kang hob überrascht die Brauen, als sie eintrat. »Ich habe nicht nach Ihnen geschickt«, stellte er fest. »Weshalb sind Sie gekommen?«

Jean senkte den Blick und nahm eine Schale zur Hand. »Möchten Sie etwas Obst, Milord?« Sie hielt die Luft an und lauschte der Stille.

Schließlich näherte sich Kang und nahm eine Frucht. »Ich höre.«

Jean atmete tief durch und begann: »Ich will mich nicht entschuldigen. Dafür gibt es auch gar keinen Grund. Aber ich bin Ihnen eine Erklärung schuldig. Ich wußte nichts von der Bedeutung des Rituals, fühlte mich dadurch bedroht. Deshalb wies ich Sie zurück.« Sie hob den Kopf. »Es lag nicht in meiner Absicht, Sie zu beleidigen.«

Kang kniff die Augen zusammen. »Ist Ihnen klar, worauf Ihr derzeitiges Verhalten hindeutet?«

»Ja.«

In den Augen des klingonischen Kommandanten glitzerte es amüsiert. »Aber trotzdem sind Sie nicht bereit, sich einfach zu fügen. Sie wollen Ihren Willen durchsetzen. Warum?«

Jean schob trotzig das Kinn vor. »Weil Sie bestimmt wissen, warum ich Ihr Angebot ablehnte. Und wenn nicht Ihr verdammter Klingonenstolz wäre, würden Sie sich bei mir entschuldigen!«

Kang lachte leise, als er die Hand um das Kinn der jungen Frau schloß. »Sie geben nicht auf, oder? Um ganz ehrlich zu sein: Ihr Stolz kann es bestimmt mit meinem aufnehmen. Nun, sind Sie mir auch in anderen Dingen ebenbürtig?«

»Ich denke schon«, antwortete Czerny ruhig.

»Es wird sich herausstellen.« Kang schlang den Arm um Jean, zog sie zu sich heran. Erneut spürte sie seine Lippen, die fordernde Zunge. Die andere Hand tastete über ihre linke Brust und verharrte darunter. Abrupt neigte der Commander Jeans Kopf zurück und musterte sie eingehend. »Sie fürchten sich noch immer«, sagte Kang. »Sie haben das kleinere Übel gewählt, nicht wahr?« Czerny schwieg, hielt ihren Blick auf die Gürtelschnalle des Klingonen gerichtet. Nun bewegte sich auch Kangs andere Hand, strich über ihren Nacken. »Sieh mich an«, fügte er hinzu und ging zum Du über. Jean hob den Blick. »Du hast guten Grund, mich zu fürchten, denn du bist nach wie vor eine Schachfigur für mich. Wenn du mich zwingst, werde ich nicht zögern, dich zu opfern.« An seiner Schläfe schwoll eine Ader an. »Mara verstand das und akzeptierte die Risiken — bis sie sich von Kirks scheinheiliger Sentimentalität verführen ließ!« Bitterkeit glühte in Kangs Augen. »Aber ich will mehr von dir als nur Furcht. Indem ich dir das *Vermählungsrecht* gewähre, rückst du ins Zentrum meiner politischen und auch persönlichen Macht. Dadurch bist du gut geschützt. Mehr Freiheit kann ich dir derzeit nicht anbieten.«

Ernst sah er auf Jean herab, und seine Hände warteten. Erneut betrachtete Czerny die Gürtelschnalle, und dann berührte sie Kang an der Wange. »Sagt ein klingonischer Kommandant auf diese Weise ›Ich liebe dich‹?«

Kang lächelte dünn. »Menschliche Gefühlsduselei! Jean, ich habe dir gerade eine weitaus gefährlichere Waffe gegeben als mein Messer. Geh äußerst vorsichtig damit um — sonst bringst du uns beide in Gefahr.«

»Sei unbesorgt«, erwiderte sie leise und lächelte ebenfalls. Sie küßte den hochgewachsenen Mann, und diesmal war er ein wenig sanfter. Czerny preßte ihren Unterleib behutsam an die Schnalle. *Jetzt ist nicht der geeignete Zeitpunkt, um das Gespräch fortzusetzen,* dachte sie.

Eine ganze Weile später lag Jean auf der Matratze und beobachtete das blaugrüne, flackernde Licht des Aquariums. Es rief seltsame Reflexe auf ihrer Haut hervor. »Warum hast du mir deinen Kelch angeboten?«

Kang drehte sich zur Seite, und sein Zeigefinger beschrieb kleine Kreise auf Jeans Schulter. »Glaubst du nicht, daß es allein einen emotionalen Grund dafür gab?«

Die junge Frau schüttelte den Kopf. »Nein.«

»Nun, ich könnte verschiedene Motive anführen. Wie gefällt dir dies? Es ging dabei unter anderem um eine Wette mit Tirax.«

Jean versteifte sich unwillkürlich. »Mit Tirax?«

»Er begleitete mich, als wir dich auf Shermans Planet fanden. Als wir beschlossen, von dir die Öffnung des Schutzkastens zu verlangen, meinte er: ›Kein Problem. Ihr Widerstand läßt sich leicht brechen.‹ Ich vertrat eine andere Ansicht – und behielt recht. Du krümmst dich wie eine *Blinghat*-Klinge, aber du zerbrichst nicht, springst einfach zurück. Und du stichst und schneidest.« Kang schmunzelte. »Ich habe die Wette gewonnen. Aber ich rechnete nicht damit, fast meinen Lieutenant zu verlieren.«

»*Mich* hätte Tirax' Tod nicht sonderlich belastet«, erwiderte Jean trocken. »Und was deinen Grund betrifft ... Er weckt nur wenig Begeisterung in mir.«

Der Commander hob die Hand an Czernys Kinn und strich mit dem Daumen über ihre Lippen. »Er mag dir nicht gefallen, aber er erscheint dir plausibel, oder? Noch etwas anderes kommt hinzu. Du bist ein Mensch, und ich kenne deine Einstellungen. Es gibt niemanden, den man an deiner Stelle als Geisel nehmen könnte, um mich unter Druck zu setzen.«

Jean überlegte, und nach einigen Sekunden entgegnete sie widerstrebend: »Ich habe einen Bruder.«

»Deine Verwandten in der Föderation sind in diesem Zusammenhang völlig unwichtig. Sie machen mir überhaupt keine Sorgen.«

»Nein. Ich meine Aernath.«

Kangs Hand schloß sich etwas fester um Jeans Kinn.

»Ich verstehe. Und ich werde daran denken.« Dann fragte er leise: »Gibt es sonst noch jemanden im Imperium, der eine Rolle für dich spielt?«

Czerny wußte, worauf der Commander anspielte, und sie gab ehrlich Antwort. »Nein. Selbst wenn es einen solchen Mann gäbe: Er ließe sich bestimmt nicht als Werkzeug benutzen.«

»Über gewisse Dinge gebietet nicht einmal der Imperator«, sagte Kang.

Jeans Kopf ruhte in der Armbeuge des Klingonen, und sie drehte ihn nun zur Seite. »Stört dich das?«

»Ganz im Gegenteil – es ist gut, daran erinnert zu werden.« Als Czerny die Brauen hob, fügte er hinzu: »Einige meiner Berater brennen darauf, einen Krieg gegen die Föderation zu führen, aber ich weiß nun: Die Menschen erscheinen zwar harmlos und schwach, aber sie haben scharfe Zähne.«

Jean seufzte. »Kann ich dich denn nie davon überzeugen, daß wir keine aggressiven Absichten verfolgen? Die Föderation stellt für niemanden eine Gefahr dar. Die Beziehungen zwischen Völkerbund und Imperium brauchen sich nicht auf einen unsicheren, von den Organianern erzwungenen Frieden zu beschränken. Wir könnten zusammenarbeiten, uns gegenseitig helfen. Wenn ihr uns vertrauen würdet...«

Kang brummte abfällig. »Vertrauen? Verlangst du etwa, ich solle Leuten wie Kirk vertrauen? Was ist mit dir? Vertraust du Tirax? Oder mir?«

Jean verzog das Gesicht. »Eins zu null für dich. Aber irgendwo muß man beginnen. Wir haben euch nie angegriffen, und wir erheben auch keine Ansprüche auf das stellare Territorium der Klingonen.«

»Eine elementare Strategie. Kein einigermaßen vernünftiger Raumschiffkommandant greift an, bevor er die Lage sondiert hat und das militärische Potential des Feindes kennt. Nein, Starfleet wartet nur auf den richtigen Augenblick und hofft, daß wir eine Schwäche zeigen...«

»Wie zum Beispiel die vom *Tseni*-Virus ausgelöste Hungersnot?«

»Ja. Das ist einer der Gründe dafür, warum ich dir noch nicht erlauben kann, zur Föderation zurückzukehren. Zuerst muß die Ernährungskrise überwunden werden. Außerdem ermöglicht mir deine Präsenz gewisse Erkenntnisse.«

»Und nach der Krise?«

»Lasse ich dich frei. Du hast mein Wort. Vertraust du mir?«

Jean vernahm die Ironie in Kangs Stimme. »Nun, es fällt mir nicht leicht. Aber ich vertraue Aernath — die meiste Zeit über —, und er glaubt, daß du dein Wort hältst. Ich schätze, dies ist *mein* Anfang.«

Kangs Fingerkuppe wanderte vom Kinn bis zum Nabel, erinnerte Jean an den Dolch, mit dem der Commander ihre Bluse aufgeschnitten hatte. Er lächelte, als er ihr Schaudern bemerkte. »Und vielleicht sollte ich mit dir beginnen. Aber ihr Menschen...«

»Wir sind nicht alle gleich, ebensowenig wie die Klingonen. Ich glaube jedoch, daß ich ein gutes Beispiel für mein Volk bin. Du kannst mich also als eine Art Maßstab benutzen.«

»Wie ich vorhin schon sagte: Deine Präsenz ermöglicht mir Erkenntnisse.« Kangs Lächeln wuchs in die Breite.

Das gilt auch für mich, dachte Jean bitter. *Aber im Gegensatz zu dir kann ich nichts mit ihnen anfangen. Sie bleiben Theorie, lassen sich nicht unmittelbar in die Praxis umsetzen. Nun, vielleicht ergeht es dir ähnlich.* Einmal mehr fragte sie sich, worin Kangs Pläne bestehen mochten. »Warum hast du mich gestern abend gehen lassen?«

Der Klingone zuckte mit den Achseln. »Ich hätte dich jederzeit mit Gewalt nehmen können, wenn du darauf hinaus willst. Aber ich möchte mehr von dir als nur Furcht, das weißt du ja.«

»Was denn, zum Beispiel?«

»*Aetheln*«, erwiderte Kang leise.

»Ich verstehe nicht...«

»Dieser Ausdruck läßt sich nur schwer übersetzen, und ich bin mir nicht sicher, ob ich ihn dir erklären kann. Er bedeutet unter anderem, daß du aus freiem Willen zu mir kommen solltest.«

Ahnungen formten ein vages Vorstellungsbild in Jean. »Wegen Mara?« Kang lachte humorlos. »Eigentlich stammt die Idee von Captain Kirk. ›Als Ihr Schiff zerstört wurde, Kang, nahmen wir die überlebenden Besatzungsmitglieder an Bord — und behandelten sie gut. Ich hoffe, Czerny ergeht es nicht anders.‹« Der Commander erzitterte, und Jean spürte seelischen Schmerz in ihm, streckte die Hand aus und berührte ihn sanft. Er musterte sie aus seinen dunklen Augen. »Es ergeht dir doch anders, oder?«

»Ich weiß nicht«, antwortete sie langsam. »Vielleicht hast du recht. Aber meine Treue gilt nach wie vor der Föderation. Wo steht Mara?«

»Sie wurde zu einer Gegnerin des Imperiums«, sagte Kang düster und fügte nachdenklich hinzu: »Aber bevor sie ging, richtete sie eine seltsame Bemerkung an mich: ›Du hast bereits die Kraft, aber das begreifst du erst, wenn du sie verwendest.‹« Er sah Jean neugierig an. »Warum bist du heute abend zurückgekehrt?«

Czerny antwortete nicht sofort. »Das kleinere Übel«, gestand sie ein. »Und ein wenig Gefühl?« Sie seufzte. »Wenn ich dich davon überzeugen könnte, daß die Föderation keinen Krieg gegen das Imperium führen will... Wärst du dann zu Verhandlungen bereit?«

»Das ist ein ziemlich großes ›Wenn‹, Jean. Wie dem auch sei: Die Antwort lautet ja. Vorausgesetzt natürlich, es gäbe nicht den geringsten Zweifel an den friedlichen Absichten der Föderation.«

Czerny lächelte schelmisch. »Na schön. Ich nehme die Herausforderung an.«

Kang starrte eine Zeitlang auf sie herab, und dann lachte er schallend. »Du spielst um hohe Einsätze, nicht wahr?«

Um die höchsten, dachte Jean. Sie zog den Klingonen zu sich herab und ließ ihren Körper sprechen.

KAPITEL 7

CAPTAINS LOGBUCH: STERNZEIT 6100.0

Es gibt Berichte über romulanische Aktivitäten in einem Föderationssektor unweit der Neutralen Zone. Starfleet Command wies die *Enterprise* an, im betreffenden Quadranten zu patrouillieren, doch wir konnten nichts Ungewöhnliches feststellen. An der Grenze zum stellaren Territorium der Klingonen kommt es immer wieder zu seltsamen Zwischenfällen, und den Geheimdiensten liegen keine Informationen über eine grundsätzliche Veränderung der Lage im Imperium vor. Wir sind zur Starbase 10 zurückgekehrt, um zusätzliches Personal für Shermans Planet an Bord zu nehmen, und jetzt fliegen wir jene Welt an. Seit dem Abschuß unseres Shuttles ist es dort zu keinen Feindseligkeiten mehr gekommen.

Es begann als ein ruhiger Sonntagmorgen. Kirk und Spock saßen im Freizeitraum und beendeten eine Partie Schach. Besser gesagt: Der Captain setzte eine Offensive fort, die seinen Ersten Offizier immer mehr in die Enge trieb. Normalerweise sind vulkanische Gesichter völlig ausdruckslos, aber wer Spock gut kannte, sah in seinen Zügen einen Hauch Verdrießlichkeit.

»Ihr Zug, Mr. Spock.« Kirk konnte den Triumph nicht ganz aus seiner Stimme verbannen: Es geschah recht selten, daß er den Vulkanier beim Schach schlug. Spock bewegte eine Figur, und der Captain ließ die Falle zuschnappen. »Matt.«

Der wissenschaftliche Offizier gestand seine Niederlage ein, indem er den König umkippte. »Eine interessante Variante des Wlaskow-Manövers. Meine Anerkennung. Allerdings muß ich darauf hinweisen, daß der Zug mit dem Springer ausgesprochen unlogisch war. Sie brauchten nicht Ihre Dame zu retten, um die Partie zu gewinnen.«

Kirk lächelte. »Einer Frau in Not kann ich einfach nicht widerstehen.« Er betrachtete den transparenten Würfel, der auf dem Nebentisch stand. »Da wir gerade bei Frauen sind: Wo bleibt Maevlynin? Ich bin gespannt, wie der *Xuan-nam*-Kubus funktioniert, den Sie konstruiert haben.« Die Estryllianerin Maevlynin gehörte erst seit kurzem zur Besatzung der *Enterprise* und arbeitete in der medizinischen Sektion. Den größten Teil ihrer Zeit verbrachte sie in der Krankenstation oder im botanischen Labor. Sie liebte Spiele und Rätsel, wurde nicht müde, immer neue zu erfinden. *Xuan nam* war nur ein Beispiel dafür. Es ging darum, Kugeln durch die Luft schweben zu lassen – Estryllianer besaßen nicht nur telepathische, sondern auch ausgeprägte telekinetische Fähigkeiten. Dr. McCoy stellte schon bald fest, daß Maevlynin an diesem Spiel besonders großen Gefallen fand, aber leider gab es außer ihr niemanden an Bord, der Gegenstände allein mit Geisteskraft bewegen konnte. Der Arzt wandte sich an Spock und bat ihn, einen Würfel zu bauen, in dem farbige Lichter die Kugeln ersetzten. Eine Tastatur ermöglichte die kontrollierte Veränderung der bunten Muster. Kirk wandte sich an den Vulkanier. »Die Rückkehr zu Shermans Planet erinnert mich an Czerny. Gibt es Neuigkeiten?«

»Nein. Der einzige Bericht, in dem sie erwähnt wurde, traf vor einigen Wochen ein. Danach befindet sie sich nicht mehr an Bord der *Klolode Zwei.* Heute morgen erreichte uns eine Meldung von Shermans Planet. Die Klingonen im Stützpunkt haben den Winter gut überstanden und bisher alle Versuche der Föderation und Organianer ignoriert, einen Kontakt herzustellen. Zwischen ihnen und dem Imperium besteht offenbar keine Verbindung mehr, und seit dem Angriff auf unser Shuttle herrscht Ruhe. Soweit sich das feststellen ließ, gehen die einzigen Aktivitäten im Bereich der Basis von vereinzelten Jagdgruppen aus.«

»Nun, anderenorts scheinen die Klingonen um so emsiger zu sein. Vielleicht kümmern sie sich nicht um den Stützpunkt, weil sie derzeit zu beschäftigt sind. Wie dem auch sei: Dieses Problem muß möglichst rasch gelöst werden.«

Kirk beugte sich zur Seite und berührte einige Tasten des *Xuan-nam*-Würfels. Kleine Lichtpunkte sprangen diagonal durch den Kubus. »Ich bin froh, daß der Patrouillenflug vor der Neutralen Zone ohne konkrete Ergebnisse blieb. Die klingonische Grenze ist unsicher genug. Schwierigkeiten mit den Romulanern hätten uns gerade noch gefehlt.« Er schaltete die Konsole des Würfels ab und stand auf. »Möchten Sie etwas zu trinken, Mr. Spock?«

»Nein, danke, Captain.« Der Vulkanier nahm eine Rejustierung des Kubus vor.

Kirk lächelte, als er zum Getränkeautomaten schritt und sich eine Tasse Kaffee bestellte. Seine Gedanken kehrten zu Maevlynin zurück. Estryllianer teilten die telepathischen Talente der Vulkanier, aber im Gegensatz zu Spocks Volk legten sie großen Wert auf emotionale Entwicklung und lehnten Maschinen – insbesondere komplexe Technik – strikt ab. Vor vielen Jahrtausenden wäre ihre Heimatwelt fast einer von moderner Technologie ausgelösten Katastrophe zum Opfer gefallen. Daraufhin verboten sie den Einsatz von Maschinen und Waffen, widmeten sich statt dessen der Evolution ihrer mentalen Fähigkeiten und Gefühle. Maevlynin bewies ein wahrhaft erstaunliches Anpassungsvermögen, denn die ambientalen Bedingungen an Bord eines Raumschiffes wurden notwendigerweise von komplizierter Technik bestimmt.

Maevlynin und Dr. McCoy befanden sich in der Krankenstation, und ihre Aufmerksamkeit galt einem neuen Patienten. Ein Mann aus dem Maschinenraum war in einer Jeffries-Röhre ausgerutscht und gefallen. Zwar hatte er sich nichts gebrochen, doch er litt an starken Rückenschmerzen. McCoy hätte das Problem mit einigen Ultraschall-Bestrahlungen und Injektionen lösen können, doch er verzichtete darauf, musterte statt dessen die Estryllianerin. Sein Respekt ihr gegenüber wuchs. Maevlynin war ausgebildete Heilerin, und McCoy sah stumm zu, wie sie dem Mann aufhalf und seinen Oberkörper von einer Seite zur anderen neigte. Mit dünnen Fingern tastete sie übers Rückgrat. »Hier haben wir das primäre Problem; in eingeschränktem Maße betrifft es auch den Bereich L-2 und L-3.«

McCoy strahlte. »Das entspricht den Resultaten der Scanner-Diagnose.«

Maevlynin rümpfte die Nase. »Sie sollten endlich auf Ihre diabolischen Instrumente verzichten, Doktor. Solche Dinge sind überhaupt nicht notwendig. Möchten Sie, daß ich mit der Behandlung beginne?«

»Die sogenannten ›diabolischen Instrumente‹ sind außerordentlich nützlich, und außerdem verschwinden sie nicht dauernd im botanischen Laboratorium«, sagte McCoy. »Um Ihre Frage zu beantworten: Ja, fahren Sie fort.«

Erneut strich Maevlynin mit den Fingerkuppen übers Rückgrat. Mit der einen Hand übte sie von vorn leichten Druck auf die Schulter des Mannes aus, während die andere auf der schmerzenden Stelle verharrte. Das blonde Haar verbarg ihre spitz zulaufenden Ohren, doch mit den gewölbten Brauen und dem spitzen Kinn sah sie trotzdem wie eine Elfe aus. Während McCoy sie beobachtete, regten sich sonderbare Empfindungen in ihm: hier Achtung gegenüber einer geschätzten Kollegin, und dort eine ... nun, nicht nur brüderliche Zuneigung. Maevlynin spürte seine Gefühle, warf ihm einen kurzen Blick zu und lächelte. Der Arzt errötete. *Verdammt,* dachte er. *Gewöhne ich mich jemals daran, daß sie alle meine Emotionen wahrnehmen kann – auch diejenigen, die ich vor ihr zu verbergen versuche?* Er drehte sich um, schob ein Speichermodul ins Lesegerät der Computerterminals und lenkte sich ab, indem er den Arbeitsplan für die kommende Woche durchging. Es standen Dutzende von Routineuntersuchungen auf dem Programm.

Chekov sah es als erster. Er hatte an jenem Morgen Dienst auf der Brücke und nahm Spocks Platz ein. Scott saß im Sessel des Befehlsstands. »Sir, direkt vor uns registrieren die Sensoren Spuren einer Materie-Antimaterie-Explosion und treibende Wrackteile eines romulanischen Schiffes.«

Scott reagierte sofort. Er befahl dem Steuermann, die Geschwindigkeit zu reduzieren, schaltete das Interkom ein und benachrichtigte Kirk.

»Alarmstufe Gelb, Scotty«, klang es aus dem Lautsprecher. »Spock und ich sind auf dem Weg.«

Als die beiden Männer kurz darauf den Kontrollraum betraten, zeigte der Wandschirm die Reste eines romulanischen Kreuzers. Kirk näherte sich dem Kommandosessel. »Bericht, Mr. Chekov«, sagte er knapp.

»Das Schiff ist manövrierunfähig, Sir. Offenbar kam es in den Triebwerksmodulen zu einer heftigen Explosion. Ein kleines Beiboot fehlt — vielleicht gibt es Überlebende.«

»Eignet sich einer der Planeten in der Nähe für humanoides Leben?«

»Ja, Sir. Zum nächsten Sonnensystem gehört eine bereits erforschte Welt der Klasse M, Persephone Zwei. Der Planet ist unbewohnt, aber er bietet gute klimatische Bedingungen.«

Kirk überlegte. Entweder nutzte er die Chance, um das Wrack zu untersuchen und eventuell wichtige militärische Informationen zu gewinnen — oder er begann mit einer vielleicht erfolglosen Suche nach Überlebenden. Nun, das Schiff konnte warten. Und wer auch immer mit dem fehlenden Beiboot aufgebrochen war: Vermutlich brauchte er Hilfe. »Navigator, nehmen Sie Kurs auf Persephone Zwei.«

Als die *Enterprise* in eine Umlaufbahn schwenkte, orteten die Sensoren eine kleine romulanische Schaluppe, und die Anzeigen der Lebensindikatoren deuteten auf zwei Personen hin. Kirk, Spock, McCoy und Chekov beamten sich auf die Planetenoberfläche und rematerialisierten neben dem leeren Beiboot. Die vier Männer durchstreiften das

Gelände und hielten nach den beiden Romulanern Ausschau.

Es fiel Reena nicht leicht, mit dem Messer in der linken Hand zu arbeiten. Die Finger der rechten hielten den Kadaver, und die Romulanerin versuchte vergeblich, den im Arm stechenden Schmerz zu ignorieren. Die Kopfverletzung schien nicht sehr ernst zu sein, doch ihre Folgen bestanden aus einem dumpfen Pochen hinter der Stirn und einer gefährlichen Benommenheit. Lucius war in weitaus schlechterer Verfassung, und jemand mußte Nahrung besorgen. Reena erinnerte sich an den Morgen, an die Blässe ihres Gefährten. Er wurde schwächer, und wenn kein Wunder geschah ... Rasch verdrängte sie diese Gedanken. Die Frage lautete: Konnte sie auf diesem Planeten allein überleben, bis ein romulanisches Schiff den Notruf empfing und Hilfe brachte? Wahrscheinlich nicht. Die Triebwerke des Kreuzers waren am Rande des Föderationsraums explodiert.

Neuerlicher Schrecken erfaßte Reena. Wenn eine Starfleet-Patrouille das Wrack fand, die nahen Sonnensysteme anflog und auf den Planeten der Klasse M Soldaten absetzte, die nach Überlebenden suchen sollten – in einem solchen Fall konnte sie sich nicht einmal wirksam verteidigen. Entsetzliche Geschichten über die in der Föderation gebräuchlichen Verhörmethoden fielen ihr ein.

Reena hörte ein leises Geräusch und wirbelte herum. Ein Alptraum schien wahr zu werden, als sie die schwarzblaue Starfleet-Uniform sah. Sie ließ das Messer fallen und sprang zu dem Felsen, auf dem ihre Strahlwaffe lag. Phaserenergie umhüllte sie, schleuderte ihr Bewußtsein in gestaltlose Schwärze.

McCoy kniete neben der ohnmächtigen Romulanerin nieder und fluchte leise. Er hatte sie für ein Kind gehalten, als er die Hügelkuppe erreichte, und nun stellte sie sich als verletzte Frau heraus. Er hätte sie nicht betäuben, statt dessen auf die Waffe zielen sollen. »Maevlynin hat recht«, brummte er. »Wenn man jemandem einen Phaser in die Hand drückt, bringt er sich früher oder später in Schwierigkeiten.« McCoy untersuchte die reglose Romulanerin, und als er feststellte, daß ihr keine unmittelbare Gefahr drohte, hob er die Frau hoch und trug sie zur Schaluppe. Zuvor befestigte er den zweiten Tierkadaver neben dem ersten an ihrem Gürtel.

Kirks Suche führte zu einem anderen Ergebnis: Er fand einen toten Romulaner. Zusammen mit Spock hob er ein Grab aus, als McCoy mit der Bewußtlosen zurückkehrte. Chekov sah sich das Beiboot an.

»Was ist mit dem anderen Romulaner?« fragte der Arzt.

»Tot«, sagte Chekov. »Captain Kirk beerdigt ihn gerade.«

McCoy glaubte zu spüren, wie sich die Frau kurz bewegte und versteifte. Kam sie bereits wieder zu sich? Er ließ sie neben der Schaluppe zu Boden sinken. »Nun, diese Rihannsu könnte jeden Augenblick erwachen. Ihre Verletzungen sind nicht weiter schlimm. Sie wird überleben.«

Kurz darauf trafen Kirk und Spock ein.

»Ah, Pille. Du hast also den zweiten Insassen des Beibootes gefunden. Der andere ...«

»Sie haben Lucius umgebracht!« zischte die Romulanerin, sprang auf und griff Kirk an.

Der Captain war so überrascht, daß er nach hinten fiel. Geistesgegenwärtig griff er nach den Handgelenken der Frau und ging mit ihr zu Boden. Sofort rollte er sich zur Seite ab, stand auf und zog die Rihannsu hoch. McCoy beobachtete, wie sie über Kirks Schulter blickte und Spock sah. Fassungslos schüttelte sie den Kopf und starrte Kirk an.

»Spock! Die *Enterprise!* O nein!« Sie riß sich los und kam nur zwei Meter weit: Der Arzt preßte ihr seinen Injektor an den Oberarm.

Spock wölbte die Brauen. »Offenbar genießen wir bei der romulanischen Flotte keinen guten Ruf.«

Kirk musterte die nun wieder bewußtlose Romulanerin

und pfiff leise durch die Zähne. »Ich schätze, du hast dir gerade eine höchst eigenwillige Patientin eingehandelt, Pille. Wenn Sie zu sich kommt... Sag ihr, daß der andere Romulaner schon tot war, als wir ihn fanden. Versuche, sie zu beruhigen. Begleiten Sie mich, Spock. Vielleicht entdecken wir irgendwo das Logbuch und die Computeraufzeichnungen.«

Die Romulanerin erwachte in der Schaluppe. Kirk und Spock trafen gerade Vorbereitungen dafür, sich zur *Enterprise* beamen zu lassen. Der Captain wandte sich an den Arzt. »Wie geht's ihr jetzt?«

»Sie sollte sich erst noch etwas erholen, bevor wir sie dem Transporterfeld anvertrauen. Einige Minuten genügen.«

»Wir haben die Speichermodule mit den aufgezeichneten Daten. Spock und ich kehren jetzt an Bord zurück. Chekov, wir schicken Ihnen eine Sicherheitsgruppe. Nimm dir soviel Zeit, wie du brauchst, Pille. Wir haben's nicht eilig.« Kirk hob seinen Kommunikator. »Scotty... Energie.«

Reena setzte sich auf und spannte die Muskeln. Der menschliche Arzt sah sie nicht mehr an, beobachtete die beiden entmaterialisierenden Gestalten. Der andere Mann beugte sich über eine Konsole, kehrte ihr den Rücken zu. *Wenn ich den Auslöser betätigen kann...*

Chekov sah die Bewegung aus dem Augenwinkel. Vor ihm lag ein Kommunikator, und er klappte ihn sofort auf. »Scotty, Deflektoren ein! Schnell!«

Eine kurze Pause. Dann: »Deflektoren aktiviert. Was ist denn bei Ihnen los, Mr. Chekov?«

Chaos herrschte. McCoy versuchte, Reena zu bändigen. Chekov starrte auf die Anzeigen des Kontrollfelds: die Start-Taste niedergedrückt, ein Raketen-Katapult leer. Wütend trat er auf die Romulanerin zu. »Sie hat auf die *Enterprise* geschossen! Ich bringe sie um!«

»Himmel, nehmen Sie Vernunft an. Überlassen Sie die Frau mir.« McCoy drückte Chekov in einen Stuhl und fragte sich, ob er noch einmal von seinem Injektor Gebrauch machen sollte. *Wenn's so weitergeht, habe ich bald keine Ladekapseln mehr.* Er brummte etwas Unverständliches und gab Chekov den Kommunikator.

»Was ist passiert?« erklang die Stimme des Captains.

Chekov erklärte es Kirk, während McCoy die Romulanerin auf den zweiten Stuhl stieß und sie dort festband. »Wird Zeit, daß wir eine Übereinkunft treffen. Ich würde Sie gern behandeln, anstatt Sie noch einmal ins Reich der Träume zu schicken. Verdammt, bleiben Sie still und brav sitzen.«

Reena beobachtete die beiden Starfleet-Männer mit grimmiger Genugtuung. Es war ihr gelungen, das Raumschiff der Föderation in die Defensive zu drängen. Die beiden Männer begriffen noch nicht, in welcher Lage sie sich befanden, aber es konnte sicher nicht mehr lange dauern, bis sie mit der Folter begannen: um Antworten zu bekommen, um sich an ihr zu rächen. Reena hoffte, daß sie nicht allzulange leiden mußte. Wenn es nach dem Terraner namens Chekov ging, erwartete sie ein rascher Tod. Doch der andere Mensch, McCoy... Als Arzt verstand er es, das Leben zu verlängern. *Ein Sadist,* dacht die Romulanerin. *Vielleicht sorgt er dafür, daß mich Chekov stundenlang quälen kann.* Sie schauderte.

Chekov verständigte sich mit Spock, der die Speichermodule des Beibootes auswertete, und die einzelnen Mosaiksteine fügten sich zu einem einheitlichen Bild zusammen. Die Bewaffnung der Schaluppe bestand aus zwei speziellen Raketen. Es handelte sich um eine völlig neue Technik: fliegende Bomben, die im Deflektorfeld blieben, bis die Schilde gesenkt wurden. Dann hafteten sie an der Außenhülle des Zielschiffes fest und explodierten. Vulkanier und Menschen fanden sogar heraus, daß der Zünder nicht programmiert worden war. Nach dem Desaktivieren der Deflektoren verstrich also die maximale Zeit bis zur Detonation: zwei Stunden.

»Gibt es irgendeine Möglichkeit, die Sprengladung nach dem Start zu entschärfen?« tönte Kirks Stimme aus dem Lautsprecher des Kommunikators. »In den Aufzeichnungen sind keine Angaben darüber enthalten. Wir brauchen diese Information.«

»Ja, Sir. Vielleicht ist die Romulanerin bereit, uns Auskunft zu geben.«

»Das will ich hoffen. Benachrichtigen Sie mich, sobald Sie mehr wissen. Kirk Ende.«

Die beiden Männer wechselten einen kurzen Blick. Chekov griff nach seinem Tricorder und verließ die Pilotenkabine, um sich die zweite Rakete anzusehen.

McCoy wandte sich seiner Patientin zu. Physischer Zustand: schwach, aber stabil. Offenbar hatten die beiden Romulaner eine Zeitlang gehungert – die Frau wirkte körperlich sehr geschwächt. Kopfwunde: sah schlimm aus, ließ sich jedoch problemlos behandeln. Ganz anders der rechte Arm und die Hand: Haut und Fleisch zerrissen. Hinzu kam eine Infektion. Geistiger Zustand: besorgniserregend. Die Romulanerin fürchtete sich. Und sie war wütend. Wütend genug, um trotz ihrer Schwäche Kirk anzugreifen und dann eine Rakete auf das Raumschiff abzufeuern. Der Zorn half ihr dabei, sich erstaunlich schnell von der betäubenden Wirkung des Phaserstrahls und der Injektion zu befreien. Sie geriet in Panik, als sie Spock sah; vermutlich hatte sie Schreckliches über die *Enterprise* gehört. McCoy mußte sie irgendwie beruhigen – es mochte Stunden dauern, bis Spock und Chekov eine Möglichkeit fanden, um die Bombe zu entschärfen. *Zu schade, daß die medizinische Notausrüstung keine starken Sedative enthält.*

Der Arzt griff nach einem Kasten, den Spock aus der Konsole gelöst hatte, um an die Speichermodule zu gelangen. Er nahm neben der Frau Platz. »Wie heißen Sie?«

Die Rihannsu sah ihn erstaunt an. Offenbar hatte sie mit einer anderen Frage gerechnet. Sie sah an ihrer Uniform herab, betrachtete dann McCoys Abzeichen. »Ich bin Navigator R. Tertullian ... Lieutenant Commander, Sir«, lautete ihre Antwort.

McCoy hob die Brauen. »Ja, das ist mein Rang. Aber warum so förmlich? Darf ich mich vorstellen? Leonard McCoy, Erster Medo-Offizier der U.S.S. *Enterprise.* Wir fanden das Schiff und begannen sofort mit einer Suche nach Überlebenden. Unglücklicherweise war Ihr Gefährte schon tot, als wir ihn fanden.«

Tertullian schwieg.

McCoy versuchte es erneut. »Wie lange sind Sie schon hier?«

»Fragen Sie den Ersten Offizier Spock«, erwiderte die Romulanerin eisig. »Er hat die Speichermodule untersucht und weiß Bescheid.«

»Wieso sind die Triebwerke Ihres Kreuzers explodiert?«

»Erwarten Sie tatsächlich eine Antwort?« Die Frau schnitt eine verächtliche Grimasse. »Glauben Sie etwa, ich würde Feinden des Reiches militärische Geheimnisse preisgeben?«

McCoy seufzte. »Na schön. Und Ihr Gefährte? Wie hieß er?«

Zorn blitzte in Tertullians Augen. »Wenn er starb, ohne Ihnen etwas zu verraten, werde ich Ihnen bestimmt nicht seinen Namen nennen!«

Ziemlich verstocktes Weib, dachte der Arzt. *Als Psychologe taugst du nicht viel, Leonard.* Er zuckte mit den Achseln. »Gutes Wetter heute, nicht wahr? Ob es später regnen wird?« Damit stand er auf und ging nach draußen.

Chekov hatte inzwischen die Untersuchung der zweiten Rakete beendet, und sein Gesicht zeigte deutliche Besorgnis. »Eine ziemlich üble Sache«, brummte er und ließ den Tricorder sinken. »Die Bombe kann tatsächlich entschärft werden — aber nur von einem Romulaner. Sie enthält einige Sensoren, die auf das Hirnstrommuster programmiert sind. Wenn sich jemand anders an der Rakete zu schaffen macht ...« Er breitete die Arme aus. »*Bumm!*«

McCoy kam sich plötzlich wie ein Hummer vor, der versuchte, aus dem Fangkorb zu kriechen. Es war kein angenehmes Gefühl.

Chekov wirbelte um die eigene Achse und stürmte in die Schaluppe zurück. Dort grub er die Hand ins Haar der Romulanerin und zwang ihren Kopf nach hinten. »Wissen Sie, wie man das Ding unschädlich macht?« stieß er hervor.

Die Frau schien nicht sehr an ihrem Leben zu hängen. »Selbstverständlich weiß ich das, Sie stinkender und feiger Starfleet-Soldat!« zischte sie. »Früher oder später müssen Sie die Schilde senken, und dann explodiert die Bombe, verwandelt die *Enterprise* in radioaktiven Staub. Ihrem Captain Kirk und Spock bleibt nur noch eine kurze Gnadenfrist!«

Die Romulanerin legte es offenbar darauf an, von Chekov geschlagen und vielleicht sogar getötet zu werden. Möglicherweise hätte sie ihre selbstmörderischen Absichten sogar verwirklichen können. Aber McCoy stand in der Nähe und griff rechtzeitig ein. Zum zweitenmal hinderte er Chekov daran, sich auf die Frau zu stürzen. Der Russe fluchte leise, als er sich setzte, eine Verbindung zum Captain herstellte und ihm Bericht erstattete. Eine lange Pause folgte. »Nur von einem Romulaner? Sind Sie ganz sicher?«

»Ja, Sir. Die Gefangene hat es bestätigt.«

Neuerliche Stille. »Halten Sie sich in Bereitschaft, Mr. Chekov. Ich übermittle Ihnen bald neue Anweisungen. Kirk Ende.«

Kirk saß im Befehlsstand und sah seinen wissenschaftlichen Offizier an. »Was meinen Sie, Spock?«

»Offenbar gibt es nur zwei Alternativen, Captain. Entweder wir bringen die Romulanerin dazu, uns zu helfen — oder jemand anders muß versuchen, die Sprengladung zu entschärfen.«

»Jemand anders?« Kirk runzelte die Stirn, und nach einigen Sekunden erhellte sich seine Miene. »Vulkanier und

Romulaner haben gemeinsame Vorfahren. Könnten Sie die Kontrollsensoren mit Ihrem Hirnstrommuster hinters Licht führen?«

»›Hinters Licht‹, Captain?« Spock beugte sich über den Sichtschlitz seiner Konsole und forderte Daten aus dem elektronischen Archiv des Bordcomputers an. Nach einigen Sekunden richtete er sich wieder auf. »Auf der Grundlage unseres derzeitigen Wissens über die romulanische Neurophysiologie besteht eine Wahrscheinlichkeit von achtundfünfzig Prozent dafür, daß ich eine Entschärfung vornehmen kann. Es gibt jedoch einen wichtigen Unsicherheitsfaktor. Wenn die Sensoren auch emotionale Impulse empfangen, sinken meine Erfolgsaussichten.«

Kirks Stirn umwölkte sich. »Nein«, sagte er. »Nein, wir dürfen kein Risiko eingehen. Und wenn wir versuchen, die Romulanerin zur Zusammenarbeit mit uns zu bewegen?«

Diesmal verzichtete Spock darauf, den Computer zu konsultieren. Über die romulanische Psychologie wußte er gut genug Bescheid. »Auch in dieser Hinsicht bin ich nicht sonderlich zuversichtlich, Captain. Gefangene Romulaner sind ausgesprochen stur und halten nichts davon, mit dem ›Feind‹ zu kooperieren. Die Wahrscheinlichkeit dafür, daß uns die Frau aus freiem Willen hilft, ist ziemlich gering.«

»Nun, dann müssen wir eben zu anderen Mitteln greifen. Wie wär's mit einer Mentalverschmelzung, Spock? Sind Sie in der Lage, einen telepathischen Kontakt herzustellen und der Rihannsu Ihren Willen aufzuzwingen? So etwas geschähe nicht zum erstenmal. Ich denke nur an den eminianischen Wächter.«

Spock dachte kurz nach, bevor er antwortete: »In diesem Fall sind weitaus größere Schwierigkeiten damit verbunden. Damals war nur ein kurzer Kontakt nötig, und der mentale Befehl lief einzig und allein darauf hinaus, die Zellentür zu entriegeln – ein routinemäßiger Bewegungsablauf mit geringem emotionalen Engagement. Diesmal aber müßte die mentale Verbindung weitaus länger dauern, und die Desaktivierung des Zünders ist sicher ein recht komplizierter Vorgang. Außerdem bekäme ich es mit erheblichem emotionalem Widerstand zu tun, der vielleicht gar zu einer Psychose führt. Daraus könnten sich fatale Konsequenzen ergeben.«

Ganz zu schweigen davon, daß Spock höchst ungern eine Mentalverschmelzung herbeiführt und derartige Zwangsmaßnahmen aus grundsätzlichen Erwägungen ablehnt, dachte Kirk. Laut sagte er: »Ich bitte Sie nur dann darum, wenn wir keine andere Möglichkeit finden.« Er stand auf, wanderte nervös umher.

»Ich weiß, Captain.« Der Vulkanier verstand Kirks Unruhe: Die Verantwortung lag beim Kommandanten; er traf die Entscheidungen.

»Nun, wenigstens können wir uns Zeit lassen. Der Countdown beginnt erst, wenn die Bombe an der Außenhülle festhaftet. McCoy ist nicht auf den Kopf gefallen. Vielleicht schafft er es irgendwie, die Romulanerin zu überreden. Er sollte zumindest eine Chance bekommen. Was haben wir schon zu verlieren?«

»Nichts, Captain«, antwortete Spock, obwohl es sich nur um eine rhetorische Frage handelte.

Jim lächelte. »Kirk an Chekov. Bitte kommen. Können Sie mich alle hören?«

»Ja, Sir.«

Chekov und McCoy spitzten die Ohren, als Kirks Stimme plötzlich ungewohnt scharf klang. »Die Gefangene muß dazu gebracht werden, mit uns zu kooperieren. Ich gebe Ihnen sechs Stunden. Es ist mir völlig gleich, wie Sie es anstellen. Es kommt nur darauf an, daß uns die Romulanerin hilft. Melden Sie sich erst wieder, wenn Sie Resultate vorweisen können. Sollte ich im Verlauf der nächsten sechs Stunden nichts von Ihnen hören, weise ich Spock an, sich um die Frau zu kümmern. Und Sie bekommen es dann mit Lieutenant Uhura zu tun. Habe ich mich klar genug ausgedrückt?«

Chekov riß die Augen auf, und McCoy griff rasch nach dem Kommunikator. »Mein Gott, Captain, Sir – wir sind doch nur Menschen. Spock jagt mir keine Angst ein, aber Lieutenant Uhura... Nein, bitte nicht.« Die Stimme des Arztes klang erstickt.

»Es bleibt dabei. Halten Sie sich an Ihre Anweisungen. Kirk Ende.«

McCoy zog Chekov aus der Schaluppe. »Wird Zeit für einen kleinen Spaziergang.« Er brauchte eine Gelegenheit, um gründlich nachzudenken. Der Doktor erwog die gleichen Möglichkeiten wie zuvor Captain Kirk. »Pavel, offenbar hält es Jim für aussichtslos, daß Spock versucht, die Bombe unschädlich zu machen – sonst hätte er nicht mit diesem seltsamen Spiel begonnen. Ich vermute, sein Trumpf ist eine vulkanische Mentalverschmelzung. Eine ziemlich riskante Sache: Reena fürchtet sich vor Spock. Haben Sie ihr Gesicht gesehen, als Jim sagte, sein Erster Offizier solle sich um sie ›kümmern‹? Himmel, vielleicht schnappt sie einfach über. Daraus folgt: Wir müssen einen anderen Weg finden. Ein Versuch kann sicher nicht schaden.«

»Wie sollen wir vorgehen?« fragte Chekov.

»Ich weiß es noch nicht genau. Ich schlage vor, wir improvisieren zunächst.«

Als sie ins Beiboot zurückkehrten, hatte es den Anschein, als unternähme McCoy überhaupt nichts. Chekov begann damit, eine Konsole auseinanderzunehmen, um soviel wie möglich über die Technik der romulanischen Schaluppe herauszufinden. Der Arzt nahm neben ihm auf dem Boden Platz, hielt eine Lampe, reichte dem jungen Mann Werkzeuge und plauderte. »Wie sind Sie zu Starfleet gekommen, Pavel?«

»Nun, Sir, ich wuchs in Novy Riga auf, und schon als kleiner Junge faszinierten mich die Sterne. Als Sechsjähriger bekam ich das erste Teleskop. Mein Vater half mir, es zu bauen. Äh, halten Sie die Lampe bitte hierhin.« Auf diese Weise ging es weiter. Die beiden Männer sprachen über Chekovs Kindheit in Rußland und McCoys Erlebnisse in Georgia: Schule, lustige Streiche, Wünsche und Träume, Schwimmen, Fischen.

Während er sprach, beobachtete McCoy unauffällig die Reaktionen der Gefangenen. Ihre Verblüffung verwandelte sich in Argwohn, und darauf folgte verwirrte Neugier. Schließlich entspannte sie sich und gelangte offenbar zu dem Schluß, daß die beiden Menschen sie aus irgendeinem unerfindlichen Grund ignorierten. Der Arzt wartete, bis die Frau den Eindruck erweckte, tief in Gedanken versunken zu sein.

»Wie fängt man in Ihrer Heimat Fische, Miß Tertullian?«

Die Rihannsu hob ruckartig den Kopf, als sie ihren Namen hörte. »Was?«

»Wie fischt man bei Ihnen?«

Einige Sekunden lang musterte sie den Mann mißtrauisch und entschied dann, daß sie mit einer Antwort auf diese Frage nichts Wichtiges verriet. »Mit kleinen Netzen oder Speeren.«

»Mein Großvater erzählte mir einmal, als Junge sei er mit dem Speer auf die Jagd gegangen«, murmelte McCoy. »Aber ich habe es nie selbst versucht. Ist es sehr schwer?«

»Ich habe meistens das Netz benutzt, doch auch der Speer kann sich als recht nützlich erweisen, wenn man den Umgang damit gelernt hat«, sagte die Gefangene langsam.

McCoy stand auf und streckte sich. »Möchten Sie was zu trinken, Pavel?«

»Ja, gern. Ich bin gleich fertig.«

In der Nähe des Beibootes hatten die beiden Romulaner eine Art Zisterne geschaffen. McCoy schöpfte klares, kühles Wasser, bot es zunächst Chekov und dann auch der Frau an. Sie zögerte einige Sekunden lang, bevor sie den Becher nahm – vermutlich war sie nicht nur durstig, sondern auch hungrig. Es deutete alles darauf hin, daß sie den ganzen Tag über nichts gegessen hatte.

»Warum machen Sie sich die Mühe, das Ding wieder zusammenzusetzen?« erkundigte sich die Romulanerin nach einer Weile und deutete auf die Konsole.

McCoy stellte den Becher ab und griff nach seinem medizinischen Tricorder. »Damit Sie später zu einem Ihrer Schiffe fliegen können«, antwortete er.

»Verspotten Sie mich nicht, Mensch. Damit bereiten Sie uns beiden Schande. Der Tod auf dem Schlachtfeld oder durch einen überlegenen Feind ist ehrenhaft. Mit einem solchen Schicksal kann ich mich abfinden. Sie nicht?« Sie wich von dem Medo-Scanner fort.

»Meine Aufgabe besteht darin, Leben zu retten«, stellte McCoy fest. »Haben die Kopfschmerzen nachgelassen?« Als die Rihannsu nickte, ließ er sein Instrument sinken. »Ich weiß nicht, wie's Ihnen ergeht, Pavel, aber ich habe Hunger. Wie wär's mit einer ordentlichen Mahlzeit?«

Als begeisterter Camper machte sich Chekov sofort an die Arbeit und begann damit, das zweite erlegte Tier zu häuten. Die Luke der Schaluppe stand offen, und er fühlte den neugierigen Blick der Romulanerin, obwohl sie sich gleichgültig gab. Er nahm einige Knollen, die er in der Kombüse gefunden hatte, trat in die Tür und zeigte sie der Frau. »Kann man sie essen?«

Die Rihannsu nickte. »Ja. Sie schmecken wie *Sashkas*, ein romulanisches Gemüse.«

Chekov entzündete ein Feuer und drehte den Spieß. McCoy hielt vergeblich nach einem Kochtopf Ausschau und kehrte zu der Gefangenen zurück. »Gibt es hier irgendwo Töpfe?«

Die Frau nickte erneut und sagte ihm, wo sie standen. »Wenn Sie möchten... Das Salz befindet sich ganz in der Nähe.«

McCoy lächelte. »Danke.« Er fand einen großen Topf, doch einen Behälter mit Salz entdeckte er nicht. »Pavel!« rief er wie verzweifelt. »Bringen Sie Miß Tertullian hierher. Ich weiß nicht, wo sie das verdammte Salz verstaut hat.«

Chekov band sie los. »Kommen Sie«, sagte er knapp. Sie stieß seine Hand beiseite, stand auf und taumelte.

Der junge Mann hielt die Rihannsu fest, bevor sie zu Boden fallen konnte. »Fühlen Sie sich nicht wohl?« fragte er besorgt.

Sie schüttelte den Kopf. »Mir ist nur ein wenig delig.«

Doch er sah den Schmerz in ihren Zügen, spürte ihr Z tern und begriff plötzlich: Er hatte ihren verletzten Arm angestoßen, als er sie auffing. *Warum ist sie bloß so stur?* fuhr es Chekov durch den Sinn. *Sie braucht nur die Bombe zu entschärfen — dann hat sie alles überstanden. Himmel, wir haben sie gerettet und gut behandelt. Glaubt sie noch immer, wir stellten eine Gefahr für sie dar? Andererseits: Die* Enterprise *muß geschützt werden. Dieser Punkt hat absolute Priorität. Und deshalb können wir nur begrenzt Rücksicht nehmen.* Die Hand der Navigatorin schloß sich fester um Pavels Arm, und die Knöchel der Hände traten weiß hervor. Sie litt. Obwohl sie versuchte, sich nichts anmerken zu lassen. Für den Bruchteil einer Sekunde verschwammen die Konturen vor Chekovs Augen, und als sich das Bild wieder klärte, sah er keine Gegnerin mehr, sondern eine hilflose Frau, die Mitgefühl verdiente. »Es tut mir leid. Ich hätte besser aufpassen sollen. Kommen Sie, ich helfe Ihnen.«

Er stützte die Romulanerin, führte sie zur Tür. Dort setzte sie sich, neigte die Schulter an den stählernen Rahmen. McCoy kam mit einigen eiligen Schritten herbei. »Hat sich ihr Zustand verschlechtert?«

»Ich glaube, sie ist zu schnell aufgestanden, Doktor. Dadurch erlitt sie einen Schwächeanfall. Ich... ich bin an ihren verletzten Arm gestoßen, als ich sie festhielt.«

»Holen Sie mein Medo-Paket.« McCoy ging vor der Romulanerin in die Hocke und musterte sie sorgenvoll. »Sie dürfen sich nicht zu sehr anstrengen.« Chekov reichte ihm die kleine Tasche, und der Arzt nahm eine Untersuchung mit dem Tricorder vor. »Ich kann Ihnen noch eine Injektion geben, um die Pein zu lindern.«

»Nein«, lehnte die Frau ab. »Ich habe genug von Ihren Betäubungsmitteln. Sie wollen nur meinen Widerstand brechen, mich zu einer Verräterin machen.«

»Unsinn.« McCoy griff nach einer Ladekapsel und

en Injektor. »Ein schmerzstillendes Mittel, ...s. Kein Serum, das Lücken in Ihren psychi- ...arrieren schafft.« Er zeigte ihr das Gerät. »Die Ent- ...eidung liegt ganz bei Ihnen.« Der Arzt schloß das Paket und setzte die Suche nach dem Salz fort.

Die Romulanerin beobachtete ihn eine Zeitlang. Schließlich stand sie langsam auf, näherte sich und deutete auf einen Beutel aus Ölpapier. »Das Salz.«

McCoy hob die Brauen. »Der seltsamste Salzstreuer, den ich jemals gesehen habe.«

»Unvertraute Dinge sind nicht immer das, was sie zu sein scheinen, Doktor.«

Der Arzt musterte die Frau. »Ja, da kann ich Ihnen nur beipflichten.«

Er wandte sich dem Feuer zu, und Tertullian kehrte zu ihrem Platz in der Tür zurück, lehnte sich an die Wand. McCoy begann mit der Zubereitung des Eintopfs, während Chekov den Spieß drehte und von seinem letzten Camping-Ausflug mit Sulu erzählte. Geistesabwesend griff McCoy nach dem Henkel, um den Topf zurechtzurücken, ließ sofort wieder los, fluchte ausgiebig und blickte auf seine verbrannten Finger. Nicht weiter schlimm, nur einige Blasen. *Lebensmittel-Synthetisierer sind mir lieber,* dachte er zerknirscht. *Man braucht einfach nur eine Taste zu drücken, und schon hat man eine leckere Mahlzeit.*

Er hob den Kopf und sah ein flüchtiges Lächeln auf den Lippen der Frau. Sofort wurde sie wieder ernst. Wenige Minuten später ließ sie einmal mehr die Maske fallen und zeigte Überraschung, als Chekov ihr einen Teller reichte. Sie aß einige Bissen, zögerte und beobachtete die beiden Männer.

»Stimmt was nicht?« fragte Pavel. »Essen Sie ruhig. Oder fürchten Sie, vergiftet zu werden?«

»Nein. Nein, ich... Erlauben Sie mir den Beutel dort drüben?« Sie deutete dorthin, wo auch das Salz gelegen hatte.

Chekov reichte ihr die Tüte und sah der Frau zu, als sie etwas auf ihren Teller streute. »Was ist das?«

»*Cumidin*-Samen. Wir verwenden ihn häufiger als Salz.«

»Wonach schmeckt er? Darf ich ihn probieren?« Pavel nahm eine Prise von dem Pulver und kostete vorsichtig. »He, ausgezeichnet!«

»Die Samen stammen von Bäumen, die auf meiner Heimatwelt an hohen Berghängen wachsen«, sagte die Romulanerin. »Die Kapseln sind orangefarben, und die Blätter glänzen in einem hellen Gelb.«

»Auch auf der Erde habe ich einmal goldene Bäume gesehen«, warf McCoy ein. »In den Naturschutzgebieten des amerikanischen Westens. Man nennt sie Espen, und im späten August wird aus dem Grün der Blätter ein goldfarbener Ton. Oh, ich erinnere mich. Im Jahr vor Joannas Geburt...« Er seufzte und sah die Rihannsu an. »Wofür steht das ›R‹?«

Die Frau blinzelte verwirrt. »Was?«

»Das R in Ihrem Namen. Wofür steht es?«

»Für Reena.«

»Ich habe Ihnen bereits gesagt, wie ich heiße. Dies ist Pavel Chekov, unser Navigator.«

»Sie nehmen also die gleichen Aufgaben wahr wie ich«, stellte Reena überrascht fest. »Als ich Sie an der Konsole beobachtete... Ich dachte, Sie seien Techniker.«

Pavel lächelte zufrieden. Seine Sympathie für die Romulanerin wuchs – trotz ihrer anfänglichen Feindseligkeit.

McCoy spielte mit einem Knochen und gab sich völlig gelassen, doch seine Gedanken rasten. Bisher lief alles bestens. Die Frau war nun bereit, mit ihnen zu sprechen. Aber wie sollte es jetzt weitergehen? Man trat nicht einfach an eine Romulanerin heran und sagte: »Also gut, seien Sie ein braves Mädchen und entschärfen Sie die Bombe, die unser Schiff bedroht.« Ebensogut konnte man Spock bitten, Flamenco zu tanzen. Der Arzt seufzte. »Kommen Sie, Pavel. Räumen wir auf.«

Wie sich herausstellte, unternahm Reena den nächsten Schritt. Chekov ging fort, um Wasser zu holen, und McCoy reinigte die Teller. Reena saß in der Tür und beobachtete ihn, das Kinn auf die Hand gestützt. »Dr. McCoy, gehörten Sie zu Captain Kirks Besatzung, als... als es zum *Enterprise*-Zwischenfall kam?«

Der Arzt erstarrte förmlich und mied den Blick der Rihannsu. »Ja. Warum fragen Sie?« Er hoffte, daß es beiläufig klang.

»Weshalb ließ Captain Kirk die romulanische Kommandantin frei?«

»Es ist ein Prinzip der Föderation, alle Gefangenen gut zu behandeln und sie in ihre Heimat zurückkehren zu lassen, wenn sie kein Sicherheitsrisiko für uns darstellen. Als wir ihr Flaggschiff aufbrachten, bekamen wir alle notwendigen Informationen, und es drohte keine Gefahr. Es war also sinnlos, die Kommandantin länger festzuhalten.« *Bei allen Raumgeistern, hoffentlich kommt Chekov nicht ausgerechnet jetzt zurück. Laß mir noch ein bißchen Zeit, Pavel.* Langsam drehte er den Kopf und sah Reena an. »Das gilt auch für Sie. Wenn Sie die Sprengladung entschärfen, haben Sie nichts zu befürchten. Dann sorgen wir dafür, daß Sie ins Reich heimkehren können.«

Die Frau lächelte süffisant, und einige Sekunden lang reichte ihr Blick in die Ferne. »Sie übersehen einen wichtigen Unterschied zwischen mir und der Kommandantin.«

»Welchen?«

»Sie brauchen meine Hilfe. Wir sind dazu verpflichtet, eher zu sterben, als dem Feind Informationen preiszugeben — ganz zu schweigen davon, aus freiem Willen mit ihm zusammenzuarbeiten. Wenn Sie mich nicht töten, wird man mich im Reich hinrichten. Weil ich den Todesschwur mißachtete.«

McCoy sah eine Chance und legte sich seine Worte sorgfältig zurecht. »Reena, soll das heißen, daß Sie... bei uns bleiben möchten?«

In ihren Augen blitzte es zornig. »Natürlich nicht. Ich bin Romulanerin. Das Reich ist meine Heimat.«

»Aber wenn Sie sich bereit erklären, mit uns zusammenzuarbeiten, wenn wir Sie anschließend freiließen... Dann wären Sie durch den Ehrenkodex Ihres Volkes zum Tode verurteilt. Wie kann man Sie dafür verantwortlich machen, was hier geschieht? Meine Güte, Sie sind die einzige Überlebende einer schrecklichen Katastrophe und erlitten schwere Verletzungen. Ihnen fehlt die Kraft, uns Widerstand zu leisten.«

»Ich bin nach wie vor Kriegerin, Doktor«, erwiderte Reena. »Und an den Eid gebunden.«

McCoy hockte sich vor ihr nieder und berührte sie an den Wangen. »Reena, Sie *werden* die Bombe entschärfen. Das wissen Sie. Wenn es notwendig ist, führt Spock eine Mentalverschmelzung herbei, um Sie zu zwingen — was alles andere als angenehm für Sie sein dürfte. Wenn Sie den Desaktivierungscode aus freiem Willen eingeben... Ich verspreche Ihnen, daß wir dann eine Möglichkeit finden, Sie sicher ins Reich zurückkehren zu lassen. Können Sie sich dazu durchringen, mir zu vertrauen?«

Reena schob die Hände des Arztes beiseite und schloß kurz die Augen. »Vielleicht. Trotzdem, Doktor. Ich bin und bleibe Romulanerin. Sie müssen mich auf eine Weise behandeln, wie man sie in meinem Fall erwartet.«

Nun, diese Bemerkung läßt verschiedene Interpretationen zu, dachte McCoy. Er stand ruckartig auf. »Na schön. Es ist also unsere Aufgabe, dem romulanischen Ehrenkodex zu genügen, nicht wahr?« Reena musterte ihn stumm, und kurz darauf näherte sich Chekov. »Die Zeit wird allmählich knapp. Fesseln Sie die Gefangene, Pavel.«

Chekov warf dem Arzt einen verwirrten Blick zu, als er der Aufforderung nachkam.

McCoy stellte die restlichen Dinge beiseite. Bisher war es nicht gerade ein ruhiger Tag gewesen, und wahrscheinlich kam es noch schlimmer. Widerstrebend betrat er die Schaluppe. Reena saß kerzengerade auf ihrem Stuhl, und

Pavel beugte sich über die Konsole. »Fähnrich Chekov, während Ihrer Abwesenheit haben Navigatorin Tertullian und ich ein interessantes Gespräch geführt. Trotz unserer Geduld und Rücksichtnahme lehnt sie es weiterhin ab, uns zu helfen. Wie ich schon sagte: Die Zeit wird knapp. Sie wissen ebensogut wie ich, was uns bevorsteht, wenn wir keinen Erfolg vorweisen können.« Er holte tief Luft. »Schlagen Sie die Gefangene.«

Chekovs Kinnlade klappte herunter, und er starrte McCoy so groß an, als habe der Arzt den Verstand verloren. »Sir...?«

»Haben Sie nicht gehört?«

»Ich soll die Romulanerin schlagen, Sir?«

»Ja, Mr. Chekov.«

Pavel hob unsicher die Hand und gab Reena eine halbherzige Ohrfeige. Er errötete, als die Frau lachte. In McCoy verkrampfte sich etwas. »Ich sagte, Sie sollen sie *schlagen,* Chekov.« Er holte aus und versetzte der Frau einen wuchtigen Hieb. Reena blieb völlig ruhig sitzen. Chekovs Hände zitterten und der Arzt spürte, wie Übelkeit in ihm emporquoll. Solche Dinge gingen ihm entschieden gegen den Strich. Abrupt klappte er seinen Kommunikator auf. »McCoy an *Enterprise.*«

»Hier Captain Kirk.« Jims Stimme klang noch immer schärfer als sonst. »Haben Sie einen Erfolg zu melden?«

»Ich glaube, wir können die Gefangene jetzt an Bord bringen, Captain. Bitte sorgen Sie dafür, daß sich eine Medo-Gruppe bereit hält — wahrscheinlich sind sofortige Behandlungen notwendig. Wir setzen das Verhör in der Krankenstation fort.«

Sofort veränderte sich Kirks Tonfall. »Pille! Herr im Himmel, was hast du mit ihr...«

»Beam uns hoch, Jim. Ich möchte mich jetzt nicht mit Erklärungen aufhalten.«

Kirk, Spock, und einige medizinische Assistenten warteten im Transporterraum, als McCoy, Chekov und Reena rematerialisierten. Pavel trug die Romulanerin und legte sie vorsichtig auf eine Bahre. Der Arzt gab sofort Anweisungen. »... und nehmen Sie Chekov mit. Ich komme etwas später.«

Der Captain musterte ihn ernst. »Zum Teufel auch, Pille, was geht hier eigentlich vor? Ist die Romulanerin nun gewillt, den Sprengsatz zu entschärfen? Was hast du mit ihr angestellt? Du solltest sie einschüchtern, ihr Angst machen, aber die Anwendung physischer Gewalt? Das sieht dir gar nicht ähnlich. Wir hätten Spock um eine Mentalverschmelzung bitten können, wenn ...«

»Ja, ich weiß, Jim. Mir ist auch klar, daß wir Reena dadurch in große Gefahr brächten. Vielleicht habe ich eine andere Möglichkeit gefunden.«

»Soll das heißen, du hast die Gefangene davon überzeugt, uns zu helfen?«

»Nein, sie lehnt es noch immer ab, mit uns zu kooperieren. Doch ich glaube, früher oder später wird sie auf unsere Forderungen eingehen. Eine komische Sache. Vor einigen Wochen habe ich mich mit den psychologischen Aspekten der alten Kriegsgefangenenlager beschäftigt. Damals auf der Erde ...«

»Dr. McCoy«, warf Spock ein, »um Sie an Bord zu beamen, mußten wir die Schilde senken, und dadurch haftet jetzt die Bombe an der Außenhülle fest. Die Explosion erfolgt in einer Stunde und siebenundvierzig Minuten. Ich schlage vor, Sie fassen sich kurz.«

McCoy kam zu dem Schluß, daß der Vulkanier ebenfalls nichts von einer Mentalverschmelzung hielt. Er klang fast gereizt. »Reena ist eine disziplinierte Romulanerin und fühlt sich dem Ehrenkodex ihres Volkes verpflichtet. Es wäre sinnlos, direkten Druck auf sie auszuüben — sie würde entweder sterben oder den Verstand verlieren. Nun, gleichzeitig ist sie jung, intelligent und aufgeschlossen — und sie möchte in ihre Heimat zurückkehren. Was die alten Kriegsgefangenenlager betrifft ... Man fand damals heraus, daß bestimmte Interaktionen zwischen Gefangenen und Wärtern zu umfassenden Verhaltensmodifikationen führten. Wenn es zu Ereignissen kam, bei denen sich die perspektivisch determinierten Beurteilungsmaßstäbe als sinnlos erwiesen, entstand eine Art neutrale Zone, die Distanzen schrumpfen ließ und in der keine individuellen Barrieren mehr existierten. Ich habe versucht, eine derartige psychologische Methode bei Reena anzuwenden. Das Problem: Wenn sie mit uns zusammenarbeitet, muß sie damit rechnen, im Reich hingerichtet zu werden. Es handelt sich um eine unmittelbare Konsequenz der romulanischen Vorstellungen von Ehre. Entweder man erringt den Sieg, oder man stirbt. Verletzungen und Isolation sind keine mildernden Umstände. Die Rihannsu werden Reena verhören und vielleicht auch ihr Bewußtsein sondieren. Es geht also darum, den Eindruck zu erwecken, als sei sie weit über das romulanische Durchhaltevermögen hinaus belastet worden, bevor sie nachgab. Spock, könnten Sie einen mentalen Block in Reenas Selbstsphäre schaffen, so als sei ein Teil ihres Gedächtnisses gelöscht worden?«

Der Vulkanier überlegte. »Es gibt eine entsprechende mentale Technik, aber ich habe sie nie benutzt. Vermutlich wäre so etwas weitaus einfacher als eine unmittelbare Kontrolle des Denkens und Handelns.«

»Der geistige Block sollte so gestaltet sein, daß Angst und Panik feststellbar sind«, sagte McCoy und zuckte kurz mit den Schultern. »Vielleicht gelingt es uns dadurch, Reena das Leben zu retten.«

Kirk und seine beiden Begleiter begaben sich in die Krankenstation. Die Romulanerin ruhte auf einer Diagnoseliege; Dr. Chapel und Chekov standen neben ihr. »Ihr Zustand ist stabil, Dr. McCoy.«

»Danke, Dr. Chapel. Treffen Sie Vorbereitungen für eine Operation — um den Arm kümmern wir uns später.« Er sah Pavel an. »Captain, vielleicht sollte Chekov zwei Raumanzüge holen. Reena wird das Schiff bald verlassen, um die Bombe zu entschärfen.«

Kirk nickte und schickte den Navigator fort. »Also gut, Spock. Fangen wir an.«

Reena riß die Augen auf und stemmte sich in die Höhe. »Nein, nicht Spock! Doktor, Sie sagten doch... Ich dachte, Sie...«

»Ich weiß genau, was Sie dachten«, warf McCoy ein. »Aber uns bleibt nur noch wenig Zeit. Bringen wir es hinter uns.« Zusammen mit Kirk drückte er die Romulanerin aufs Polster zurück. Reena schrie.

Spock berührte die Nervenpunkte in ihrem Gesicht, und seine Gedanken strichen über die Peripherie eines Bewußtseins, dessen Muster der vulkanischen Ich-Struktur ähnelte. Dadurch wurde alles noch schlimmer für ihn. Er spürte nacktes Entsetzen, ohne feststellen zu können, wovor sich Reena so sehr fürchtete. Die Angst überlagerte alle anderen Empfindungen, doch es fehlte ihr ein Fokus. Spock erschauerte innerlich, und fast hätte er die Verbindung unterbrochen. Er zögerte einige Sekunden lang, streckte dann die mentalen Hände nach der Furcht aus und hüllte sie in eine psychische Kapsel. Daraufhin zog sich der Vulkanier zurück. Die Frau wartete mißtrauisch. »Meine Aufgabe ist beendet, Madam. Ich bedaure, daß so etwas notwendig wurde. Und ich darf Ihnen versichern, daß der Kontakt für mich ebenso unangenehm war wie für Sie.«

»Ich verstehe«, erwiderte die Romulanerin. Spock wich zurück, und Reena musterte die Anwesenden. McCoys Gesicht zeigte deutliche Besorgnis. Kirk wirkte erleichtert, und der Vulkanier... Seine Miene verriet nichts.

McCoy berührte die Frau sanft am Kinn. »Wie fühlen Sie sich jetzt?«

»Das war... alles?« fragte sie zaghaft.

»Ja, es ist vorbei«, bestätigte der Arzt. »Wir haben alle Erinnerungen an die schreckliche Folter aus Ihnen getilgt und sie teilweise durch positivere Reminiszenzen ersetzt. Die romulanischen Offiziere dürfen nichts von unseren Verhörtechniken erfahren. Sonst finden sie vielleicht eine Möglichkeit, ihnen vorzubeugen.«

Reena entspannte sich. McCoy fehlten telepathische Fähigkeiten, aber er erriet die Gedanken der Gefangenen. Ein dünnes Lächeln umspielte ihre Lippen. *Der Doktor meint es ernst. Er wird mich tatsächlich zurückschicken.*

McCoy beobachtete, wie Reena und Pavel langsam über die Außenhülle des Diskussegments gingen und sich der Bombe näherten. Noch neunzehn Minuten bis zur Explosion. Eigentlich war Reena viel zu schwach für ein solches Unternehmen. McCoy hatte sie mit speziellen Injektionen gestärkt, aber er nahm sich vor, sie nach ihrer Rückkehr bis zur vollständigen Rekonvaleszenz in der Krankenstation zu behalten. Er stand nun neben Kirk, Spock und Scotty, beobachtete die beiden Gestalten auf dem Bildschirm. Nur noch wenige Meter trennten sie von der Sprengvorrichtung. Die Romulanerin ließ Chekovs Hand los und bedeutete ihm, sicheren Abstand zu wahren. Dann kniete sie neben dem Apparat nieder und betätigte die Tasten eines kleinen Kontrollfelds. Pavel sah ihr mit wachsender Nervosität zu. Fünf Minuten... vier... Reena stand geschmeidig auf, löste das Gerät von der Außenhülle und stieß es fort. Das Ding schwebte von der *Enterprise* fort, verglühte kurze Zeit später in der Atmosphäre des Planeten.

»Warum, Reena?« fragte Chekov.

Sie musterte ihn nachdenklich. »Man hat von mir verlangt, die Bombe zu entschärfen. Aber ich bin nicht bereit, sie Ihnen zu überlassen.« Sie griff wieder nach Pavels Hand.

McCoy schickte die beiden Rückkehrer sofort in die Krankenstation, und diesmal erlaubte er Chekov, bei Reena zu bleiben. Maevlynin saß neben der Ruheliege und berührte die Romulanerin behutsam an der linken Schläfe. Mit der anderen Hand bewegte sie eine silberne Nadel, die in Reenas Haut steckte. Pavel nahm ebenfalls Platz und beugte sich näher. Sie sprachen über Navigation, über Raumschiffe und Sterne. Maevlynin stellte amüsiert fest, daß sie die emotionale Brücke zwischen ihnen ignorierten. Noch. McCoys psychologischer Trick beeinflußte nicht nur die Rihannsu, sondern auch Chekov.

Leonard und seine Kollegin Chapel behandelten unterdessen Hand und Arm der Romulanerin. Einmal mehr lernte McCoy die Vorzüge von Maevlynins Betäubungsmethode kennen. Die Estryllianerin setzte eine Technik ein, die Telepathie mit Akupunktur vereinte, und bei derartigen Operationen stellte sie sich als sehr nützlich heraus. Sie wirkte langsamer als die konventionelle Anästhesie, aber sie blieb örtlich begrenzt und ließ den Kreislauf völlig unbeeinträchtigt. Dr. Chapel nahm sich den Daumen vor, während sich McCoy auf das romulanische Äquivalent der Pulsader am Handgelenk konzentrierte. »Bewegen Sie jetzt bitte den Daumen, Reena. Gut. Maevlynin, ich glaube, wir können nun die Blutzufuhr stimulieren. Mal sehen, ob alles in Ordnung ist. Ja, ausgezeichnet.« Er griff nach einem anderen Instrument. »Wir sind fast fertig. Sie müssen sich noch einige Tage lang schonen, Reena, aber ich bin sicher, danach ist Ihre Hand wie neu.« Die Rihannsu nahm diese Worte mit einem zufriedenen Lächeln zur Kenntnis.

Dr. Chapel verharrte neben der Liege, als Maevlynin und Pavel diverse medizinische Geräte fortbrachten. McCoy sprach mit Kirk und Spock, die sich nach dem Zustand der Patientin erkundigten. »Sie braucht noch ein wenig Bettruhe, bevor sie aufstehen kann. Doch die unmittelbare Erholungsphase endet erst in zwei Wochen. Sie hat eine Menge hinter sich.« McCoy legte Wert darauf, daß die Romulanerin vollkommen gesund in ihre Heimat zurückkehrte.

Kirk nickte. »Scotty holt die Schaluppe mit einem Traktorstrahl hoch. Anschließend fliegen wir zum Wrack und untersuchen es gründlich. Wenn du grünes Licht gibst, Pille, arrangieren wir Reenas Freilassung mit Hilfe der Organianer.«

Spock sah den Arzt an. »Dr. McCoy, Ihre emotionale... Taktik Miß Tertullian gegenüber ist höchst faszinierend. Könnten Sie mir die Gründe dafür erläutern?«

McCoy sprühte Synthohaut auf die Blasen an seinen

Fingern. »Oh, eigentlich ist alles ganz einfach. Ich habe die Situation logisch analysiert und dann meine Intuition befragt.« *Es ging darum, bestimmte Gefühle zu übermitteln,* fügte er in Gedanken hinzu. *Ich konnte nur hoffen, daß Reena die Emanationen empfing und auf die gewünschte Weise reagierte.*

Spock wölbte die Brauen. »Hat Ihre Intuition Sie aufgefordert, sich zu verletzen?« Er deutete auf die Brandblasen.

McCoy gestikulierte ausladend. »Die Gefahren der Mission«, sagte er leichthin. Er vertrat die Ansicht, gute Arbeit geleistet zu haben, und er wollte sich die Freude darüber nicht von Spock verderben lassen. Maevlynins glokkenhelles Lachen weckte seine Aufmerksamkeit. Kirk und Spock betrachteten etwas, das einen Meter über seinem Kopf schwebte: eine mit Wasser gefüllte Schüssel.

Der Vulkanier musterte die Estryllianerin ernst. »Stolz ist der erste Schritt zur Selbstüberschätzung — und Hochmut kommt vor dem Fall.«

Maevlynin nickte. »Die einzelnen Stufen heißen Zufriedenheit, Stolz und Hochmut. Die Übergänge sind *fließend.*«

McCoy verstand plötzlich. »Maevlynin! Wagen Sie es nicht!« Hastig griff er nach der Schüssel, die sich daraufhin zur Seite neigte. Ihr Inhalt spritzte auf den Arzt herab.

Vier Tage später saß McCoy an seinem Schreibtisch und ließ einen kummervollen Blick durch die Krankenstation schweifen. Es herrschte ein dauerndes Kommen und Gehen. Reena erfreute sich großer Beliebtheit und stellte ein einzigartiges Phänomen dar: eine Romulanerin, die bereit war, mit allen Besuchern zu sprechen, zuzuhören und zu lernen. Sie erzählte von ihrem Leben, gab offen Auskunft über die Kultur ihres Volkes, verschwieg nur Dinge, die das Militär betrafen. Die halbe Besatzung der *Enterprise* schien darauf versessen zu sein, sich mit ihr zu unterhalten. Schließlich beauftragte McCoy den Navigator Chekov, den allgemeinen Verkehr zu regeln — eine kluge

Entscheidung, wie sich herausstellte. Pavel gestattete nur wenigen ausgewählten Personen, Fragen an Reena zu richten. Dadurch fand er häufiger Gelegenheit, mit ihr allein zu sein, und McCoy stellte voller Genugtuung fest, daß es in seiner Abteilung wieder ruhiger zuging. Chekov schien einen sehr guten Einfluß auf die Rihannsu zu haben. Sie erholte sich schnell. Am vergangenen Tag war sie zum erstenmal aufgestanden, und heute machte Pavel einen Spaziergang mit ihr.

McCoy verdrängte diese Überlegungen, als Kirk eintraf. Der Captain warf einen kurzen Blick auf die leere Liege. »Wo befindet sich Reena, Pille? Offenbar geht es ihr bereits gut genug, um das Krankenbett zu verlassen.«

»Oh, sie ist in Sulus Kabine, Jim.«

Kirk schnappte unwillkürlich nach Luft. »Sie ist *wo?* Bist du übergeschnappt, Pille? Wir müssen die Frau sofort zurückholen. Und wenn du sie noch einmal...«

»Sei unbesorgt, Jim. Chekov leistet ihr Gesellschaft. Sie wollte sich nur Sulus Waffensammlung ansehen, weiter nichts.«

Aber Kirks Sorge galt nicht etwa einer Reena, die allmählich zum Star der Crew wurde. Er dachte vielmehr an die *Enterprise.* »Himmel, vielleicht bittet sie Sulu und Pavel darum, ihr das Schiff zu zeigen.« Er wirbelte herum. »Pille, von jetzt an darf sie sich nur noch in der Krankenstation oder im nächsten Freizeitraum aufhalten. Hast du mich verstanden? Du bist für Reena verantwortlich, und wenn du meinen Befehl nicht durchsetzen kannst, muß ich sie im Arrestbereich unterbringen. Ich werde nicht zulassen, daß sie mit einer mentalen Blaupause des Schiffes ins Reich zurückkehrt.«

Reena nahm die Einschränkung ihrer Bewegungsfreiheit ruhig hin und meinte, sie habe damit gerechnet. Es sei nur logisch, ihr nach Abschluß der ersten Rekonvaleszenzperiode eine Arrestzelle zuzuweisen. Sie dankte dem Captain für seine Großzügigkeit. Pavel und die Romulanerin saßen auf ihrem Bett und betrachteten die Darstellungen eines tragbaren Bildschirmgeräts, das ihnen die einzelnen Sektionen des Wracks zeigte. Chekov überließ es der Frau, die Kontrollen zu bedienen — eine gute Übung für ihre behandelte Hand. Gemeinsam beobachteten sie ein Besatzungsmitglied im zerstörten romulanischen Schiff. Als der Mann eine Tür öffnete, nickte Reena. »Ja, genau. Er hat mein Zimmer gefunden.« Sie war Pavel dankbar dafür, daß er jemanden gebeten hatte, ihre Sachen zu holen. Der Mann ging wieder, und die Rihannsu nahm eine Rejustierung des Monitors vor. Das Projektionsfeld zeigte die Mannschaftsquartiere, den Speisesaal, einen völlig verheerten Maschinenraum, den Hauptcomputer, die Brücke. Nach einer Weile drehte Chekov den Kopf und musterte Reena. Sie starrte nach unten.

»Stimmt was nicht?« fragte er. »Was ist los?«

»Bitte schalten Sie das Gerät ab. Welche Gefühle regten sich in Ihnen, wenn Sie eine zerstörte *Enterprise* sähen? Wenn Sie beobachten müßten, wie Romulaner die Reste des Schiffes auseinandernehmen?«

Pavel nickte betroffen. »Oh, es tut mir leid, Reena. Ich hätte daran denken sollen. Manchmal vergesse ich einfach, daß Sie eine Rihannsu sind. Sie scheinen sich hier bei uns so wohl zu fühlen...«

Die Navigatorin lächelte schief. »Das verstehe ich als Kompliment.« Sie lehnte sich zurück. »Ich bin müde und möchte mich jetzt ein wenig ausruhen.« Pavel hauchte ihr einen Kuß auf die Stirn und ging. Als Reena allein war, preßte sie das Gesicht ans Kissen und weinte leise. Wie schmerzhaft und erschöpfend es sein konnte, in zwei verschiedenen Welten zu leben! Chekov hatte recht: In ihrer gegenwärtigen Umgebung fühlte sie sich tatsächlich wohl. Die Menschen begegneten ihr mit höflicher Freundlichkeit, und sie bewiesen guten Willen. Nach der Entschärfung des Sprengkörpers vergaßen sie ihre Feindseligkeit, boten ihr sogar Freundschaft an und sahen über alle Unterschiede hinweg. Aber es schmerzte trotzdem. Reena sah nun die Schwächen im menschlichen Wesen, doch gleichzeitig bemerkte sie auch die unbestreitbaren Stärken. Sie erkannte viele gute, kraftvolle und ehrenhafte Aspekte, die als Fundament für eine stabile Gesellschaft dienten. Die Romulanerin glaubte, solche Eigenschaften auch in Pavel Chekov zu spüren. Mensch und Rihannsu kamen zusammen, und es gelang ihnen, alle Differenzen zu überwinden, sich auf die Gemeinsamkeiten zu besinnen und die Gegensätze zwischen Reich und Föderation zu vergessen. Eine sonderbare Erfahrung. Der Navigator faszinierte Reena, und sie fühlte, wie ihre emotionale Reaktion immer stärker wurde.

Irgendwann berührte sie jemand an der Schulter: Maevlynin. Reena richtete sich auf, als die Gedanken der Estryllianerin über die Peripherie ihres Bewußtseins strichen. *Erlauben Sie mir einen Kontakt?* Die Romulanerin bestätigte wortlos. Maevlynin umarmte sie sanft und zärtlich, empfing Kummer und Verwirrung. Eigentümliche Gefühle regten sich in Reena. Es hatte den Anschein, als stehe sie nach langem Regen auf einer Hügelkuppe, während aus dem Sturm eine sanfte Brise wurde. Das nasse Haar klebte an Wangen und Schläfen, und die Welt wirkte sauber und frisch und klar.

Ich weiß, Reena, flüsterte Maevlynins Ich. *Es ist immer schmerzhaft, wenn sich die Seele dehnt, wenn man sich innerlich hin und her gerissen fühlt. Vertrauen Sie mir — wir können es schaffen. Teilen Sie Ihr Leid mit mir. Befreien Sie sich.*

Auch Pavel fiel es schwer, mit sich ins reine zu kommen. Die Untersuchung des romulanischen Wracks dauerte nicht mehr lange, und Reena erholte sich schnell. Mit anderen Worten: Sie würde bald in ihre Heimat zurückkehren. Diese Vorstellung erfüllte ihn fast mit Verzweiflung. War die Trennung wirklich unvermeidlich? Chekov hatte mindestens ein Dutzend Pläne entwickelt, um sie zu verhindern. Er zweifelte nicht daran, daß Reena ihn liebte, und inzwischen genoß sie auch die Sympathie der Besatzung. Niemand zwang sie, die *Enterprise* zu verlassen; sie konnte bleiben. Weshalb ihre Sturheit, auf der Heimkehr zu bestehen? Und was erwartete sie im romulanischen Reich? Spock hatte einen mentalen Block in ihrem Selbst geschaffen, aber trotzdem gab es keine Garantie dafür, daß die Rihannsu ihrer Geschichte glaubten. Wenn sie Reena folterten und töteten... Dann starb sie allein, ohne daß ihr jemand helfen konnte. Die Ungewißheit lastete wie ein schweres Gewicht auf Pavels Schultern.

McCoy hob überrascht den Kopf, als jemand an die Tür seiner Kabine klopfte. Wenn er auf der Brücke oder in der Krankenstation gebraucht wurde, benachrichtigte man ihn per Interkom. Nach Dienstende blieb er für gewöhnlich allein. Falls er Gesellschaft wünschte, brauchte er nur einen der Freizeiträume aufzusuchen... Erneut das leise Pochen. »Wer ist da?«

»Chekov, Sir. Kann ich Sie sprechen?«

Es ist soweit, dachte der Arzt und schaltete den Sichtschirm aus. »Oh, sicher. Kommen Sie herein, Pavel. Worum geht's?« Die Frage war überhaupt nicht nötig.

Chekov zögerte zunächst, doch schließlich strömten die Worte von ganz allein aus ihm heraus. McCoy wußte bereits, wie es um den jungen Mann stand, aber er hörte trotzdem aufmerksam zu. Pavel nahm auf der Bettkante Platz, und er wirkte nervöser als jemals zuvor. McCoy beobachtete ihn, und tief in seinem Innern verkrampfte sich etwas. *Chekov könnte mein Sohn sein, und ich bin für die Beziehung zwischen ihm und Reena verantwortlich. Himmel, ich habe ihm ebensowenig eine Chance gegeben wie der Romulanerin.* Pavel beendete seinen Vortrag mit einem leisen »Was soll ich nur machen, Doktor?«

»›Machen‹, Chekov? Welche Möglichkeiten bieten sich Ihnen? Sie können Reena nicht ins Reich begleiten, und die Rihannsu hat es abgelehnt, bei uns zu bleiben. Angenommen, sie ändert ihre Meinung und bittet in der Föderation um politisches Asyl. Was dann? Selbst wenn Captain Kirk bereit wäre, sie in seine Besatzung aufzunehmen – Starfleet Command ließe niemals zu, daß eine Romulanerin unsere militärischen Geheimnisse in Erfahrung bringt. Die

Mannschaft mag sie jetzt, aber denken Sie daran, daß Reena die Krankenstation nur unter besonderen Umständen verlassen darf. Sie stellt also keine Gefahr dar. Nehmen Sie Spock als Beispiel. Wie oft bekam er Schwierigkeiten mit einzelnen Crewmitgliedern, obgleich an der Loyalität seiner Heimatwelt nicht der geringste Zweifel bestehen kann? Möchten Sie Reena in eine solche Lage bringen? Als Vulkanier nimmt Spock den gelegentlichen Argwohn gelassen hin, doch eine Rihannsu... Nein, Pavel, für Ihre Freundin gibt es leider keinen Platz an Bord der *Enterprise.* Sie wäre ein dauernder Störfaktor. Und wenn Sie den Dienst quittieren und sich mit Reena auf einer Randwelt niederlassen, wo man noch nie etwas von den Romulanern gehört hat? Was dann? Sie beide sehnen sich nach den Sternen. Von Kindesbeinen an wünschten Sie sich, mit einem Raumschiff durch die Galaxis zu fliegen, Pavel! Sie sind ein guter Navigator. Vielleicht bringen Sie es einmal zum Ersten Offizier oder gar zum Captain. Wollen Sie das alles für Reena aufgeben? Ließe sie so etwas zu?«

McCoy schwieg. Er hatte bereits zuviel gesagt. Chekov ließ die Schultern hängen, doch seine Hände zitterten jetzt nicht mehr. Einige Sekunden lang spiegelte sich sein Leid in den Augen des Arztes wider: eine andere Zeit, ein anderer Ort, eine andere Frau... Er setzte sich neben Pavel und legte ihm den Arm um die Schultern. »Versuchen Sie nicht, Reena in Ihr ganz persönliches Schema zu zwängen, sie Ihren Hoffnungen und Wünschen anzupassen. Früher oder später führt so etwas zu herben Enttäuschungen. Umgekehrt verhält es sich ebenso. Man darf sich nicht selbst verleugnen. Lassen Sie Reena gehen. Auf diese Weise bewahren Sie einen emotionalen Schatz.«

»Danke, Doktor. Es tut weh, aber ich glaube, ich mußte so etwas hören. Ich werde darüber nachdenken. Gute Nacht.«

Auch Kirk empfing einen späten Besucher: Spock. »Ich möchte Sie auf zwei wichtige Dinge hinweisen, Captain.«

Kirk legte ein Buch beiseite. Es geschah recht häufig,

daß der Erste Offizier seine Arbeit auch nach dem offiziellen Dienstende fortsetzte, aber normalerweise hütete er sich davor, die menschlichen Kollegen während ihrer Freizeit zu stören. Die Schlußfolgerung lag auf der Hand: Es handelte sich um eine dringende Angelegenheit. »Ich höre.«

»Die Explosion in den Triebwerken des romulanischen Schiffes ging nicht auf eine ›normale‹ Fehlfunktion zurück. Der Grund ist Sabotage.«

»Sabotage!« platzte es aus Kirk heraus. »Aber wie...?«

»Eine klingonische Sprengvorrichtung, Captain«, sagte Spock. »Jemand aus dem Imperium versteckte eine Bombe im zentralen Maschinenraum.«

»Klingonen! Sind Sie ganz sicher?«

»Die Resultate der Analysen lassen keinen Interpretationsspielraum.«

»Und das verdammte Ding explodierte, während der Kreuzer durch den Föderationsraum flog. Nun, Kang und die anderen wollen uns wirklich beschäftigt halten, nicht wahr? Haben Sie Starfleet Command verständigt?«

»Es liegt ein vollständiger Bericht vor, der jederzeit übermittelt werden kann«, erwiderte Spock. »Aber ich wollte zuerst mit Ihnen darüber sprechen.«

Kirk lächelte. »In Ordnung. Eine Situationsbewertung? Irgendwelche Empfehlungen? Was haben Sie auf dem Herzen?«

»Es ist nur eine Frage der Zeit, bis die Romulaner ihr Schiff lokalisieren. Sie werden die gleichen Feststellungen treffen wie wir, und es dürfte ihnen auch klar sein, daß wir an Bord gewesen sind. Vielleicht schließen sie daraus, daß die Föderation den Anschein erwecken wollte, als seien Klingonen für den Anschlag verantwortlich. Immerhin befindet sich das Wrack in einem Sektor, in dem nur selten klingonische Kreuzer verkehren.«

»Hmm.« Jim Kirk überlegte. »Das stimmt vermutlich, Spock. Und wenn wir die Romulaner benachrichtigen, ihnen den kompletten Untersuchungsbericht zur Verfügung stellen? Dann schlagen wir den Klingonen ein Schnippchen.«

»Einen solchen Vorschlag wollte ich Ihnen unterbreiten, Captain«, sagte der Vulkanier. »Derzeit sind wir nach Organia unterwegs, um die Navigatorin Tertullian freizulassen. Ich könnte die Gelegenheit nutzen, sie zu begleiten und den romulanischen Botschafter zu unterrichten.«

»Ja, Sie haben recht. Die Romulaner planen eine diplomatische Niederlassung auf Organia, nicht wahr?«

»Nach den letzten Meldungen müßte das romulanische Flaggschiff mit dem Botschafter und seinen Mitarbeitern in Kürze eintreffen«, fügte Spock hinzu.

Kirk lächelte hintergründig. »Ist unsere alte Freundin noch immer Kommandantin des Flaggschiffes?« fragte er.

»Davon müssen wir ausgehen«, entgegnete der Vulkanier zurückhaltend.

Kirks Lächeln wuchs in die Breite. Er erinnerte sich an den Zwischenfall, der die Tarnvorrichtung betraf. Spock hatte damals zugegeben, daß er die Kommandantin attraktiv fand. »Ich halte es für angemessen, daß mein Erster Offizier mit dem romulanischen Botschafter spricht.« Spocks Gesicht blieb ausdruckslos, und nach einer kurzen Pause fügte der Captain hinzu: »Sie erwähnten *zwei* wichtige Dinge.«

»Ja. Der zweite Punkt betrifft eine codierte Order von Starfleet Command – nur für Sie bestimmt.« Spock reichte ihm eine Kom-Folie.

Kirk holte seinen persönlichen Codeschlüssel aus dem Wandsafe und begann damit, die Nachricht zu dechiffrieren. Nach einigen Minuten pfiff er leise durch die Zähne. »Nun, Spock, es sieht ganz danach aus, als müßten Sie ohnehin nach Organia. Hier.« Er reichte ihm die entschlüsselte Mitteilung.

BRINGEN SIE DEN ERSTEN OFFIZIER SPOCK FÜR EINEN SONDEREINSATZ NACH ORGANIA. SETZEN SIE IHREN FLUG ZU SHERMANS PLANET

FORT UND WARTEN SIE AUF WEITERE ANWEISUNGEN. CZERNY LOKALISIERT. PENELI-VERBINDUNG IMMINENT. STARFLEET-COMMAND.

»Ich hoffe, Sie bleiben nicht zu lange fort«, sagte Kirk. »Ich brauche meinen Ersten Offizier.«

»Und ich bin lieber an Bord der *Enterprise*«, antwortete Spock.

Reena und Spock sollten das Schiff am nächsten Morgen verlassen. Uhura und McCoy organisierten eine Abschiedsparty. Kirk war ebenfalls zugegen und beobachtete die Anwesenden: acht Gesichter, die auf einen Kubus herabstarrten. Maevlynin versuchte gerade, den anderen das Spiel zu erklären. Ein Vulkanier, eine Estryllianerin, Menschen von vier Kontinenten – und eine Romulanerin. Wie lange mochte es dauern, bis sich die Rihannsu dem Völkerbund der Föderation anschlossen? *Erlebe ich das noch?* fragte sich der Captain. Er hoffte, daß Pavel und Reena eine Chance bekamen.

Die anderen Gäste verabschiedeten sich und gingen. McCoy, Maevlynin, Pavel und Reena brachen ebenfalls auf und blieben vor der Krankenstation stehen. »Gute Nacht, Maevlynin, Doktor«, sagte Chekov und hielt dabei den Blick gesenkt. Zusammen mit Reena schritt er zu seiner Unterkunft. McCoy sah seine estryllianische Assistentin an, die Spock imitierte und eine Braue hob. Arzt und Heilerin lächelten.

»Zum Teufel auch«, brummte McCoy. »Jim meinte, ich sei für Reena verantwortlich. Und ich habe gerade entschieden, diskret zu sein. Aber wenn er dahinterkommt...« Er zuckte mit den Achseln. Und runzelte die Stirn, als Maevlynin die Krankenstation betrat. »Was haben Sie vor?«

Die Estryllianerin deutete auf Reenas Bett. »Ich glaube, dort sollte jemand schlafen – für den Fall, daß jemand Verdacht schöpft und hier nach dem Rechten sieht.«

»Sie sind ein Schatz, Maevlynin.« McCoy zögerte nicht, ihr einen Kuß zu geben. Sie wußte ohnehin, was er empfand.

Die junge Frau lachte. »Sie machen Fortschritte, Leonard. Gute Nacht.«

Reena, Pavel und McCoy standen im Hangar, direkt neben der romulanischen Schaluppe. Spock befand sich schon an Bord. Die Organianer hatten sich bereit erklärt, die Navigatorin Tertullian zu empfangen und ihre sichere Heimkehr zu gewährleisten.

»Leben Sie wohl, Reena«, sagte der Arzt. »Ich wünsche Ihnen viel Glück. Vergessen Sie uns nicht.«

»Ich werde mich immer an Sie erinnern, Doktor. Da können Sie ganz sicher sein. Ich... ich möchte mich noch einmal bei Ihnen bedanken.«

McCoy wies nervös darauf hin, er müsse unbedingt zur Krankenstation zurückkehren. Hastig verließ er das Shuttledeck.

Reena neigte den Kopf an Chekovs Schulter. »Ach, Pavel«, seufzte sie. »Ich wünschte, wir könnten zusammenbleiben. Ich weiß, daß die besonderen Umstände eine Trennung verlangen, aber ich bin nicht verpflichtet, davon begeistert zu sein. Außerdem mache ich mir Sorgen.«

Pavel schlang die Arme um sie. »Befürchtest du einen Prozeß? Rechnest du gar mit einem Todesurteil? Aber du hast doch gesagt...«

Die Romulanerin winkte ab. »Nein, darum geht es mir nicht. Es besteht keine Lebensgefahr für mich. Meine Geschichte und der von Spock geschaffene mentale Block bieten ausreichend Schutz. Beim Oberkommando gilt die *Enterprise* als gestaltgewordener Fluch. Oh, man wird mir glauben, ganz bestimmt. Meine Furcht betrifft dich, Pavel. Ich habe Angst, dich zu verlieren. Versprich mir, an Bord der *Enterprise* zu bleiben. Ich werde mich von ihr fernhalten.« Etwas leiser fügte sie hinzu: »Ich möchte nicht in ein Gefecht mit Kirks Schiff verwickelt werden, solange du an den Navigationskontrollen sitzt.«

»Ja, ich verspreche es dir.« Chekov klang bitter. »Du weißt wenigstens, wo ich bin. Was ist mit mir? Du kannst mir wohl kaum deinen jeweiligen Aufenthaltsort mitteilen. Ich werde jedesmal an dich denken, wenn wir einem romulanischen Raumschiff begegnen. Vielleicht solltest du um Versetzung zu einem planetaren Stützpunkt bitten...«

»Nein«, sagte Reena. »Ich brauche die Sterne ebenso wie du.«

»Ja, ich verstehe.« Pavel zögerte kurz. »Ich möchte dir dies hier schenken.« Er reichte ihr ein goldenes Medaillon. »Schon seit vielen Generationen befindet es sich im Besitz meiner Familie.«

Reena streifte einen silbernen, mit winzigen Edelsteinen verzierten Ring vom Finger. Das Schmuckstück sah aus wie eine Blume.

»Gilphin«, erklärte die Romulanerin. »Eine Blüte meiner Heimat. Solche Ringe werden nur von den Bewohnern des Ortes getragen, in dem ich geboren bin. Leb wohl, Pavel.«

»Leb wohl, Reena.«

Sie kletterte ins Beiboot, und hinter ihr schloß sich die Luke. Chekov senkte den Kopf, setzte rein mechanisch einen Fuß vor den anderen und betrat die Luftschleuse. Kurze Zeit später glitt das Außenschott auf, und die romulanische Schaluppe schwebte ins All.

KAPITEL 8

Jean Czerny stand im Transporterraum und überprüfte noch einmal die Ausrüstung. Seit gestern befand sich das klingonische Raumschiff in der Umlaufbahn von Klairos. Den ganzen Nachmittag über nahm Kang an Konferenzen auf dem Planeten teil. Aernath und Jean sollten den Kreuzer verlassen, sobald die Besprechung an diesem Morgen zu Ende war. Die menschliche Frau hatte das Angebot des Commanders angenommen, doch sie wußte noch immer nicht, was er plante. Seine Gedanken und Empfindungen blieben größtenteils ein Rätsel für sie. Er mochte sich Mara anvertraut haben, aber er schien nicht geneigt zu sein, ganz offen mit Jean zu sprechen. Trotzdem: Die Übereinkunft stellte ihn ganz offensichtlich zufrieden. Zuerst gab er sich entspannt und fast heiter, doch als sie sich Klairos näherten, wurde er immer schweigsamer und verschlossener, zeigte jene Art von ernster Sorge, die Jean beobachtet hatte, als sie Tahrn erreichten. Er reagierte nicht auf ihre Fragen, sagte schlicht: »Denk an deine Position. Du solltest versuchen, deine Umgebung mit den Augen einer Klingonin zu sehen. Wenn dir irgend etwas seltsam erscheint, so wende dich an Aernath. Bisher ist er dir ein guter Ratgeber gewesen.« Und daraufhin lächelte Kang geheimnisvoll.

Aernath war alles andere als amüsiert. Schon seit Tagen wirkte er geistesabwesend und zerstreut. Sie setzten die Arbeit im Laboratorium fort, aber der klingonische Spezialist schien nicht ganz bei der Sache zu sein, erweckte häufig den Eindruck, als plagten ihn Sorgen. Nur selten zeigte er jene jungenhafte Fröhlichkeit, die einen erfrischenden Kontrast zur eher düsteren militärischen Atmosphäre an Bord des klingonischen Schlachtkreuzers bildete. Mehrmals fühlte Jean seinen nachdenklichen Blick auf sich ruhen, der sie an das gemeinsame Abendessen in ihrer Kabine erinnerte. Eifersucht? »An was denken Sie?«

»An Peneli«, sagte er nur und bot ihre keine Erklärung an.

Also geht es ihm nicht um meine Beziehung zu Kang. Jean war dankbar dafür, ihm keine direktere Frage gestellt zu haben. Offenbar bedauerte es Aernath, daß sie nicht nach Peneli flogen; vielleicht gab es einen guten Grund für ihn, über die Lage in seiner Heimat besorgt zu sein. Abgesehen von einigen wenigen Augenblicken fast intimer Zärtlichkeit beschränkte sich sein Gebaren ihr gegenüber auf das eines Freundes und Kollegen. Durfte sie mehr von ihm erwarten, obwohl ihr viele andere Klingonen mit unverhohlener Feindseligkeit begegneten? Nein, sicher nicht.

Jean verdrängte diese Gedanken, als Aernath und Tirax eintrafen. Der Lieutenant nahm auch diesmal an der Mission teil. Als sie die Erlaubnis zum Transfer bekamen, ließ sich Aernath auf die Planetenoberfläche beamen, um dort die Ausrüstungsgegenstände in Empfang zu nehmen, während Czerny an Bord blieb und die Transportliste kontrollierte. Schließlich trat sie zusammen mit Tirax auf die Plattform. Einen Sekundenbruchteil später rematerialisierten sie in einem großen Lager am Rande des Raumhafens. Aernath und ein anderer Klingone beaufsichtigten mehrere Arbeiter, die einen Bodengleiter beluden. Als sich Jean näherte, drehte sich der Klairosianer zu ihr um und riß ungläubig die Augen auf. »Ist das der Mensch?«

»Ja«, bestätigte Aernath.

Es funkelte in den Augen des Mannes. »Eine Frau!« brachte er verächtlich hervor.

Aernath preßte kurz die Lippen zusammen. »Die leibhaftige Cymele«, sagte er wie beiläufig.

Der Klingone drehte sich um und knurrte leise. »Sie sollten Ihre Worte vorsichtiger wählen, Raumfahrer. Ich bin nicht abergläubisch, aber angesichts der hiesigen Situation glauben einige Leute, die Göttin habe sich einige menschliche Wesensmerkmale zu eigen gemacht. Wollen Sie wirklich eine Frau am Projekt beteiligen?«

»Wir arbeiten zusammen«, sagte Aernath und betonte das letzte Wort. Er sprach noch immer im Plauderton, doch der Glanz seiner Augen wies auf mühsam kontrollierten Ärger hin. Jean hätte ihn am liebsten umarmt.

Kang erschien, und der dritte Klingone wandte sich sofort an ihn. »Sie haben uns nicht gesagt, daß der Mensch eine Frau ist!«

Ein dünnes Lächeln zuckte in den Mundwinkeln des Commanders. »Mensch ist Mensch. Das Geschlecht spielt keine Rolle, soweit es die Arbeit betrifft, und daher hielt ich es nicht für nötig, darauf hinzuweisen.«

Aernaths Begleiter explodierte förmlich. »Bei Durgaths Zähnen! Sie sind verrückt! Stellen Sie sich nur die Folgen für Disziplin, Moral und Leistungsbereitschaft vor! Soll eine Frau das Projekt ruinieren?«

»Ich bezweifle, daß sich derartige Probleme ergeben, Kasoth.« Kangs Stirn umwölkte sich, ein mimischer Ausdruck, der Jean an Kirk erinnerte. Der Captain schob immer wie trotzig das Kinn vor, wenn eine wichtige Entscheidung anstand. »Vielleicht habe ich auch vergessen, den Vermählungsstatus der Frau zu erwähnen. Sie gehört zu meinem *Theld*, und ich rate Ihnen, sie mit dem gebührenden Respekt zu behandeln.«

Kasoth öffnete den Mund und schloß ihn wieder. Er salutierte steif, bedachte Jean mit einem kurzen Blick und marschierte davon. Er schien nicht sehr zufrieden zu sein. Kangs Züge glätteten sich wieder, und er lächelte, als er Kasoth nachsah. Jean fragte sich, ob sie gerade ein weiteres ›Motiv‹ des Commanders kennengelernt hatte. Vermutlich befand er sich nicht zum erstenmal auf Klairos – vielleicht wurde ihre Aufgabe dadurch ein wenig leichter. Er trat auf sie zu und meinte, er wolle sich an Bord des Schiffes zurückbeamen. »Freier Raum und gute Landungen. Ich freue mich bereits auf deine Rückkehr.«

Er hob die Hand und berührte Czerny kurz am Kinn.

»Du wirst überleben«, fügte er leise und voller Genugtuung hinzu.

Jean spürte, wie seltsame Empfindungen in ihr entflammten. Manchmal fühlte sie sich wirklich zu Kang hingezogen. »Danke«, antwortete sie schlicht. Sie richtete ihre Aufmerksamkeit auf Aernath, als sich Kangs Gestalt im Flirren des Transporterfelds verflüchtigte. »Kommen Sie. Uns steht eine weitere Erfahrung mit dem ›verdammten Imperium‹ bevor.« Sie seufzte. »Übrigens: Ich möchte Ihnen ebenfalls danken. Wenn ich wirklich überlebe, so ist das nicht nur Kangs Verdienst, sondern auch das Ihre.« Sie drückte Aernaths Hand, und sein Blick schien ihre Seele zu berühren. Doch er gab keine Antwort.

Sie nahmen in einem von drei Wagen Platz und schwiegen, als die kleine Kolonne über das Landefeld des Raumhafens rollte, einen ISG-Kontrollpunkt passierte und die Fahrt fortsetzte. Die Fenster waren nicht polarisiert, und Jean blickte neugierig nach draußen. Die in den Infobändern geschilderte Fauna und Flora deutete auf eine Entwicklungsepoche hin, die man im Tertiär ansiedeln konnte, wenn man die von der Erde her gewohnten geologischen Maßstäbe anlegte: spätes Miozän oder frühes Pliozän. Selbstverständlich gab es einige Variationen, insbesondere die Existenz vieler amphibischer Spezies, worauf schon der Zoologe an Bord hingewiesen hatte.

Die Gebäude des Raumhafens und der Hauptstadt Port Klairos waren rund fünfundsiebzig Jahre alt und erhoben sich auf dem ersten angelegten Polder. Die Region gehörte zur gemäßigten Klimazone der südlichen Hemisphäre. An der Peripherie ragten hohe Berge gen Himmel, und der natürliche Wall öffnete sich nur zum Meer hin. Genau an jener Stelle hatte man einen Deich errichtet, um dem Ozean nutzbares Land abzugewinnen. Streckenweise führte die Straße direkt am Staudamm entlang, und Jean beobachtete graue Wellen, die sich an fleckigem Beton brachen. Die Gebirgskette bildete einen Ring um Port Klairos und setzte sich zum Meer hin fort, schuf direkt vor der Küste Hunderte von kleinen Felseninseln, bei deren Anblick Czerny unwillkürlich nach Luft schnappte. »Vinh Dong Kinh«, murmelte sie. Die Szenerie ähnelte dem Bild, das in der Aldebaran-Kolonie im Arbeitszimmer ihres Großvaters hing und seinen Geburtsort irgendwo in Südostasien zeigte. Wie viele andere Asiaten träumte er davon, eines Tages in die Heimat zurückzukehren. Melancholie erfaßte Jean, und sie war fast dankbar, als die Straße landeinwärts führte.

In diesem Bereich hatte man den Boden entsalzt, um das Wachstum verschiedener Pflanzen zu ermöglichen, doch ein großer Teil des Polders wurde von Industrieanlagen und der Hauptstadt beansprucht. Hier und dort sah Jean immergrüne Gewächse. Die Winter an der Küste konnten nicht sehr streng sein, aber der Frühling war erst wenige Tage alt, und es dauerte sicher noch eine Weile, bis sich die übrigen Pflanzen in ein Blättergewand hüllten.

Der Konvoi verließ das Tal und erreichte die Vorberge. Die Straße schien neu zu sein und verengte sich zu einer Fahrbahn — an der zweiten wurde noch gearbeitet. Am höchsten Punkt des Passes endete der Asphalt an einem massiven Steingebäude, und Jean erfuhr, daß sie den Weg zur Agrikultur-Station auf den Rücken von Packtieren fortsetzen mußten.

Kalter Wind wehte durch die Schlucht, und Czerny beobachtete schneebedeckte Gipfel. Sie betätigte die Thermokontrolle an ihrem Gürtel und zog die Kapuze des Mantels tiefer in die Stirn. Das Gebäude schien eine Art Hotel zu sein und diente den Bauarbeitern gleichzeitig als Hauptquartier. Nach einer kurzen Mahlzeit, die aus Gemüsesuppe und säuerlichem Brot bestand, gingen die Reisenden wieder nach draußen. Jean streifte sich pelzbesetzte Handschuhe über, als sie sich der kleinen Gruppe näherte. Schon von weitem hörte sie Kasoths wütende Stimme.

»Niemand hat mich aufgefordert, eine Sattelsänfte mitzubringen, und hier steht keine zur Verfügung. Es geschähe ihr ganz recht, an einem Lastgestell festgebunden zu werden, aber dann müßten wir einige Geräte und Instrumente zurücklassen. Bei Durgaths Zähnen! Die verdammte Frau bringt uns bereits in Schwierigkeiten.« Der Klingone starrte Jean zornig an.

Czerny wandte sich an Aernath. »Wo liegt das Problem?«

»Kasoth meint, er hat nicht die richtige Ausrüstung, um Sie zur Station zu bringen.«

»Warum kann ich nicht reiten, so wie die anderen?«

Kasoth schnaufte abfällig. »Haben Sie jemals auf einem *Krelk* gesessen?«

»Nein«, gab Jean zu. Sie hatte nicht die geringste Ahnung, was sie sich unter einem *Krelk* vorstellen sollte, fühlte sich jedoch von Kasoths Verachtung herausgefordert. »Aber ich komme bestimmt zurecht, verlassen Sie sich darauf.« Dann fielen ihr die Tiere vor dem Zeremonienwagen auf Tahrn ein, und sie unterdrückte einen Anflug von Panik. Mußte sie sich vielleicht auf den Rücken eines alptraumhaften Ungeheuers schwingen?

Sie lachte erleichtert, als sie kurz darauf die ersten *Krelks* sah: Die Geschöpfe wirkten wie eine Kreuzung zwischen Lama und Känguruh. Sie mochten gut drei Meter groß sein, und der Rücken erstreckte sich in Schulterhöhe. Graubraunes Fell, am Rückgrat ein dunkler Streifen; schwarze Ohren und Schnauze; die Vorderläufe so dünn wie Ziegenbeine — ganz im Gegensatz zu den muskulösen Hinterläufen. Der lange Schwanz flößte Jean Respekt ein. Der letzte Meter erwies sich als außerordentlich flexibel: Das Tier konnte damit einen Angreifer pakken und ihn an einen Felsen schmettern. Wenn man auf dem *Krelk* saß, so schlang sich der Schwanz sowohl um den Sattelknauf als auch um die Taille des Reiters. Dadurch wurde man rechtzeitig gewarnt, wenn Gefahr drohte — in einem solchen Fall entrollte das Wesen den Schwanz. Allerdings wies Kasoth mit einem süffisanten Lächeln auf folgendes hin: Manchmal gerieten die *Krelks* so sehr in Panik, daß sie vergaßen, Rücksicht auf den Reiter zu nehmen, ihn statt dessen als Knüppel verwendeten, um sich zu verteidigen.

Man kontrollierte das Tier mit Bewegungen der Füße und Knie, um Waffen in den Händen halten zu können. Die Klingonen waren natürlich daran gewöhnt, doch Jean stellte sich zunächst ziemlich ungeschickt an. Aernath wich nicht von ihrer Seite und führte ihren *Krelk*.

Aus dem unebenen Weg wurde bald ein schmaler, ausgetretener Pfad. Eine Zeitlang ritten sie an einem Bach entlang, an dessen Ufern das letzte Eis des Winters glänzte. An den südlichen Hängen und in schattigen Tälern gab es noch immer Schnee, doch in den Nordlagen zeigte sich erstes Frühlingsgrün. Schließlich entfernten sie sich von dem Wasserlauf, als der Pfad nach Westen abknickte, und kurz darauf kamen sie an einem anderen Weg vorbei, der zum Meer führte. Jean drehte den Kopf und beobachtete das Tiefland. »Die Polder der Station«, erklärte Aernath. Die Tiere schienen ihre Ställe zu wittern, und sie liefen schneller, sprangen mit weiten Sätzen. Czerny konzentrierte sich allein darauf, im Sattel zu bleiben. Erst als sie den Gebäudekomplex erreichten und dort abstiegen, bekam die junge Frau Gelegenheit, sich aufmerksam umzusehen.

In gewisser Weise erinnerte Klairos an gerade erst besiedelte Welten der Föderation: Der Planet stellte eine seltsame Mischung aus moderner Raumfahrt-Technologie und der Primitivität einer langsamen Erschließung dar. Das wurde hier im Hochlandtal deutlicher als in der Hauptstadt, deren Häuser die klingonische Vorliebe für Gebäude mit dicken Steinmauern widerspiegelten. Während der ersten Besiedlungsphase gab es noch keine Steinbrüche, und deshalb bot sich an diesem Ort ein ganz anderes Bild dar. Jean beobachtete geodätische Kuppeln, die aus Kunststoff, Durastahl und Plexiglas bestanden – aus Fertigteilen errichtete Unterkünfte für die ersten Kolonisten. Anschließend verwendete man lokale Bäume namens Steinholz, um neue Quartiere zu schaffen. Die Hütten wirkten bäuerlich, rustikal und stabil genug, um die nächsten Jahrzehnte zu überdauern, ohne daß irgendwelche Instandsetzungsarbeiten nötig waren.

Über den einzelnen Bauwerken spannten sich Sicherheitsnetze, um Raubvögel fernzuhalten, und ähnliche Vorrichtungen schützten den Rand des bewohnten Bereichs. Nur in den abgelegenen Feldern war es angeraten, besondere Vorsicht walten lassen. Das ursprüngliche Dorf war in eine landwirtschaftliche Forschungsstation verwandelt worden, als sich Brand und Trockenfäule auch auf Klairos ausbreiteten. Einige Bauern blieben, doch viele andere mußten ihre Häuser räumen, um Platz für das Personal zu schaffen.

Jeans Unterkunft bestand aus einem kleinen Nebengebäude. Der einzelne Raum enthielt Bett, Tisch, Sitzbank und einen großen Kamin. Das rußgeschwärzte Gebälk an der Decke deutete auf schlechten Zug hin. Czerny legte ihre wenigen Sachen auf ein Regal und begann damit, ein Feuer zu entzünden. Voller Wehmut dachte sie an die Zentralheizung und das elektrische Licht in ihrem Quartier auf Tahrn zurück. Ein Sommer voller Entbehrungen stand ihr bevor.

Aber es kam noch weitaus schlimmer. Als das Feuer brannte, machte sich Jean auf den Weg zum Speisesaal. Kalter Wind wehte von den hohen Berggipfeln, heulte und zischte an den Gebäuden vorbei. Czerny hielt den Kopf gesenkt und stemmte sich den Böen entgegen. Nach einer Weile bemerkte sie einen Klingonen und trat näher, um ihn zu fragen, wo die Mahlzeiten ausgegeben wurden. Der Mann musterte sie überrascht und verärgert, holte plötzlich aus und schlug zu. Jean verlor das Gleichgewicht und fiel zu Boden. Benommen und verwirrt versuchte sie, wieder aufzustehen. Der Klingone schnitt eine wütende Grimasse und packte sie an ihrer Kapuze. »Unverschämtes Weib! Zu welchem *Theld* gehörst du, daß du es wagst...«

Eine andere Stimme unterbrach ihn. »Einen Augenblick, Landsmann. Was ist hier los?«

Der Mann wandte sich um. »Die Frau ist auf diese Weise

an mich herangetreten. Mischen Sie sich nicht ein, Raumfahrer.«

»Hm, ich verstehe. Wenn Sie gestatten...« Tirax schob die Hand unter Jeans Kinn und riß die Kapuze fort.

Der andere Klingone grollte. »Die Terranerin!«

»Ja, in der Tat. Unglücklicherweise gehört sie zu Kangs *Theld.* Ich würde Ihnen nicht empfehlen, sie noch einmal zu schlagen. Sie ist tabu – bis Kang das Interesse an ihr verliert.« Tirax musterte Jean und lächelte spöttisch. »Auf Klairos wagt es keine Frau, ihr Haupt zu bedecken, wenn sie sich einem Mann nähert. Denken Sie daran. Und benehmen Sie sich entsprechend!« Er nickte dem anderen Klingonen zu. »Kommen Sie, Landsmann. Lassen Sie uns etwas trinken, bevor wir essen.« Die beiden Männer schritten fort, und Tirax winkte noch einmal mit der Kapuze.

Kein Wunder, daß in dieser Kultur in erster Linie mit dem Schmerzstimulator bestraft wird, dachte Jean zornig. *Die Klingonen haben es nicht anders verdient.* Sie stand auf, klopfte Staub vom Mantel und sah sich um. Nach wie vor hatte sie keine Ahnung, wo sich die Klingonen zum Essen einfanden.

Schließlich fand sie den Speisesaal, gesellte sich der langen Schlange aus Frauen und Kindern hinzu, die auf ihre Mahlzeit warteten. Es war Jeans erster direkter Kontakt mit Klairosianern. Die Gestalten vor ihr standen wie Statuen, gaben keinen einzigen Ton von sich. Ihr Schweigen basierte in erster Linie auf Apathie; nur die Jungen bewegten sich und zeigten Neugier. Czerny wußte nicht, ob die offensichtliche Gleichgültigkeit auf Unterernährung oder kulturelle Dogmen zurückging, aber die Zeichen des Hungers fielen ihr sofort auf. Selbst die vielen schwangeren Frauen wirkten ausgezehrt. Schockiert fragte sich Jean, wie hoch die derzeitige Sterblichkeitsrate der Neugeborenen sein mochte. Sie ignorierte die verwunderten Blicke und das gelegentliche Flüstern, nahm Suppe und Brot entgegen, ging zum ersten Tisch. Mehrere bewaffnete Männer hielten sich in dem Raum auf, und als sie Platz nehmen wollte, knurrte einer von ihnen: »Nicht hier, Frau. Dort drüben.« Ruckartig streckte er den Arm aus. Jean gehorchte hastig, um keinen weiteren Zwischenfall zu provozieren. Der erste Tisch, so stellte sie nun fest, war für die Jungen reserviert — sie bekamen zusätzliche Rationen.

Czerny empfand das Schweigen als bedrückend. Sie aß langsam, ließ verstohlene Blicke durch den Saal schweifen und schauderte. Die Atmosphäre erinnerte sie an ein Gefangenenlager. Sie folgte dem Beispiel der Klingoninnen und brachte ihren leeren Teller zur Ausgabe zurück. Unmittelbar darauf floh sie in ihre Unterkunft und verbrachte dort eine kalte, aber wenigstens ungestörte Nacht.

Das Frühstück bestand aus einem undefinierbaren Brei und dem klairosianischen Äquivalent von Kaffee. Die dunkle Flüssigkeit schmeckte sehr bitter, hatte jedoch eine anregende Wirkung. Aernath wartete auf Jean, als sie den Saal verließ, reichte ihr die Kapuze. »Bitte entschuldigen Sie. Ich hätte Sie darauf hinweisen sollen, aber ich wußte selbst nichts davon. Ist alles in Ordnung mit Ihnen?«

»Ich bin fest entschlossen zu überleben«, erwiderte Jean knapp und verstaute die Kapuze in der Tasche. »Ich schlage vor, wir beginnen jetzt mit der Arbeit.

Aernath preßte kurz die Lippen zusammen. »In Ordnung. Folgen Sie mir.« Er drehte sich abrupt um und ging los.

Verdammt, ich habe ihn schon wieder beleidigt, fuhr es Jean durch den Sinn. Sie freute sich, ihn wiederzusehen. Warum ließ sie ihren Ärger ausgerechnet an ihm aus? Betroffen hob sie die Hand und hielt den Spezialisten am Arm fest. »Tut mir leid, Aernath. Danke für die Kapuze. Ich...«

»Da ist noch etwas«, sagte Aernath schroff. »Sie dürfen hier nur dann einen Mann berühren, wenn Sie seine ausdrückliche Erlaubnis bekommen haben. Andernfalls gelten Sie als impertinent.« Jean wich zurück, und daraufhin fügte Aernath sanfter hinzu: »Was mich betrifft, brauchen Sie sich natürlich keine Sorgen zu machen.« Jean ignorierte ihn, blickte starr geradeaus. Sie kamen an einigen Klingonen vorbei, und nach mehreren Schritten zischte der Mann an Czernys Seite: »Verdammt, die hiesigen Regeln stammen nicht von mir! Ich versuche nur, Ihnen Schwierigkeiten zu ersparen.«

Jean nickte langsam und hakte sich bei Aernath ein. »Ich weiß«, erwiderte sie. »Wie ich schon sagte: Beginnen wir mit der Arbeit.«

Im Vergleich zu ihrer Unterkunft erwartete sie im Laboratorium eine angenehme Überraschung: Es erwies sich als bequem und gut ausgestattet. Als Aernath den Speisesaal aufsuchte, waren fast alle Vorbereitungen getroffen. Jean blieb allein zurück, packte die restlichen Sachen aus und nahm dann ebenfalls eine Mahlzeit ein. Ein begeisterter Aernath begrüßte sie nach ihrer Rückkehr. »Man hat uns einen Polder zugewiesen. Heute nachmittag sehen wir uns das Land an. Kommen Sie.«

Sie näherten sich dem *Krelk*-Pferch, und Jean beobachtete die seltsame Vorrichtung auf dem Rücken eines Tiers. »Was ist das?« fragte sie den Klingonen am Tor.

»Die Sattelsänfte«, antwortete er. »Für dich, Frau.«

»Von wegen«, erwiderte Jean fest. Der Klingone blinzelte verwirrt. Aernath hantierte an seinem eigenen Harnisch und lächelte amüsiert. »Ich reite nicht in einem solchen ... Käfig!« zischte Czerny. »Nehmen Sie ihn herunter und besorgen Sie mir einen normalen Sattel.« Der Stallbursche wirkte noch unsicherer und sah Aernath an, der jedoch seinen Blick mied. Einige Sekunden später wandte er sich an den gerade eingetroffenen Tirax.

»Die menschliche Frau, äh ...«, begann er verlegen. »Sie möchte einen Sattel.«

Tirax musterte Jean, die den Kopf hoch erhoben hielt. »Die Vorrichtung gefällt mir nicht. Sie ist eine ... Falle.«

Kasoth kam mit langen Schritten herbei. »Was ist hier los?«

»Die Terranerin verlangt einen Sattel, Commander«, sagte der Stallbursche nervös.

»Kommt nicht in Frage.«

»Geben Sie ihr einen«, sagte Tirax leise und kühl.

Kasoth drehte sich wütend zu ihm um. »Sind Sie übergeschnappt? Wollen Sie die Frau vielleicht auch noch mit einem Blaster bewaffnen?«

»Natürlich nicht«, entgegnete Tirax ungerührt. Er zuckte mit den Schultern. »Wenn sie ohne Schutz reiten will... Soll sie ruhig ihr Leben aufs Spiel setzen.«

Kasoth kochte noch immer. »Bei Durgaths Gedärmen, dafür lehne ich jede Verantwortung ab. Ich habe Kang gesagt, daß die Frau nur Unruhe stiften wird. Sie ist schlecht für die Disziplin, Moral und...«

Tirax unterbrach ihn. »Kümmern Sie sich um die Disziplin, Commander. Die Frau können Sie getrost mir überlassen. Wenn ihr irgend etwas zustößt... Es ist ihre Haut. Und mein Problem.«

Kasoth schnaufte verärgert und gab dem Laufburschen ein Zeichen. »Hol einen Sattel.«

Jean stellte fest, daß Aernath einen Blaster trug, und sie hoffte, daß er damit umzugehen verstand. *Wenn ich irgendeinem Unglück zum Opfer fiele — mit einem solchen ›Problem‹ wäre Tirax sicher sehr zufrieden.*

Während des Ritts zum Tiefland blieben Zwischenfälle aus. Aernath hielt sich ständig neben Jean und zeigte ihr, wie man Füße und Beine bewegen mußte, um das Tier zu kontrollieren. Als sie den Polder erreichten, kam Czerny bereits allein zurecht. Die Sonne strahlte von einem wolkenlosen Himmel, und im Küstenbereich war es recht warm. Ohne die Präsenz des Lieutenants und der bewaffneten Wächter hätte die junge Frau den Ausflug genossen. Der Boden sah recht gut aus, und zusammen mit Aernath plante sie die ersten Anpflanzungen. Sie wählten einige Parzellen vor dem Deich, um festzustellen, wie die beiden Getreidearten auf salzhaltigen Boden reagierten. Darüber hinaus nahmen sie einige Proben, um sie später eingehend zu analysieren. Der Abend dämmerte, als sie wieder aufbrachen und zur Station zurückkehrten.

Erneut ritt Aernath neben Jean und beobachtete, wie sie ihren *Krelk* antrieb. Ab und zu gab er ihr einige Tips. Zwar erforderte es ein hohes Maß an Konzentration, aber allmählich lernte sie, immer besser mit dem Tier umzugehen. Zum Glück war das Wesen, auf dem sie saß, nicht annähernd so unruhig wie die anderen *Krelks*.

Jean verbannte alles andere aus dem Fokus ihrer Aufmerksamkeit — und zuckte heftig zusammen, als Tirax rief: »Achtung!« Er stemmte sich jäh in die Höhe, riß den Blaster hervor und feuerte. Der Strahl raste dich über Czerny hinweg, und nur einen Sekundenbruchteil später entluden sich zwei andere Waffen. Jean spürte noch, wie ihr Tier den Schwanz entrollte. Dann fiel eine Masse aus Krallen, Federn und verbranntem Fleisch auf sie herab, riß sie aus dem Sattel. Plötzliche Furcht erfaßte sie, und sie versuchte, unter dem zuckenden Etwas hervorzukriechen. Schreie erklangen, und die *Krelks* blökten. Irgend jemand griff nach ihren Armen und zerrte sie zur Seite. Tirax hielt einen großen weißen Vogel hoch und betrachtete ihn kritisch. Aernath kniete neben Jean nieder, und in seinen amethystblauen Augen flackerte Sorge. »Sind Sie verletzt?«

Sie lachte unsicher, als er ihr aufhalf. »Nein, ich glaube nicht«, antwortete sie und strich ihre Kleidung glatt.

»Guter Schuß, Tirax. Sehen Sie? Aernath und ich haben nur die Schwanzfedern getroffen.« Mehrere Klingonen umringten den Schneevogel. In der Brust zeigte sich ein schwarzes Loch, und einige der hinteren Federn waren angesengt.

Jean stieg wieder auf und dirigierte ihren *Krelk* neben Tirax' Tier. Sie beugte sich vor. »Danke.«

Der Lieutenant musterte sie kurz und band den Vogel auf dem Rücken seines eigenen *Krelk* fest. »Vielleicht haben Sie beim nächsten Mal mehr Glück«, sagte er und schwang sich in den Sattel.

Zum Teufel mit dir! dachte Jean, zwang das Geschöpf unter ihr herum und kehrte ohne ein weiteres Wort zu Aernath zurück. Der Adrenalinschub verlieh ihr neue Kraft, und die junge Frau begann erst zu zittern, als sie die Station erreichten. Es dauerte einige Tage, bis sie den Mut aufbrachte, noch einmal das Tiefland aufzusuchen, und die nächsten Reisen fielen ihr etwas leichter. Trotzdem schloß sich Jean immer Gruppen an, die nicht bis zur Abenddämmerung warteten, um in die Berge zurückzukehren: Der große Schneevogel begann mit der Jagd, wenn die Sonne unterging.

Sie brachten die Saat zuerst auf dem Polder aus, und später folgten Anpflanzungen im Hochland. Die ersten Wochen der Wachstumszeit kamen und verstrichen, doch an den Lebensmittelrationen änderte sich kaum etwas. Jean nahm ab, und des Nachts zitterte sie noch immer, obgleich die Temperatur gestiegen war. Einige Frauen und Kinder, deren Gesichter ihr bereits vertraut erschienen, verschwanden aus der Warteschlange vor der Essensausgabe.

An diesem Abend machte sich Jean etwas früher als sonst auf den Weg zum Speisesaal. Als sie nur noch wenige Meter von der Ecke des Gebäudes trennten, hörte sie erst einen Schrei und dann eine zornig klingende Stimme. »Verdammte Göre! Du wirst es bereuen, Mahlzeiten zu stehlen, die du eigentlich servieren sollst.«

Czerny ging etwas schneller und sah einen Klingonen, der ein Mädchen schlug und zu Boden warf. Als er es treten wollte, handelte Jean aus einem Reflex heraus. Der Mann kehrte ihr den Rücken zu, und die menschliche Frau lief los, warf sich gegen die Beine des Klingonen. Er verlor den Halt, stürzte nach hinten. Mit einer für sie selbst überraschenden Agilität rollte sich Jean herum und sprang mit einem Satz auf. Die Verblüffung des Mannes gab ihr einen Vorteil.

»Lassen Sie das Mädchen in Ruhe!« fauchte sie. »Die Rationen der Frauen sind viel zu knapp bemessen. Kein

Wunder, daß sie sich etwas zu essen stehlen. Sollen sie etwa verhungern?«

Der Klingone kniff die Augen zusammen und stemmte sich hoch. »Ach, die Terranerin...«, knurrte er und griff an. Jean trat zur Seite und wich dem ersten Hieb aus. Der Mann wirbelte sofort herum und packte sie am Arm.

Jemand legte ihr von hinten die Hände auf die Schultern.

»Ich nehme an, die menschliche Frau hat Sie gestört. Dafür entschuldige ich mich. Bitte fahren Sie fort. Ich werde dafür sorgen, daß Sie nicht noch einmal belästigt werden.« Der andere Klingone bedachte Tirax mit einem finsteren Blick, begriff jedoch, daß die Worte des Lieutenants einem Befehl gleichkamen. Er drehte sich um, und seine Stiefelspitze traf das Mädchen an der Hüfte.

In hilfloser Wut ballte Jean die Fäuste. »Feigling!« entfuhr es ihr fast schrill. »Du verdammter...« Tirax preßte ihr die Hand auf den Mund, als sich der Mann umwandte.

»Nein, Landsmann, lassen Sie sich nicht von ihr herausfordern. Selbst wenn es erlaubt wäre, sie zum Kampf zu stellen... Ich rate Ihnen von einem Duell mit ihr ab. Sie kann ziemlich gut mit dem Dolch umgehen, vielleicht noch besser als Sie.«

Die Pupillen des Klingonen weiteten sich, aber er nickte knapp und ging fort. Tirax' Finger schlossen sich fester um Jeans Schultern. »Irgendwann haben Sie keinen Nutzen mehr für Kang, und dann kommt die Stunde der Abrechnung, Czerny. Dann spüren Sie *meinen* Dolch. Irgendwann...« Er ließ sie abrupt los, gab ihr einen Stoß.

Inzwischen hatten sich einige Frauen und Kinder eingefunden. Jean blickte auf die Gestalt am Boden herab. »Was ist mit dem Mädchen?«

Tirax zuckte mit den Achseln. »Der Theld wird sich um die Kleine kümmern – wenn er es für erforderlich hält.« Er stapfte in Richtung Speisesaal davon.

Jean musterte die unbewegten Gesichter der Zuschauer und deutete auf eine Frau, die am Tisch mehrmals neben ihr gesessen hatte. »Kennst du das Mädchen?« Ein kurzes Nicken. »Benachrichtige die Familie. Hol Hilfe.«

Die Frau zögerte. »Man will das Kind nicht. Es wurde *theld-verbannt*.«

»Was?« platzte es aus Jean heraus. »Wieso?«

Die Frau trat von einem Bein aufs andere und wich Czernys Blick aus. »Zu viele hungrige Mäuler. Außerdem ist es nur ein Mädchen.«

Jean fluchte halblaut. »Nun, wenn es niemanden hat, nehme ich es bei mir auf. Du!« Sie griff nach dem Arm der Frau. »Und du!« Sie zog eine zweite Gestalt heran. »Bringt das Kind in meine Unterkunft und bleibt dort, bis ich zurückkehre. Los, worauf wartet ihr noch?« Die beiden eingeschüchterten Klingoninnen gehorchten.

Kurz darauf betrat Czerny den Speisesaal, ignorierte die Schlange, ließ sich am Tresen zwei Rationen geben und suchte ihr Quartier auf.

Das von dem Mann geschlagene Mädchen hockte am Kamin, und die beiden Frauen saßen unsicher in der Nähe. Jean stellte die Teller auf den Tisch. »Ihr könnt jetzt gehen. Gebt Aernath im Laboratorium Bescheid und sagt ihm, daß ich mich heute nachmittag verspäte.« Sie verriegelte die Tür hinter den Klingoninnen und richtete ihre Aufmerksamkeit auf das Mädchen. Es bot einen mitleiderwekkenden Anblick. Der Körper schien nur aus Haut und Knochen zu bestehen, und an Armen und Beinen zeigten sich lange Striemen und große Blutergüsse. Das Kind stöhnte vor Schmerz, als Jean den ausgemergelten Körper betastete. Keine Brüche – aber vielleicht innere Verletzungen. Sie stützte den Kopf des Mädchens auf ihrem Schoß ab und gab ihm zu trinken. Zuerst würgte es, und dann begann es zu zittern. Czerny hüllte es besorgt in eine Decke.

Als sie ein Feuer entzündete, klopfte jemand an die Tür.

Jean griff nach einem dicken Scheit. »Wer ist da?«

»Ich bin's, Aernath. Machen Sie auf.«

»Sind Sie allein?«

»Bei Cymeles Umhang! Natürlich bin ich allein. Darf ich jetzt hereinkommen?« Czerny schob den Riegel beiseite, und Aernath trat sofort vor. Er hatte ein Medo-Paket mitgebracht. »Alles in Ordnung mit Ihnen?«

»Mit mir schon. Aber ich kenne jemanden, der dringend Hilfe braucht.« Jean deutete auf das Mädchen. »Kommen Sie. Verlieren wir nicht noch mehr Zeit. Das Kind muß unverzüglich behandelt werden.«

»Einen Augenblick. Eben kamen zwei Frauen zum Laboratorium und meinten, Sie hätten gegen einen Mann gekämpft, weil er ein Mädchen schlug. Stimmt das?«

»Weil er ein Mädchen ›schlug‹? Der verdammte Mistkerl wäre fähig gewesen, das Kind umzubringen. Ich konnte doch nicht ruhig zusehen...«

»Schon gut, Jean«, sagte Aernath langsam und leise. Er holte tief Luft. »Sie glaubten also, handeln zu müssen. Wie?«

Czerny fühlte sich in die Defensive gedrängt. »Ich ... ich habe den Mann zu Fall gebracht.«

»Sie stießen ihn zu Boden, weil er ein Mädchen schlug? Einfach so?« Aernath konnte es offenbar nicht fassen. Jean nickte. »Bei Durgaths Höhle, was wollten Sie damit erreichen?«

»Eigentlich nichts. Ich war nur wütend.«

»Jean.« Aernath umfaßte ihre Schultern und schüttelte sie behutsam. »Jean, Sie können nicht gegen den Rest der Welt antreten. Vielleicht wären Sie gestorben, wenn Tirax nicht rechtzeitig eingegriffen hätte. Wie soll ich Sie vor Schwierigkeiten bewahren, wenn Sie ständig neue Probleme schaffen?«

Czerny rang mit ihrem Zorn. Sie fühlte sich versucht, Aernath anzuschreien, nur weil er Klingone war, weil er das empörende Verhalten der Klairosianer hinnahm und akzeptierte. Aber sie sah auch die aufrichtige Besorgnis in seinen Augen. »Sie verstehen nicht, Aernath...«

»Vielleicht nicht. Vielleicht doch. Es spielt überhaupt keine Rolle. Wie ich schon sagte: Die hiesigen Regeln stammen keineswegs von mir.«

»Nein«, bestätigte Jean spöttisch. »Sie halten sich nur daran. Helfen Sir mir jetzt mit dem Mädchen.« Aernath gehorchte, aber sie spürte, wie er wieder auf Distanz ging. Einmal mehr hatte sie seinen wunden Punkt berührt, doch diesmal war ihr das völlig gleich.

Aernath öffnete das Medo-Paket, verabreichte dem Kind zunächst eine kreislaufstabilisierende Injektion und fügte dann ein schmerzstillendes Mittel hinzu. Nach einigen Minuten bewegte es sich, und Jean rückte die Decke zurecht. Die Klingonin schien zwölf oder dreizehn Jahre alt zu sein. Czerny strich ihr übers Haar. »Wie heißt du?«

Das Mädchen schüttelte andeutungsweise den Kopf. »Ich habe keinen richtigen Namen. Man nennt mich Aydutywa.«

»Und du bist ausgestoßen, nicht wahr? Nun, ich nehme dich bei mir auf. Was hältst du davon, wenn ich dich mit ›Tywa‹ anspreche, hm?« Das Kind sah aus großen Augen zu ihr auf und nickte. »Aernath«, sagte Jean, als sie sah, daß er sein Medo-Paket schloß. »Geben Sie mir bitte einen der beiden Teller auf dem Tisch. Tywa hat sicher Hunger.«

Er brachte beide Tabletts, setzte sie auf dem Boden ab und beobachtete, wie Czerny das Mädchen zu füttern begann. »Ihr Mittagessen besteht nur aus Suppe?«

Aernaths Stimme klang irgendwie seltsam, fand Jean. Sie sah auf, doch sein Gesicht blieb ausdruckslos. »Das ist die normale Ration«, sagte sie schlicht.

»Mehr bekommen Sie nicht?«

»Ich habe Ihnen ja gesagt, daß die Frauen fast ständig hungern.«

»Ich weiß, aber...« Aernath unterbrach sich, schürte das Feuer und beobachtete, wie der Rauch über die Balken an der Decke strich. Nach einigen Sekunden drehte er sich um und ließ seinen Blick durchs Zimmer schweifen. »Dies ist Ihre Unterkunft?« Jean nickte verwirrt. »Durgath soll Tirax holen!« entfuhr es dem Klingonen, und sein Gesicht verhärtete sich. »Bleiben Sie heute nachmittag hier bei Tywa. Seien Sie unbesorgt. Ich kümmere mich um alles.« Er griff nach dem Medo-Paket und ging.

Am späten Nachmittag kehrte Aernath zurück. Er riß die Tür auf, warf sie hinter sich zu. Jean blickte auf das Mädchen herab, das jedoch weiterhin schlief. Der Agrikultur-Spezialist lächelte triumphierend und legte zwei Plastikscheiben auf den Tisch. »Hier. Tywa befindet sich nun ganz offiziell in Ihrer Obhut und bekommt Standard-Rationen. Sie essen von jetzt an jeweils anderthalb Mahlzeiten. An Ihrem Quartier läßt sich leider nichts ändern, aber man hat mir versprochen, die Wände abzudichten. Bald sollten Sie es warm genug haben, um auf das Feuer im Kamin zu verzichten.«

»Wie haben Sie das fertiggebracht?«

»Indem ich Kasoth daran erinnerte, daß der menschliche Verdauungsapparat nicht so gut funktioniert wie unserer. Ich fügte hinzu, mit Ihrer gegenwärtigen Behandlung beleidige man Kang, und eine erst seit kurzer Zeit besiedelte Randwelt könne es sich nicht leisten, den zukünftigen Imperator zu verärgern...« Aernath legte eine kurze Pause ein, als er das Erstaunen in Czernys Zügen sah. »Nun, es stimmt alles, oder nicht? Und es gelang mir, die angestrebten Resultate zu erzielen.«

»Eine logische und höchst wirkungsvolle Taktik. Das Motto der Klingonen: überleben und erfolgreich sein.« Jean seufzte. »Mit Tywa ist soweit alles in Ordnung. Ich schlage vor, wir gehen jetzt zum Laboratorium. Ich möchte die Arbeit fortsetzen. Wenn ich mich nicht irgendwie ablenke, verliere ich auf diesem verdammten Planeten den Verstand.«

Während der nächsten Wochen kam es zu keinen weiteren Zwischenfällen. Die meisten Klingonen gingen Jean aus dem Weg, und die junge Frau mied sie ebenfalls. Tywa brachte ihre Mahlzeiten ins Laboratorium oder servierte sie in der Unterkunft. Das Mädchen verehrte sie, und Jean empfand seine Gesellschaft als sehr angenehm. Des Nachts schmiegte sich Tywa an sie, spendete ihr Wärme und schlief so zufrieden wie ein *Jequard*-Junges.

Das Wetter war recht gut, und die beiden Getreidearten gediehen nach und nach. Der Boden im Hochland wies nur wenige natürliche Nährstoffe auf, und dort wuchs das Korn nicht ganz so gut wie auf Tahrn. Ganz im Gegensatz zum Polder, der eine hervorragende Ernte versprach – abgesehen von den Parzellen unmittelbar vor dem Deich. Dort wirkten die Ähren der ›Czerny-Sorte‹ verkümmert. Der Grund bestand nicht etwa in dem *Tseni*-Virus, doch es gab ein anderes, fast ebenso ernstes Problem. Jean und Aernath beobachteten die Entwicklung des Korns und nahmen häufige Analysen vor.

An diesem Morgen drehte sich die junge Frau schläfrig auf die andere Seite, zog die Decke bis zum Kinn hoch und lauschte den Geräuschen, die Tywa am Kamin verursachte. Das Mädchen hatte sich irgendwo einen Topf besorgt und fand großen Gefallen daran, unmittelbar nach dem Aufstehen *Khizr* zu kochen, das klingonische Äquivalent zu Kaffee. *Gleich kommt Tywa mit zwei dampfenden Tassen,* dachte Jean zufrieden. *Sie setzt sich zu mir, und dann planen wir den heutigen Tag.*

»Es regnet«, sagte das Mädchen, als es Jean eine Tasse reichte.

»Mist! Aernath ist in Port Klairos, um neue Ausrüstungsgegenstände zu holen, und er kommt erst heute nachmittag zurück. Das bedeutet, ich muß selbst zum Polder reiten. Was meinst du? Wird es den ganzen Tag über regnen?«

»Nein. In einigen Stunden müßte sich das Wetter bessern.«

»Dann warte ich bis nach dem Mittagessen. Heute steht die nächste Untersuchung der verfaulten Ähren auf dem Programm – ohne Aernaths Hilfe eine ziemlich zeitintensive Angelegenheit. He, Tywa, das Frühstück steht bereits auf dem Tisch! Wie hast du das angestellt?«

Das Mädchen lachte leise. »Eine Freundin von mir arbeitet in der Küche. Wenn ich früh genug komme, gibt sie mir unsere Teller, bevor die Essensausgabe im Speisesaal beginnt.«

»Du bist ein Schatz, Tywa. Und das gilt auch für deine Freundin. Danke ihr in meinem Namen.« Jean beugte sich vor und gab dem erfreuten Mädchen einen Kuß auf die Stirn. »Nun, ich sollte jetzt besser frühstücken und dann mit der Arbeit beginnen. Vielleicht kannst du deine Freundin dazu überreden, das Mittagessen für uns etwas früher als sonst zuzubereiten. Anschließend mache ich mich auf den Weg zum Polder.«

»Kein Problem, Jean.« Offenbar gab es einen guten Grund für Tywas Zuversicht: Kurz vor der zweiten Messe für die Männer traf sie mit dem Essen im Laboratorium ein. Inzwischen regnete es nicht mehr.

»Weißt du, wo Tirax ist?«

»Er und die anderen gingen heute morgen auf die Jagd. Sie werden erst am späten Nachmittag zurückerwartet.« Zu Tywas vielfältigen Fähigkeiten gehörte die besondere Eigenschaft, ständig über die Aktivitäten anderer Personen auf dem laufenden zu sein – einer der Gründe dafür, warum sie als Ausgestoßene überlebt hatte.

»Hm. Nun, dann lasse ich mich eben von einem der Wächter am Pferch begleiten. Halt nach Aernath Ausschau, Tywa. Wenn er vor mir zurückkehrt, so bitte ihn darum, mir am Polder zu helfen.«

Der Klingone am Pferch grollte leise, als ihm Jean ihre Absichten schilderte. »Außer Ihnen ist heute niemand zum Polder unterwegs.«

Czerny zuckte mit den Achseln. »Ich kann es leider nicht ändern. Sie wissen ja, daß Aernath und ich häufig das Tiefland aufgesucht haben. Heute müssen die Anpflanzungen erneut kontrolliert werden. Je eher wir aufbrechen, desto früher können wir zurückkehren.«

Der Mann holte zwei *Krelks* und begleitete Jean schweigend. Wie sie unterwegs feststellte, reichte die Straße inzwischen bis zum Weg, der die Forschungsstation mit dem Polder verband. Vielleicht konnte wenigstens eine Fahrbahn fertiggestellt werden, bevor der erste Schnee fiel.

Niemand hielt sich im Bereich der Parzellen auf. Jean bat

den Wächter vergeblich darum, ihr zu helfen, fand sich schließlich damit ab, die Arbeit allein zu erledigen. Der Klingone wich zum nahen Deich zurück und brummte leise Flüche, die Menschen und insbesondere Frauen galten. Czerny ignorierte ihn.

Sie prüfte die einzelnen Anpflanzungen, und nach einer Weile richtete sie sich auf, um dem Wächter mitzuteilen, daß sie fertig war. Der Mann saß neben einem der Abwasserkanäle und warf Kieselsteine. Direkt hinter ihm ragten Kopf und Hals eines saurierartigen Wesens in die Höhe, und Jean erstarrte förmlich, als sie das Ungeheuer sah. Das Monstrum bewegte sich, hob eine Klauentatze...

Entsetzt rief Czerny eine Warnung. Der Klingone stand auf, riß seinen Blaster aus dem Halfter und drehte sich um. Als er mit der Waffe anlegte, rutschte er auf dem feuchten Gras aus, und der Energiestrahl streifte die Schulter des Ungetüms, das nun den Deich erreicht hatte – ein vier Meter langes Amphibium. Es brüllte schmerzerfüllt und spuckte Feuer.

Die Flammenzunge leckte nach dem Wächter. Er schrie und schoß erneut, traf das Tier gleich zweimal. Doch damit stachelte er nur den Zorn des Drachen an. Erneut öffnete das Ungeheuer den Rachen, und Feuer umwogte den Klingonen.

Jean wirbelte um die eigene Achse und floh zu ihrem *Krelk.* Sie hörte das Todesröcheln des Mannes, gefolgt vom Heulen des Tiers. Als sie einen Blick über die Schulter warf, fühlte sie sich von jäher Panik erfaßt. Das Amphibium verfolgte sie und bewegte sich mit einer Geschmeidigkeit, die in keinem Verhältnis zur Körpermasse stand. Die junge Frau sah wieder nach vorn und begriff, daß sie den *Krelk* nicht rechtzeitig erreichen konnte. Am Rande des Polders ragten die Klippen auf, und an einigen Stellen hatten die Wellen kleine Höhlen in der steinernen Barriere geschaffen. Jean traf eine rasche Entscheidung, ließ sich fallen und kroch durch einen schmalen Riß. Sie erreichte eine dunkle Kaverne, preßte den Rücken an die Wand und starrte auf den Zugang. Der Drache hockte direkt vor der Höhle und schnüffelte. Czerny hielt unwillkürlich den Atem an, aber es nützte nichts. Das Monstrum nahm Witterung auf und begriff, wo sich seine Beute versteckt hatte. Die Felsspalte war viel zu schmal für das Tier, aber wenn es Feuer spie, wurde Jean bei lebendigem Leib gebraten. Sie griff nach ihrer einzigen Waffe, dem Dolch im Stiefel.

Eine schlangenartige Zunge tastete in die Höhle, zuckte hin und her. Jean beobachtete sie und zitterte am ganzen Leib. Als das schleimige Etwas ganz dicht an sie herankam, stach sie mit dem Messer zu und nagelte es an den Fels. Das Ungetüm reagierte so, wie es Czerny erwartet hatte. Es richtete sich abrupt auf und heulte; einmal mehr loderten Flammen aus seinem Rachen, aber sie trafen das Gestein über der Höhle, brachten die Frau nicht in Gefahr. Kurze Stille folgte, und Jean vernahm das ängstliche Blöken der beiden *Krelks.* Offenbar wurde auch das Amphibium darauf aufmerksam. Czerny sah, wie sich die Klauenbeine entfernten, hörte neuerliches Blöken, ein Zischen, ein grauenhaftes Knirschen und Knacken — dann nichts mehr.

Sie schauderte und betrachtete die stinkende Zungenspitze auf dem Boden.

Jean wartete fast eine Stunde lang, bevor sie es wagte, an den Zugang heranzukriechen und nach draußen zu sehen. Das Ungetüm stapfte am anderen Ende des Tals umher, verharrte und begann zu graben. Wollte es Eier legen? Im späten Sommer? Sie wußte nicht genug über die Angewohnheiten der klairosianischen Amphibien, um sich diese Frage zu beantworten.

Der Abend dämmerte. *Muß ich hier die ganze Nacht verbringen?* Der Gestank war schlichtweg unerträglich. Die Höhle bot nicht genug Platz, um sich aufzurichten, und deshalb rollte sich Jean auf die Seite und holte einen Musterbeutel aus der Tasche an ihrem Gürtel. Vorsichtig hob sie den Dolch und verstaute die Zungenspitze in der Tüte, die sie anschließend einsteckte. Dann ließ sie sich auf den Boden zurücksinken und versuchte, sich zu entspannen.

Die Dunkelheit der Nacht verdrängte das Licht des Tages. Irgendwann fielen der jungen Frau die Augen zu, und sie döste ein. Ein Geräusch weckte sie, und sofort preßte sie sich an die hintere Wand, fürchtete plötzlich, das Monstrum sei zurückgekehrt. Kurz darauf vernahm sie dumpfes Blöken und leise Stimmen, atmete erleichtert auf und verließ ihr Versteck. Die Stimmen verklangen, und grelles Licht strahlte der Frau entgegen.

»Jean!« Dieser Ausruf stammte von Aernath. Jean schirmte die Augen ab und stapfte in Richtung des hellen Glanzes.

»Aernath! Gott sei Dank! Ich...« Ein *Krelk*schwanz schlang sich um ihre Taille und hob sie an. Die Dunkelheit kehrte zurück, schloß sich wie ein Kokon um Jean. Sie konnte nicht einmal mehr den Boden sehen.

»Was ist mit dem Wächter geschehen, Terranerin?« zischte Tirax.

Erneut richtete sich ein Lichtstrahl auf sie. »Er starb. Glaube ich. Wir wurden von einem großen Tier angegriffen. Bitte setzen Sie mich ab, Tirax.«

»Und seine Leiche? Was für ein Tier meinen Sie?«

»Es kam aus dem Wasser hinterm Deich, war mindestens vier Meter lang und spuckte Feuer... Tirax, bitte!«

Aernaths kühle Stimme erklang aus der Finsternis. »In Ordnung, Tirax. Das genügt. Geben Sie Jean frei.«

Czerny spürte, wie sich der Schwanz bewegte, und neuerliche Schwärze wogte heran, raubte ihr die Orientierung. Der *Krelk* ließ sie los, und Hände griffen nach ihr. »Jean«, flüsterte Aernath. Sie klammerte sich an ihm fest.

»Na schön«, murmelte Tirax. Seine Gestalt blieb in der Dunkelheit verborgen. »Ihr vier kehrt mit Aernath zurück. Die anderen kommen mit mir. Wir sehen uns den Deich an. Hela!« Er trieb seinen *Krelk* an.

Aernath hüllte seinen Mantel um Jean, und sie stellte fest, daß sie auf seinem Reittier saß. Er setzte sich in Bewegung, sprang über den Pfad, der in die Berge führte. Furcht und Erschöpfung vibrierten in Czerny, und sie neigte den Kopf an die Schulter des Klingonen, begann zu schluchzen. Er hielt sie mit dem einen Arm fest, und die andere Hand berührte sie sanft am Nacken. »Pscht«, hauchte er dicht neben ihrem Ohr. »Sie sind doch nicht verletzt, oder?« Jean schüttelte den Kopf. »Also gut. Befreien Sie sich von dem Entsetzen, bevor wir die Station erreichen.«

Eine Zeitlang ritten sie schweigend.

»Bei Cymele, ihr Menschen weint ziemlich lange«, murmelte Aernath. »Sind Sie jetzt fertig?« Als Jean nickte, fügte er hinzu: »Wie dumm von Ihnen, sich die Polder allein anzusehen. Warum haben Sie nicht auf mich gewartet?«

»Ich war nicht allein«, widersprach Czerny. »Ein Wächter begleitete mich. Außerdem: Die Untersuchungen mußten heute durchgeführt werden, das wissen Sie ja. Wenn ich tatsächlich auf Sie gewartet hätte, wären wir nicht bis zum Abend fertig geworden. Himmel, das Ungeheuer griff am hellichten Tage an!«

»Nun, jetzt sind Sie in Sicherheit. Nur darauf kommt es an. Kasoth dürfte ein Stein vom Herzen fallen. Er hat mächtigen Respekt vor Kang – und er weiß, was ihm blüht, wenn Ihnen etwas zustößt. Als ein reiterloser *Krelk* zurückkehrte und er feststellen mußte, daß nur ein Wächter bei Ihnen war, hat er die beiden anderen Klingonen am Pferch niedergeschlagen.« Die letzten Worte hörte Jean gar nicht mehr – sie schlief an Aernaths Schulter ein.

Er weckte sie, als sie den Koral erreichten. »Wir müssen Kasoth sofort Bericht erstatten. Wie geht es Ihnen jetzt?«

»Machen Sie sich keine Sorgen«, erwiderte Czerny fest. »Ich habe genug geweint.«

Kasoth saß zusammen mit einigen anderen Klingonen in der Bar. Jean betrat diesen Raum nun zum erstenmal und sah sich neugierig um. Die Wände bestanden aus Steinholz, und dadurch wirkte das Zimmer uralt: eine niedrige, dunkle Decke, schwere Tische und Sitzbänke. Kasoth runzelte die Stirn, als er sie musterte. »Sie haben die Terranerin gefunden«, wandte er sich an Aernath. »Wo sind die anderen?«

»Sie suchen nach Kinath, Commander. Wir haben seinen *Krelk* gefunden, beziehungsweise das, was von ihm übriggeblieben ist. Jean meinte, sie sei von einem Ungeheuer aus dem Meer angegriffen worden.«

»Nun, Terranerin, erzählen Sie Ihre Geschichte.«

»Gewiß, Commander.« Czerny ließ sich auf die nächste Bank sinken. »Könnte ich etwas zu trinken bekommen?«

Kasoth schlug mit der flachen Hand auf den Tisch. »Stehen Sie auf! Zuerst der Bericht. Alles andere ist zweitrangig.«

Jean zuckte mit den Achseln, erhob sich wieder und schilderte die Ereignisse auf dem Polder. Einige Minuten später trafen Tirax und die übrigen Klingonen der Patrouille ein. Sie hatten nur Kinaths Blaster, blutige Stoffetzen und einen zertrampelten Bereich am Rande der Anpflanzungen gefunden. Während Tirax Meldung erstattete, stellte Aernath Becher und Teller vor Jean ab. Sie warf ihm einen dankbaren Blick zu. Das Essen schmeckte ausgezeichnet, und die dunkle, heiße Flüssigkeit verbannte den eisigen Schatten des Grauens aus ihr.

Die Männer spekulierten inzwischen darüber, um was für ein Wesen es sich gehandelt haben mochte.

»Oh, fast hätte ich es vergessen. Ich habe etwas mitgebracht.« Jean öffnete die Gürteltasche, holte den Musterbeutel hervor und entleerte ihn vor Kasoth auf dem Tisch.

»Was ist das?« fragte er.

»Die Zungenspitze des Tiers.«

Kasoth riß die Augen auf. »Bei Durgaths Knochen! Wie konnten Sie ein Stück von der Zunge des Ungeheuers erbeuten?«

»Nun, ich verkroch mich in einer Klippenhöhle, und der Zugang war viel zu schmal für das Monstrum. Aber es nahm Witterung auf, tastete mit der Zunge nach mir. Und ich fürchtete, vom Feuerodem verbrannt zu werden, so wie Kinath. Daraufhin beschloß ich, meinen Dolch in die Zunge zu bohren, um das Tier zu verscheuchen. Meine Hoffnungen erfüllten sich. Das Ungetüm wich fort und verschlang einen der beiden *Krelks.*«

»Von was für einem Dolch sprechen Sie?«

Jean senkte verlegen den Kopf. Als sie ihn wieder hob, sah sie den Ärger in Kasoths Augen. Vielleicht hätte sie vermeiden sollen, das Messer zu erwähnen.

Aernath kam ihr zu Hilfe. »Bei Aldebaranern ist es Brauch, einen Dolch zu tragen. Ich habe ihr die Waffe gelassen, weil ich glaubte, sie könne ihr auf den Feldern von Nutzen sein. Eine durchaus vernünftige Annahme, wie wir nun wissen. Für einen wachsamen Klingonen stellte sie damit wohl kaum eine Gefahr dar.«

Bei diesem Seitenhieb zuckte Jean unwillkürlich zusammen. Aernath mußte sehr zornig auf Tirax sein, wenn er sich zu einer solchen Bemerkung hinreißen ließ. Als Kasoth zögerte, entschied sie, Aernaths List phantasievoll auszuschmücken. »In meiner Heimat gibt es die sogenannten *Schlizl,* aldebaranische Höhlentiere. Ihr Biß ist für Menschen giftig, für Kinder sogar tödlich. Sie sind sehr flink, greifen ganz plötzlich an, und deshalb lernen wir schon in jungen Jahren, uns zu verteidigen. Kein Mann, der etwas auf sich hält, nähme eine Frau als Partnerin, die nicht ebensogut mit dem Messer umzugehen versteht wie er selbst. Immerhin muß sie seine Söhne und Töchter schützen.«

»Sie töten die Tiere mit dem Dolch?« fragte einer der Klingonen.

»Ja«, bestätigte Jean ernst. »Aber es ist ganz und gar nicht einfach. Die ›Haut‹ der *Schlizl* besteht aus harten Schuppen, und deshalb muß man sie am Auge treffen. Glücklicherweise sind ihre Augen recht groß.« Sie sah sich um und griff nach einem Geschicklichkeitsspiel, das aus fünf Metallringen bestand. Sie deutete auf den innersten Kreis. »Etwa so.«

»Anhh.« Der Klingone schüttelte ungläubig und fassungslos den Kopf.

Czerny löste den mittleren Ring, durchquerte das Zimmer und wählte einen bestimmten Wandbereich. »Hier ist das Holz weich genug, damit die Klinge darin steckenbleibt.« Sie trat an Tirax heran und reichte ihm den Ring. »Würden Sie ihn bitte halten, Lieutenant?« Sie lächelte hintergründig, und Tirax bedachte sie mit einem finsteren Blick.

Jean nahm ihr Messer, blieb vor Kasoths Tisch stehen und beobachtete den Klingonen auf der anderen Seite des Raums. Tirax sah sie ruhig an, gab durch nichts zu erkennen, was er empfand. Er schien nur neugierig zu sein, ob sie wirklich das Ziel traf. Die junge Frau wartete geduldig, und das Schweigen dauerte an. Schließlich verriet Tirax seine Anspannung durch ein kurzes Blinzeln. Jean holte blitzschnell aus und warf den Dolch.

Tirax ließ den Ring los; dünnes Metall kratzte leise über das Heft des Messers. Jean kam näher, zog ihren Dolch aus der Wand und sah den Lieutenant an. »Vielleicht haben Sie beim nächstenmal mehr Glück«, murmelte sie.

»Sagen Sie, Terranerin...«, begann einer der anderen Klingonen. »Haben Sie Commander Kang zu einem Duell herausgefordert, um sich mit ihm zu messen? Können Sie ebensogut mit dem Dolch umgehen wie er?«

Jean steckte das Messer ein. Sie verachtete die klairosianischen Männer. Kang war aus einem ganz anderen Holz geschnitzt, und es konnte sicher nicht schaden, ihn als nachahmenswertes Beispiel zu präsentieren. Die junge Frau lächelte entwaffnend. »Ich habe zumindest versucht, es mit ihm aufzunehmen.« Gespielt kummervoll breitete sie die Arme aus. »Wenn Kang eine ihm ebenbürtige Aldebaranerin sucht, wäre er vermutlich gezwungen, im Zölibat zu leben.«

Einige Klingonen lachten, verstummten jedoch, als sie Kasoths durchdringenden Blick bemerkten.

Jean fühlte sich plötzlich sehr müde. »Mit Ihrer Erlaubnis, Commander... Ich ziehe mich jetzt in mein Quartier zurück. Ich habe einen langen und sehr anstrengenden Tag hinter mir.«

»Sie können gehen.« Kasoth sah Jean und Aernath nach, holte tief Luft, als sich die Tür hinter ihnen schloß. »Lieutenant, die Frau ist eine Bedrohung für uns alle. Bitte benachrichtigen Sie Commander Kang. Wir sind ihm zwar sehr dankbar für das Getreide, aber wir verlangen trotzdem, daß er die Terranerin so schnell wie möglich abholt.« Er hieb mit der Faust auf den Tisch. »Andernfalls lehne ich die Verantwortung für ihre Sicherheit ab!«

Tirax nickte verständnisvoll.

Als Jean die Bar verließ, löste sich eine kleine Gestalt aus den Schatten in der Nähe und sprang ihr entgegen: Tywa. Das Mädchen hatte an der Tür gelauscht, umarmte Czerny, küßte ihre Wangen und Hände. »Oh, Jean, ich hatte solche Angst um dich!«

Jean schlang die Arme um Tywa. »Es ist alles in Ordnung mit mir. Wir Menschen sind recht zäh. Komm. Laß uns heimgehen.«

Später, als sie im Bett lagen, zupfte Tywa zaghaft an Jeans Ärmeln. »Bitte erzähl mir eine Geschichte, bevor wir einschlafen.«

»Erwarte bloß nicht von mir, daß ich dir das Ungeheuer am Deich beschreibe«, erwiderte Czerny fest. »Ich möchte nicht, daß du einen Alptraum bekommst.« Sie rückte das Kissen des Mädchens zurecht. »Soll ich dir berichten, wie Captain Kirk und die Mannschaft der *Enterprise* einige Kinder auf Triacus retteten?«

»Nein. Erzähl mir von Commander Kang und seinem Schiff. Erzähl mir, wie es an Bord eines imperialen Schlachtkreuzers zugeht!« Tywas Augen glänzten.

Jean seufzte. »Du bist wirklich eine wahre Klingonin.« Sie begann erneut mit der Lieblingsgeschichte ihres Mündels. Wenn Kang Wert darauf gelegt hätte, eine neue und ihm treu ergebene Besatzung zusammenzustellen — an Tywas Loyalität konnte nicht der geringste Zweifel bestehen.

Der *Krelk* blökte, scheute und tänzelte nervös. Die neue Straße gefiel ihm nicht. Eine Fahrbahn reichte nun im Norden bis an die landwirtschaftliche Station heran. Wer den Polder erreichen wollte, mußte Dutzende von Baggern, Planierraupen und hohe Stapel aus Baumaterialien passieren. Jean entspannte sich allmählich, als sie an den Arbeitern vorbeiritt. Seit dem Angriff des Ungeheuers kehrte sie nun zum zweiten Mal aus dem Tiefland zurück, und sie hoffte, daß sie auf weitere Ausflüge verzichten konnte. Zwar gehörte sie zu einer großen Gruppe, aber trotzdem fühlte sie sich nicht sicher genug. Sie hatte längst das Interesse am Polder verloren: Die Untersuchungen waren beendet, und man hatte bereits mit der Ernte der Czerny-Sorte begonnen. Das Korn der späteren Anpflanzungen im Hochland brauchte noch eine Weile bis zur Reife. Es mußte noch einige Wochen lang wachsen, vielleicht bis zum ersten Schnee...

Jean runzelte die Stirn, als sie einen ISG-Bodengleiter vor dem Eingang der Forschungsstation bemerkte. War Kang bereits zurückgekehrt? Sie drehte den Kopf. Aernath und die anderen ritten noch immer über den Pfad, der zur Straße führte. Die junge Frau trieb ihren *Krelk* an, passierte den ersten Klingonen der Kolonne und erreichte den Pferch.

»Wer kam mit dem ISG-Wagen?« fragte sie, als sie abstieg.

Der Stallbursche zuckte gleichgültig mit den Schultern. »Jemand vom Hauptquartier der Imperialen Sicherheitsgarde in Port Klairos.«

»Ach? Sonst niemand?« Der Klingone schüttelte den Kopf, und Jean versuchte, sich ihre Enttäuschung nicht anmerken zu lassen. Czerny wandte sich um und ging zu ihrer Unterkunft. Tywa wußte bestimmt mehr, und außerdem zögerte sie nicht, ihre Fragen zu beantworten.

Als Jean das Zimmer betrat, sah sie ihre Sachen, die säuberlich gepackt auf dem Tisch lagen. Sie hielt nach dem Mädchen Ausschau, entdeckte es schließlich in der Ecke neben dem Kamin. Eine Hand zitterte kurz, und dann rührte sich das Kind nicht mehr. Jean näherte sich besorgt. »Tywa? Geht es dir schlecht? Was ist los?«

»Ich habe deine Sachen vorbereitet. Du mußt bald aufbrechen.« Die Stimme der Klingonin klang rauh und heiser. Tywa schien Mühe zu haben, die Worte zu formulieren.

»Tywa!« Jean griff nach ihren Schultern und schüttelte sie. »Was ist passiert?« Ihr fiel ein kleiner Gegenstand auf, und sie zog ihn aus der Asche am Kamin: ein Fläschchen. Jean zeigte es dem Mädchen. »Was enthielt die Phiole?«

»Gift. Auf diese Weise ... geht es ... schneller.«

»O Gott!« platzte es aus Jean heraus. »Nein! Du darfst nicht sterben!«

Sie zwang Tywas Lippen auseinander und schob ihr zwei Finger in den Mund. Die Klingonin erzitterte erneut und versuchte, Jeans Hand beiseite zu stoßen. Czerny ließ nicht locker und hoffte inständig, daß es in der klingonischen Physiologie einen Brechreiz gab. Offenbar war das der Fall. Tywa übergab sich.

Jean griff nach einem Becher, füllte ihn und flößte dem Mädchen lauwarmes Wasser ein, sorgte dann dafür, daß es erneut würgte. Tywa erwachte aus ihrer Apathie, setzte sich zur Wehr und schlug nach der menschlichen Frau.

»Hör auf!« stieß sie hervor. »Laß mich in Ruhe!« Sie begann zu weinen.

Jean drückte sie fest an sich. »Pscht, Kind. Sei ganz ruhig. Himmel, warum wolltest du Selbstmord begehen?« Sie bekam keine Antwort, hörte nur ein leises Schluchzen. Mehrere Minuten verstrichen, und Czerny dachte nach. Sie hatte rein instinktiv gehandelt, als sie das Mädchen bei sich aufnahm, und nun überlegte sie zum erstenmal, welche Konsequenzen sich daraus ergaben. *Aernath hat die damit einhergehenden Probleme für mich gelöst, und ich bin sicher gewesen, Tywa vor meiner Abreise bei irgendeiner Familie unterbringen zu können.* »Aernath und ich helfen dir«, sagte sie laut. »Wir lassen dich nicht im Stich.«

Tywa preßte den Kopf an Jeans Schulter. »Kein *Theld*

will mich haben«, erwiderte sie leise. »Wenn du mich verläßt, schickt man mich bestimmt zum Reservoir.«

»Zum Reservoir? Was soll das heißen?«

»Es befindet sich in Port Klairos. Dort bringt man Leute unter, für die es woanders keinen Platz gibt. Das Reservoir bietet billige Arbeitskräfte an. Wer dort ›wohnt‹, kann für alle möglichen Aufgaben herangezogen werden. Männer schleppen tagsüber schwere Kisten oder hantieren mit toxischen Substanzen, die sie langsam umbringen. Die Frauen werden abends abgeholt, um Vergnügen zu schenken, um ihre Körper zur Verfügung zu stellen. Die Bezahlung besteht aus einer Mahlzeit. Keine Arbeit, kein Essen. Und wer längere Zeit hungert ... Solchen Personen bleibt nichts anderes übrig, als nach *Amarklor* zu tauchen – bis sie von Meeresungeheuern gefressen werden. Bestimmt erinnerst du dich an das Monstrum, das Kinath verschlang.« Tywas Stimme klang nun wieder klar und deutlich, aber sie sprach monoton, schien sich mit ihrem Schicksal abgefunden zu haben.

Jean starrte das Mädchen groß an, entsetzt über seinen Fatalismus. »Unsinn«, antwortete sie und umarmte Tywa.

Ich werde nicht zulassen, daß man dich zum Reservoir bringt. Du kannst ganz beruhigt sein. Komm jetzt. Zieh dich um. Anschließend gehen wir ins Laboratorium und sprechen mit Aernath.«

Der landwirtschaftliche Spezialist hörte ernst zu und schickte Tywa unter einem Vorwand fort. »Jean, man holt uns ab, obwohl noch einige wichtige Analysen ausstehen. Den Grund dafür kenne ich nicht, aber eins steht fest: Es hat keinen Sinn, sich wegen des Mädchens aufzuregen. Bestimmt kommt Tywa irgendwie zurecht. Sie kann arbeiten und sich ihren Lebensunterhalt verdienen.«

»Arbeiten?« entfuhr es Jean wütend. »Soll sie sich prostituieren, sexuelle Dienste anbieten? Oder erwarten Sie von ihr, im Meer nach *Amarklor* zu tauchen? Früher oder später fiele sie einem Ungeheuer zum Opfer!«

In Aernaths Augen blitzte es. »Jean, wir können keinen

Theld zwingen, sie aufzunehmen. Es gibt nicht die geringste Möglichkeit, ihr zu helfen.«

»Doch«, widersprach Czerny grimmig. »Ich nehme sie mit.«

Aernath musterte sie verblüfft. »Sind Sie übergeschnappt? So etwas ist völlig ausgeschlossen.«

»Glauben *Sie*. Ich versuch's trotzdem.« Schweigend packten sie ihre Sachen zusammen. Jean wartete, bis sie von Kasoth und dem ISG-Gesandten zum Wagen eskortiert wurden. Als sie das Fahrzeug erreichten, winkte sie Tywa herbei. Steig ein.«

»He, einen Augenblick! Was soll das bedeuten? Kehr zurück.« Der Gardist griff nach Tywas Arm und zerrte sie beiseite.

Die Klingonin sah Jean an, und ihre Blicke flehten stumm.

»Lassen Sie das Mädchen los«, sagte Czerny kühl. »Es gehört zu mir und wird mich begleiten.«

Der Wächter hielt Tywa weiterhin fest und sah Kasoth an. Das Gesicht des Commanders verdüsterte sich, als er Jean anstarrte. Zuerst schien er Czernys Einwand zurückweisen zu wollen, doch dann überlegte er es sich anders. »Warum nicht? Auf diese Weise werde ich sie beide los. Nehmen Sie die Kleine ruhig mit. Lieutenant...« Er nickte dem Gardisten zu.

Erleichtert schob Jean Tywa in den Wagen. *Ein erster Erfolg,* dachte sie. Doch das eigentliche Problem bestand darin, sie von Port Klairos aus an Bord des Kreuzers zu bringen. Aernath nahm Czerny gegenüber Platz und schüttelte den Kopf. Tywa hockte sich zwischen ihnen auf den Boden und stützte sich an die Knie der menschlichen Frau. Aus dunklen, ernsten Augen blickte sie auf. »Fall nicht darauf herein«, hauchte sie. »Es ist ein Trick.«

Jean lächelte nur. Kasoth rechnete bestimmt nicht damit, daß Tywa bei ihr blieb. Er beschränkte sich darauf, die endgültige Entscheidung jemand anders zu überlassen: Kang.

Tirax kam, und nach einem kurzen Wortwechsel mit Kasoth und dem ISG-Wächter stieg er ebenfalls ein. Inzwischen war die Straße fertiggestellt, und deshalb dauerte die Fahrt zum Raumhafen nicht sehr lange. Als sie sich dem großen Lager näherten, in dem sie vor einigen Monaten rematerialisiert waren, sah Jean die hochgewachsene Gestalt des Commanders, und eine seltsame Art von Freude regte sich in ihr. Ungeduldig wartete sie darauf, daß Tirax und der Gardist das Fahrzeug verließen. Sie folgte ihnen, trat zusammen mit Tywa auf Kang zu.

Der Gardist packte das Mädchen erneut am Arm. »Das wär's, Kleine. Verabschiede dich von der Terranerin. Hier trennen sich eure Wege.«

»Da irren Sie sich gewaltig.« Jean stieß die Hand des Wächters fort. »Sie kommt mit mir.« Tywa klammerte sich an ihr fest, und Czerny starrte den Gardisten an.

»Gibt es irgendwelche Schwierigkeiten, Lieutenant? Was hat das Kind hier zu suchen?« Ein dünnes, amüsiertes Lächeln umspielte Kangs Lippen.

Der ISG-Mann salutierte. »Die Terranerin hat sich geweigert, es in der Forschungsstation zurückzulassen, und deshalb wies mich Commander Kasoth an, es mitzunehmen. Auf dem Weg zum Hauptquartier soll ich das Mädchen im Reservoir absetzen.«

»Von wegen!« widersprach Jean heftig und wandte sich an Kang. »Bitte erlaub Tywa, mich zu begleiten, wenigstens bis nach Peneli. Ich verspreche, daß sie dir keine Probleme beschert.«

Kangs Gesicht kam einer ausdruckslosen Maske gleich. »Ich befehlige einen Schlachtkreuzer, kein Passagierschiff.«

»Commander, ich...« Jean unterbrach sich, als Aernath sie am Arm berührte.

»Das Kind hat keine Verwandten«, sagte er. »Es wurde *theld-verbannt.*«

Kang musterte Jean und Tywa nachdenklich. »Welchen Nutzen hättest du an Bord meines Schiffes?« fragte er das Mädchen.

Es antwortete mit einem alten klingonischen Sprichwort. »Selbst eine kleine Feder erweist sich als wertvoll, wenn man einen Pfeil herstellt. Ich bin sicher, daß ich mich auf verschiedene Art und Weise nützlich machen kann, aber ich möchte nur einen Punkt nennen.«

»Nun?«

»Meine Präsenz macht Jean glücklich. Und wenn sie glücklich ist, fällt Ihnen der Umgang mit ihr leichter.«

Kang lächelte kurz. »Wie heißt du, Kind?« fragte er, obwohl er den Namen bereits gehört hatte.

»Jean nennt mich Tywa, Commander«, entgegnete das Mädchen.

»Tywa. Hättest du an Bord eines Schlachtkreuzers keine Angst?«

»Doch. Aber bestimmt fürchte ich mich weniger als im Reservoir.«

»Warum?«

»Es gibt keine größere Ehre, als in einem Raumschiff der Imperialen Flotte zu dienen. Und ein ehrenvoller Tod ist einem unwürdigen vorzuziehen.«

Kang nickte zustimmend. »Da hast du völlig recht. Na schön, du kannst mitkommen, bis wir den nächsten Planeten erreichen. Vorausgesetzt, du machst dich wirklich nützlich und bereitest mir keine Probleme. Aber nach der ersten Etappe unseres Fluges verläßt du das Schiff. Ist das klar?« Die Frage galt Jean.

»Ja. Ich bin einverstanden.« Sie hielt Tywas Hand und folgte Kang ins Lager. Sie konnte es kaum fassen, atmete erst erleichtert auf, als sie sich an Bord beamten.

An jenem Abend lud Kang Czerny zum Essen ein. Sie betrat seine Kabine, als er die Überprüfung der einzelnen Sektionen seines Schiffes beendete. Kurz darauf zeigte der Bildschirm wieder die Sterne vor dem Kreuzer, und der Commander schloß die Klappe des Kontrollfelds. »Komm her.« Er drückte Jean an sich und küßte sie. Schließlich zog er ihren Kopf ein wenig zurück und schmunzelte. »Ich habe gesagt, du würdest überleben. Nun, wie findest du Klairos?«

»Schrecklich«, antwortete die junge Frau sofort. »Vermutlich einer der schlimmsten Planeten in der ganzen Galaxis. Ich wünschte...«

Kangs Finger gruben sich tiefer in Jeans Haar. »Du erstaunst mich. Warum sprichst du nicht von Verhandlungen, Kooperation und Vertrauen? Was ist mit deiner menschlichen Sentimentalität?«

»Oh, an meinen Gefühlen hat sich überhaupt nichts geändert. Sie sind genauso stark wie vorher und gedeihen prächtig. Ich meine nur... Die Bewohner von Klairos leben noch immer in der Barbarei.« Sie neigte den Kopf zur Seite und versuchte vergeblich, ihn aus Kangs Griff zu befreien.

»Harte Worte von jemandem, bei dessen Volk ebenfalls die Vererbung über den Vater erfolgt.« Kang lächelte. Seine Absicht bestand ganz offensichtlich darin, Jean zu provozieren.

»Derartige Vergleiche sind vollkommen absurd. Das Familiensystem spielt in diesem Zusammenhang überhaupt keine Rolle. Es liegt an der ... verdammten klingonischen Mentalität«, fügte Czerny trotzig hinzu.

»Glaub mir, auf Klairos sind die Verhältnisse noch recht ›normal‹.« Kang zögerte kurz. »Nun, wie würde deine geliebte Föderation auf eine solche Kultur reagieren?« fragte er mit gedämpfter Stimme.

Jean wurde ernst, als sie den veränderten Tonfall des Commanders hörte, und sie versuchte nicht länger, seine Hand aus ihrem Haar zu lösen. »Um ganz ehrlich zu sein, Kang: Ich weiß es nicht. Aber es muß eine andere Lösung geben, als gegeneinander zu kämpfen. Unsere Völker brauchen Lebensraum. Weder das Imperium noch die Föderation verzichten darauf, neue Welten zu entdecken, zu erforschen und zu besiedeln. Es kommt darauf an, eine gemeinsame Basis zu finden, sich gegenseitig zu helfen. Ich gebe jedoch zu, daß es mir außerordentlich schwerfiele, einem Klairosianer zu vertrauen.«

Kang lachte leise. »Offenbar beruhte das Mißtrauen auf

Gegenseitigkeit. Zurückhaltung scheint nicht gerade deine starke Seite zu sein. Wie ich hörte, hast du mehrere Personen verunglimpft und beleidigt, sie wiederholt herausgefordert, einen Offizier angegriffen, den Tod eines Wächters verursacht, Tirax bedroht und...«

»Einen Augenblick«, warf Jean ein. »Das stimmt überhaupt nicht. Nimm nur Tirax als Beispiel. Ich habe es ihm mit gleicher Münze heimgezahlt.« Sie berichtete von dem Schneevogel und schilderte auch, auf welche Weise sie von Tirax bei den Anpflanzungen behandelt worden war. »Selbst Kasoth und den anderen Klingonen gegenüber machte er kein Hehl daraus, daß er es begrüßen würde, wenn ich einem ›Unfall‹ zum Opfer fiele. Er haßt mich und vereitelt alle meine Versuche, ein Fundament des gegenseitigen Respekts zu schaffen.«

Kang nickte langsam. »Ich verstehe. Du weißt sicher, daß ich dich und Aernath noch etwas länger auf Klairos lassen wollte. Aber Kasoth forderte mich auf, dich abzuholen, weil du ›eine Gefahr für Disziplin und Moral‹ bist. Er meinte, er könne deine Sicherheit nicht länger gewährleisten. Tirax pflichtete ihm bei und bat mich darum, ihn aus seiner Verantwortung zu entlassen. Ich werde dafür sorgen, daß dich jemand anders nach Peneli begleitet.«

»Nun, dann muß ich den katastrophalen Monaten auf Klairos wenigstens einen guten Aspekt zugestehen«, kommentierte Jean trocken. »Jetzt freue ich mich fast auf Peneli.«

Kang ließ sie los. »Wir sollten essen, bevor die Mahlzeit so kalt wird wie das Vakuum des Alls.« Die Mahlzeit schmeckte ebensogut wie der tahrnianische Wein. Kang ließ sich von Jean sein Glas füllen. »Wenn meine Berechnungen stimmen, nutzen die Angehörigen deines Volkes diesen Tag, um einen Toast auszubringen.« Er hob den Kelch. »Auf Gesundheit, Reichtum und ein langes Leben.«

Einige Sekunden lang runzelte Czerny verwirrt die Stirn. Dann riß sie plötzlich die Augen auf und lächelte erfreut. »Der lunare Neujahrstag!« Kang meinte keinen aldebaranischen oder allgemeinen terranischen Brauch, sondern bezog sich auf eine viel ältere Tradition ihrer asiatischen Ahnen. Jean prostete ihm mit einem Hauch von Ironie zu. »Ich wünsche dir Ruhm und Ehre. Aber sag mir: Woher weißt du davon? Diese Sitte ist selbst den meisten Menschen unbekannt.«

»Ein guter Stratege, liebe Jean, kennt sowohl seine Gegner als auch die eigenen Trümpfe. Nun, ich habe mich informiert. Jener kulturelle Hintergrund ist sehr wichtig für dich, oder?«

»Durch meinen Vater bin ich auch mit der europäischen Zivilisation vertraut. Allerdings konnte ich nur selten mit ihm sprechen. Ich wuchs bei Mutter und Großvater auf. Um deine Frage zu beantworten: Ja, ich glaube, du hast recht. *Ngu phuc,* die fünf Glückseligkeiten. Mein Großvater lehrte sie mich: *phu, qui, tho, ninh* und *khang*...«

»Kang?«

Jean lächelte. »Nein, *khang,* aber es klingt sehr ähnlich, nicht wahr? Der Ausdruck bedeutet Gesundheit oder physische Kraft. Durchaus angemessen, wie ich meine. Aber die beiden alternativen Bedeutungsinhalte passen noch besser auf dich: durchhalten und stolz sein. Welche Botschaft vermittelt dein Name auf Klingonaase?«

»Als ›Kang‹ bezeichnet man bestimmte Felsvorsprünge aus Granit, die sich für Festungsbauten eignen. Eine Transkription im übertragenen Sinne lautet demnach ›Bastion‹.« Der Commander drehte den Stiel seines Glases zwischen Daumen und Zeigefinger, beobachtete die bernsteinfarbene Flüssigkeit. »*Jheen* – weißt du, was uns dein Name mitteilt?«

»Nein.«

»So heißt ein schelmischer und manchmal auch recht boshafter Geist, der Wälder und abgelegene Regionen durchstreift. Die Wesenheit ist launisch und unberechenbar, gehorcht allein Cymele. Nicht einmal Durgath kann sie seinem Willen unterwerfen – es sei denn, er hat Cymeles Einverständnis.« Kang musterte die menschliche Frau.

»Hast du wirklich den Offizier angegriffen, der dein Mündel züchtigte?«

Jean spürte, wie sich die alte Wachsamkeit in ihr regte. Kang sprach in einem beiläufigen Plauderton, aber hinter seiner Stirn arbeitete ein überaus kluger und komplexer Verstand, der sich mit rätselhaften Plänen befaßte. *Meine Chancen hängen nicht nur von dem Versprechen ab, das er mir gab,* dachte Czerny. *Seine Absichten und Launen sind mindestens ebenso wichtig.* »Ja«, bestätigte sie. »Ergeben sich daraus Probleme für dich?«

»Probleme?« Kang beobachtete sie noch immer, und seine Züge verrieten nichts. »Nun, wenn das der Fall ist, so kann ich bestimmt mit ihnen fertig werden.«

»Ich habe mich gleich auf mehrere Konfrontationen eingelassen«, fügte Jean behutsam hinzu. »Bist du deshalb böse auf mich?«

»Böse? Ich wäre enttäuscht, wenn du einfach alles hingenommen hättest. Du hast einen starken, unbeugsamen Willen, und das gefällt mir. Ihr Menschen seid hartnäckige, gefährliche Gegner. Du hast einigen Klingonen gezeigt, womit sie rechnen müßten, wenn es zu einem Krieg zwischen uns und der Föderation käme. Das kann gewiß nicht schaden. Wer sich nicht ständig neuen Herausforderungen stellt, verweichlicht irgendwann – oder läuft Gefahr, sich selbst zu überschätzen. So etwas kann fatale Konsequenzen nach sich ziehen. Das Imperium muß wachsam und stark bleiben.«

»Die Erforschung und Besiedlung fremder Welten sollte eigentlich als Herausforderung genügen«, sagte Jean. »Warum unbedingt nach Gegnern Ausschau halten?«

»Das stimmt im Prinzip«, erwiderte Kang leise. »Aber in diesem besonderen Fall hindert uns allein die Präsenz des Gegners daran, die Expansion fortzusetzen. Das dürfte auch dir klar sein.«

»Und die Rihannsu? Soweit ich weiß, haben die Klingonen eine Vereinbarung mit dem Reich getroffen.«

Der Commander bedachte Czerny mit einem argwöhnischen Blick. »Was weißt du von unseren Beziehungen zu den Romulanern?«

»Nichts«, antwortete Jean ehrlich. »Abgesehen davon, daß es zwischen Reich und Imperium zu Kontakten kam, ohne daß Romulaner und Klingonen versucht haben, sich gegenseitig umzubringen.«

Kang zögerte. »Der Übereinkunft gingen viele Jahrzehnte der Auseinandersetzungen voraus«, sagte er schließlich. »Und der derzeitige Frieden ist alles andere als stabil. Du solltest ihn nicht als ein Beispiel für die Koexistenz mit der Föderation heranziehen.« Er leerte sein Glas und stand auf. Jean erhob sich ebenfalls und räumte den Tisch ab, während Kang die Justierungen des Bildschirms veränderte und mehrere wichtige Abteilungen seines Schiffes kontrollierte. Nach einer Weile streckte er sich auf der Koje aus, beobachtete die junge Frau bei der Arbeit und lächelte dünn. »Romulaner und Menschen haben uns gegenüber einen wichtigen Vorteil: Ihre Frauen genießen größere Freiheiten und übernehmen mehr Verantwortung, wodurch das Volk an sich stärker wird. Denk nur an deine kleine Tywa. Sie ist sehr anpassungsfähig und hat einen wachen Verstand. Was für eine Schande, ein derartiges Potential im Reservoir zu vergeuden. Es könnte weitaus besser verwendet werden.«

»Oh, ja, Tywa. Darüber wollte ich ohnehin mit dir reden.« Jean näherte sich dem Bett. »Was hast du mit ihr vor?«

»Auf dem Weg nach Peneli steuern wir zuerst Tahrn an. Was hältst du davon, wenn wir das Mädchen zur dortigen Ag-Station schicken?«

Czerny erfuhr erst jetzt davon, daß sie auch Tahrn anflogen, aber sie widerstand der Versuchung, Kang darauf anzusprechen. Bisher hatte sich der Commander als recht großzügig erwiesen, und sie wollte nicht riskieren, ihn zu verstimmen. »Zur Forschungsbasis? Eine gute Idee. Ich kenne dort eine Frau namens Tsuyen, die sicher bereit ist, Tywa bei sich aufzunehmen. Könntest du entsprechende Vorbereitungen treffen?«

»Das sollte ich wohl besser, wenn ich mir nicht deinen Zorn zuziehen will«, erwiderte Kang humorvoll. Er hob die Arme, drückte Jean an sich und zog den Dolch aus ihrem Stiefel. »Du meinst also, auf Aldebaran wäre ich zum Zölibat verurteilt, wie? Bist du bereit, dich auf ein Duell mit mir einzulassen?«

Die junge Frau verzog das Gesicht. »Es fiele dir sicher leicht, den Sieg zu erringen. Mein Schicksal als Lehrerin bestand immer darin, daß die Schüler schließlich besser wurden als ich.«

Kang lachte anerkennend. »Weißt du, welchen Spitznamen man dir nach dem Messerwurf in der Bar gab?«

»Nein.«

»›Prinzessin Dolchzahn‹. Oh, es war sicher kein Fehler, dir den Vermählungsstatus zu geben. Du hast dich als würdig erwiesen. Schade, daß du keine Klingonin bist. Wie dem auch sei: Als Mensch kommt dir eine wichtige Funktion zu – ich sehe eine *Cami** in dir.« Kang legte den Dolch beiseite, schob die Hand unter Jeans Kinn und strich ihr mit dem Daumen über die Lippen. »Ich halte es für angebracht, daß du mir als Werkzeug dienst, um Peneli Hilfe zu bringen. Selbst Mara hätte die Ironie zu schätzen gewußt.«

Jean unterdrückte ein Schaudern. In den Augen des Commanders glühte es, als er den Namen seiner ersten Frau aussprach, und jenes Funkeln bildete einen auffallenden Kontrast zu dem Lächeln auf Kangs Lippen. Czerny stellte sich vor, was geschehen mochte, wenn Mara ihrem Mann in die Hände fiel...

Das Gleißen verflüchtigte sich, und eine Sekunde später zeigten Kangs Pupillen nur noch Jeans Spiegelbild. »Zum Glück sind wir nicht auf Aldebaran. Das Zölibat bleibt reine Theorie.« Seine Hand tastete an Czernys Hals entlang, und langsam öffnete er ihre Bluse.

---

* Cami: eine außerordentlich vielseitige Spielfigur im klingonischen Tsungu

KAPITEL 9

Kangs gute Stimmung dauerte an, bis sie Tahrn erreichten, doch als er sich wieder an Bord beamte, wirkte er angespannt und gab nur einige knappe Befehle. Kurze Zeit später schwenkte das Raumschiff aus dem Orbit und nahm Kurs auf Peneli. Jean und der Commander nahmen das Abendessen schweigend ein, und anschließend räumte Czerny den Tisch ab, während Kang sich mit der Brücke in Verbindung setzte und einen Status-Bericht verlangte. Dann wandte er sich seiner Begleiterin zu. »Wir erreichen Peneli morgen früh. Du bleibst zusammen mit Aernath an Bord, bis ich euch Bescheid gebe.« An diesem Abend nahm er sie recht grob und unsanft, hielt sich nicht mit einem zärtlichen Vorspiel auf. Jean war so erschöpft, daß sie fast sofort neben ihm einschlief und sich nicht einmal fragte, was ihn so sehr belastete.

Aernath wirkte ebenfalls besorgt und verschlossener als jemals zuvor. Jean erfuhr von ihm, daß sich Tsuyen tatsächlich um Tywa kümmern wollte. Außerdem wies er darauf hin, in der Forschungsstation sei alles in bester Ordnung. Doch er nannte keine Details, und schließlich fragte Jean: »Haben Sie etwas über die Lage auf Peneli herausgefunden? Wie sieht es dort aus?«

Aernath war gerade damit beschäftigt, einige Pflanzen in neue Töpfe zu setzen – nach ihrer Arbeit auf Klairos mußte im Bordlaboratorium Ordnung geschaffen werden. Als er Jeans Worte hörte, zuckte er zusammen und stieß ein Glas vom Tisch. Hastig bückte er sich und hob die Splitter auf. Czerny half ihm dabei.

»Was veranlaßt Sie zu der Annahme, ich wüßte etwas von der gegenwärtigen Situation auf Peneli?«

»Nun, Sie scheinen so besorgt zu sein. Ich dachte, vielleicht ist Ihnen etwas zu Ohren gekommen.«

»Oh... Ich habe tatsächlich etwas gehört, und daraus geht hervor, daß es dort noch nicht so schlimm ist wie auf Klairos. Aber wenn kein Mittel gegen das *Tseni*-Virus gefunden wird, könnte es zu einer Katastrophe kommen, bevor unser *Quadrotritikal* gedeiht. Bei den penelianischen Forschungsarbeiten konnte bisher noch kein durchschlagender Erfolg erzielt werden. Durgath, in der Rückschau betrachtet sind alle Fehler offensichtlich! Wir haben unsere beiden wichtigsten Getreidesorten genetisch manipuliert, um noch bessere Ernten zu erhalten, doch dadurch verringerte sich ihre natürliche Resistenz; Brand und Trokkenfäule breiteten sich wie ein Lauffeuer aus. Die landwirtschaftlichen Spezialisten auf Peneli versuchen es nun mit einer regressiven Entwicklung, um eine immune Sorte zu finden, und unterdessen wird die Ernährungskrise immer ernster...«

Jean hörte zu und runzelte die Stirn. Aernath sprach leise und nervös, aber sie gewann den deutlichen Eindruck, daß ihn ganz andere Dinge beschäftigten. Vergeblich fragte sie sich, was ihm durch den Kopf ging – seine Schilderungen boten ihr keine Hinweise.

Am späten Nachmittag hatten sie alle Vorbereitungen getroffen, um sich auf den Planeten beamen zu lassen, doch Kang meldete sich nicht. Aernath war viel zu unruhig, um noch länger im Laboratorium zu warten. Er meinte, er wolle einen Abstecher zur Sicherheitsabteilung machen; vielleicht wisse jemand, wann der Transfer geplant sei.

Jean nahm am Bildschirm Platz und sah sich Infobänder über die pelenianische Flora an. Nach klingonischen Maßstäben galt Peneli praktisch als paradiesische Welt. Der Hauptkontinent erstreckte sich zum größten Teil in der äquatorialen Zone, und es herrschte ein tropisches bis subtropisches Klima. Czerny betrachtete die vielen verschiedenen Pflanzen, die sie bald genauer kennenlernen konnte.

Als sie die Speicherkassette wechselte, begriff sie plötzlich, wie spät es geworden war. Sie wartete noch eine Zeitlang, aber Aernath kehrte nicht zurück. Er befand sich weder in seinem Quartier noch in der wissenschaftlichen Messe. Es gab einige Bereiche des Schiffes, die Jean mied, und dazu gehörte auch die Sicherheitssektion. Wenn er sich dort aufhielt, hatte die Suche nach ihm keinen Sinn. Kang fehlte ebenfalls. Beim Abendessen saß Jean allein am Tisch, und später beschäftigte sie sich erneut mit Informationsmaterial über Peneli. Sie ging spät zu Bett.

Am nächsten Morgen begegnete sie Aernath im Laboratorium. »Irgendwelche Neuigkeiten?«

»Nein. Kang, Tirax und die anderen sind noch immer auf dem Planeten.«

»Warum dauert es so lange? Gibt es Probleme?«

»Keine Ahnung. Uns bleibt nichts anderes übrig, als zu warten.«

Ganz offensichtlich fiel Aernath das Warten noch schwerer als Jean. Nervös wanderte er umher, erledigte verschiedene Aufgaben und meinte nach einer Weile, er wolle Zelasz beim Transport einiger Ausrüstungsgegenstände helfen. Zelasz war der Xenozoologe von Peneli. Jean setzte ihr botanisches Studium fort. Kurz nach dem Mittagessen meldete sich Aernath per Interkom. »Bitte kommen Sie zum Frachttransporter.«

»Bin schon unterwegs.« Jean war ebenfalls ruhelos und begrüßte die Ablenkung. Der Raum des Frachttransporters enthielt mehrere Käfige und Biogläser, und Czerny sah einen recht zerstreut wirkenden Zelasz. Vergeblich hielt sie nach dem landwirtschaftlichen Spezialisten Ausschau. »Wo ist Aernath?«

»Wie? Oh, er holt gerade etwas für mich und wird gleich zurück sein.« Der Zoologe drehte sich zur Konsole um. »Geben Sie gut acht. Es handelt sich um lebende Exemplare.«

Jean beobachtete, wie die Käfige im schimmernden Transporterfeld entmaterialisierten. Als sie ein Geräusch hörte, drehte sie sich um und stellte fest, daß Aernath hereinkam. Er trug einen Mantel. »Es ist soweit. Wir verlassen das Schiff.«

»Jetzt sofort? Großartig! Holen wir unsere Sachen aus dem Labor.«

»Nein, um die Instrumente kümmern wir uns später. Es war nur von uns beiden die Rede. Zelasz, Sie können uns doch von hier aus runterbeamen, nicht wahr?«

»Was? Oh, sicher. Es würde allerdings zu lange dauern, den Transferfokus zu rejustieren. Wenn Ihnen der Sinn nach einem kleinen Spaziergang steht...«

»Ein bißchen Bewegung kann uns sicher nicht schaden«, erwiderte Aernath.

»Aber wieso...«, begann Jean. »Aus welchem Grund...«

Aernath winkte ungeduldig. »Kommen Sie.« Er griff nach ihrem Arm und zog sie auf die Plattform. »Ich erkläre es Ihnen gleich. Wir sind soweit, Zelasz.«

Sie rematerialisierten in einem großen Lager, in dem es ziemlich hektisch zuging. Aernath zögerte nicht, ging sofort los und führte Jean durch eine nahe Tür. Als sie nach draußen traten, wehte ihnen warme, feuchte und aromatische Luft entgegen. Die Bordzeit war nicht mit dem Planeten synchronisiert – in dieser Region Penelis begann gerade die Abenddämmerung. Jean blieb unwillkürlich stehen und atmete tief durch, genoß den Duft der blühenden Sträucher neben dem Gebäude. Sie sah Aernath an. »Wundervoll!« Der sanfte Wind strich seinen Mantel zurück, und Czernys Blick fiel auf ein Schwert an seinem Gürtel. Zum erstenmal trug er eine solche Waffe. Jean betrachtete sie verwundert und musterte den Mann erstaunt. »Aernath! Was soll das bedeuten?«

»Hier entlang.« Er überquerte die Straße und folgte dem Verlauf eines schmalen Weges. Jean mußte sich beeilen, um mit ihm Schritt zu halten, und immer wieder ließ sie ihren Blick über die Landschaft schweifen. Buntschillernde Vögel zwitscherten, und Efeu wuchs an niedrigen Mauern.

»Die Verhandlungen ziehen sich in die Länge. Wahrscheinlich dauert es noch Stunden, bis man sich auf die Bedingungen einigt.«

»Bedingungen? Was meinen Sie damit?«

»Kang bietet Getreidesaat und Ihre Dienste an.« Aernath blieb kurz stehen und sah Jean an. »Sein Preis heißt Mara.«

Czerny erschrak und erinnerte sich an das Glühen in den Augen des Commanders, als er den Namen jener Frau aussprach. *Ich hätte mit so etwas rechnen sollen,* dachte sie. »Mara! Oh, nein! Wer weiß, was Kang mit ihr anstellen würde... Das kann ich nicht zulassen. Sie müssen mir helfen.«

Der Klingone runzelte die Stirn. »Was liegt Ihnen an Maras Schicksal?«

»Sie haben mir erzählt, daß sie der Föderation freundlich gesinnt ist«, entgegnete Jean. »Ich möchte nicht dafür verantwortlich sein, daß sie Kang in die Hände fällt. Himmel, ich will nicht auf Peneli arbeiten, wenn die unmittelbare Konsequenz in Maras Auslieferung besteht. Sie erwähnten einmal, ihr Bruder überließe sie Kang, wenn er das für erforderlich hielte. Bisher hat er darauf verzichtet — bestimmt aus guten Gründen. Wissen Sie darüber Bescheid?«

Sie erreichten eine breite Straße mit einem bepflanzten Streifen in der Mitte. Die dort wachsenden Bäume verströmten einen überaus angenehmen Duft. Aernath marschierte weiter, und Jean hielt sich an seiner Seite. »Mara hat inzwischen viele Anhänger gewonnen. Wenn ihr Bruder sie jetzt Kang übergibt, könnte es hier zu einem regelrechten Aufstand kommen. Falken wie Tirax gefiele es, die Antiföderationsgruppen zu unterstützen und den Untergrund auszulöschen.«

»Wäre das möglich?«

»Es hängt größtenteils von der politischen Situation auf Tahrn ab. Und von Kang. Ich vermute, er möchte Maras Bewegung schwächen, damit er Kontrolle auf sie ausüben, sie gewissermaßen als Gegengewicht benutzen kann – um den Einfluß derjenigen zu begrenzen, die einen Krieg befürworten. Alles läuft auf eine Krise zwischen den wichtigsten Welten des Imperiums hinaus, und wenn sie sich zuspitzt, wenn die derzeitige Entwicklung eskaliert...« Aernath sprach nicht weiter.

Jean verharrte abrupt, starrte den landwirtschaftlichen Spezialisten bestürzt an. »Mit anderen Worten: Um uns herum könnte jeden Augenblick das Chaos losbrechen. In einem solchen Fall säßen wir hier fest und liefen Gefahr, als Geiseln benutzt zu werden.«

Aernath maß sie mit einem nachdenklichen Blick. »Dieses Risiko besteht nur für *Sie.* Kangs Angebot klammert mich aus. Aus irgendeinem Grund möchte er, daß ich bei ihm bleibe.«

Czerny erinnerte sich daran, daß sie Aernath Kang gegenüber als Bruder bezeichnet hatte, und plötzlich wurde ihr klar, welche Falle er vorbereitete. Sie stöhnte leise. »Er will Sie festhalten, um Druck auf mich auszuüben, um meine Kooperationsbereitschaft sicherzustellen.« Mit bitterer Ironie fügte sie hinzu: »Jetzt setzt er uns beide als Schachfiguren ein.«

Aernath musterte sie nach wie vor. »Das ist noch nicht alles, Jean. Wir sind jetzt hier und...« Er unterbrach sich und wollte weitergehen, aber die junge Frau hielt ihn am Arm fest, strich den Mantel beiseite und deutete auf das Schwert.

»Wenn wahr ist, was Sie mir eben sagten... Wer hat uns angewiesen, den Schlachtkreuzer zu verlassen und hierher zu kommen? Wohin sind wir unterwegs, Aernath?«

Genau in diesem Augenblick kam vor ihnen eine Gestalt um die Ecke und näherte sich.

»Sie!« entfuhr es Tirax. »Was machen Sie hier? Sie sollten an Bord des Schiffes bleiben!«

Aernath und Tirax reagierten gleichzeitig. Der Lieutenant griff nach seinem Blaster, und Aernath wirbelte jäh um die eigene Achse, streckte das Bein. Die Stiefelspitze traf den Strahler, schleuderte die Waffe davon. Beide Männer zückten ihre Schwerter, und Jean wich an eine Mauer am Rande des Weges zurück. Inzwischen war es recht dunkel, und die Straßenlampen verbreiteten einen blaßgelben Schein.

Aernath nahm die *En-garde*-Haltung ein. Tirax sprang vor, und seine Klinge deutete auf einen Punkt unter dem Brustkasten seines Gegners. Der andere Klingone wich ein wenig nach links und traf den Lieutenant an der Schulter, bevor Tirax den Hieb parierte. Tirax trat einige Schritte zurück, kniff die Augen zusammen und beobachtete Aernath aufmerksam. Offenbar hatte er den landwirtschaftlichen Spezialisten unterschätzt. Er hob sein Schwert und begann mit einer raschen Folge von Stößen und Risposten. Er war größer und schwerer als Aernath, drängte seinen Kontrahenten in die Defensive. Stahl klirrte auf Stahl, und der jüngere Klingone mußte zurückweichen, kam an Jean vorbei.

Czerny sah dunkles Blut, das aus einer Wunde über dem rechten Knie tropfte. Erneut hielten die beiden Männer ihre Waffen bereit und belauerten sich gegenseitig. Tirax mochte kräftiger sein, aber Aernath glich seinen Nachteil mit besonderer Agilität aus. Jean beobachtete ihn verwundert – ein derartiges Geschick hätte sie ihm nie zugetraut. Erneut drehte er sich zur Seite und entging dadurch einem Hieb des Lieutenants, schlug seinerseits zu. Die Klinge hinterließ einen langen Schnitt im Oberarm des anderen Klingonen. Doch Tirax erholte sich sofort von seiner Überraschung, blockte Aernaths Schwert ab und antwortete mit einer Risposte, die den Spezialisten an der Brust traf. Aernath taumelte, aber es gelang ihm, den nächsten Stoß zu parieren und das Gleichgewicht zu wahren. Mit wachsender Besorgnis sah sich Jean nach einer eigenen Waffe um. Sie grub die Finger in den weichen Boden hinter der Mauer, schloß sie um einen dicken Stein und hielt ihn zum Wurf bereit. Tirax erzielte einen weiteren Treffer, und Aernath schlug ebenfalls zu, verursachte eine Wunde am

Hals des Lieutenants. Die Klingonen ließen voneinander ab, legten eine neuerliche Pause ein und starrten sich an. Tirax atmete schwer, sprang mit einem plötzlichen Satz nach vorn und bohrte die Spitze seines Schwerts zum zweitenmal in Aernaths Bein. Der jüngere Mann wankte zurück, und als Tirax ihm folgte, näherte er sich Jean. Der Agrikultur-Spezialist holte zu einer Risposte aus, doch das verletzte Bein gab nach, und er fiel. Als Tirax vorstürmte, um ihm den Todesstoß zu versetzen, warf Czerny den Stein und traf den Schwertarm des Lieutenants. Aernath rollte sich fort, aber war ein wenig zu langsam: Der scharfe Stahl berührte ihn an der Seite. Er stemmte sich in die Höhe, sank mit einem leisen Ächzen auf den Boden zurück. Tirax hatte seine Waffe verloren, und der eine Arm baumelte schlaff herab. Er gab einen wütenden Schrei von sich und griff Jean an.

Czerny ging in die Hocke, packte die Faust des Klingonen, nutzte das Bewegungsmoment des Mannes aus und warf ihn über sich hinweg. Irgend etwas knackte dumpf, und der beobachtende Teil von Jeans Selbst kam zu dem Schluß, daß der linke Arm des Angreifers gebrochen war. *Wieso beherrsche ich diese Kampftechnik?* fragte sie sich verblüfft. Sie holte ihren Dolch hervor und zögerte, näherte sich wachsam, als Tirax liegenblieb.

In seinen Augen funkelten Schmerz, Haß und widerstrebende Anerkennung. »Sie haben also doch noch gewonnen, Terranerin«, brachte er mühsam hervor. »Na schön, machen Sie Schluß. Töten Sie mich. Ich werde Durgath in Ihrem Namen grüßen, wenn ich vor ihn trete.« Der Glanz in seinen Pupillen veränderte sich, und das Feuer des Hasses erlosch. Tirax sah zu ihr auf und wartete.

Jean kniete neben ihm nieder und schüttelte den Kopf. »Nein, ich bringe Sie nicht um. Vielleicht bedaure ich das eines Tages, aber es wird noch eine Weile dauern, bis Sie Durgath begegnen.« Sie berührte den Klingonen am Nakken, und daraufhin verlor er sofort das Bewußtsein. *Wo habe ich diesen Trick gelernt?* Verwirrt schob Czerny ihr

Messer in den Stiefel zurück und richtete den Fokus ihrer Aufmerksamkeit auf sich selbst. Seltsame Geheimnisse verbargen sich in ihr. Einmal mehr erforschte sie die dunklen Lücken in ihrem Gedächtnis und versuchte vergeblich, sie auszufüllen und Bedeutungsverbindungen herzustellen. Die Leere trotzte ihr. *Wenn ich mich nur erinnern könnte...* Sie verdrängte diesen Gedanken, besann sich auf die Erfordernisse der Gegenwart. Aernath war verletzt und brauchte Hilfe.

Jean stand auf und drehte sich um.

Ihr Blick glitt über einen leeren Weg.

Tirax' Schwert lag neben einer kleinen Blutlache. Das Licht der Straßenlampen spiegelte sich auf einigen dunklen Tropfen wider, und die Spur führte zu einer schmalen, dunklen Gasse zwischen zwei Gebäuden. Jean näherte sich der finsteren Passage. »Aernath?« rief sie. »Wo sind Sie, Aernath?« Die Antwort bestand aus einem leisen Rascheln in den Schatten. Czerny ging weiter, und nach einigen Metern sah sie den jungen Klingonen, der vor ihr an einer Mauer lehnte und keuchte. Nur einen Sekundenbruchteil später bemerkte sie mehrere Gestalten, die aus einem Seitengang kamen und mit zielstrebigen Schritten auf sie zuhielten.

Jean handelte instinktiv, schickte einen der Männer mit dem gleichen Wurf zu Boden, den sie auch bei Tirax angewendet hatte. Die junge Frau leistete entschlossenen Widerstand, doch sie konnte nicht gleichzeitig gegen mehrere Gegner kämpfen, und schließlich wurde sie überwältigt. Trotzdem gab Czerny nicht auf, biß und kratzte. Irgend jemand stopfte ihr einen Knebel in den Mund, und unmittelbar darauf spürte sie, wie man ihr eine Kapuze über den Kopf streifte. Sie konnte atmen und hören — sonst nichts. Als man ihr die Hände grob auf den Rücken band, vernahm sie etwas, das sie zutiefst verblüffte.

Aernaths Stimme klang deutlich und klar. »Geht behutsam mit ihr um, Landsleute. Die menschliche Frau ist sehr wichtig für uns.«

Es folgten leises Murmeln, halblaute Flüche und das Geräusch eiliger Schritte. Einer der Männer warf sich Jean über die Schulter, trug sie einige Minuten lang und ließ sie dann auf eine kalte, harte Fläche herab. Eine nahe Tür fiel ins Schloß. Plötzliche Stille herrschte, und kurz darauf nahm Czerny abrupte Bewegung wahr — offenbar befand sie sich nun in einem Fahrzeug. *Bei den neun Ringen der Hölle — wohin bringt man mich? Wer sind diese Klingonen? Und Aernath? In welcher Verbindung steht er mit ihnen?* Er schien sie zu kennen. Allem Anschein nach war er nicht der einfache Botaniker, für den er sich bisher ausgegeben hatte. Der Schwertkampf mit Tirax genügte als Beweis. Jean stellte sich der Erkenntnis, daß sie nur wenig von ihm wußte. Ihre einzige Gewißheit verwandelte sich nun in einen Unsicherheitsfaktor, der keine Einschätzung der Lage zuließ. Panik zitterte in ihr, rang mit Ärger und unterlag.

Nach einer Weile hielt der Wagen, und man zerrte Jean eine Treppe hoch, führte sie unsanft durch lange Korridore. Sie wurde auf einen Stuhl gefesselt. Schritte entfernten sich; dann das Knarren einer Tür.

Und wieder schloß sich Stille an. Jean lauschte und versuchte, sich zu befreien. Unmöglich: Die Stricke ließen ihren Händen keinen Bewegungsspielraum. Später wußte sie nicht mehr, wie lange sie wartete. Stunden schienen zu vergehen. Schließlich öffnete sich die Tür, die sie zuvor gehört hatte, und jemand kam näher. Finger tasteten über ihren Nacken, befreiten sie von Kapuze und Knebel. Jean hielt den Blick starr zu Boden gerichtet und zwinkerte, gab ihren Augen Gelegenheit, sich an das Licht zu gewöhnen.

Zuerst sah sie die Stiefel: dunkelblaues, von einem erfahrenen Gerber bearbeitetes Leder. Langsam hob Jean den Kopf. Blaue Hosenbeine, eine kurze, ebenfalls blaue Bluse, mit silbernen Stickereien geschmückt. Ein V-Ausschnitt, dem ein steifer Kragen folgte. Darüber ein anmutiges Gesicht mit sanften Zügen. Die Frau musterte sie aus dunklen

Augen und drehte den Kopf, als jemand anders das Zimmer betrat.

Aernath stand in der Tür. Er trug jetzt kein Hemd mehr, und sein rechter Arm ruhte in einer Schlinge. Unter dem Brustkasten zeigte sich ein langer Druckverband. Der Mann wirkte sehr blaß, und er hinkte ein wenig. Als er Czerny sah, riß er die Augen auf.

»Jean!« Rote Flecken bildeten sich auf seinen Wangen, und rasch trat er auf den Stuhl zu. »Verdammt, Mara! Warum haben Sie das zugelassen?« Verärgert griff er nach den Stricken. »Es dürfte ihr ohnehin schwer genug fallen, uns zu vertrauen. Es war nicht nötig, sie festzubinden.«

Die Frau bedachte ihn mit einem kühlen Blick und beobachtete, wie Aernath die Fesseln löste. Sie blieb weiterhin ruhig stehen, lehnte es ab, ihm zu helfen. »Sie muß uns vertrauen. Es bleibt ihr nichts anderes übrig.«

»Aber wir sollten darauf verzichten, es ihr noch schwerer zu machen!« Mit seinem Dolch durchtrennte er die Stricke an den Händen und befreite Jean dann auch von den Fußfesseln. Erneut öffnete sich die Tür, und eine schlanke, schwarzhaarige Frau kam herein. Sie trug eine eng sitzende blaue Uniform, die ihre Figur betonte.

»Aernath!« Sie lief auf den Mann zu.

»Aeliki!« Der Klingone stand auf und schlang den linken Arm um die Frau.

»Ich habe gerade erfahren, daß du hier bist. Cymele sei Dank — jetzt droht dir keine Gefahr mehr!« Aeliki trat einen Schritt zurück und sah ihn besorgt an. »Solltest du dich nicht ausruhen? Man hat dich bewußtlos hierhergebracht, nicht wahr? Was ist geschehen?«

»Ich bin soweit in Ordnung. Unterwegs wurden wir angegriffen, aber...« Er hob den Dolch, zeigte auf Jean. »Sie wurde nicht verletzt.«

Aeliki richtete ihren Blick auf Czerny und musterte sie neugierig. »Die Terranerin!«

»Ja, die Terranerin. Aernath hat mich aufgefordert, sie freundlicher zu behandeln.« Mara lächelte spöttisch.

Aernath sank wieder auf die Knie und löste die letzten Stricke. »Bei Cymeles Umhang, Mara, sie ist keine Gefangene. Sie ...«

»Kang hätte sie gegen uns eingesetzt«, unterbrach ihn Mara. »Und Sie haben selbst darauf hingewiesen, daß sie vielleicht nicht freiwillig mitgekommen wäre.« Sie wandte sich an Jean. »Stehen Sie auf.« Czerny gehorchte und beobachtete Mara, die langsam um sie herumging. »Sie sind also Kangs neue Gemahlin. Er hat Sie in seinen *Theld* aufgenommen. Nun, hätten Sie Aernath aus freiem Willen begleitet?«

Jean rieb sich die Handgelenke. »Wahrscheinlich schon. Es hängt von den Umständen ab. Was erwarten Sie von mir?«

»Was erwartet Kang von Ihnen? Womit hat er Ihre Kooperationsbereitschaft gekauft?« Maras Stimme klang scharf, aber nicht feindselig.

Jean warf Aernath einen kurzen Blick zu und fragte sich, was er Mara erzählt hatte. Sie wählte ihre Worte mit besonderer Vorsicht. »Er versprach mir die Freiheit – wenn ich mit ihm zusammenarbeite und er Erfolg hat. Und er drohte mir, mich mit seinen eigenen Händen umzubringen, wenn ich ihn verrate. Doch als ich von der Hungersnot erfuhr, bot ich sofort meine Dienste an. Ich bin nach wie vor bereit, bei der Überwindung der Ernährungskrise zu helfen – solange ich weder Sie noch Ihre Friedensbewegung in Gefahr bringe.«

»Aber wenn ich ein Hindernis für Ihren Erfolg wäre, wenn Sie zwischen Ihrer Freiheit und der meinigen wählen müßten – was dann, Miß Czerny?«

Jean bekam keine Gelegenheit, darauf zu antworten. Einmal mehr schwang die Tür auf, und ein Mann in blauer Uniform kam herein. »Sie werden in der Einsatzzentrale gebraucht, Dematrix.«

Mara nickte. »Warten Sie hier, Aernath. Ich bin gleich zurück. Kommen Sie mit, Aeliki.« Sie verließ den Raum, und Aeliki folgte ihr, nachdem sie Aernath noch einmal umarmt hatte. Der landwirtschaftliche Spezialist sah ihnen nach und starrte einige Sekunden lang ins Leere, bevor er Jean ansah.

Sie musterte ihn unsicher. »Offenbar steht es mir nicht zu, irgend etwas zu verlangen, aber ich glaube, Sie sind mir einige Erklärungen schuldig.«

»Es tut mir leid, Jean. Bitte glauben Sie mir: Es lag nicht in meiner Absicht, Sie... Da fällt mir ein: Sind Sie verletzt?« Als Czerny den Kopf schüttelte, fuhr er fort: »All dies ist nur geschehen, weil wir Tirax begegneten. Ich wollte Sie zu einem sicheren Ort bringen und Ihnen die Hintergründe erläutern. Sie hätten bestimmt nicht gezögert, sich mir anzuschließen. Aber als ich die Gasse erreichte...« Er strich das Haar zurück, und Jean sah deutlich, wie sehr seine Hand zitterte.

Sie trat an ihn heran. »Aernath! Sie brauchen Ruhe. Hier, legen Sie sich hin.« Sie führte ihn zu einem Sofa. Der Klingone nahm Platz, streckte sich jedoch nicht aus. Jean nahm die Karaffe vom Beistelltisch, füllte ein Glas Wasser und beobachtete den Mann besorgt, als er trank.

»Danke. Machen Sie sich keine Sorgen um mich.« Aernath lehnte sich zurück und schloß die Augen. Er war noch immer sehr blaß. Nach einigen Sekunden hob er die Lider. »Wo bin ich stehengeblieben?«

Czerny berührte den Druckverband. »Wie schlimm ist es?«

Aernath winkte ab. »Nur eine Fleischwunde. Die Ärzte haben mich gut zusammengeflickt, und in ein paar Tagen bin ich wieder vollkommen in Ordnung.«

»Ich war ziemlich überrascht«, sagte Jean. *Was für eine Untertreibung,* dachte sie. *Ich bin völlig baff gewesen!* »Ich kenne Sie schon seit einer ganzen Weile, aber Sie gaben durch nichts zu erkennen, daß Sie so gut zu kämpfen verstehen.«

Aernath hob und senkte die linke Schulter. »Warum sollte ich Sie darauf hinweisen? Außerdem: Normalerweise halte ich nichts davon, Probleme mit Gewalt zu lösen.« Er nickte anerkennend. »Sie haben mich ebenfalls erstaunt. Ist er tot?«

»Tirax? Nein.« Jean sah auf ihre Hände herab. »Als er wehrlos vor mir lag, konnte ich ihn nicht umbringen. Wahrscheinlich bereue ich es irgendwann.«

»Hoffentlich bekommen Sie keinen Grund dazu.«

»Was ist eigentlich los, Aernath? Wer oder was sind Sie?«

Der Klingone grinste jungenhaft. »Inzwischen sollte es offensichtlich sein. Ich bin — oder war — Maras Agent. Mein Auftrag bestand darin, Kang im Auge zu behalten.«

Jean hörte ein leises Lachen von der Tür und drehte sich um. Mara stand im Zugang.

»Ein perfekter Spion«, kommentierte sie. »Aernaths Loyalität Kang gegenüber ist nur ein wenig geringer als sein Engagement für unsere Sache. Ganz gleich, welche Sicherheitsüberprüfungen der Commander vornehmen ließe: Sie würden jeden Test bestehen, Aernath.«

»Ja«, bestätigte der Mann. »Aber das gilt auch für Sie.«

Mara seufzte. »Nun, uns beiden ist das klar. Aber wie dem auch sei: Es käme Kang nicht einmal in den Sinn, derartige Maßnahmen zu ergreifen. Er vertraut Ihnen, und er mißtraut mir. Selbst wenn wir einen Erfolg erzielen — sicher dauert es ziemlich lange, bis wir ihn überzeugen können.«

»Da wir gerade dabei sind: Wie entwickeln sich die Dinge?«

»Wir mußten die Durchführung unserer Pläne beschleunigen, und dadurch lassen sich Risiken nicht vermeiden.« Mara wandte sich an Jean. »Sind Sie gewillt, meine Fragen zu beantworten? Wenn ich Ihnen die Möglichkeit gäbe, dieses Zimmer zu verlassen und zu Kang zurückzukehren — wie verhielten Sie sich?«

»Ich würde hier sitzenbleiben, bis ich einen Eindruck von Ihren Absichten gewonnen habe. Bisher kenne ich nur die eher vagen Auskünfte Aernaths. Wenn Sie wirklich Verhandlungen mit der Föderation wünschen, so biete ich Ihnen meine Hilfe an.«

»Und Kang?«

»Ich hege keinen Groll gegen ihn, doch bei einem Loyalitätstest fiele ich bestimmt durch.«

»Und wenn er noch einmal Gelegenheit bekommt, Sie gefangenzunehmen? Fürchten Sie sich davor?« Mara beobachtete die menschliche Frau aufmerksam.

»Er hat es in erster Linie auf Sie abgesehen. Ich bin nur eine Schachfigur in seinem Spiel. Was hielten Sie davon, ihm in die Hände zu fallen?«

Mara gestikulierte ungeduldig. »Das ist mein Problem. Ich warte noch immer auf eine Antwort.«

Jean schnitt eine Grimasse. »Wenn ich davon überzeugt wäre, daß es Ihre Sache wert ist, sich gewissen Gefahren auszusetzen ... Ich könnte Kang gegenüber behaupten, entführt worden zu sein. Es entspräche sogar der Wahrheit.«

Mara musterte Czerny nachdenklich und nickte abrupt, als sie eine Entscheidung traf. »Na schön. Wir setzen unser Gespräch morgen fort. Aernath, ich vertraue Ihnen die Terranerin an. Sorgen Sie dafür, daß sie die Sicherheitsvorschriften beachtet. Möchten Sie ihr ein Quartier besorgen, oder soll ich jemanden rufen?«

»Ich komme schon zurecht. Wo bin ich untergebracht?«

»Direkt neben Aeliki. Das ist doch Ihr Wunsch, oder?«

Aernath lächelte. »Danke. Wenn sie noch Platz hat, kann Jean bei ihr schlafen.«

»In Ordnung.« Mara deutete zur Tür. »Kyrnon zeigt Ihnen den Weg. Ich glaube, Sie brauchen beide Ruhe.« Die Klingonin griff nach der Kapuze und reichte sie Aernath. »Derzeit ist es nur zu ihrem eigenen Besten, wenn sie so wenig wie möglich erfährt. Gute Nacht.« Sie verließ das Zimmer.

Jean wich von Aernath zurück. »Sie werden mir das Ding *nicht* aufsetzen!« fauchte sie.

Er deutete auf die Armschlinge. »Ich wäre auch gar nicht dazu imstande. Nein, ich möchte Sie bitten, sich die Kapuze selbst über den Kopf zu stülpen. Mara hat recht: Je weniger Sie sehen, desto besser.«

Czerny kam seiner Aufforderung widerstrebend nach und würgte kurz, als sie sich an den Knebel erinnerte. Aernath nahm ihre Hand und führte sie durch die Tür. Draußen im Flur gesellte sich ihnen jemand hinzu, und Jean spürte, wie sich Finger fest um ihren Arm schlossen. Sie wanderten durch Korridore, brachten mehrere Ecken hinter sich und blieben stehen. »Wir sind am Ziel«, sagte Aernath, als der andere Mann ging. »Sie können die Kapuze jetzt wieder abnehmen.«

Dankbar zog Jean den dicken Stoff zurück und sah sich um. Sie standen in einem kleinen Zimmer, das zwei schmale Kojen, einen Tisch und einen Stuhl enthielt. Die Tür auf der rechten Seite gehörte zu einem Wandschrank, und der linke Zugang führte in eine Hygienezelle. Aernath deutete in Richtung Bad. »Mein Zimmer befindet sich auf der anderen Seite. Wenn Sie irgend etwas möchten ... Zögern Sie nicht, zu mir zu kommen. Die Eingangstür ist unverschlossen, und im Korridor wurden keine Wächter postiert. Sie sind hier unter Freunden. Trotzdem: Verlassen Sie den Raum nur mit mir oder Aeliki. Haben Sie Fragen?«

Es lagen Jean gleich mehrere auf der Zunge, aber dies war nicht der geeignete Augenblick, um ihnen Ausdruck zu verleihen. »Nein, eigentlich nicht.« Sie musterte das blasse, eingefallene Gesicht des Mannes. »Sie sollten längst im Bett liegen. Kann ich ... Brauchen Sie Hilfe?«

Aernath errötete leicht. »Nein, Aeliki müßte bald eintreffen. Wenn ich etwas benötige, wende ich mich an sie. Gute Nacht.«

»Gute Nacht.« Jean sah ihm nach, als er das Badezimmer durchquerte und in seinem eigenen Quartier verschwand. Eifersucht prickelte in ihr. Was bedeutete ihm Aeliki? Er hatte sie nie erwähnt. *Kein Wunder,* dachte die menschliche Frau. *Er hat praktisch nie von seinem Privatleben gesprochen, wurde damit seiner Rolle als Agent gerecht. Ich habe seine Zurückhaltung akzeptiert und es vermieden, ihm persönliche Fragen zu stellen — um ihn nicht ständig an seinen Status des* Gebundenen *zu erinnern.*

Aber jetzt wünschte sich Jean, mehr über jenen rätselhaften Klingonen zu wissen. Welche Gefühle brachte er ihr entgegen? Fragen. Und vermutlich dauerte es noch eine Weile, bis sie Antworten erhielt.

Jean straffte die Schultern und richtete ihre Aufmerksamkeit wieder auf die kleine Kammer. In welchem Bett schlief Aeliki? Die beiden Kojen boten keine Hinweise. Auf dem Tisch standen nur eine Leselampe und links ein undurchsichtiger Würfel. Czerny nahm ihn zur Hand, drehte ihn langsam hin und her. Er begann zu glühen, und bunte Konturen bildeten sich, zeigten unverständliche Schriftzeichen. Die anderen Seiten präsentierten ein Hologramm. Jean betrachtete einen Jungen und ein Mädchen, und plötzlich begriff sie, daß es sich um Aernath und Aeliki handelte; offenbar war das Bild schon einige Jahre alt. Als sie den Würfel zurückstellte, trübte er sich wieder. Seufzend nahm sie auf der Kante des rechten Bettes Platz, zog die Stiefel aus und hörte Stimmen im Nebenzimmer. Aeliki? Jean widerstand der Versuchung, an der Tür zu lauschen.

Kurze Zeit später kam Aeliki herein und ging auf Zehenspitzen. Sie schien überrascht zu sein, als sich Jean ruckartig aufrichtete. »Oh, Sie sind noch wach. Aernath meinte, Sie...« Die Klingonin brach unsicher ab.

»Ist dies Ihr Bett?« fragte Czerny.

»Nein, ich schlafe dort.« Aeliki zeigte auf die linke Koje. »Haben Sie es, äh, bequem genug?«

Jean bemerkte die Nervosität der anderen Frau und lächelte sanft. »Offenbar bevorzugen Klingonen ziemlich harte Matratzen, aber daran bin ich inzwischen gewöhnt. Bereitet es Ihnen Unbehagen, Ihr Zimmer mit einer Terranerin zu teilen?«

Aeliki senkte verlegen den Kopf. »Ich möchte nicht unhöflich sein, aber ich bin noch nie zuvor einem Menschen begegnet. Aernath sagte mir, ich solle mich ganz normal verhalten. Wenn wir friedliche Beziehungen zur Föderation herstellen wollen, müssen wir lernen, miteinander auszukommen. Aber um ganz ehrlich zu sein: Ich bin ein bißchen nervös.«

»Keine Sorge, ich beiße nicht.« Jeans Lächeln wuchs in die Breite. »Stellen Sie sich einmal vor, sich an Bord eines Raumschiffes zu befinden, dessen Besatzung aus Menschen, Vulkaniern und den Angehörigen anderer Völker besteht.«

»Ich weiß, was Sie meinen. Wenn Mara damit fertig wurde...« Aeliki lachte leise. »Sicher halten Sie mich für dumm.«

Jean wollte widersprechen, überlegte es sich dann aber anders und schwieg. Eine bedrückende Stille folgte, und einige Sekunden lang sehnte sich Czerny in ihre Kabine an Bord des Schlachtkreuzers zurück, dachte an Tywa.

»Möchten Sie jetzt schlafen?« fragte Aeliki schließlich. »Oder benötigen Sie etwas?«

»Nun, die Bordzeit von Kangs Schiff ist nicht mit dem Planeten synchronisiert. Könnte ich vielleicht etwas zu essen bekommen?«

Die Klingonin lief sofort los, verließ die Unterkunft und kehrte wenige Minuten später mit einem Tablett zurück. Das Getränk war heiß und aromatisch, und Jean versuchte vergeblich, den Geschmack zu deuten. Aeliki erklärte, es werde aus penelianischem Obst hergestellt. Während Jean trank, überprüfte die andere Frau den Schrank. »Sie haben natürlich nichts mitgebracht. Nun, vielleicht finden wir morgen früh etwas Passendes.« Sie holte ein dünnes Hemdkleid hervor und zögerte erneut. »Vielleicht können Sie heute nacht... Ich meine, äh...«

Jean schmunzelte. »Danke, ich glaube, das genügt.« Sie schob das Tablett beiseite, ging ins Badezimmer und blickte verwirrt auf die Kontrollen. »Wie bedient man den Hahn?«

Aeliki kam herein und zeigte auf einen dünnen Streifen über dem Anschluß. »Hier.« Als Jean die Stirn runzelte, fügte sie hinzu: »Streichen Sie mit dem Finger darüber, bis Sie die gewünschte Temperatur spüren. Üben Sie dann leichten Druck aus. Nochmaliges Pressen schließt den Hahn. Die Dusche funktioniert ebenso.« Jean berührte den Streifen: Oben war er kalt, unten heiß.

Kurz darauf betrat sie wieder das Hauptzimmer und beschloß, noch ein wenig mit Aeliki zu plaudern, doch plötzlich blinkte ein rötliches Licht über der Tür, und ein rhythmisches Summen erklang.

»Was hat das zu bedeuten?« fragte Czerny. Es erschien ihr noch immer seltsam, daß Klingonen einen bernsteingelben Ton als Alarmfarbe benutzten.

»Ich werde auf meinem Posten gebraucht«, erwiderte Aeliki und eilte los. »Warten Sie nicht auf mich.« Hinter ihr schloß sich die Tür.

Jean streifte die Kleidung ab; innerhalb weniger Sekunden verdichtete sich ihre Müdigkeit, und ein Benommenheitsnebel verschleierte die Konturen der Umgebung. Sie fragte sich, ob ihr Aeliki ein Betäubungsmittel gegeben hatte. Es blieb ihr gerade noch Zeit genug, aufs Bett zu sinken, bevor sich ihre Augen schlossen.

Jemand rüttelte sie an den Schultern. »He, Jean! Wachen Sie auf! Es ist Morgen.«

Die junge Frau stöhnte leise und stemmte sich in die Höhe. Ihr Kopf schien auf die doppelte Größe angewachsen zu sein, und hinter der Stirn pochte es dumpf. Aernaths Gesicht schwebte dicht vor ihr.

»Sie können unmöglich so erschöpft sein. Was ist los mit Ihnen?«

Jean ächzte. »Fühlt sich an wie ein ausgewachsener Kater. Wahrscheinlich ist die Mahlzeit gestern abend schuld daran. Hat Aeliki irgendeine Droge beigemischt?«

»Eine Droge? Natürlich nicht. Warum auch?«

»Keine Ahnung. Ich weiß nur, daß mich irgend etwas umgehauen hat.« Jean stand auf und wankte ins Bad. Kaltes Wasser prasselte auf ihr Gesicht herab und schien ein wenig zu helfen. Als sie zurückkehrte, reichte ihr Aernath ein Kleidungsstück.

Zwischendurch: [redacted] Heiß und aromatisch – jedoch nicht aus penelianischem Obst – sondern aus ganz irdischen Zutaten ist ein Drink, den wir Ihnen jetzt für Ihre Reise zu den Klingonen empfehlen wollen. [redacted] Denn er ist auch zwischendurch im Handumdrehen zubereitet, der... [redacted]

»Hier, nehmen Sie das«, sagte er und vermied es, sie anzusehen.

Jean begriff plötzlich, daß sie völlig nackt vor ihm stand, und hastig streifte sie den Umhang über. Sie hatte das Gefühl, bei allen Bewegungen gegen einen zähen Widerstand ankämpfen zu müssen, so als gewinne die Luft eine klebrige, gallertartige Qualität.

»Kommen Sie. Das Frühstück steht bereit.«

Czerny folgte Aernath und stellte fest, daß er bereits vollständig angekleidet war und kaum mehr hinkte. Der verletzte Arm ruhte noch immer in einer Schlinge, schien ihn jedoch nicht zu belasten. *Er erholt sich schnell.*

Das Frühstück bestand aus *Khizr*, einer pikanten Suppe und Obst. Die Früchte schmeckten seltsam vertraut, so wie das Getränk am vergangenen Abend. Die Kopfschmerzen ließen ein wenig nach, als Jean aß. »Ist Aeliki zurückgekehrt?«

»Nein«, sagte Aernath. »Ich habe sie noch nicht gesehen. Aber sie müßte bald auftauchen.«

»Sie meinte gestern abend, sie werde auf ihrem Posten gebraucht. Was soll das heißen?«

Aernath schüttelte den Kopf. »Fragen Sie mich nicht. Je weniger Sie wissen, desto besser für Sie.«

»Na schön. Wie geht es jetzt weiter? Können Sie mir wenigstens darüber Auskunft geben? Kang wird den ganzen Planeten auseinandernehmen, um uns zu finden, und da uns die Ausrüstung fehlt, können wir nichts gegen die Trockenfäule des hiesigen Getreides unternehmen...«

»Irrtum. Ich habe *Quadrotritikal*-Proben mitgebracht, und sie befinden sich bereits in sicheren Händen. Wir sind heute mit einigen Kollegen von mir verabredet und können ihnen unsere bisherigen Forschungsergebnisse mitteilen. Was den Rest betrifft... Ich nehme an, Mara wird Sie beim Abendessen darauf ansprechen.«

»Gut. Ich glaube, ich sollte mich jetzt anziehen.« Jean schob den Stuhl zurück und stand auf. Diesmal setzte die Wirkung noch schneller ein als am letzten Abend. Czerny schwankte, drehte sich wie in Zeitlupe um. »Aernath! Warum haben Sie ...«

Weiter kam sie nicht. Der Boden schlug ihr mitten ins Gesicht.

Jean öffnete die Augen und nahm trübes Licht wahr. Diesmal hatte sich ihr Kopf nicht aufgebläht, aber die Schmerzen hinter der Stirn waren um so schlimmer. Offenbar lag sie in einem Bett, und als sie die Hand bewegte, näherten sich Schritte. Aernath. »Der Doktor meinte, Sie würden früher oder später erwachen, aber meine Besorgnis nahm immer mehr zu. Wie fühlen Sie sich?«

»Schrecklich! In meinem Schädel arbeitet jemand mit einem altmodischen Preßlufthammer.«

Aernath lächelte schief. »Der Arzt hat mich auf solche Bemerkungen vorbereitet. Hier, nehmen Sie.« Er reichte Czerny eine Tablette und ein Glas Wasser.

»Was ist das?«

»Keine Ahnung. Man hat mir nur versichert, daß es Ihnen dadurch besser gehen wird.« Jean nahm die Medizin nicht entgegen. »Was ist passiert, Aernath?«

»Dr. Eknaar hat Sie auf Peneli vorbereitet, aber er übersah einen Punkt. Ihre Allergie gegen Lourkain hätte ihn warnen sollen. Es gibt ein ähnlich strukturiertes Alkaloid, das in hohen Konzentrationen im Saft der *Persaba*-Frucht enthalten ist, und dadurch kam es zu einer heftigen Reaktion in Ihrem Stoffwechselsystem.«

Jean sah in die klaren, amethystblauen Augen, die völlig unschuldig blickten. Ein Teil ihres Ichs wünschte sich verzweifelt, Aernath glauben zu können, doch gleichzeitig erklang eine mentale Stimme, die zur Vorsicht gemahnte und einen Schild des Argwohns hob. Die fehlerhaften Einschätzungen in bezug auf Kang und Tirax mochten schlicht auf Naivität basieren, doch Aernath hatte sie ganz bewußt getäuscht, indem er die Rolle des harmlosen landwirtschaftlichen Experten spielte. Woher sollte sie wissen, daß er jetzt nicht wieder eine Maske trug?

»Bei allem, was Ihnen heilig ist... Sind Sie bereit, mir zu schwören, daß Sie diesmal die Wahrheit sagen?«

Aernath zuckte so heftig zusammen, als habe ihn jemand geschlagen. Er stellte das Glas ab, wandte sich ab und schlug mit der Faust auf den Tisch.

»Bei Durgath! Ich habe es ihnen gesagt. Immer wieder wies ich darauf hin, daß Sie uns nicht so einfach vertrauen würden, daß man Sie vorsichtig behandeln muß.« Er drehte sich wieder um, und in seinen Augen bemerkte Jean einen Glanz, den sie noch nie zuvor in dieser Intensität gesehen hatte. »Es mußte Sie natürlich schockieren, von meiner wahren Identität zu erfahren, aber ich hoffte, Sie fänden sich schnell damit ab. Und jetzt dies...« Aernath kniete neben dem Bett. »Als ich Kangs Pläne für Peneli erfuhr und die Anweisung bekam, Sie auf den Planeten zu bringen, überlegte ich viele Stunden lang, was es zu unternehmen galt. Es ging alles schneller als erwartet, und deshalb konnte ich Sie nicht vorbereiten. Jean, ich schwöre bei...« Er zögerte, beugte sich vor und berührte Czernys Wimpern. »Ich schwöre bei Ihren Tränen, daß ich die Wahrheit sage. Cymele steh mir bei: Ich lüge nicht. Bitte glauben Sie mir.«

Jean beobachtete ihn eine Zeitlang, und schließlich streckte sie die Hand aus. »Geben Sie mir die Tablette.«

Aernath reichte ihr sie zusammen mit dem Glas Wasser, stützte den Kopf der jungen Frau, als sie trank. Sie setzte das Glas ab, und ihre Blicke trafen sich. Jeans Gedanken glitten durch die amethystblauen Tiefen, und Aernaths Hand verharrte dicht vor ihrem Gesicht. Dann schüttelte er den Kopf, unterbrach den sonderbaren empathischen Kontakt. Er schien mit einer Entscheidung zu ringen.

Schließlich sagte er: »Mara wird nach dem Essen darüber sprechen, aber ich kann Ihnen schon jetzt etwas verraten. Sie hat irgend etwas, und sie möchte, daß wir es zur Föderation bringen.«

»Wir?« platzte es aus Jean heraus. »Jetzt? Wie?«

»Pscht.« Aernaths Zeigefinger berührte sie an den Lippen. »Sparen Sie sich Ihre Fragen für Mara auf. Und noch etwas. Eine Warnung, Jean. Sie brauchen nicht länger zu warten und zu hoffen. Bald sind Sie frei – wenn wir Erfolg haben. Wenn nicht …« Er zuckte mit den Achseln, und Czerny wußte, was er meinte.

»Aber was ist mit dem Getreide, dem Brand, der Trokkenfäule?«

»Gedulden Sie sich bis zur Unterredung mit Mara.«

»Na schön. Aber *diese* Frage können Sie mir sicher beantworten: Wie spät ist es? Wann erwartet man uns zum Abendessen?«

Die Tablette wirkte bemerkenswert schnell; die Kopfschmerzen ließen bereits nach.

»Sie sind fast den ganzen Tag über bewußtlos gewesen.« Aernath nahm den Würfel vom Tisch. »Mal sehen … Hm, es ist schon später, als ich dachte. Vielleicht wird Mara bereits ungeduldig. Ich schlage vor, Sie ziehen sich an.« Er drehte den Kubus und betrachtete das Hologramm.

»Seit wann kennen Sie sie?«

»Mara? Nun, seit ungefähr …«

»Nein, ich meine Aeliki.«

»Meine Schwester? Wir sind zusammen aufgewachsen. Ich habe keine Ahnung, was man sich in der Föderation über uns erzählt, aber eins steht fest: Klingonen werden nicht in der Retorte gezeugt, und niemand käme auf den Gedanken, Säuglinge in Kasernen unterzubringen. Bei uns gibt es ein ausgeprägtes Familienleben …«

»Schwester! Aeliki ist Ihre Schwester?«

»Ja. Hat sie Ihnen das nicht gesagt?«

Jean ließ sich aufs Bett zurücksinken. »Nein. Sie hielt es nicht für nötig, darauf hinzuweisen.« Sie spürte Aernaths verwunderten Blick auf sich ruhen. »Ich dachte, Sie sei Ihre Verlobte oder etwas in der Art. Sie haben nie davon gesprochen, ob zu Hause jemand auf Sie wartet.« Czerny nutzte die gute Gelegenheit. »Gibt es eine Frau in Ihrem Leben?«

»Nein. Spielt das eine Rolle für Sie?«

Aeliki kam gähnend aus dem Bad. »Ich habe eure Stimmen gehört. Wie fühlen Sie sich jetzt?«

»Schon viel besser«, sagte Jean.

Aeliki hauchte ihrem Bruder einen Kuß auf die Stirn. »Danke dafür, daß ich dein Zimmer benutzen durfte. Ich mußte mir die ganze Nacht um die Ohren schlagen, und hinzu kam die Aufregung hier.« Sie winkte Jean zu. »Ich brauchte ein wenig Ruhe.« Die Klingonin trat an den Wandschrank heran und fügte hinzu: »Ich habe Ihnen ja versprochen, einige Sachen zu besorgen. Hoffentlich passen sie.« Sie holte ein Bündel hervor und sah den Mann an, der noch immer am Tisch stand und sich nicht von der Stelle rührte. »Du solltest dich ebenfalls vorbereiten. Oder willst du weiterhin ins Leere starren und dich verspäten? Raus jetzt!«

Die elegante Umgebung bildete einen auffallenden Kontrast zur schlichten Mahlzeit. Sie speisten in einem Nebenzimmer des Raums, in dem Jean zum erstenmal Mara gesehen hatte – vermutlich eine Kammer, die an das Quartier der Klingonin grenzte. Sie saßen auf einer weichen Matte, die Füße unter den niedrigen Tisch geschoben. Jean beobachtete, wie sich Mara an einige Kissen zurücklehnte und ihr Weinglas hob. Sie trug jetzt keine Uniform mehr, sondern ein penelianisches Gewand: Der Stoff glänzte smaragdgrün, und die Ärmel reichten bis zu den Handgelenken herab. Ein leichter, seidenartiger und ebenfalls grüner Umhang hing von den Schultern, teilte sich an den Hüften und wirkte so zart wie ein Schleier. Aernath hatte einen kupferroten und dunkelbraunen Zweiteiler gewählt; seine Jacke bestand aus einem festeren Stoff als Maras Umhang. Der verletzte Arm ruhte nun nicht mehr in einer Schlinge, und das Schwert des Klingonen lag in der Nähe.

Sie beendeten die Mahlzeit mit frischem Obst, und Aernath erklärte Jean das Tafelgeschirr. Es handelte sich um ein recht schweres, halbdurchsichtiges und pfirsichfarbenes Material. »Die Teller und Schüsseln werden aus den Panzern einiger bestimmter Schalentiere hergestellt, von denen es in den hiesigen Ozeanen geradezu wimmelt. Diese Farbe ist ungewöhnlich. Dazu kommt es nur, wenn die Geschöpfe spezielles Plankton aufnehmen.« Er deutete auf die graue Obstschale. »Die normale Tönung. Hier, bedienen Sie sich. Sie haben ja kaum etwas gegessen. Ich versichere Ihnen, daß die Speisen völlig harmlos sind.«

Jean gab keine Antwort und wählte eine kleine Frucht. *Aernath hat recht – ich habe mich tatsächlich zurückgehalten. Um mich ganz auf das Gespräch mit Mara konzentrieren zu können.*

Die Klingonin beugte sich nun vor. »Übrigens: Wie geht es Ihnen? Sie scheinen sich gut von unseren *Persaba* erholt zu haben. Fühlen Sie sich kräftig genug, bald mit einer Reise zu beginnen?«

Bei der Unterhaltung während des Essens ging es um eher unwichtige Dinge. Jean wußte, was Mara damit bezweckte: Sie wollte ihr die Befangenheit nehmen. In ihrem Innern versteifte sich etwas, und sie ließ sich nicht anmerken, daß Aernath ihr bereits einen Tip gegeben hatte. »Eine Reise?« erwiderte sie im Plauderton. »Zu einem Ort, wo wir in aller Ruhe mit dem *Quadrotritikal* arbeiten können? Aernath sagte mir, er habe einige Samen mitgebracht.«

Mara lächelte flüchtig und schüttelte den Kopf. »Nein. Selbst wenn wir hier auf Peneli Erfolg haben – ich bezweifle, ob es im Imperium eine sichere Welt für Sie gibt. Ich dachte an eine längere und schwierigere Reise. Ich brauche einen absolut zuverlässigen Kurier, der Starfleet etwas überbringen soll. Glücklicherweise stehen Sie zur Verfügung, und ich nehme an, Sie sind sehr an einer Rückkehr zur Föderation interessiert, nicht wahr?«

»Ich habe mehrmals Anspielungen auf irgendwelche Pläne gehört«, entgegnete Czerny. »Würden Sie mir bitte Einzelheiten nennen? Und was hat es mit dem ›Etwas‹ auf sich? Auf welche Weise soll die Reise stattfinden, wenn ich mich einverstanden erkläre, als Ihr Kurier zu fungieren? Ich brauche zumindest einige Informationen.« Jean hoffte, daß sie genau die richtige Mischung aus Vorsicht und Interesse zeigte.

»Peneli ist einzigartig im klingonischen Imperium: ein paradiesischer Planet mit großen natürlichen Ressourcen und fruchtbarem Boden. Sie kennen einige typischere Beispiele für unsere Welten. Zwar gibt es bei uns ein nur geringes Bevölkerungswachstum, aber wir brauchen trotzdem neuen Lebensraum. Die Föderation behindert unsere Expansion, und deshalb fordern viele Klingonen einen Vernichtungskrieg gegen den Völkerbund. Kang und seine Anhänger meinen, ein interstellarer Feldzug könne uns so sehr schwächen, daß wir bestenfalls eine Art Pyrrhussieg errängen, der den Untergang des Imperiums einleiten könnte. Kang übersieht dabei die Tatsache, daß eine derartige Konfrontation überhaupt nicht *nötig* ist — zumindest nicht im großen Maßstab. Er muß in die Lage versetzt werden, unverzüglich Verhandlungen mit der Föderation zu beginnen und dabei einen *Erfolg* zu erzielen. Verstehen Sie?« Maras Blicke durchbohrten Jean. Gewand und Umgebung betonten ihre Schönheit, beeinträchtigten jedoch keineswegs ihre Autorität. »Die Föderation sollte Kang an den Verhandlungstisch bitten — und ihm ein Angebot unterbreiten, das er nicht ablehnen kann.«

Mara schwieg.

»Bitte fahren Sie fort«, sagte Jean.

»Aufgrund der natürlichen Reichtümer ist Peneli für die Imperiale Flotte von besonderer Bedeutung. Kang braucht diesen Planeten und die Unterstützung der Penelianer. Er wird beides bekommen, auf die eine oder andere Art und Weise. Er will auch mich, und irgendwann bleibt mir gar nichts anderes übrig, als zu ihm zurückzukehren. Aber vielleicht erwartet ihn dann eine Überraschung — vorausgesetzt, wir können unsere Absichten verwirklichen.

Jean schob ihren Teller vorsichtig beiseite. »Ich möchte nicht unhöflich sein, aber wenn ich Starfleet erreiche und darum bitte, Kang ein gutes Angebot zu machen... Was bieten Sie als Gegenleistung an?«

»Wenn Sie der Föderation das bringen, was ich Ihnen mitgebe, so garantiere ich für Kangs Verhandlungsbereitschaft. Und wenn ich mich durchsetzen kann, bleibt Peneli nicht nur auf Kangs Seite, sondern wird auch zu einem Befürworter des Friedens. Ich lasse nicht zu, daß man die penelianischen Ressourcen in einem Krieg verschwendet!«

Jean musterte Mara neugierig. »Ich zweifle nicht an Ihrem guten Willen. Aber ich kenne Kang inzwischen recht gut. Wie wollen Sie ihn zu einem Verhalten zwingen, das er strikt ablehnt? Auf welche Weise wollen Sie ihn unter Druck setzen, sobald Sie sich in seiner Gewalt befinden?«

Die Klingonin zögerte, und Czerny glaubte, in ihren Zügen einen Schatten von Unsicherheit zu erkennen. Dann faßte sie sich wieder, griff nach einer kleinen Glocke und rief die Frau, die ihnen das Essen serviert hatte. Sie gab ihr ein Zeichen, und als sie das Erstaunen der Bediensteten bemerkte, sagte Mara: »Ja. Jetzt. Es ist soweit.« Sie wandte sich wieder an Jean und Aernath. »Ich mache Sie nun mit einem Geheimnis vertraut, das bisher nur zwei andere Personen kennen. Es ist außerordentlich wichtig, daß Sie niemanden im Imperium und nur diejenigen Starfleet-Repräsentanten einweihen, die unbedingt Bescheid wissen müssen.« Jean sah Aernath an, der ebenso verwundert zu sein schien wie sie selbst.

Die Bedienstete brachte einen vier- oder fünfjährigen Jungen. Der Knabe strahlte, als er Mara sah, zögerte dann und musterte sowohl Jean als auch Aernath.

»Schon gut«, sagte Mara sanft. »Komm.« Der Junge lächelte erneut und nahm auf ihrem Schoß Platz. Einige Minuten lang sprach die Klingonin leise mit ihm; offenbar ging es darum, wie er den Tag verbracht hatte. Dann sagte sie: »Erinnerst du dich an die wichtigste Regel?« Als er nickte, fuhr Mara fort: »Nun, heute abend können wir sie zum erstenmal außer acht lassen. Sie gilt noch immer, doch diesmal machen wir eine Ausnahme. Du kannst ganz offen sein. Wer bist du?«

»Ich bin Aethelnor von Peneli.«

»Wer ist dein Vater?«

Die Stimme des Knaben klang fröhlich und glockenhell. »Kang von Tahrn, Thronfolger des Imperators und Raumschiffkommandant in der Imperialen Flotte.«

»Wer ist dein Onkel?«

»Maelen von Peneli, Krieger und Regent, Verteidiger des Imperiums.«

Mara lächelte stolz und berührte das Kind an der Nasenspitze. »Sehr gut, Aethelnor. Und wer bin ich?«

Der Junge lachte und schlang seine Arme um den Hals der Klingonin. »Du bist meine Mutter.«

Mara drückte ihren Sohn einige Sekunden lang an sich, bevor sie aufstand. »Jetzt wird's Zeit für dich, ins Bett zu gehen. Komm.« Sie begleitete Aethelnor in den Flur, kehrte kurz darauf zurück und musterte ihre beiden verblüfften Gäste.

»Jetzt dürfte Ihnen klar sein, was – beziehungsweise *wen* – Sie zur Föderation bringen sollen, Miß Czerny. Mein Sohn wird garantieren, daß Kang am Verhandlungstisch Platz nimmt und eine Übereinkunft mit dem Völkerbund trifft.«

»Bei Cymeles Wimpern!« entfuhr es Aernath. »Weiß Kang davon?«

Mara schüttelte den Kopf und nahm wieder Platz. »Nur die Amme teilt unser Geheimnis, jene Frau, die Sie vorhin sahen. Ich wuchs bei ihr auf, und niemand sonst ahnte etwas von meiner Schwangerschaft. Nun, als früherer Offizier der Imperialen Flotte habe ich natürlich medizinische Kenntnisse.« Mara berührte Aernath an der Seite. »Sie half mir, als ich Aethelnor zur Welt brachte. Es gibt einige andere Personen, die von dem Jungen wissen, doch über seine wahre Identität sind sie nicht informiert. Sie wirken bekümmert.« Die letzten Worte galten Jean.

»Warum wollen Sie ihn aufgeben? Wie bringen Sie es fertig, ihn fortzuschicken, ihn der Föderation als ... Faustpfand zur Verfügung zu stellen?«

»Gibt es irgendeinen Grund zu der Annahme, daß ihm

bei Starfleet Gefahr droht, daß er dort schlecht behandelt werden könnte?« erwiderte Mara scharf.

»Nein!« antwortete Jean hastig. »Nein, natürlich nicht. Ich dachte nur...«

»Ich bin ebenfalls sicher, daß mein Sohn in Ihrer Heimat gut aufgehoben ist. Nun, es geht natürlich um mehr als nur darum, ihn zu einer Geisel zu machen, Miß Czerny. In einigen Jahren würde er mich ohnehin verlassen, um sich dem *Theld* seines Onkels anzuschließen.« Mara beugte sich vor. Sie sprach leise, betonte aber jedes einzelne Wort. »Ich möchte, daß er die menschliche Gesellschaft von innen her kennenlernt. Das ermöglicht ihm wichtige Erfahrungen, die ihm bei seinen Aufgaben helfen werden, wenn er Regent von Peneli ist. Außerdem schicke ich ihn nicht allein. Ein Tutor soll ihn begleiten.« Ihr Blick richtete sich auf den überraschten Aernath. »Sie.«

»Ich?« platzte es aus dem Klingonen heraus. »Wieso?«

»Weil Sie mir und unserer Sache auf diese Weise weitaus nützlicher sind. Sie haben bereits mit unseren landwirtschaftlichen Experten gesprochen und ihnen von den Ergebnissen Ihrer Forschungsarbeiten berichtet. Ich bin sicher, sie kommen nun allein zurecht. Nun, die menschliche Kultur fasziniert Sie, aber gleichzeitig besteht nicht der geringste Zweifel an Ihrer Loyalität Kang und mir gegenüber. Sie sind vielseitig und anpassungsfähig, haben alle Fähigkeiten, die ein guter Unterweiser braucht. Bestimmt sind Sie ein ausgezeichneter Tutor.«

»Aber...«, begann Aernath.

»Das ist ein Befehl.«

»Ja, Dematrix.« Aernath neigte den Kopf.

»Vielleicht dauert das Exil recht lange«, fügte Mara etwas sanfter hinzu. »Aber es dürfte alles andere als unwürdig sein.«

»Meine nächste Frage haben Sie bereits zum Teil beantwortet«, warf Jean ein. »Es freut mich, daß Aernath mitkommt. Wann brechen wir auf? Und wie ist die Reise geplant?«

Mara musterte sie kurz, und in ihrem Blick zeigte sich stumme Anerkennung. »Heute abend geht's los. Kang hat natürlich bereits mit der Suche nach Ihnen begonnen, und es ist nur eine Frage der Zeit, bis er herausfindet, wohin man Sie gebracht hat. Aber bestimmt rechnet er nicht damit, daß Sie Peneli verlassen. Es wäre logisch, Sie irgendwo auf diesem Planeten zu verstecken. Wenn wir einen Erfolg erzielen wollen, müssen wir möglichst schnell handeln.« Offenbar wollte die Klingonin schnell aufstehen.

»Darf ich noch eine Frage an Sie richten?« erkundigte sich Jean.

Mara zögerte und ließ sich wieder auf die Matte sinken. »Ich höre.«

»Was bedeutet *Aetheln?*«

»Wie in Aethelnor? Die Nachsilbe heißt soviel wie ›tragen‹. Und *Aetheln* ... Nun, es gibt Parallelen zum terranischen Konzept des Kismet: Schicksal oder Verhängnis, die Bestimmung des Lebens. Darüber hinaus könnte man den Begriff mit dem konfuzianischen *Li* vergleichen – die Eigenschaft, die Gebote des Himmels wahrzunehmen und zu verstehen, dadurch den richtigen Platz im Gefüge des Seins zu finden. Wenn man von einer solchen Bedeutungsgrundlage ausgeht, läßt sich der Name Aethelnor mit dem von Konfuzius geprägten Ausdruck des *Chun-tzu* gleichsetzen: ›Prinzen-Sohn‹ oder ›überlegener Mann‹. Warum fragen Sie?«

»Oh, nur so«, murmelte Jean. »Kang erwähnte das Wort einmal, ohne es zu erklären.«

Mara lachte leise. »Kang kennt die terranische Kultur nicht so gut wie ich.« Als sie Czernys neugierigen Blick bemerkte, fuhr sie fort: »Damals, als wir uns an Bord der *Enterprise* befanden ... Kang verbot mir, mein Quartier zu verlassen, und deshalb verbrachte ich viele Stunden an einem Terminal des Bibliothekscomputers. Der Erste Offizier Spock erlaubte mir nur Zugriff auf wenige wissenschaftliche Dateien; ich rief also überwiegend historische und kulturelle Informationen ab.« Sie stand auf, und ihr Blick reichte kurz in die Ferne. »Vielleicht hat Aernath mehr Glück.«

Jean erhob sich ebenfalls. »Ich bin sicher, daß man ihm ein umfassendes Studium erlaubt.«

»Nun gut. Überleben und Erfolg – das wünsche ich Ihnen beiden. Ich hoffe, wir sehen uns am Verhandlungstisch wieder. Wenden Sie sich an Kyrnon, Aernath. Er nennt Ihnen alle Einzelheiten. Leben Sie wohl.«

Ihr erstes Ziel hieß Tsorn. Sie flogen mit einem kleinen, schnellen Kurierschiff, und bei der Reise blieben Zwischenfälle aus. Jean fröstelte in ihrem *Shurdik*, als sie auf dem Vorfeld des Raumhafens stand und über den roten Sand von Tsorn sah – eine Randwelt des klingonischen Imperiums, nicht weit vom stellaren Territorium der Föderation entfernt. Der Hauptkontinent bestand zum größten Teil aus Salztonebenen und weiten Sandwüsten. Praktisch nur in den Küstenbereichen gedieh einheimische Vegetation, und dort gab es auch Ackerland, das sich für Anpflanzungen eignete. Die Hauptstadt Ichidurtsukaitsorn – meistens nannte man sie nur Ichidur – erhob sich im Nordwesten, unweit des Meeres, und den Raumhafen hatte man weiter landeinwärts angelegt, am Rande der Wüste.

Auch Aethelnor zitterte. Jean zog den Knaben zu sich heran, hüllte ihn in ihren weiten *Shurdik*. Die lokale Tradition verlangte, daß Frauen auf Tsorn Kleidung trugen, die den ganzen Körper bedeckte, von Kopf bis Fuß. Vor dem Gesicht erstreckte sich ein Netzwerk aus dünnen Maschen, das nur den Blick nach vorn gestattete, nicht aber nach rechts und links. In dieser Region des Planeten war es Winter, und Jean begrüßte die Wärme des dicken Umhangs. Sie versuchte sich vorzustellen, wie es sein mochte, den *Shurdik* auch im Sommer zu tragen, wenn heißer Wind aus der Wüste wehte...

»Besser?« fragte sie den Jungen.

Aethelnor nickte. »Ja, jetzt ist mir nicht mehr so kalt.« Nach menschlichen Maßstäben verhielt er sich sehr zurückhaltend, zumindest Jean gegenüber. An Bord des Schiffes hatte er den größten Teil seiner Zeit mit Aernath verbracht. Der Klingone nahm seine Pflichten als Tutor sehr ernst und nutzte jede Gelegenheit, den Knaben zu unterrichten. Derzeit befand er sich im Verwaltungsgebäude, um die Einreiseformulare auszufüllen. Die Dokumente wiesen Czerny als eine Penelianerin aus, die ihren Sohn zum Onkel brachte, einem reichen Kaufmann in Ichidur. Abgesehen davon wußte Jean nichts, und einmal mehr fragte sie sich, wie sie Tsorn verlassen sollten. Aernath gab ihr keine Auskunft, meinte nur, es sei ein Treffen mit einem Kontaktmann vereinbart.

Der Wind wurde stärker, und Jean blickte durch das Geflecht vor ihren Augen, bemerkte einige Regentropfen. Sie nahm auf einem der beiden Behälter ihres ›Gepäcks‹ Platz und bedeutete Aethelnor, sich auf ihren Schoß zu setzen. Dadurch konnte sie ihn besser vor Wind und Regen abschirmen. *Himmel, wie können es die Frauen von Tsorn aushalten, ständig solche Kleidung zu tragen? Wie orientieren sie sich?* Es war sinnlos, den Kopf zu drehen und nach Aernath Ausschau zu halten. Der *Shurdik* bewahrte sie davor, als Terranerin erkannt zu werden, aber er stellte auch eine enorme Behinderung dar.

Jean zuckte nervös zusammen, als direkt hinter ihr eine Stimme erklang.

»Hier. Nehmen Sie das Gepäck und folgen Sie mir.« Aernath und ein Bediensteter. Der zweite Klingone griff nach den großen Taschen, und Aernath winkte knapp, ging los, ohne ein weiteres Wort zu verlieren. Die anderen folgten ihm. Er trug einen grauen Coverall, und damit entsprach seine Aufmachung der eines tsornianischen Zivilisten. Vermutlich deuteten kleine Abzeichen und eher unauffällige Stickereien auf Stand und Status hin, aber Jean wußte diese Hinweise nicht zu deuten.

Sie näherten sich einigen kleinen Kabinen. Der Bedienstete stellte die beiden Behälter in einer davon ab, und Aernath forderte Jean und den Knaben auf, die Kapsel zu betreten. Hinter ihnen schloß er die Tür.

Nur wenige Sekunden später sank die Kabine nach unten, und Jean drehte sich überrascht zu Aernath um. Seine Aufmerksamkeit galt einem kleinen Schaltfeld an der Wand. Eine Zeitlang betrachtete er die bunten Symbole, und schließlich betätigte er mehrere Tasten. Er erklärte Aethelnor die Kontrollen, und Czerny hörte zu. »Siehst du das hier? Die hellen Sensorpunkte informieren über alle von hier aus erreichbaren U-Tunnel. Man braucht nur auf eine Taste zu drücken, um zu einem bestimmten Ort zu gelangen.« Die Kapsel verharrte. »Jetzt warten wir darauf, an einige andere Transporteinheiten gekoppelt zu werden, deren Passagiere das gleiche Ziel gewählt haben. Es dauert nur wenige Minuten.«

Aernath behielt recht. Kurz darauf setzte sich die Kabine wieder in Bewegung, und in Ichidur kehrte sie an die Oberfläche zurück.

Kalter Wind wehte, und der Nieselregen ließ die Farben der Stadt verblassen, hüllte sie in ein graues Gewand. Als Aernath die beiden Taschen holte, näherte sich ein kleines Fahrzeug. Der Mann darin stieg aus, verschwand in einer Transportkapsel. Aernath trat sofort auf den Wagen zu, bei dem es sich offenbar um eine Art automatisches Taxi handelte, das ebenso gesteuert wurde wie die U-Kabinen: Man gab das gewünschte Ziel einfach per Tastendruck an.

Während der Fahrt versuchte Jean, sich trotz ihres beschränkten Blickfelds einen Eindruck von der Umgebung zu verschaffen. Weiter vorn sah sie den Steilhang, der die Küstenebene von der Wüste trennte. Er war nicht besonders hoch, genügte jedoch, um besondere meteorologische Bedingungen zu schaffen. Die während des Winters vom Ozean heranziehenden Wolken luden ihre Regenlast in dieser Region ab, bevor sie weiterzogen, und dadurch kam es im weiten Ödland nur selten zu Niederschlägen. Die winterlichen Temperaturen in Ichidur sanken fast nie unter den Gefrierpunkt, doch es herrschte ein ziemlich feuchtes Klima. Die tsornianische Architektur unterschied sich kaum von der auf Tahrn, Klairos und Peneli, verwendete hauptsichtlich massiven Stein. Jean beobachtete die gedrungenen Häuser, ihre sanft geneigten Dächer. Die Vegetation erschien ihr alles andere als vertraut. Gelegentlich fielen ihr große Bäume auf: Dicke Büschel aus Luftwurzeln reichten bis zu zwei Meter weit in die Höhe und wurden von einem kurzen Stamm gekrönt, der eine Art Plattform bildete. An ihrem Rande wuchsen Zweige und Äste, deren Blätter ein grünes Dach schufen. Der Anblick erinnerte Jean an die umgekehrte Darstellung eines planetaren Magnetfeldes.

Nach einer Weile hielt das Fahrzeug geräuschlos an. Erneut sah Jean aus dem Fenster und beobachtete eine fast völlig leere Straße. Sie stiegen aus, und Aernath holte ein kleines Gerät hervor, hielt es an die Tür des Taxis. Als der Zugang offen blieb, beugte er sich rasch vor und betätigte weitere Tasten des Kontrollfelds. Dann trat er zurück und ließ das Instrument sinken – der Wagen glitt davon.

Aernath wiederholte diesen Vorgang bei einem zweiten Fahrzeug und wandte sich dem nächsten zu.

»Was machen Sie da?« fragte Czerny.

»Eine Sicherheitsmaßnahme. Wir sollten am Raumhafen abgeholt werden, aber der Kontaktmann kam nicht. Sagen Sie kein Wort, wenn wir hier drin Platz nehmen.« Die Tür glitt auf, und Jean stieg ein.

Angespannt hockte sie auf der Kante ihres Sitzes und verfluchte erneut den *Shurdik*, der ihr Sichtfeld auf einen schmalen Ausschnitt der Umgebung begrenzte. *Wie soll ich mich verhalten, wenn wir in eine Falle geraten oder angegriffen werden? In diesem verdammten Ding kann ich mich überhaupt nicht zur Wehr setzen!*

Die Fahrt endete vor einer Mauer, die ein großes Gebäude umgab. Jean und Aethelnor blieben sitzen, als Aernath ausstieg und sich einer breiten Holztür im Wall näherte. Czerny konnte nicht genau sehen, was er dort anstellte, aber einige Sekunden später öffnete sich das Tor, und ein hochgewachsener, stämmiger Klingone trat auf das Fahrzeug zu, nahm die beiden Taschen. Sie folgten ihm durch die Tür, gingen über eine regenglatte Terrasse aus polyedrischen Fliesen und erreichten das Haus.

Dort erfuhren sie, daß ihr Kontaktmann auf dem Weg zum Raumhafen einen ›Unfall‹ erlitten hatte. Aernath zweifelte nicht daran, daß er während eines ISG-Verhörs mit dem Schmerzsimulator gestorben war, und daraus ergab sich das Problem, wer die nächste Etappe ihrer Reise zur Föderation vorbereiten sollte. Es blieb ihnen nichts anderes übrig, als auf eine zweite Kontaktperson zu warten.

Zum drittenmal an diesem Nachmittag sah Jean aus dem Fenster. Nach zwei langen Tagen hörte es endlich auf zu regnen.

Sie drehte sich um und musterte Aernath, der den Knaben in den Grundhaltungen des klingonischen Schwertkampfes unterwies. »Das Wetter hat sich gebessert. Könnten wir auf den Hof gehen und ein bißchen frische Luft schnappen?«

Aernath ließ den Fechtstab sinken und sah sie an. »Nun, warum nicht?«

Aethelnor stieß zu und traf den Mann an der Hüfte. »Ich hab' dich erwischt!«

Aernath lachte. »Ausgezeichnet! Man muß sofort angreifen, wenn der Gegner abgelenkt ist und sich eine Blöße gibt.« Etwas ernster fügte er hinzu: »Aber der richtige Ausdruck heißt ›Treffer‹. Denk daran. Ich schlage vor, wir setzen die Übungen draußen fort.«

Der Hof hinter dem Haus reichte bis zu einem Fluß. Dort gab es keine Mauer, nur einen kleinen Zaun und mehrere Zierpflanzen, durch deren Zweige man glitzerndes Wasser sehen konnte. Es dauerte noch etwa eine Stunde bis zur Abenddämmerung, und diesmal schien die Wintersonne recht warm. Aernath und der Knabe hoben erneut ihre Stöcke, und Jean näherte sich dem Zaun, bemerkte dabei ein seltsames, braunes Objekt vor einem Beet. Neugierig strecke sie die Hand aus und berührte es, wich erschrocken zurück, als sich das pelzige Etwas bewegte. Es war nicht etwa ein Baumstumpf, sondern ein Tier, das nun den Kopf hob und zu ihr aufsah.

»Aernath, sehen Sie nur! Was ist das für ein Wesen?«

Der Klingone gesellte sich zu ihr. »Oh«, machte er und winkte ab.»Ich erinnere mich nicht an den Namen, aber diese Geschöpfe sind harmlos. Wenn du es füttern möchtest, Aethelnor... Hol Brot aus der Küche.« Er wandte sich wieder an Jean. »Eine einheimische Lebensform«, erklärte er. »In den besiedelten Bereichen ernähren sie sich von Abfällen und sind recht zahm geworden. Niedlich, nicht wahr?« Er ging in die Hocke und streichelte das Tier. Es brummte leise, beschnüffelte Jean.

Czerny lächelte, ließ sich auf die Knie sinken und betrachtete das Geschöpf aus der Nähe. Es mochte ungefähr einen Meter lang sein, und auf dem Rücken des geschmeidigen Körpers erstreckte sich ein mahagoniroter Streifen. Die sechs Beine wirkten recht kräftig und waren ebenfalls mit einem dünnen Pelz besetzt. Der schmale Kopf wies keine erkennbaren Ohren auf, und über der spitz zulaufenden Schnauze glänzten zwei große, kupferfarbene Augen. Das Wesen richtete sich auf, und die Vorderpfoten tasteten nach Jean.

Jeans Lächeln wuchs in die Breite, als sie den Arm ausstreckte, um das Tier ebenfalls zu streicheln. Die Schnauze berührte ihre Hand, und plötzlich vernahm die junge Frau seltsame Geräusche. *Einsamkeit!* ertönte es, und das sonderbare Klimpern und Klirren verklang. *Du bist anders, ein Meehnsch. Das stimmt, ja? Du möchtest unterbrechen den Kontakt? Falsch. Ganz falsch. Man sucht dich. Komm mit mir.*

Jean wich verblüfft zurück, und sofort verstummte die mentale Stimme.

Aernath starrte sie verwirrt an. »Hat es dich gebissen?«

»Nein. Es sprach zu mir!«

Der Mann lachte — und brach ab, als er sah, daß es Jean ernst meinte. »Unsinn. Ich habe nichts gehört. Das Wesen gab keinen Laut von sich. Diese Tiere sind fast immer still.«

»Himmel, es ›sprach‹ nicht in dem Sinne. Es... Ich vernahm die Stimme in meinen Gedanken. Zuerst erklang Musik, und dann folgten Worte. Hat die Spezies telepathische Fähigkeiten?«

»Nein. Es sind *Tiere,* Jean, und sie leben in kleinen Höhlen an den Ufern von Flüssen und Bächen. Nichts deutet auf eine soziale Struktur oder außergewöhnliche Intelligenz hin. Die Phantasie ist mit Ihnen durchgegangen.«

Jean schüttelte den Kopf. »Es hat mir gesagt, ich sei anders, ein Mensch, und man suche nach mir. Ich soll es begleiten. Hier, versuchen Sie's.«

Aernath winkte ab, aber als Czerny darauf bestand, hob er die Hand und wiederholte das Bewegungsmuster der Frau. Das Tier sah ihn an, rührte sich nicht von der Stelle. Nach einigen Sekunden drehte es den Kopf und richtete seinen Blick wieder auf Jean.

»Nichts«, brummte Aernath. »Sie...« Er runzelte die Stirn, als er beobachtete, wie sich Jeans Gesichtsausdruck veränderte und gespannte Aufmerksamkeit zeigte.

Diesmal war das Klimpern wesentlich leiser. *Das Ich deines Begleiters kann keine Verbindung herstellen. Es ist anders. Komm jetzt. Machen wir uns auf den Weg.*

Nein, erwiderte Czerny. *Ohne Aernath bin ich nicht imstande, dich zu begleiten. Er glaubt, ich bilde mir alles nur ein. Wohin willst du mich bringen? Und warum soll ich mit dir kommen?*

Die Musik wurde etwas lauter, und Jean spürte, wie sich eine fremde Gedankensphäre dehnte und lauschte. *Jemand wartet auf dich. Jenes Selbst sagt, der seltsame Vogel fliegt, wenn die Sonne ihren Bau verläßt. Teil es Aernath-Ich mit. Und komm.* Das psychische Flüstern drängte, berichtete von Bedeutung und Wichtigkeit.

Czerny zog die Hand zurück, doch die Pfoten des Tiers

lösten sich nicht von ihren Fingern. »Aernath, es hat mich darauf hingewiesen, mit Klingonen sei keine telepathische Verbindung möglich. Es möchte mich zu einer Person bringen, die auf mich wartet. Können Sie damit etwas anfangen? ›Der seltsame Vogel fliegt, wenn die Sonne ihren Bau verläßt.‹«

Sofort veränderte sich Aernaths Gebaren. »Unglaublich! Aber wie... Nun, es spielt keine Rolle. Wichtig ist nur, daß die Losung stimmt. Wenn Sie wirklich mit dem Geschöpf ›sprechen‹ können, Jean... Fragen Sie es, was für ein Vogel gemeint ist.«

Die junge Frau beugte sich zu dem Tier vor, sah dann wieder Aernath an. »Ein seltsamer Vogel, den es nicht kennt. Ein Vogel, der am Himmel kreist, den Boden beobachtet und nach Beute sucht.«

Der Klingone schürzte nachdenklich die Lippen. »Könnte es wirklich...« Er beendete den Satz nicht, stand auf. »Warten Sie hier.« Als Aernath im Haus verschwand, kam Aethelnor mit dem Brot, und Jean half ihm dabei, das Tier zu füttern. Es leckte nach den Krumen, schmatzte laut und gab durch nichts zu erkennen, intelligent zu sein. Nach dem letzten Brocken beschnüffelte es hoffnungsvoll die Hand des Knaben, ließ sich dann zurücksinken und beleckte sein Fell.

Aethelnor lachte erfreut und lief los, um noch mehr Brot zu holen. Das Wesen reagierte sofort, kroch zum Zauntor, verharrte dort und sah Jean an. Es kehrte zurück, schloß die Vorderpfote um den Zeigefinger der Frau und preßte seine Schnauze an ihre Hand — wie eine Katze, die gestreichelt werden wollte. Einmal mehr hörte/fühlte Jean das drängende *Komm!* Es klang melodisch, und Czerny vernahm verschiedene Untertöne, die sich zu einer verlockenden Harmonie vereinten...

Aernath schüttelte sie an der Schulter. »Jean?« Er schien erleichtert zu sein, als sie aufsah. »Wohin will uns das Tier führen?« Er hatte sowohl seinen Mantel als auch den *Shurdik* mitgebracht.

»Am Flußufer entlang. Ich nehme an, es ist nicht sehr weit.«

Aernath reichte ihr den dicken Umhang. »Na schön. Streifen Sie das Ding über. Dann kann's losgehen.«

»Und Aethelnor?«

»Er ist hier gut aufgehoben. Die Köchin sorgt dafür, daß er beschäftigt bleibt.« Aernath öffnete das kleine Tor, und zusammen mit Jean ging er an den Bäumen vorbei zum Ufer. Dort fanden sie eine kleine Anlegestelle, an der ein Boot dümpelte. Offenbar diente es nur für kurze Ausflüge — eine lange Stange ersetzte die Ruder.

Jean kniete im Bug nieder, und Aernath löste die Leine. Das Tier war in einem Bau verschwunden, und nun tauchte es direkt neben dem Boot auf. Nur die spitze Schnauze ragte aus dem dunkelroten Wasser, hinterließ eine V-förmige Welle. Jean hob den Saum ihres *Shurdik* und tauchte die Hand ins Naß. Sofort schwamm das Wesen herbei und berührte ihre Finger. *Hier entlang,* erklang es, begleitet von bezaubernder Musik. *Gegen die Strömung.*

»Stromaufwärts, Aernath.«

Für die besondere Färbung des Wassers waren die Wurzeln der großen *Llngen*-Bäume verantwortlich, die hier und dort am Ufer wuchsen. Die Sonne versank hinter dem Horizont, und das Dämmerungsglühen glitt über den Fluß, verlieh ihm etwas Irreales. An den Böschungen verdichteten sich bereits die Schatten, als Aernath das Boot fast völlig geräuschlos durch das Wurzelgewirr dirigierte. Hier und dort lösten sich Tropfen von graugrünen Blättern. Jean verglich die Szenerie mit der eines urzeitlichen Regenwalds.

Immer wieder preßte das Tier die Schnauze an Czernys Hand und gab ihnen Richtungshinweise. Nach einer Weile wurden die Abstände zwischen den einzelnen Häusern am Ufer größer, und die *Llngen* wichen zurück — ein parkartiges, vernachlässigt wirkendes Gelände folgte. Das Wesen forderte sie auf, einen überwucherten Kai anzusteuern, und dann schwamm es fort.

Aernath fluchte leise, warf die Fangleine und half Jean beim Aussteigen. »Bei Cymeles Umhang! Das ist doch verrückt! Was erwartet man jetzt von uns? Sollen wir einen Spaziergang im Park machen? Vorsichtig, hier fehlt eine Planke.« Er hielt die junge Frau am Arm fest.

Aernaths Unbehagen erwies sich als ansteckend, und Jean blieb dicht an seiner Seite, sprach mit leiser Stimme, obwohl weit und breit niemand zu sehen war. »Ein Spaziergang? Warum nicht? Das Tier sagte nur: ›Geht und sucht Nahrung.‹« Ein schmaler, mit Unkraut bewachsener Pfad führte am Flußufer entlang. Sie folgten dem Verlauf des Weges und begegneten nur zwei Personen: einem kleinen Jungen, der angelte, und einem hochgewachsenen romulanischen Gelehrten, der auf einer Bank Platz genommen hatte und las.

Schließlich wandte sich der Pfad vom Ufer ab und führte durch ein Wäldchen. »Dies scheint einmal ein botanischer Garten gewesen zu sein«, meinte Aernath. »Aber er ist in einem jämmerlichen Zustand.« Auf der anderen Seite des Hains erhob sich ein gewaltiger *Llngen* am Rande einer Lagune. Auf der Plattform stand ein rustikales Gebäude, das mit dem Dickicht aus Blättern und Zweigen zu verschmelzen schien. Das Haus diente als Restaurant und Herberge. »Vielleicht finden wir hier die ›Nahrung‹, nach der wir suchen sollen. Kommen Sie.«

Jean und Aernath kletterten eine schmale, steile Holztreppe hoch. Der *Shurdik* stellte sich einmal mehr als Behinderung heraus, und Czerny hoffte, daß sie nicht stolperte und fiel. Im Eingang des Hauses trat ihnen der Wirt entgegen. »Willkommen, Landsmann. Leider kann ich Ihnen derzeit keinen separierten Speiseplatz anbieten. Der letzte ist für einen Gast reserviert, der ein Zimmer gemietet hat und normalerweise um diese Zeit ißt. Wenn Sie ein wenig warten möchten... Vielleicht wird bald einer der anderen Plätze frei.«

Aernath deutete eine Verbeugung an und erwiderte förmlich: »Es hat keine Eile, Landsmann. Ich bin durchaus bereit, mich zu gedulden.« Der Wirt geleitete ihn zu einem Tisch, und Jean folgte in einem gewissen Abstand. Sie beobachtete, daß sich Aernath wie beiläufig umsah, bevor er einen Platz wählte, von dem aus er die Tür im Auge behalten konnte. Er bestellte sich etwas zu trinken, und die junge Frau ließ sich ihm gegenüber auf einen Stuhl sinken. Der Brauch verlangte, daß sie sich still verhielt und darauf verzichtete, irgend etwas zu sich zu nehmen, bis sie sich in ein Séparée zurückzogen. Soweit sie das feststellen konnte, befanden sich nur drei andere Personen im Raum: ein junger Mann, der wie ein Student wirkte (in der einen Hand hielt er eine Gabel, in der anderen ein Buch), und zwei ältere Klingonen, die in einer Ecke *Tsungu* spielten.

Der Wirt brachte Aernaths Getränk und ging zur Tür, um einen weiteren Gast zu begrüßen. Jean sah, wie sich Aernaths Finger fest um den Griff seines Kruges schlossen, und kurz darauf rückte die schwarze und scharlachfarbene Uniform der Imperialen Sicherheitsgarde in ihr Blickfeld. Doch der Gardist bedachte sie nur mit einem gleichgültigen Blick, ging weiter und gesellte sich den *Tsungu*-Spielern hinzu. »Das Übliche, Amar«, sagte er. »Und zwar ein bißchen flott.«

Der Wirt verneigte sich und eilte fort.

Kurze Zeit später wies Aernaths Gesichtsausdruck darauf hin, daß noch jemand hereinkam, und Jean wartete gespannt. Nach einigen Sekunden erkannte sie den romulanischen Gelehrten, den sie bereits im Park gesehen hatte. Er ging an ihrem Tisch vorbei, näherte sich einer von drei Türen in der gegenüberliegenden Wand. *Ein romulanischer Gelehrter? Ausgerechnet hier?* Aernath hatte von Romulanern auf Tahrn gesprochen, und Jean erinnerte sich, am tsornianischen Raumhafen einige Rihannsu bemerkt zu haben. Zum erstenmal bekam sie nun Gelegenheit, einen Romulaner aus der Nähe zu beobachten – unter anderen Umständen wäre das sicher sehr interessant gewesen.

Der Wirt brachte dem Gardisten einen Teller und verschwand dann in dem Zimmer, das der Gelehrte betreten hatte. Jean richtete ihre Aufmerksamkeit auf den ISG-Mann, plötzlich dankbar für die Anonymität des *Shurdik.* Der Wächter nahm seine Mahlzeit ein, blickte dann und wann zum *Tsungu*-Brett auf dem Nebentisch.

Nach einigen Minuten näherte sich Amar mit einer Flasche Wein. »Der romulanische Gelehrte übermittelt Ihnen seine Grüße und lädt Sie ein, seinen Speiseplatz mit Ihnen zu teilen. Er meint, es bereite ihm keine Unannehmlichkeiten, noch etwas auf seine Mahlzeit zu warten.«

Aernath nahm die Flasche entgegen und drehte sie nachdenklich. »Bitte antworten Sie ihm, daß ich... Nein, ich spreche selbst mit ihm.« Er stand auf, gab Jean ein unauffälliges Zeichen und schritt durchs Zimmer. Czerny folgte ihm gehorsam. Der Wirt öffnete die Tür und wich beiseite, um ihnen Einlaß zu gewähren.

Der Romulaner kehrte ihnen den Rücken zu, und seine Silhouette zeichnete sich vor dem Gitter ab, durch das man die Lagune sehen konnte. Das Zimmer erinnerte Jean an Maras Kammer: Eine dicke Matte lag auf dem Boden, und das Essen wurde auf einem niedrigen Tisch serviert. Sie traten näher, und Czerny nahm sich ein Beispiel an Aernath, neigte den Kopf, als sich der Romulaner umdrehte. Dadurch verrutschte das Maschengeflecht vor ihrem Gesicht, und eine Zeitlang war sie völlig blind.

»Es ist sehr großzügig von Ihnen, uns diesen Bereich anzubieten«, sagte Aernath. »Empfinden Sie unsere Präsenz wirklich nicht als störend?«

Der Romulaner winkte ab. »Ein altes Sprichwort lautet: ›Der Geierfalke fliegt nur beim Morgengrauen und während der Abenddämmerung...‹«

»...›und der kluge Jäger sollte nicht des Mittags nach ihm Ausschau halten‹«, beendete Aernath den Satz. »Ja, ich kenne diese Redensart.«

»Geduld ist eine Tugend, die sowohl von Gelehrten als auch von Jägern geschätzt wird. Es macht mir nichts aus, ein wenig zu warten.«

Aernath bückte sich, um die Stiefel auszuziehen. »Wenn Sie bereit wären, mich mit Ihrer Gesellschaft zu ehren... Wir könnten zusammen speisen.«

Jean gab ihre Bemühungen auf, den oberen Teil des *Shurdik* zurechtzurücken. Sie bückte sich ebenfalls und streifte die Schuhe ab.

Der Romulaner klang überrascht. »Wird damit nicht der Zweck eines separierten Speiseplatzes in Frage gestellt?«

»Wir sind hier Außenweltler wie Sie. Ich respektiere die auf Tsorn gebräuchlichen Sitten, aber ich sehe nichts Verwerfliches darin, in der Anwesenheit eines Fremden zu essen. Verletzt es Ihr Ehrgefühl, Ihre Mahlzeit in der Präsenz einer Frau einzunehmen?«

»Wer viel unterwegs ist, der lernt rasch, andere Bräuche zu achten«, erwiderte der Romulaner höflich. »Es wäre mir eine Freude, gemeinsam mit Ihnen zu essen.« Er drehte den Kopf und gab eine Bestellung auf.

Aernath richtete ebenfalls einige Worte an den wartenden Amar und wandte sich dann an Jean. »Wenn der Wirt die Mahlzeit gebracht hat und wieder gegangen ist, kannst du den *Shurdik* ablegen und uns bedienen.«

Er benutzte ein herablassendes Du, und es hatte eine seltsame Wirkung auf Czerny, berührte irgend etwas in ihr. Sie gab keine Antwort, kaute auf der Lippe und spürte, wie sich vage Hoffnung mit Ärger verband. Aernath kehrte den männlichen Stolz heraus, spielte seine Rolle fast *zu* gut. Mürrisch zupfte sie an den Seiten der Kapuze. *Verdammt, wie kommen die Frauen dieser Welt nur mit einem solchen Ding zurecht? Kein Wunder, daß man auf den Straßen fast nur Männer sieht!* Es gelang ihr, das Maschengeflecht wieder an den richtigen Platz zu rücken, stellte fest, daß Aernath und der Romulaner inzwischen am Tisch Platz genommen hatten. Aernath saß ihr und der Tür gegenüber, und Jean sah nur den Rücken des Rihannsu.

»Mein Fachgebiet heißt Philosophie«, sagte der Gelehrte. »Aber ich interessiere mich auch für Zoologie und Botanik, und daher habe ich diesen Ort für meine Meditationen gewählt. Hier wird man nicht gestört und kann sich in aller Ruhe mit vielfältigen Dingen befassen. Sie dürfen ganz offen sein.«

»Wir brauchen also kein Blatt vor den Mund zu nehmen?« vergewisserte sich Aernath.

»Das Zimmer hat keine Ohren, und der Wirt ist sehr... diskret.«

Unser Kontaktmann! fuhr es Jean durch den Sinn. Er trug einen schwarzen, samtenen Umhang: die Säume von Schal und Kapuze bestanden aus grauem Pelz. Von hinten betrachtet wirkte er fast wie ein Vulkanier, was die junge Frau nicht überraschte: Immerhin hatten Romulaner und Vulkanier gemeinsame Vorfahren. Die Bewohner Vulkans entschieden vor einigen Jahrtausenden, sich von dem angeblichen Ballast ihrer Emotionen zu befreien und dadurch die Gewalt zu besiegen, doch die Rihannsu bewahrten sich den Emotionalismus ihrer Ahnen. Offenbar lag ihnen nichts daran, Beziehungen zur Föderation herzustellen, aber allem Anschein nach hatten sie eine Art Bündnis mit den Klingonen geschlossen.

»Nun«, begann Aernath, »dann berichten Sie mir bitte von Ihren Plänen...« Er unterbrach sich plötzlich, als der Wirt zurückkehrte. »... von Ihren Plänen in bezug auf die Untersuchungen der tsornianischen Flora und Fauna.«

»Dieser Planet wartet tatsächlich mit vielen Überraschungen auf. Ich denke nur an die *Llngen*-Bäume — sie sind wirklich einzigartig. Oder die *Ngkatha*-Tiere. Eine höchst interessante Spezies, mit der man sich eingehender befassen sollte. Ihre Kommunikationsmethoden sind wahrhaft faszinierend.«

»Ja, das habe ich gehört«, kommentierte Aernath trokken. Er sah den Wirt an. »Vielen Dank, Landsmann. Ich wäre Ihnen sehr verbunden, wenn Sie dafür sorgen könnten, daß wir nicht gestört werden.«

Amar bestätigte mit einem diensteifrigen Nicken und verließ das Zimmer.

Jean seufzte erleichtert, legte den *Shurdik* ab und griff nach den Tellern. Einen stellte sie vor den Romulaner, und den anderen reichte sie Aernath. Aus den Augenwinkeln musterte sie den Rihannsu, und erneut fiel ihr die große Ähnlichkeit mit einem Vulkanier auf. Er sah fast aus wie...

Die junge Frau war so verblüfft, daß sie das Gleichgewicht verlor und fiel. Sie hielt sich am Tisch fest, und zum erstenmal musterte sie ungehindert die Züge des Romulaners. Nein, es konnte kein Zweifel mehr bestehen.

»Mr. Sp...«

Der Vulkanier beugte sich rasch vor, preßte ihr sanft die Hand auf den Mund und schüttelte den Kopf.

»Ich hätte Sie warnen sollen«, sagte er. »An jener Stelle bin auch ich mehrmals gestolpert. Sind Sie verletzt?« Spock nahm die Hand nicht von Jeans Mund, als er ihr half, Platz zu nehmen. Er ließ sie erst sinken, als er ganz sicher sein konnte, daß Czerny sich wieder voll in der Gewalt hatte.

»Es ist alles in Ordnung mit mir, danke«, brachte sie hervor. Aernath starrte sie verwirrt an, und sie beantwortete seine unausgesprochene Frage mit einem knappen Nikken, deutete dabei auf den ›Romulaner‹. Ja, sie kannte ihn. Und damit noch nicht genug. Sie hatte fast das Gefühl, an Bord der *Enterprise* zurückzukehren. Mehr als ein halbes Jahr war verstrichen, und nun wich der Kummer neuer Hoffnung. Bereitwillig holte sie die anderen Teller und Schüsseln.

»Wir würden gern erfahren, was Sie auf Tsorn erlebten und welche Reisen Sie planen«, sagte Aernath, als sie alle am Tisch saßen.

»Und ich interessiere mich für *Ihre* Reisen«, entgegnete Spock. Er beugte sich vor und hob die Hand. »Mit Ihrer Erlaubnis...«

Es dauerte einige Sekunden, bis Jean begriff, um was der Vulkanier bat. Natürlich. Die logische Entscheidung. Ein kurzer Kontakt — und ein Bericht, den niemand belauschen konnte. Trotzdem zögerte sie. Sie vertraute Spock und freute sich sehr darüber, ihn wiederzusehen, aber sie erzitterte innerlich bei der Vorstellung, ihren Geist mit dem Bewußtsein des Vulkaniers zu verschmelzen. Sicher stellte er dabei unter anderem fest, daß sie versucht gewesen war, ihn zu umarmen – ein emotionales Verhalten, das in direktem Gegensatz zur vulkanischen Natur stand und ihm sicher Unbehagen bereitet hätte. Jean dachte an die Ereignisse der vergangenen Monate... »Alles?« fragte sie leise.

Spock bemerkte ihr Zögern. Sein Gesicht verriet nichts, doch die Distanz zwischen ihnen schien zu wachsen. »Nur das, was Sie für wichtig halten.«

Was bin ich doch für eine Närrin! dachte Jean. *Die psychische Verbindung ist für ihn mindestens ebenso unangenehm wie für mich.* Sie vollführte eine zustimmende Geste. »In Ordnung.«

Dennoch prickelte Panik in ihr, als die dünnen Finger des Vulkaniers nach den Schläfen tasteten.

Feuer und Eis. In der Nähe ihrer Heimat auf Aldebaran gab es einige geothermische Quellen. Als Mädchen hatte sie oft im warmen Dampf gestanden, dort wo der Gletscher am heißen Boden endete. Rechts und links floß Schmelzwasser, erstarrte hier und dort zu seltsamen Strukturen, die dann wieder tauten. Eine Region der ständigen Veränderungen, eine Zone, in der sich Hitze und Kälte umarmten...

Hinter ihrer Stirn ging es nun ähnlich zu, und Jean empfand diese Erfahrung als sehr verwirrend. Wie ein Vulkanier Magnetfelder zu sehen – ebensogut konnte man die Farbe Rot schmecken.

Und während sie voller Ehrfurcht staunte, mit dem Wunder einer völlig anders gearteten Erlebniswelt konfrontiert wurde, sich auf einem Strom fremder Gedanken treiben ließ... Spocks kühle Logik drang vorsichtig durch die einzelnen Schichten ihres Bewußtseins, betätigte mentale Schalter, stellte synaptische Verbindungen her, prüfte

Erinnerungen, analysierte Reminiszenzen — so ungeheuer schnell, daß sich Jeans Ich auf die Rolle eines Beobachters beschränken mußte, zu einem unbeteiligten Zuschauer wurde. Sie kam gar nicht dazu, irgendwelche Einwände zu erheben, wenn sich Spocks mentale Sensoren auf bestimmte Bildstrukturen richteten. Sie fühlte die Veränderungen im Fokus seiner Aufmerksamkeit nur deswegen, weil die Sondierungen zumindest gewisse Interaktionen erforderten. Und Czerny begriff: Sie konnte dem vulkanischen Selbst ebensowenig widerstehen wie Materie dem Gravitationssog eines Schwarzen Lochs. Dennoch gab es Barrieren, dunkle Stellen im Licht des Erkennens. Spock schien zu spüren, welche Bereiche des Gedächtnisses privat bleiben sollten; irgendein innerer Reflex schützte sie. Jeans Furcht ließ allmählich nach, und gleichzeitig wurde das Strömen in ihr träger — Schmelzwasser, das nun zu erstarren begann? —, verharrte an einigen bestimmten Synapsen. Sie nahm Verwirrung und Sorge wahr, eine Frage, die unmittelbar darauf eine Antwort bekam, ohne daß Jean wußte, worum es ging. Die Lücke blieb, füllte sich nicht.

Ich habe Ihre Wünsche respektiert und versucht, Ihre emotionale Belastung in Grenzen zu halten, flüsterte es. Die Botschaft bestand nicht nur aus Worten. Spock wußte natürlich, was Czerny empfunden hatte, und gleichzeitig betrachteten ihre mentalen Augen das Ergebnis der Analyse. Offenbar wollte ihr der Vulkanier nur Zeit geben, wieder zu sich zu finden, sich über ihre Reaktionen klarzuwerden, die Spocks Einschätzungen bestätigten.

Jean stabilisierte ihr Denken. *Ja, danke.*

Sie brauchen mir nicht zu danken.

Die junge Frau schickte nun eine eigene Sonde aus und verstärkte die Verbindungen zum anderen Bewußtsein. Sie trieb nicht mehr nur in der Strömung, sondern gab ihren Bewegungen ein Ziel. Irgendwo stieß sie auf etwas Zähes, übte vorsichtigen Druck aus und spürte ... ein diszipliniertes Warten, die Bereitschaft, sich zu öffnen und ebenfalls ein psychisches Ertasten zu gestatten, das jedoch wesentlich langsamer vonstatten ging. Czernys Ich schwebte dicht hinter einer unsichtbaren Grenzlinie und blickte in die Gewölbe der vulkanischen Seele. Sie sah... was? Es gab keine geeigneten menschlichen Begriffe, um zu beschreiben, was sich ihren neugierigen Blicken darbot. Energie brodelte und kochte, floß am Eis einer kalten Selbstbeherrschung vorbei, nagte ständig an kleinen Vorsprüngen, schliff glatt und formte. Jean überlegte, ob sie sich einfach *fallen* lassen sollte. Aus irgendeinem Grund war sie völlig sicher, daß keine Gefahr bestand, sich zu verrennen oder zu ersticken. Sie konnte sich von dem Feuer tragen lassen, bis in die entferntesten Winkel des anderen Selbst... Es zitterte und bebte vor ihr, und wieder folgte die Bereitschaft, Einblick zu gewähren. Als Jean die *Hand* ausstreckte, berührte sie eine substanzlose Membran, die zwar langsam nachgab, aber nicht riß. Sie gelangte zu der instinktiven Erkenntnis, daß sie sich taktvoll zurückziehen mußte. *Ja, natürlich,* sagte sie. *Ich verstehe.* Sofort verflüchtigte sich der Widerstand. *Aber eine Sache erscheint mir noch immer rätselhaft...* Sie griff in sich selbst hinein, strich mit einem mentalen Finger über den Rand der Lücke.

Ja, hörte sie Spock. *Wir haben uns Sorgen um Sie gemacht, insbesondere Dr. McCoy. Es ging dabei nicht nur um die auf Shermans Planet erlittenen Verletzungen, sondern auch um das Verhalten der Klingonen Ihnen gegenüber. Deshalb mußte ich nachprüfen... Wenn man die besonderen Umstände berücksichtigt, hatten Sie ›eine Menge Glück‹, wie Menschen sagen. Ihnen ist praktisch nichts zugestoßen.*

Aber die Lücke..., erwiderte Jean. *Mir ist, als hätte ich irgend etwas Wichtiges vergessen. Und wenn ich mich darauf zu konzentrieren versuche, gleitet das Etwas fort und verbirgt sich vor mir.*

Ich kann Ihnen versichern, daß dieser Faktor keine Rolle mehr spielt, erklang Spocks telepathische Stimme. *Dr. McCoy meinte, nach Gehirnerschütterungen käme es häu-*

fig zu Amnesie. Wenn Sie zur Enterprise *zurückkehren, kann er Ihnen bestimmt helfen.* Der Widerstand kehrte zurück, schuf diesmal eine festere Membran. *Wir müssen uns bald trennen und sehen uns erst am Treffpunkt wieder. Daher wäre es ratsam, weiterhin in Verbindung zu bleiben. Falls Sie einverstanden sind, unterbreche ich den Kontakt nicht ganz, sobald ich mich zurückziehe. Ich bin sicher, die meiste Zeit über spüren Sie nichts davon, daß ein Teil meines Ichs bei Ihnen bleibt. Aber wenn es die Situation erfordert, ist eine direkte Verständigung möglich.*

In Ordnung, antwortete Czerny. *Wir bewahren die mentale Brücke, bis wir in der Föderation sind. Wissen Sie, beim zweitenmal ist es eigentlich gar nicht so schlimm.*

Beim zweitenmal?

Die Verwirrung kehrte zurück, und Jean deutete auf die Lücke. *Da ist es wieder. Ich habe keine Ahnung, wovon ich spreche.* Sie suchte nach einer Erklärung. *Vielleicht liegt es an unserem Kontakt mit Hilfe des* Ngkatha.

Das wäre durchaus möglich. Erneut brodelte Energie. Feuer und Eis. Hitze und Kälte, die sich in einer seltsamen Symbiose vereinten. Spocks Ich wich zurück, und es blieb nur ein kaum spürbares Pulsieren an Jeans Wahrnehmungshorizont, ein vages Prickeln im Unterbewußtsein.

Jean fühlte sich wieder allein in ihrer individuellen Einzigartigkeit, und sie musterte das ausdruckslose Gesicht des Vulkaniers, als Spock die Hand sinken ließ. »Ihre Reisen sind tatsächlich außerordentlich interessant gewesen«, sagte er und sah Aernath an. »Was ist mit Ihnen?«

Aernath erbleichte, als er begriff, daß Spock auch ihm eine Mentalverschmelzung anbot. Er wechselte einen raschen Blick mit Jean. »Ein *kurzer* Informationsaustausch erscheint mir angemessen«, sagte er schließlich.

Die Verbindung dauerte nur wenige Sekunden, und Czerny spürte ein vages Echo jener Panik, die sie ebenfalls empfunden hatte, als Spocks Finger sie an der Schläfe berührten. Kurz darauf lehnten sich die beiden Männer zurück, und Aernath wirkte erleichtert. »Und ich hielt meine

Störsender-Topfpflanze für ein echtes Phänomen«, murmelte er.

Während der Mahlzeit führten sie ein unverbindliches Gespräch über die tsornianische Flora und Fauna, und Jean stellte erstaunt fest, wieviel Wissen sich Spock in den wenigen Tagen auf diesem Planeten angeeignet hatte. Nach der Mahlzeit verabschiedeten sie sich förmlich. Czerny streifte wieder ihren *Shurdik* über und folgte Aernath zum Boot. Inzwischen war es völlig dunkel, doch sie kehrten sicher heim.

Jean stand in einer Ecke des Abreisebereichs, und Aethelnor rutschte nervös auf einer nahen Bank hin und her. Auch in der jungen Frau vibrierte Unruhe. In einigen Minuten würde das Signal ertönen, und dann konnten sie die Schranke zusammen mit den anderen Reisenden passieren. *Einige wenige Schritte, dann an Bord des Raumschiffes — und in die Freiheit!* Sie konnte es gar nicht abwarten, endlich den *Shurdik* abzulegen, Tsorn und das klingonische Imperium zu verlassen, die ständige Furcht zu vergessen. Zur Föderation!

Czerny preßte den Rücken an die kalte Steinwand. Das Maschengeflecht der Kapuze schränkte ihr Blickfeld ein, aber wenigstens konnte sich niemand von hinten nähern. Aufmerksam behielt sie die Umgebung im Auge.

Spock spielte wieder die Rolle des romulanischen Gelehrten, saß auf der anderen Seite des Zimmers und las in einem Buch. Aernath stützte den Fuß am Fenstersims ab und sah nach draußen, beobachtete das Start- und Landefeld des Raumhafens. Die Spitze seines Schwertes ragte unter den Falten des grauen Mantels hervor. Jean fragte sich, was er nun empfand. Aufregung? Fühlte er sich vielleicht bedrückt? Sie hätte ihn gern getröstet, ihm Mut zugesprochen. Nein, es gab nicht den geringsten Grund für ihn, sich Sorgen zu machen. Bestimmt kam er in der Föderation weitaus besser zurecht als im Imperium. *Er hat mir geholfen, und dafür werde ich mich erkenntlich zeigen.*

Aethelnor zupfte an Jeans Mantel. Sie beugte sich zu ihm herab. »Du mußt... was?« flüsterte sie. »Warum bist du nicht vorher auf die Toilette gegangen?« Sie sah sich hilflos um — so etwas war in ihrem Plan nicht vorgesehen. Aernath mußte sich darum kümmern. Jean führte den Knaben zu ihm, und kurze Zeit später verschwanden Mann und Kind hinter einer Ecke.

Ein rhythmisches Piepen erklang, und das purpurne Licht überm Ausgang wies darauf hin, daß die nächsten Passagiere durchs Tor gehen konnten. Jean schloß sich den anderen Reisenden an, hielt sich jedoch zurück und machte den Männern Platz, wie es die Tradition von ihr verlangte. Sie mußte ohnehin warten, bis Aernath mit den Dokumenten zurückkehrte.

In der Nähe des Tors lehnte sie sich an eine Säule, dankbar dafür, etwas Festes und Massives am Rücken zu spüren. Spock saß noch immer auf der Bank. Czerny konzentrierte ihre Gedanken auf das kühle, langsame Pulsieren in ihrem Innern. Die Präsenz der anderen Bewußtseinssphäre beruhigte Jean, und als sie den Kopf hob, stand Spock auf und reihte sich ruhig in die Schlange der Wartenden ein.

Vom Hauptterminal her ertönten laute Stimmen. Jean drehte sich ein wenig zur Seite und beobachtete mehrere ISG-Wächter, die sich dem Ausgang näherten. Hinter ihnen gingen weitere Gardisten, gekleidet in andere Uniformen. Ihr Anführer trug mehrere glänzende Abzeichen und Medaillen an der Brust, ging einem großen, korpulenten Mann voraus, dem eine weitere Soldaten-Phalanx folgte.

»Hathak«, zischte jemand in der Nähe. Jean spitzte die Ohren. »Durgath soll ihn verschlingen. Er schützt sich gut, aber irgendwann fällt er doch noch einem Attentat zum Opfer.«

Die Menge vor dem Tor geriet in Bewegung, schuf eine Gasse für den Neuankömmling und seine Eskorte. Czerny stand an der Säule, und daher konnte sie nicht zurückweichen, beobachtete nur.

Schultern und Arme mehrerer Gardisten berührten ihren *Shurdik,* als sie vorbeikamen. Das Gros der Kolonne hatte bereits den Ausgang erreicht, aber einer der Wächter blieb plötzlich stehen. Er hob ein Gerät, an dem bernsteinfarbene Kontrollampen blinkten und das beharrlich summte.

Der Uniformierte starrte Jean groß an, wirkte ebenso überrascht wie die junge Frau.

»Greift sie!« grollte er.

Zwei ISG-Wächter sprangen herbei und packten Czerny grob an den Armen. Sie gab einen gedämpften Schrei von sich, und ihre Gedanken gellten: *Spock! Helfen Sie mir!*

Der Kokon des Pulsierens platzte auseinander. Jean leistete verzweifelten Widerstand, und gleichzeitig beobachtete sie sich mit den Augen des Vulkaniers. Sein Verstand arbeitete plötzlich wie ein Computerprozessor: Blitzschnell analysierte er die Situation, erwog verschiedene Möglichkeiten und verwarf sie wieder. Er prüfte Alternativen, die Jean nie in den Sinn gekommen wären, berechnete nur geringe Erfolgsaussichten. Diesmal schrumpfte die mentale Distanz auf ein Minimum — Spock schuf nicht einmal eine Barriere, um sich vor Jeans Wut abzuschirmen. Das energetische Brodeln in ihm ließ nach, und der Gletscher seiner Selbstdisziplin wuchs auch dort, wo eben noch Feuer brannte.

Czerny klammerte sich an dem Felsen der vulkanischen Unerschütterlichkeit fest. *Es hat keinen Sinn, Spock. Bringen Sie Aernath und Aethelnor in Sicherheit. Ganz gleich, was mit mir geschieht — sie müssen die Föderation erreichen. Und sagen Sie Aernath*... Das andere Bewußtsein kam ihr zuvor, berührte und verstand. Dann durchstieß es Jeans erschrockene Furcht, bohrte sich in ihre Seele, tiefer als sie es für möglich gehalten hätte. Es zerrte und knetete, formte und zerriß. Irgend etwas gab nach, und die junge Frau schmeckte das aschgraue Echo ihres eigenen Todes. *Was*...

Es bietet nicht viel Schutz, aber mehr kann ich derzeit

nicht für Sie tun. Ich halte die Verbindung, so lange es geht, und ich werde Ihnen so bald wie möglich Hilfe schikken. Halten Sie durch. Geben Sie die Hoffnung nicht auf. Das helle Licht des Kontakts reduzierte sich wieder auf ein mattes Glimmen, und von einem Augenblick zum anderen kehrte Jean in ihr eigenes Körper-Ich zurück.

Czerny hielt sich an ihre vorbereitete Geschichte und meinte, sie sei eine unabhängige Außenwelt-Händlerin. Sie lehnte es ab, weitere Auskünfte zu geben, und drohte dem Gardisten ernste Konsequenzen an, wenn er es wagen sollte, sie unter Arrest zu stellen. Der ISG-Wächter wies darauf hin, sein Ortungsgerät habe sie als Nicht-Klingonin identifiziert. Trotzdem ließ er sie in ihrem *Shurdik* stehen und war offenbar nicht geneigt, ein Risiko einzugehen. Nach einer Weile forderte er sie auf, ihn in ein kleines Nebenzimmer zu begleiten, und dort warteten sie.

Schließlich öffnete sich die Tür hinter Jean, und sie vernahm eine andere Stimme.

»Nun, *Tormin*, wo liegt das Problem?«

»Ich gehörte zu Hathaks Eskorte, Sir, und mein Orter machte mich auf diese Frau aufmerksam. Es handelt sich nicht um eine Klingonin, aber ...«

»Aber was?«

»Sie behauptet, eine hochrangige Außenweltlerin zu sein, lehnt es jedoch ab, Beweise für ihren Status vorzulegen.«

»Und Sie nahmen eine derartige Frechheit hin – von einer Frau? Bei Durgaths Knochen, Sie sind ja selbst kaum mehr als ein Weib. Ziehen Sie die Unbekannte aus. Selbst wenn sie recht hat – was haben wir schon zu befürchten?«

Der Gardist kam der Aufforderung sofort nach und riß Jean den *Shurdik* vom Leib. Sie taumelte, stieß an die Wand.

Als sie sich umdrehte, blickte sie in ein vertrautes Gesicht.

»Tirax!« Czernys Knie gaben nach, und sie sank zu Boden.

Der Lieutenant musterte sie verblüfft und brauchte einige Sekunden, um sich von der Überraschung zu erholen. »Ich schätze, jetzt ist der Fall klar«, brummte er und wandte sich an den *Tormin.* »Bringen Sie die Gefangene zum Verhör.«

KAPITEL 10

Als Aernath zusammen mit Aethelnor in den Korridor zurückkehrte, begegnete er wirrem Durcheinander. Es herrschte dichtes Gedränge, und der Klingone hob den Knaben hoch, drückte ihn an sich – um zu vermeiden, daß er verletzt wurde. *Bei Cymeles Umhang, wo sind Jean und der Vulkanier?* Das Tor stand offen, und Aernath hielt auf den Ausgang zu, fragte sich erneut, was der Grund für die allgemeine Aufregung sein mochte. Plötzlich berührte ihn jemand an der Schulter; er drehte sich um, sah in ein markantes Gesicht.

»Hier entlang«, sagte der Vulkanier. »Und wir sollten uns beeilen.« Sie bahnten sich einen Weg zum Tor. Viele Reisende hatten die Warteschlange verlassen, doch Aernath hielt vergeblich nach Jean Ausschau. Sorge regte sich in dem Klingonen, und er zögerte, wollte umkehren.

Er spürte etwas am Nacken und bekam keine Gelegenheit Widerstand zu leisten. Das vulkanische Bewußtsein flutete ihm entgegen, durchdrang Aernaths Geist, nahm ihm die Kontrolle über seinen Körper. *Bitte entschuldigen Sie. Wir haben jetzt keine Zeit für Erklärungen.*

Bei Durgaths Höhle, was hat das alles zu bedeu ... Ärger und Zorn zerstoben wie Meteoriten an einem Deflektorfeld, und ein mentaler Wind wehte Aernaths Entschlossenheit davon, sich zur Wehr zu setzen. Er stellte fest, daß er gegen seinen Willen in Richtung Tor schritt, und die von den Ohren wahrgenommenen Worte riefen ein seltsames Echo hinter der Stirn hervor.

»Bitte lassen Sie zuerst den Mann passieren. Dem Kind geht es nicht sehr gut, und es ist sehr müde, wie Sie sehen.«

Aernaths Hand bewegte sich von ganz allein, griff in die Jackentasche, holte Dokumente hervor und reichte sie den beiden Kontrollbeamten. Wo befand sich Jean? Er versuchte, den Kopf zu drehen, doch er steckte nach wie vor in einem psychischen Schraubstock, und sein Blick blieb auf die Uniformierten gerichtet. Das fremde Ich zwang ihn, freundlich zu nicken, als er die Ausweise zurückbekam, und die Hand verstaute sie wieder. Durchs Tor, übers Landefeld, zu einem kleinen und ziemlich alten Schiff, an dessen zerkratzter Hülle sich gleich mehrere Zulassungs-Kennungen zeigten. Irgend jemand nahm ihm Aethelnor ab. Langsam die Treppe hoch... Aernaths Selbst rang mit seinem eigenen Leib, aber er blieb eine Marionette fremder Gedanken... Eine dicke Hand, an der mehrere Ringe glänzten, griff nach seinem Arm, zog ihn in eine Kammer des Raumschiffs. Der Vulkanier folgte. Ein dumpfes Summen und Klicken, als sich das Außenschott schloß.

Einige Sekunden später gab ihn das andere Ich frei.

Aernath wirbelte wütend herum und beobachtete, wie der Vulkanier den schlafenden Jungen auf eine schmale Zusatzkoje legte. »Was geht hier eigentlich vor?« platzte es aus ihm heraus. »Wo ist Jean?« Seine Hand schloß sich um den Ellenbogen des anderen Mannes. Spock zog die Sicherheitsgurte fest, richtete sich auf und wandte sich zu Aernath um. Sanft legte er ihm die Hand auf die Schulter, dicht am Nacken.

»Ja, jetzt sollte ich Ihnen etwas erklären...«

Ein kurzer Druck, und Aernath verlor das Bewußtsein.

Als er erwachte, hörte er das Brummen von Maschinen — und ein schrilles Kreischen, das bestimmt nicht von irgendwelchen Aggregaten stammte. Er lag auf dem Rücken, und ein mänadisches Etwas hüpfte auf seiner Brust, zupfte schmerzhaft fest am Schnurrbart. Aernath öffnete die Augen, und einmal mehr bot sich ihm Chaos dar.

Er ruhte in einer Hängematte am Schott, und weiter oben erblickte er eine ähnliche Vorrichtung. Das *Etwas* unterbrach seinen wilden Tanz und musterte ihn neugierig: ein weißes, pelziges Geschöpf mit schlanken Gliedmaßen und einem langen, bauschigen Schweif. Noch nie zuvor hatte Aernath ein solches Wesen gesehen, und einige Sekunden lang glaubte er, in einem sonderbaren Traum gefangen zu sein. Er zischte eine wortlose Warnung, als das Geschöpf erneut nach seinem Bart tastete. Es erschrak, hüpfte fort.

Nach einigen unsicheren Versuchen gelang es dem Klingonen, die Sicherheitsgurte zu lösen, und er richtete sich auf. Es stank nach Speiseresten, schmutziger Wäsche und verschiedenen Tieren; hinzu kamen einige Aromen, die er nicht deuten konnte. An der einen Wand sah er Dutzende von Schubladen, die in verschiedenen Sprachen beschriftet waren, darunter auch in Klingonaase. Hier und dort lagen Stoffetzen auf dem Boden.

Aernath hob die Hand, strich vorsichtig über Nacken, Schultern, Brust und Taille... Das Schwert fehlte. Rasch überprüfte er das kleine Fach hinter der Gürtelschnalle – leer. Und der rechte Stiefel enthielt keine Schlinge mehr. Jemand war sehr gründlich gewesen. Der Klingone stand auf und verscheuchte das kleine Pelzwesen, das sich ihm behutsam näherte.

Kurz darauf drehte er sich ruckartig um, als er vom Schott her ein Geräusch vernahm.

Ein bemerkenswert dicker Mensch stand in der Tür. Hellblaue Augen glänzten in dem schwammigen Gesicht, und nach einer Weile lächelte der Mann, trat mit ausgestreckten Armen auf Aernath zu. »Ah, mein Freund, Sie sind also wach. Wie ich sehe, haben Sie bereits Agrippina kennengelernt. Niedliches kleines Ding, nicht wahr? Eine arkturianische *Chworkt* – ziemlich selten. Bei langen Reisen bietet sie höchst angenehme Gesellschaft, das darf ich Ihnen versichern.«

Der Terraner umarmte den Klingonen. Er roch völlig anders als Jean oder der Vulkanier, von dem Czerny behauptet hatte, in seinen Adern fließe auch menschliches Blut. Aernath nahm einen Duft war, der von gerade überwundener Furcht kündete – ein schwerer, fast berauschender Geruch, völlig anders als das eher pikante Odeur der landwirtschaftlichen Spezialistin. Interessant.

»Nun, jetzt droht keine Gefahr mehr«, fuhr der Mensch fort. »Wir sind entwischt, jawohl. Unser Ziel: die Föderation. Dauert nicht mehr lange, bis wir sie erreichen. Willkommen in meinem bescheidenen Heim zwischen den Sternen. Ich heiße Cyrano Jones, bin Prospektor, Kaufmann und gelegentlich auch Spediteur.« Er klopfte Aernath auf die Schulter. »Machen Sie es sich bequem. Fühlen Sie sich ganz wie zu Hause. Während unserer kurzen Reise steht Ihnen mein ganzer Besitz zur Verfügung. Kann ich Ihnen irgend etwas anbieten?«

Der völlig verwirrte Aernath ließ sich von der Lawine aus gutem Willen zur anderen Seite des Raumes schieben. Eine kühle Stimme unterbrach den freundlichen Wortschwall.

Der Vulkanier stand im Zugang. »Wenn ich mich recht entsinne, Mr. Jones, wollten Sie sich eine Tasse Kaffee holen und sie am Kontrollpunkt trinken. Sie werden feststellen, daß ich die richtigen Koordinaten eingegeben habe.«

Cyrano Jones blinzelte kurz. »Ja, natürlich, Mr. Spock.« Er betrat eine kleine Nische, die offenbar als Bordkombüse diente, kramte in einer unübersichtlichen Masse aus Gegenständen, die dringend gereinigt werden mußten. Schließlich fand er eine einigermaßen saubere Tasse, drehte sich zu Aernath um und lächelte gewinnend. »Kaffee, Mr. ...«

»Aernath. Nein, danke.«

Jones erhitzte eine schwarze Flüssigkeit, und der Vulkanier bedachte ihn mit eisigem Blick, als der dicke Mensch zur Brücke zurückkehrte. Spock kam herein, zog sich einen Stuhl heran, nahm Platz und deutete auf die niedrige Hängematte. »Setzen Sie sich.«

Aernath blieb stehen. »Sie zwangen mich, dieses ... Schiff zu betreten. Sie haben mich und den Jungen mit irgendeinem Trick betäubt. Meine Waffen sind verschwunden. Von Jean fehlt jede Spur. Wer sind Sie, Mister? Welche Absichten verfolgen Sie?«

»Ich bedaure es sehr, daß ich psychische Gewalt anwenden mußte, aber zu jenem Zeitpunkt kam es in erster Linie darauf an, ins Raumschiff zu gelangen und Tsorn zu verlasen. Angesichts Ihres emotionalen Zustands hielt ich es für angeraten, die Waffen an einem sicheren Ort unterzubringen. Leider konnte uns Spezialistin Czerny nicht begleiten — sie wurde am Tor von ISG-Wächtern verhaftet. Dadurch gewann der Zeitfaktor absolute Priorität. Wir mußten uns beeilen, um einer Gefangennahme zu entgehen.«

»Die Imperiale Sicherheitsgarde? Jean!« Aernath stürmte zur Tür. »Ich darf sie nicht im Stich lassen. Ich...«

Der Vulkanier versperrte ihm den Weg. »Bitte glauben Sie mir: Es gab keine Möglichkeit, sie zu befreien.«

Aernath wand sich in Spocks Griff hin und her. »Sie verstehen nicht. Ich bin verpflichtet, ihr...«

»Klingonen und Menschen neigen dazu, irrational zu werden, wenn es mehr denn je auf Logik ankommt. Ich bin mir über Ihre Empfindungen im klaren, aber wir bekommen nur dann eine Chance, Miß Czerny zu helfen, wenn wir unsere Mission beenden und das Potential der Föderation nutzen.«

Aernath musterte den Vulkanier argwöhnisch: glattes schwarzes Haar, gewölbte Brauen, spitze Ohren, ausdrucksloses Gesicht, der Geruch neutral. Der Duft wies nicht auf Furcht, Ärger, Aggressivität oder Feindseligkeit hin, aber es fehlten auch die besonderen pheromonischen Aromen der Sorge. »Vermutlich haben wir gar keine andere Wahl, als den Flug fortzusetzen«, erwiderte der Klingone vorsichtig.

»In der Tat.«

»Darf ich zu dem Jungen?« Mit dieser Frage bestätigte Aernath die Autorität der Föderation — er begriff plötzlich, daß er sich nicht mehr in seiner Heimat befand. Von nun an mußte er all das in Frage stellen, was er bisher als gegeben hingenommen hatte.

»Selbstverständlich. Er schläft noch, und es wäre sicher besser, wenn Sie bei seinem Erwachen zugegen sind.« Spock ließ den Klingonen los und verharrte in der Tür. »Beschränken sich Ihre bisherigen Erfahrungen mit Menschen auf Spezialistin Czerny?«

»Ja.«

»Dann möchte ich Ihnen in bezug auf den Captain dieses Schiffes einen Rat geben. Glücklicherweise ist Mr. Jones kein typischer Terraner. Denken Sie daran. Oh, und noch etwas: Kaufen Sie nichts von ihm.« Im Anschluß an diese seltsame Bemerkung drehte er sich um und ging.

Aernath folgte ihm mit gemischten Gefühlen. Der Vulkanier hatte ihn an seine vorrangige Pflicht erinnert: Er mußte Aethelnor zur Föderation bringen. Was Jean betraf... Nun, ganz abgesehen davon, welche Gefahren sich durch ihre Verhaftung für die Mission ergaben – *solange sie sich im Imperium befindet, besteht meine Aufgabe als* Gebundener *darin, sie zu beschützen.* Jemand anders an seiner Stelle hätte es vielleicht begrüßt, auf diese Weise aus den Bindungs-Pflichten entlassen zu werden, aber Aernath glaubte dadurch seine Ehre bedroht. Es vibrierten auch noch andere Emotionen in ihm, doch er lehnte es ab, sich eingehender mit ihnen zu befassen. Es gehörte sich nicht, die Gemahlin eines Raumschiffkommandanten der Imperialen Flotte zu begehren, selbst wenn die Frau Bereitschaft zu erkennen gab. Wer der Versuchung erlag, durfte nur Schmerz, Demütigung und Unheil erwarten. Aernath horchte in sich hinein und stellte fest, daß ihm sein Status als *Gebundener* sogar gewisse Vorteile verlieh; dadurch konnte er sich Freiheiten erlauben, die ihm sonst verwehrt blieben. Rasch verdrängte er auch diese Überlegungen, um sich keinen falschen Hoffnungen hinzugeben. Selbst wenn Jean nicht während des Verhörs durch die Soldaten der Imperialen Sicherheitsgarde starb – wahrscheinlich überlebte sie nicht lange genug, um zu Kang zurückzukehren und seinen Schutz zu genießen. Ganz zu schweigen von dem Zorn des Commanders und seiner Drohung, sie mit eigenen Händen umzubringen, wenn sie ihn verriet. Und der Mann, der sie schützen sollte... *Ich bin mit einem klingonischen Knaben zur Föderation unterwegs und weiß nicht, wem ich mich anvertrauen kann. Vielleicht brauche ich ebenso dringend Hilfe wie Jean.*

Aethelnor lag noch immer dort, wo ihn Spock abgesetzt hatte. Der Junge atmete ruhig und gleichmäßig, schien tatsächlich zu schlafen, aber er rührte sich nicht, als ihn Aernath zu wecken versuchte. Er sah den Vulkanier an. »Was haben Sie mit ihm — mit uns — angestellt?«

»Der vulkanische Nervengriff. Wenn man kurzen Druck auf einige neurologische Verbindungsstellen ausübt, so verlieren die meisten humanoiden Personen das Bewußtsein, ohne daß es zu schädlichen Nebenwirkungen kommt. Ich schätze, das Kind erwacht in siebzehn bis dreiundzwanzig Minuten.«

Aernath wußte nicht, daß Spock für gewöhnlich weitaus genauere Angaben machte. Er nickte nur und sah sich neugierig um. Der Mensch namens Jones saß an einem Schaltpult, und die pelzige *Chworkt* hockte neben ihm, hatte den langen Schwanz mehrmals um die eine Wade des Mannes geschlungen. Das Wesen durchsuchte die vielen Taschen in der weiten Jacke des Terraners, holte verschiedene Dinge daraus hervor und verspeiste sie genüßlich.

Der Mensch blickte auf die Anzeigen, nickte zufrieden und stemmte sich in die Höhe. »Mr. Spock, ich wäre Ihnen sehr dankbar, wenn Sie die Kontrollen im Auge behalten könnten. Die Aggregate im Maschinenraum brauchen einige Streicheleinheiten. Nein, Schätzchen, du bleibst hier. Du weißt doch, daß du bei den Triebwerken nichts zu suchen hast.« Er tätschelte den Kopf des weißen Wesens und verließ die Brücke.

Was auch immer man über Jones sagen konnte: An seinen Fähigkeiten als Pilot bestand kein Zweifel, und er sorgte dafür, daß die wichtigsten Anlagen an Bord des Schiffes in einwandfreiem Zustand waren. Andernfalls hätte die Galaxis schon vor Jahren jemanden verloren, der sich als interstellaren Händler bezeichnete und den Kirk eine Nervensäge nannte. Dutzende von Individuen in vier Spiralarmen hatten sich vergeblich bemüht, Jones ins Jenseits zu schicken. Wie ein exzentrischer Komet flog er durch die Milchstraße, bot seine Waren an und zog einen Schweif aus Chaos hinter sich her.

All das sollte Aernath erst später erfahren. Derzeit galt seine Aufmerksamkeit ganz anderen Dingen. Als er sicher sein konnte, daß mit Aethelnor soweit alles in Ordnung war, nahm er im Sessel neben Spock Platz. »Wie lange dauert die Reise? Und wann können wir Czerny Hilfe schicken?«

»Eine von Mr. Jones' Angewohnheiten besteht darin, immerzu mit Höchstgeschwindigkeit zu fliegen. Wir erreichen die Raumstation K 7 in zwei Komma sieben Standardtagen. Von dort aus sollten wir in der Lage sein, uns mit einigen bestimmten Personen in Verbindung zu setzen und adäquate Maßnahmen zu ergreifen. Etwas später gehen wir an Bord der *Enterprise.*«

»Darf ich etwas vorschlagen?«

»Natürlich.«

Aernath beobachtete das weiße Wesen, das vor dem Vulkanier saß und Fussel von seiner Hose zupfte. Spock schien überhaupt nicht darauf zu achten. »Falls Czerny noch lebt, sobald Sie Gelegenheit bekommen, einen Kontakt mit Ihren Agenten herzustellen... Sie hat nur dann eine Chance, wenn Kang weiß, wo sie sich befindet. Er könnte seinen Einfluß bei der ISG geltend machen.«

»Aus welchem Grund glauben Sie, daß ihr von Kang weniger Gefahr droht als von der Imperialen Sicherheitsgarde?« fragte Spock.

»Vielleicht ist Mara in der Lage, den Commander unter Druck zu setzen. Vorausgesetzt natürlich, sie hat mit ihren Plänen Erfolg.«

Der Vulkanier nickte. »Eine logische Annahme. Ich werde ausdrücklich darauf hinweisen.«

»Haben Sie beobachtet, was am Tor geschah? Wie hat man Czerny entlarvt?«

Spock drehte den Kopf, schnappte plötzlich nach Luft. Für einen Sekundenbruchteil kam sein Gesicht einer peinerfüllten Fratze gleich. Dann verwandelten sich die Züge wieder in eine ausdruckslose Maske. »Soweit ich weiß, entdeckte man ihre wahre Identität durch einen unglücklichen Zufall. Ein hochrangiger Offizier wurde zum Ausgang eskortiert, und einer der Wächter benutzte ein Ortungsgerät, das auf Miß Czernys menschlichen Metabolismus reagierte. Man stellte sie sofort unter Arrest, und ich konnte nicht eingreifen.«

»Wenn ich zugegen gewesen wäre... Bestimmt hätte ich ihr irgendwie helfen können!« Aernath schlug mit der Faust auf die Konsole.

»Nein. Czerny und ich kamen überein, daß es keine Möglichkeit gab, sie zu befreien.«

»Haben Sie mit ihr gesprochen?«

»Nein.« Spock sprach nun etwas langsamer, gab nur widerstrebend Auskunft. »Seit der Begegnung im botanischen Garten bestand eine mentale Verbindung zwischen uns. Sie nutzte die telepathische Brücke, um sich mir mitzuteilen. Miß Czerny forderte mich auf, Sie und den Knaben in Sicherheit zu bringen...«

»Soll das heißen, Sie hatten die ganze Zeit über psychischen Kontakt mit ihr? Auch jetzt?«

»Nein.«

»Wie lange? Ich meine, verloren Sie den Kontakt, als wir Tsorn verließen?«

»Nein.«

Die Einsilbigkeit des Vulkaniers weckte Ärger in Aernath. Er preßte kurz die Lippen zusammen und versuchte, sich zu beherrschen. »Lassen Sie es mich anders formulieren«, sagte er langsam. »Wann endete die telepathische Verbindung mit Spezialistin Czerny?«

Spock warf einen kurzen Blick aufs Pult. »Vor eins Komma drei fünf Minuten.«

Einige Sekunden lang war Aernath wie erstarrt, und neuerliche Besorgnis nagte an seinen Gedanken.

»Warum?«

»Ich glaube, man setzte den Schmerzstimulator ein.«

Der Klingone stand auf und verbarg seinen Gesichtsausdruck, indem er an den noch immer schlafenden Aethelnor herantrat. Eine Zeitlang starrte er auf ihn herab, wandte sich dann wieder zu dem Vulkanier um, der die Anzeigen der Konsole beobachtete.

Spock drehte nicht den Kopf, als er sagte: »Miß Czerny gab mir zwei Botschaften für Sie. Erstens: Sie sollen den Knaben zu Starfleet bringen, ungeachtet aller Konsequenzen, die sich daraus für Jean ergeben. Die zweite Mitteilung bestand aus einer Antwort auf Ihre Frage.«

»Auf was für eine Frage?«

»Sie stellten sie auf Peneli. Die Antwort lautet: ›Ja, es ist wichtig. Es spielt eine große Rolle für mich.‹«

Genau in diesem Augenblick erwachte Aethelnor und begann sofort zu weinen. Aernath war dankbar für die Ablenkung, hob den Jungen hoch und tröstete ihn. Wenigstens einer von ihnen konnte schluchzen und sich auf diese Weise von seinem Kummer befreien. *Jean wußte um das Risiko,* fuhr es ihm durch den Sinn. *Und sie ist bereit, sich zu opfern.* Doch diese Erkenntnis verschaffte dem Klingonen keine Erleichterung.

Kurz darauf kehrte Jones zurück und kaute auf irgend etwas. »Das Triebwerk schnurrt wie ein Säugling, der gerade frische Windeln bekam«, verkündete er und benutzte damit eine völlig falsche Metapher. Er sah Aethelnor an und strahlte. »Ah, der junge Mann ist wach. Wie geht's dir, Kumpel? Und wie heißt du?« Er bückte sich, grinste erneut und griff nach der Hand des Knaben.

Aethelnor hatte sich inzwischen wieder gefaßt und starrte den Mann groß an. »Wer ist das, *Korin?*«* fragte er Aernath.

»Mr. Jones, Mensch und Captain dieses Raumschiffes.«

---

*) Korin: eine respektvolle Anrede, die in erster Linie älteren Männern der mütterlichen Verwandtschaft gilt; das menschliche Äquivalent zu ›Onkel‹.

Daraufhin wich Aethelnor scheu zurück, stützte den Kopf an Aernaths Schulter und flüsterte ihm ins Ohr: »Aber er riecht gar nicht wie *Thelsa** Jean.«

»Natürlich nicht. Einzelne Personen unterscheiden sich voneinander. Dreh dich jetzt um und begrüß ihn so, wie es sich gehört.«

Aber Aethelnor reagierte nicht, schmiegte sich noch fester an Aernath.

Cyrano Jones lächelte auch weiterhin und zupfte am Ärmel des kleinen Klingonen. »Du bist wirklich ein netter Junge. Hier, wie wär's mit *Ndalj?* Schmeckt lecker.« Er bot Aethelnor ein undefinierbares Etwas an, von dem ein verlockender Duft ausging. Der kleine Klingone zögerte und musterte den dicken Menschen skeptisch.

»Halten Sie das für angebracht, Mr. Jones?« fragte der Vulkanier.

»Ich bitte Sie, Mr. Spock. Gehören Sie etwa zu den Leuten, die es ablehnen, Kindern Süßigkeiten zu geben – weil Sie glauben, dadurch verderbe man ihnen den Appetit?«

»Mir geht es keineswegs um die Schwäche der Menschen, die Zahnsubstanz ihrer Sprößlinge mit Kalorienkonzentraten in Gefahr zu bringen, die zuviel Zucker enthalten. Haben Sie überprüft, ob dieser ›Leckerbissen‹ für die klingonische Physiologie verträglich ist?«

»Oh, ja, ich verstehe, was Sie meinen. Ich sollte tatsächlich eine entsprechende Kontrolle vornehmen. Nun, ich hatte nur die besten Absichten. Wir Menschen, äh, finden Gefallen daran, Kindern Bonbons zu geben.«

»Worauf ich gerade hingewiesen habe«, bestätigte Spock. Sein Gesicht blieb steinern.

Eine kurze Analyse ergab, daß die arkturianische Spezialität für den klingonischen Metabolismus giftig war und sogar zum Tod führen konnte. Cyrano Jones schien zer-

---

* Thelsa: eine ältere Frau der mütterlichen Verwandtschaft, zum Beispiel Kusine, Schwägerin oder Großmutter

knirscht zu sein und reichte Aethelnor einen völlig harmlosen Riegel Schokolade.

Das Unbehagen in Aernath verdichtete sich. Dieser besondere Terraner schien überaus freundlich und zuvorkommend zu sein, aber er dachte an die vielen Geschichten, die man sich im Imperium über Menschen erzählte. Ihre Liebenswürdigkeit galt als ein Trick, mit dem sie über Heimtücke und hinterhältige Schläue hinwegtäuschten. Einige penelianische Xenopsychologen behaupteten, mit solchen Einstellungen werde man nicht der wahren menschlichen Natur gerecht, und Aernath hatte sich vorgenommen, einen objektiven Standpunkt zu beziehen. Aber jene Klingonen, die gegen Menschen gekämpft hatten, betonten immer wieder, wie verschlagen der Gegner sei. Aernaths Erfahrungen mit Jean schienen die Hypothesen von Maras Theoretikern zu bestätigen, doch Czernys Verhalten wurde durch spezielle Umstände konditioniert. Cyrano Jones hingegen... Er befand sich in der von ihm gewohnten Umgebung und hätte Aethelnor fast umgebracht. *Mara hat mir einen außerordentlich schwierigen Auftrag gegeben,* dachte Aernath betrübt. *Ich muß sehr vorsichtig sein. Oh, sicher, die Terraner faszinieren mich, aber ich darf nicht den Fehler machen, ihnen zu sehr zu vertrauen.*

Er erinnerte sich an Spocks geheimnisvolle Warnung. Bestimmt gab es bei den Menschen verschiedene Fraktionen, so wie auch im Imperium. Wollte ihn der Vulkanier darauf hinweisen, daß Jones zu einer Gruppe gehörte, die nichts von Verhandlungen mit den Klingonen hielt? Aernath beschloß, besonders wachsam zu sein.

Kurz darauf meinte Cyrano, er wolle die ›Töpfe klappern lassen‹, während Spock auf die Anzeigen des Kontrollpults achtete. Aernath vermutete, daß der Captain eine Mahlzeit zubereiten wollte. Er folgte ihm in die Kombüse und sah aufmerksam zu, entdeckte jedoch nichts Verdächtiges: Der dicke Mann hantierte mit gewöhnlichen klingonischen Speisen.

Aernath stellte fest, daß sich Spock ausschließlich von Obst und Gemüse ernährte, was Jeans Schilderungen bestätigte. Während des Essens versuchte Jones mit nicht unerheblichem Erfolg, Aethelnor aufzumuntern, und nachdem er die Teller fortgebracht hatte, wandte er sich erneut dem Jungen zu. »Soll ich dir eine Geschichte erzählen, bevor du schlafen gehst?« Der Knabe bewahrte sich einen Teil seiner Scheu, überlegte einige Sekunden lang und nickte. »Also schön. Komm, setz dich auf Onkel Cyranos Schoß.« Aethelnor kam der Aufforderung zögernd nach. »Nun, mal sehen, was ich hier für dich habe...« Jones klopfte auf die Taschen seiner weiten Jacke. »Ah, versuch's mal mit dieser.«

Aernath saß neben dem Pult und hatte das Gefühl, als hocke er auf einem aktivierten Schmerzsimulator. Was plante der Captain? Worin bestand sein nächster Schachzug? Er warf Spock einen kurzen Blick zu. Der Vulkanier wirkte völlig unbesorgt. *Aber hat das etwas zu bedeuten? Selbst Jeans Schicksal ließ ihn kalt.* Aethelnor griff in eine der vielen Taschen und lachte, als sich Jones kitzelig gab. Schließlich holte er einen flachen Gegenstand hervor. Besorgt stand Aernath auf, trat an den Jungen heran und betrachtete das Objekt. Es handelte sich um einen kleinen Behälter, und die Substanz darin reagierte auf Temperatur und Druck, zeigte schimmernde Farbmuster, deren Spektrum von Gelb bis Kalish reichte. Offenbar drohte keine unmittelbare Gefahr.

»Sag mir, Aethelnor...«, brummte Cyrano. »Magst du Abenteuergeschichten? Ja? Nun, ich bin weit in der Galaxis herumgekommen und habe dabei viel erlebt. Laß mich mal nachdenken... Nun, einmal besuchte ich einen ziemlich scheußlichen Planeten. Die Bewohner waren nicht sehr freundlich, und ich konnte nur wenig verkaufen. Ich wollte schon aufgeben und die Reise fortsetzen, als ich ein nettes kleines Geschöpf fand. Man nannte es *Glommer*. War etwa so groß und hatte einen *un*glaublichen Appetit. Ach, der arme Bursche brauchte nicht nur ein Zuhause, sondern auch eine ausgewogene Diät, und deshalb nahm ich ihn bei mir auf, drückte ihn an meine breite Brust.« Jones umarmte den Knaben. »Zufälligerweise kannte ich einen Ort, an dem es viele Leckereien für ihn gab und der gleichzeitig gute Geschäfte versprach. Wir machten uns auf den Weg. Aber als wir die betreffende Welt erreichten, begegneten wir einigen unangenehmen Leuten. Die Kerle waren so gemein wie Kli...« Jones unterbrach sich mitten im Satz, als er Spocks durchdringenden Blick bemerkte. »So gemein, wie du es dir nur vorstellen kannst. Sie hielten nichts von meinem kleinen Freund und verfolgten mich mit einem großen Raumschiff.«

»Wie groß war es?« fragte Aethelnor.

»Nun, äh... so groß wie ein klingonischer Schlachtkreuzer. Die kennst du doch, oder?« Als der Junge nickte, fuhr Jones fort: »Nun, Onkel Cyrano mußte durch die halbe Galaxis fliehen, und das *riesige* Schiff feuerte auf mich...« Er beschrieb blitzende Phaserstrahlen, explodierende Photonentorpedos und einige komplizierte Flugmanöver. Mit Hilfe seines langjährigen Freundes Kirk, Captain der *Enterprise,* gelang es schließlich, den niederträchtigen Schurken das Handwerk zu legen.

Spock hob beide Brauen. »Das ist zweifellos die unverfrorenste Geschichte, die ich seit vielen Jahren gehört habe.«

Cyrano lächelte bescheiden. »Es handelt sich um eins meiner gewöhnlicheren Abenteuer«, behauptete er kühn. »Mein Leben ist reich an Zwischenfällen aller Art.«

»*Das* glaube ich Ihnen gern«, erwiderte Spock kühl.

Die beiden folgenden Tage und Nächte an Bord verstrichen ohne besondere Ereignisse. Jones versuchte, Aernath verschiedene Gegenstände zu verkaufen (spikanische Feuerkristalle, *Chworkt,* denebianische Minidrachen, Traumkapseln von Beta Crucis und ein goldenes Ei, das angeblich ein winziges Exil-Universum enthielt), aber der Klingone beherzigte Spocks Rat und lehnte selbst die ›außerordentlich günstigen Sonderangebote‹ ab.

In der zweiten Nacht suchte Aernath den Quartierbereich auf und sah nach Aethelnor, der in einer Hängematte schlief. Als er sich ihr näherte, stieß er mit dem Fuß an etwas Weiches. Unmittelbar darauf erklang ein ohrenbetäubendes Kreischen, gefolgt von einem anderen, noch weitaus gräßlicheren Geräusch. Es hörte sich an, als kratze jemand mit langen, spitzen Fingernägeln über eine Schieferplatte. Der Klingone reagierte aus einem Reflex heraus: Voller Abscheu gab er dem Etwas einen Tritt und schleuderte es in die gegenüberliegende Ecke des Zimmers. Das Wesen schrie nach wie vor.

Einige Sekunden später trafen Jones und Spock ein. »Bei Durgath, wie kam dieses *Ding* an Bord?« stieß Aernath hervor und schauderte heftig.

Jones durchquerte das Zimmer hastig, hob das Wesen hoch und streichelte es. »Sei ganz ruhig, Julia, er hat es nicht so gemeint...« Julia heulte noch ein letztes Mal, bevor sie leise zu zwitschern begann.

»Mr. Jones, Sie kennen die gegenseitige Antipathie zwischen Klingonen und Tribbles«, sagte der Vulkanier streng. »Dieses Geschöpf ist ganz offensichtlich ein Tribble. Unsere Vereinbarung verbietet die Präsenz solcher Wesen an Bord, wenigstens während dieser Reise. Ich erwarte eine Erklärung von Ihnen.«

Jones musterte ihn betont unschuldig. »Es lag mir fern, die getroffene Übereinkunft zu ignorieren, Mr. Spock. Ich habe darauf verzichtet, Tribbles zu kommerziellen Zwekken mitzunehmen, aber man hat mir einige persönliche Dinge gestattet. Julia gehört praktisch zur Familie.« Er sah auf den Tribble herab, der in seinen Armen zufrieden gurrte. »Ich konnte sie doch nicht zurücklassen, oder?«

»Ist sie wirklich das einzige Exemplar?« fragte Spock ungewöhnlich scharf. »Der Vertrag weist deutlich darauf hin, daß es während unserer Reise zu keinen Tribble-Zwischenfällen kommen darf. Wenn Sie diese Bestimmung ignorieren, so verlieren Sie den Anspruch auf ein Entgelt.«

»Oh, ich weiß, Mr. Spock.« In einem weinerlichen Tonfall fügte Cyrano hinzu: »Ich habe Julia in einem Käfig untergebracht. Vermutlich hat Agrippina sie freigelassen – sie sind dicke Freunde.« Jones schob den Tribble in einen kleinen Verschlag und achtete darauf, ihn ständig im Auge zu behalten. Es fiel Aernath trotzdem schwer, Ruhe zu finden.

Spock saß im Pilotensessel, als sie eine Verbindung zur Raumstation K 7 herstellten. Er übermittelte die ID-Kennung des Schiffes und bat um Andock-Erlaubnis, wandte sich dann an Cyrano. »Mr. Jones, was haben Sie mit den anderen Tribbles angestellt, bevor Sie nach Tsorn flogen?«

»Sie hibernieren in einer Frachtkammer von K 7, Mr. Spock. Auf diese Weise sind sie sicher aufgehoben und brauchen nicht gefüttert zu werden.«

»Sind die entsprechenden Behälter deutlich gekennzeichnet?«

»Äh, nein. So etwas verlangen die Vorschriften nicht.«

»Sie hätten trotzdem ein Schild anbringen sollen. Offenbar kam es in der betreffenden Kälteschlaf-Einheit zu einem Defekt, und deshalb wurde sie desaktiviert und geöffnet. Unglücklicherweise überlebten einige Tribbles. Stationsverwalter Lurry besteht auf einer Aussprache mit Ihnen, sobald wir den Hangar erreicht haben.«

Jones klagte halblaut über falsche Behandlung wertvoller Handelsware, doch sein schwammiges Gesicht gewann einen besorgten Ausdruck, als sein Schiff in eine Anlegebucht glitt. Wenig später öffnete sich das Schott, und ein weißhaariger Mann in orangefarbener Uniform trat dem galaktischen Kaufmann und seinen Begleitern entgegen. Ein grimmig dreinblickender Captain Kirk und einige Dutzend unterschiedlich große Tribbles folgten ihm. Kirk nickte Spock und dem Klingonen zu, richtete seinen Blick dann auf den dicken Mann.

»Cyrano Jones!« platzte es aus ihm heraus. »Haben Sie nicht einen Funken Verantwortungsbewußtsein in Ihrem verdammten Dickschädel? Sie sind ein gestaltgewordenes Versprechen für Unheil, und ich wünsche mir nichts sehnlicher, als Sie für den Rest Ihres Lebens in einer speziell abgesicherten Arrestzelle unterzubringen. Diesmal kommen Sie nicht so einfach davon. Sie werden jeden einzelnen Tribble aus der Raumstation entfernen, ist das klar?«

»Captain Kirk, mein Freund... Ihr Verhalten erstaunt mich sehr. Ich muß dagegen protestieren. Es ist nicht *meine* Schuld, daß es hier ein, äh, Übermaß an Tribbles gibt. Irgend jemand war so dumm, die Hibernationskapsel zu öffnen. Sie können mich wohl kaum für die Inkompetenz anderer Leute verantwortlich machen. Ich habe eine überaus patriotische und gefährliche Mission hinter mir, die ich mit einem vollen Erfolg abschließen konnte. Es steht wohl außer Zweifel, daß ich Starfleet und der Föderation dadurch einen wichtigen Dienst erwies. Um ganz ehrlich zu sein, Freunde: Ich glaube, Sie sollten sich dafür entschuldigen, meine kostbare Handelsware, äh, in der ganzen Station verstreut zu haben.«

Kirk lief rot an, und Lurry folgte seinem Beispiel. Der Captain holte tief Luft. »Mr. Jones«, sagte er fest, »ich bin mir durchaus über die Bedeutung Ihrer Mission im klaren. Einzig und allein aus diesem Grund werde ich Mr. Lurry empfehlen, Ihnen seine Gastfreundschaft anzubieten, bis jeder Tribble gefunden und *fortgebracht* wurde. Sobald das geschehen ist, bekommen Sie Ihr beschlagnahmtes Schiff zurück. Abgesehen davon: Man legt Ihnen nach wie vor die Verletzung verschiedener Föderationsgesetze zur Last – ganz zu schweigen davon, daß Sie auf insgesamt einundzwanzig Welten als gesuchter Verbrecher gelten. Übrigens: Wie haben Sie sich beim letztenmal herausgewunden, als ich Sie den Behörden übergab?«

»Ich nahm meine Pflicht als aufrechter Föderationsbürger wahr und meldete mich freiwillig für ein riskantes Unternehmen«, erwiderte Cyrano stolz. »Der Lohn bestand in einer Begnadigung.«

Lurry geleitete Jones mit der wachsamen Hilfe von zwei Sicherheitsbeamten durch den Korridor, und Captain Kirk musterte die beiden anderen Männer. »Willkommen daheim, Mr. Spock.« Erst jetzt bemerkte er Aethelnor, der hinter Aernath gestanden hatte. Kirk sah den Vulkanier an. »Ich nehme an, das ist die, äh, Lieferung, nicht wahr?«

»Ja, Captain.«

»Ich verstehe.« Trotzdem zeigte sich Verwirrung in Kirks Miene.

Es überraschte Aernath, daß Aethelnor trotz der vielen Tribbles nicht die Fassung verlor. Ihm selbst fiel es schwer, die Beherrschung zu wahren. Ein Tribble hinter ihnen kreischte plötzlich, und der Knabe sah zurück, griff nervös nach Aernaths Arm.

Der Klingone hob den Jungen hoch und wandte sich an den Captain. »Könnten wir einen Ort aufsuchen, an dem es keine Tribbles gibt?«

Kirk nickte. »Ich schlage die *Enterprise* vor. Ich hoffe, dort bleiben wir von den Plagegeistern verschont.« Er winkte den beiden anderen Wächtern zu, und die Gruppe ging in Richtung Transporterraum.

Einige Minuten später rematerialisierten sie auf einer niedrigen Plattform. Kirk trat vom Podest herunter und näherte sich Scott. »Danke, Scotty! Irgendwelche Tribbles an Bord?«

»Nein, Sir«, lautete die Antwort des Chefingenieurs. Dann sah er Aethelnor. »Bei den schottischen Schloßgespenstern! Ein klingonisches Kind. Was macht es hier?«

»Ich schätze, das wird uns Spock bald erklären. Geben Sie McCoy Bescheid. Wir treffen uns im Besprechungszimmer.«

»Aye, Sir.«

Kirk gab den beiden Angehörigen der Sicherheitsabteilung ein Zeichen und schritt zur Tür. Einer der beiden Männer forderte Aernath und Aethelnor auf, dem Captain zu folgen. Der Klingone drückte den Jungen an sich und ließ seinen neugierigen Blick durch die Korridore schweifen. Er befand sich nun zum erstenmal an Bord eines Föderationsschiffes, und die mikrokosmische Gesellschaft in der *Enterprise* faszinierte ihn. Aernath sah blaue, goldene und schwarze Uniformen, und viele Männer und Frauen musterten ihn argwöhnisch. Er nahm verschiedene Gerüche wahr, die auf Furcht und vagen Ärger hindeuteten, manchmal von Feindseligkeit kündeten. In einem der beiden Wächter hinter ihm spürte er sogar Haß.

Aernaths innere Anspannung wuchs. Die meisten Besatzungsmitglieder trugen keine Waffen – Mara hatte ihn darauf hingewiesen, aber es erschien ihm trotzdem seltsam. Vielleicht versteckten sie ihre Phaser und Messer.

»Seit wann treiben sich die Tribbles in K 7 herum, Captain?« fragte Spock.

»Wir entdeckten sie gestern. Soweit sich das feststellen läßt, erwachten sie vor vier Tagen aus der Hibernation und gerieten in die Belüftungsschächte. McCoy ist drüben. Seit inzwischen siebzehn Stunden überwacht er die Verteilung von Neoäthylen in einzelnen Bereichen des ambientalen Kontrollsystems, aber bis zur Lösung des Problems dürfte es noch eine Weile dauern.«

Sie betraten einen Turbolift, und Kirk sagte laut: »Konferenzzimmer.« Dann richtete er seine Aufmerksamkeit auf Aernath. »Bitte entschuldigen Sie, daß ich mich Ihnen noch nicht vorgestellt habe. Ich bin Captain James T. Kirk von der U.S.S. *Enterprise.* Willkommen an Bord. Oh, Sie brauchen den Jungen nicht länger zu tragen. Hier gibt es keine Tribbles.« Er streckte den Arm aus.

Aernath zögerte kurz. Er fürchtete keine von Tribbles ausgehenden Gefahren, versuchte statt dessen, Aethelnor vor dem feindseligen Wächter abzuschirmen. Sein eigener Furcht-Geruch verstärkte sich immer mehr. Verwundert blickte er auf die ihm dargebotene Hand herab. Was bedeutete diese Geste? Der Ärger des Captains ließ nach, und Aernath fühlte keine Ablehnung, nur Neugier. *Bei Durgath,* dachte er plötzlich. *Das menschliche Begrüßungsritual.* Er ergriff die Hand und schüttelte sie. »Agrikultur-Spezialist Aernath, Sir.«

»Freut mich, Sie kennenzulernen. Und der Junge?«

Aernath warf dem Wächter einen kurzen Blick zu. »Aethelnor von Peneli.«

Kirk ahnte den Grund für die Besorgnis des Klingonen und wandte sich an die beiden Männer aus der Sicherheitsabteilung. »Das genügt, meine Herren.« Erleichterung durchströmte Aernath, als die Wächter ihre Strahler einsteckten. Die Lifttür öffnete sich, und er setzte den Knaben ab, führte ihn hinter Spock und Kirk ins Besprechungszimmer. Die Bewaffneten blieben im Korridor zurück.

Kirk deutete auf den Tisch. »Bitte nehmen Sie Platz.« Er rieb sich den Nacken und trat an ein Gerät auf der anderen Seite der Kammer heran. »Kaffee?«

Aernath bedachte Spock mit einem fragenden Blick. Der Vulkanier nickte kurz. »Ein Getränk, das Ihrem *Khizr* ähnelt und für Klingonen ebenso harmlos ist wie für Menschen. Es hat eine stimulierende Wirkung, und die chemische Struktur ...«

»Ich habe nur eine Erfrischung angeboten, Mr. Spock — ohne von Ihnen einen Vortrag über Physiologie zu erwarten.« Kirk lächelte amüsiert. »Wie wär's mit Kakao für den Jungen?«

»Dabei sind keine schädlichen Nebenwirkungen zu befürchten«, warf Spock ein.

Aernath bemerkte, daß ihn der Captain noch immer ansah. »Ja, danke«, sagte er. Spock lehnte beide Getränke ab, und daraufhin überlegte der Klingone, ob ein Untergebener die Etikette verletzte, wenn er sich vom Captain bedienen ließ. Wenn das der Fall war, so ließ sich Kirk nichts anmerken — sein Verhalten wirkte völlig normal. Als er die Tassen auf den Tisch stellte, kamen zwei andere Männer herein. Den einen erkannte Aernath wieder: Mr. Scott, der dunkelhaarige Chefingenieur aus dem Transporterraum. Der andere trug eine blauschwarze Uniform und schien erschöpft zu sein. Bartstoppeln bedeckten Wangen und Kinn.

»Nun, Pille, wie steht's mit den Tribbles?«

Der Arzt stöhnte. »Zum Teufel mit Jones! Ich würde

ihm am liebsten seinen dicken Hals umdrehen — oder ihn im wahrsten Sinne des Wortes auf Eis legen, für immer. Nur dann kann die Galaxis hoffen, endlich vor ihm sicher zu sein. Es ist uns gelungen, die Vermehrungsrate der Tribbles auf null zu reduzieren, aber die Biester sind einfach überall!«

»Auch ich hätte große Lust, mir Jones vorzuknöpfen«, entgegnete Kirk. »Aber derzeit sind mir die Hände gebunden. Zum Glück ist die *Enterprise* ›sauber‹.«

»Und sie wird es auch bleiben, Captain«, brummte Scott. Er schien Aernaths Präsenz zu vergessen und fügte hinzu: »Der Transporterraum wird so streng überwacht, als drohe die Invasion durch ein klingonisches Enterkommando.«

»Nun, da wir gerade bei Klingonen sind...«, sagte Kirk, als McCoy dem Schotten eine Tasse Kaffee reichte und dann neben Aethelnor Platz nahm. »Diesmal hat Jones nur zwei mitgebracht, und einer von ihnen ist recht jung. Agrikultur-Spezialist Aernath und Aethelnor von Peneli — Montgomery Scott, unser Chefingenieur, und Bordarzt Leonard McCoy.« Scott nickte knapp, weder freundlich noch feindselig. McCoy beugte sich vor und streckte den Arm aus.

»Sehr erfreut.«

Aernath ergriff die Hand. »Danke. Das gilt auch für mich.«

McCoy wandte sich an Aethelnor. »Wie geht es dir, junger Mann?«

Der Knabe musterte ihn über die Tasse Kakao hinweg. »Wohin soll ich gehen?«

Der Arzt lächelte. »Ich wollte dir nur meine Freundschaft anbieten. Und du?«

Aethelnor sah Aernath an, der eine zustimmende Geste vollführte. »Ja«, antwortete er und erwiderte McCoys Lächeln. »Ich möchte ebenfalls Ihr Freund sein. Ihr Kakao schmeckt mir.«

»Nun, Mr. Spock...«, begann Kirk. »Ich schlage vor,

wir kommen jetzt zur Sache. Sie und Spezialist Aernath sollten uns die Situation schildern. Ich dachte, Sie wollten Czerny mitbringen. Was ist mit ihr?«

Knapp und präzise beschrieb Spock die Ereignisse der vergangenen drei Wochen und beendete seinen Bericht mit der Begegnung auf Tsorn, Jeans Verhaftung und dem Rückflug zur Föderation. Dann sah er über den Tisch. »Ich überlasse es Aernath, von Aethelnor und Maras Plänen zu erzählen.«

Aernath zögerte unsicher. »Was ich zu sagen habe, ist nur zwei Personen im Imperium bekannt. Mara wies mich an, so wenige Föderationsrepräsentanten wie möglich einzuweihen. Die Geheimhaltung hat absolute Priorität.«

»Diese Männer genießen mein uneingeschränktes Vertrauen«, erwiderte Kirk ruhig. »Sie können sich auf ihre Diskretion verlassen und ganz offen sprechen.«

»Aber...«, begann Aernath.

Spock kam ihm zu Hilfe. »In Starfleet-Schiffen gibt es keine verborgenen Überwachungsanlagen. Wenn eine Person kontrolliert wird, so weist man sie ausdrücklich darauf hin. Sie brauchen also nicht zu befürchten, daß jemand mithört.«

Diese Auskunft verblüffte Aernath so sehr, daß er einige Sekunden lang schwieg. Schließlich atmete er tief durch, erklärte sowohl Aethelnors Identität als auch Maras Strategie.

Scott pfiff leise durch die Zähne. »Kangs Sohn!« brachte er staunend hervor. »Die Dame ist wirklich gerissen. Hat ihrem Gatten ein Schnippchen geschlagen. Ihm bleibt gar nichts anderes übrig, als auf ihre Forderungen einzugehen.«

Aethelnor hatte seine Tasse Kakao ausgetrunken und rutschte schläfrig vom Stuhl. McCoy setzte ihn sich auf den Schoß, und der Knabe döste ein.

»Vielleicht haben Sie recht, Scotty«, murmelte Kirk. »Ich hoffe es.« Er richtete seinen Blick wieder auf den Klingonen. »Sagen Sie, Aernath... Kang hat seinen Sohn nie gesehen, und wenn er jetzt von ihm erfährt — was hindert ihn daran, Aethelnor sofort wieder zu vergessen? Und selbst wenn er zu Verhandlungen bereit ist — können wir uns allein auf sein Wort verlassen? Mara bittet uns darum, ihrem Mann ein Angebot zu unterbreiten, das er nicht ablehnen kann. Aber ist Kang wirklich autorisiert, ein offizielles Abkommen zu unterzeichnen? Welche Macht hat er im Imperium?«

Aernath starrte den Captain einige Sekunden lang an und fragte sich, welche Antwort er geben sollte. Waren die Menschen zivilisiert genug, um den Bedeutungsinhalt seiner Ausführungen zu erfassen? Wie konnten sie angesichts ihrer barbarischen Familienstruktur jene Art von Disziplin verstehen, die ein Gleichgewicht schuf zwischen den vom Erstgeborenen geweckten väterlichen Instinkten und der sozialen Pflicht? Was wußten sie von *Theld*-Bindungen, von Verwandtschaftsbeziehungen und der Sorgfalt, mit der ein Mann seinen Eltern dabei half, den Gemahl für die Schwester auszuwählen?

Die mit Jean verbrachten Monate halfen Aernath nur wenig, Einsicht in die Struktur des menschlichen Wesens zu gewinnen. Wie paßten sie ihre Partnerschaften und individuellen Bestrebungen den Erfordernissen einer komplex organisierten Gesellschaft an? Am hohen kulturelltechnischen Entwicklungsstand der Terraner konnte kein Zweifel bestehen. Es mußte also irgendeinen Mechanismus geben, der die emotional-charakterliche Energie kanalisierte ...

Aernath seufzte lautlos und beschloß, sich zunächst auf die politischen Aspekte zu besinnen. Solche Dinge schienen die Menschen gut zu verstehen. »Kang ist der Thronfolger seines Onkels. Mit anderen Worten: Irgendwann wird er zum Imperator von Tahrn und damit zu einem der wichtigsten Mitglieder des Herrscherrates. Sein Sohn Aethelnor kann nach Maras Bruder Maelen Anspruch auf den Regententitel von Peneli erheben. Dadurch bekommt Kang enorm viel Einfluß ...« Er fuhr damit fort, die komplizierte politische Szenerie des Imperiums zu beschreiben, beobachtete dabei, wie McCoy auf den Knaben herabsah.

Nach einer Weile hob Kirk die Hand. »Danke, Aernath. Ich glaube, das reicht aus. Wir haben jetzt zumindest einen groben Überblick.« Er schaltete das Tisch-Interkom ein, und auf dem kleinen Monitor erschien das Gesicht einer dunkelhäutigen Frau. »Noch immer im Dienst, Lieutenant Uhura?«

Sie lächelte. »Ebenso wie Sie, Captain. Haben Sie Anweisungen für mich?«

»Stellen Sie unseren Gästen angemessene Unterkünfte zur Verfügung und, äh, schicken Sie Fähnrich Tamura zu mir. Wenn ich mit ihr gesprochen habe, mache ich Feierabend. Sie sollten meinem Beispiel folgen und sich ablösen lassen.«

»Ja, Sir. Gute Nacht.« Das Bild auf dem Schirm verblaßte, und Kirk stand auf, gab damit zu erkennen, daß die Besprechung beendet war.

McCoy erhob sich ebenfalls und hielt noch immer den Jungen in seinen Armen. Er schüttelte den Kopf, als Aernath auf ihn zutrat. »Lassen Sie nur. Es macht mir nichts aus, Aethelnor zu tragen. Seltsam, nicht wahr? Ganz gleich, von welchem Volk sie stammen: Schlafende Kinder üben immer einen großen Reiz aus. Vielleicht ein angeborener Reflex, der das Überleben der Spezies gewährleisten soll.«

Aernath musterte den Arzt nachdenklich und sah die menschlichen Instinkte plötzlich aus einer anderen Perspektive. Sie waren anders, ja, aber zweifellos interessant. Er beschloß, sich bei Gelegenheit eingehender damit zu befassen. *Immerhin sind es gerade die Unterschiede, die mich von Anfang an faszinierten. Bei den Terranern gibt es eine ausgeprägte wesensmäßige Vielfalt – vielleicht sind sie deshalb so unberechenbar.*

Die Tür öffnete sich, und eine junge Frau kam herein. Die rote Uniform wies sie als eine Angehörige der Sicherheitsabteilung aus.

»Fähnrich Tamura, ich möchte Ihnen Agrikultur-Spezialist Aernath und sein Mündel Aethelnor vorstellen«, sagte Kirk. »Die beiden Klingonen sind als Gäste an Bord. Sie werden sich von jetzt an um sie kümmern. Es ist außerordentlich wichtig, daß dem Jungen nichts zustößt. Fordern Sie Hilfe an, falls Sie das für notwendig halten. Und zögern Sie nicht, mich oder Mr. Spock zu verständigen, wenn sich Probleme ergeben. Irgendwelche Fragen, Fähnrich?«

»Nein, Sir.« Sie wandte sich an Aernath. »Bitte folgen Sie mir.«

Aernath maß sie mit einem respektvollen Blick. Eine kleine, zart gebaute Frau mit schwarzem Haar, dunklen Augen und goldener Haut. Ihr Geruch erinnerte ihn an den Duft des penelianischen *Kalimbok*-Strauches, und sie sah Jean ähnlich. Tamura wirkte völlig harmlos, aber Aernath ahnte, daß dieser Eindruck täuschte. Er entsann sich an Czernys Kampfgeschick. Und wer zur Sicherheitsabteilung eines Raumschiffs gehörte... *Captain Kirk hat uns als ›Gäste‹ bezeichnet, aber damit wollte er uns nur ›Sand in die Augen streuen‹, wie es so schön heißt. Oh, ja, die Menschen sind wirklich schlau.*

Etwas anderes fiel ihm ein. »Entschuldigen Sie, Sir...«

»Ja?« fragte Kirk.

»Als wir Mr. Jones' Schiff betraten, hielt es Mr. Spock für angebracht, meine Waffen an einem, äh, sicheren Ort unterzubringen. Könnten sie vielleicht hierher transferiert werden?«

Der Captain nickte. »Selbstverständlich. Aber ich möchte eins klarstellen: An Bord eines Föderationsschiffes ist es nur den diensthabenden Angehörigen der Sicherheitsabteilung gestattet, Waffen zu tragen. Sonst niemandem. Wir bewahren Ihre Ausrüstung für Sie auf.«

»Wie Sie meinen, Sir.« Aernath glaubte nicht daran, daß die meisten Besatzungsmitglieder unbewaffnet waren, interpretierte Kirks Worte als ein weiteres Zeichen dafür, daß er sich in Gefangenschaft befand. Voller Sehnsucht dachte er an seinen Dolch. Er konnte damit nicht annähernd so gut umgehen wie Jean, und gegen einen Phaser nützte das Messer kaum etwas, doch Aernath empfand es als beruhigend, kalten Stahl an der Ferse zu spüren. Er zuckte mit den Achseln, folgte Tamura und McCoy zum Turbolift.

Wenige Sekunden später verließen sie die Transportkapsel, schritten durch einen Korridor und blieben vor einer Tür stehen. Die Frau öffnete das Schott, und der Arzt legte Aethelnor auf eine Koje. Aernath sah sich erstaunt um. Nach klingonischen Maßstäben war das Zimmer riesengroß. Es enthielt zwei Betten, zwei Schreibtische mit Video-Konsolen, mehrere Regale und verschiedene Gegenstände, deren Zweck rätselhaft blieb.

McCoy reichte dem Klingonen die Hand und gähnte. »Gute Nacht. Bitte kommen Sie morgen früh in die Krankenstation, damit ich Sie untersuchen kann. Schlafen Sie gut. Himmel, *ich* kann mich kaum mehr auf den Beinen halten.«

Die Frau schloß die Tür hinter dem Arzt und drehte sich dann zu Aernath um. »Ich heiße Keiko Tamura. Sie können mich Keiko nennen, wenn Sie wollen. Ich hoffe, Sie sind mit Ihrer Unterkunft zufrieden — dies ist das einzige freie Doppelzimmer, und wir wollten den Jungen nicht von Ihnen trennen. Wenn ich Sie jetzt mit der Einrichtung vertraut machen darf...« Sie zeigte dem Klingonen, wie man das Licht ein- und ausschaltete, demonstrierte ihm auch die Funktionsweise des Interkoms und der Installationen im Bad. »Mein Quartier grenzt ebenfalls an diesen Korridor. Sie können sich jederzeit mit mir in Verbindung setzen, wenn Sie etwas brauchen. Ich habe dafür gesorgt, daß ständig ein Wächter neben der Tür steht, solange sich einer von Ihnen hier aufhält. Wir sehen uns morgen nach dem Frühstück wieder. Irgendwelche Fragen?«

Aernath schüttelte den Kopf.

»Oh, und noch etwas. Der Schrank enthält Standard-Kleidung. Ich habe leider nichts Passendes für Aethelnor gefunden, aber morgen besorge ich etwas. Gute Nacht.«

Tamura verließ den Raum, und Aernath beobachtete, wie das Schott zuglitt. Er verharrte mitten in der Kammer, drehte langsam den Kopf und sah sich um. *Wenn dies eine Zelle für Gefangene ist — wie sind dann die normalen Quartiere beschaffen? Warum gibt es überhaupt Doppelzimmer im Arrestbereich?*

Die Tür öffnete sich wieder, und Tamura sah noch einmal herein. »Ich habe zwei Dinge vergessen.« Sie winkte Aernath zu sich heran. »Dies ist Fähnrich Samarow, der heute nacht Wache hält. Und wenn Sie die Kabine verlassen wollen, brauchen Sie nur diese Taste zu drücken...« Sie zeigte auf ein kleines Kontrollfeld.

Erneut schloß sich das Schott, und Aernath schüttelte den Kopf. Die Menschen gaben sich große Mühe, ihn in Sicherheit zu wiegen. Das Bett hielt eine weitere Überraschung bereit: Es war geradezu unverschämt weich. Es dauerte eine Weile, bis Aernath einschlief.

KAPITEL 11

Jean erwachte mit einem lauten Schrei, und der seelischen Pein gesellte sich körperliche hinzu. Wenn man sie schlafen ließ, wiederholte sich die gräßliche Folter in ihren Alpträumen, ohne daß die von Spock geschaffene mentale Barriere vor den Schmerzen schützte. Selbst wenn sie irgendwie überlebte – vermutlich brauchte sie Jahre, um sich von dem Entsetzen zu befreien.

Die ISG verzichtete schließlich auf den Einsatz des Schmerzstimulators, als kein Zweifel mehr daran bestehen konnte, daß der Vulkanier Jeans ursprünglichen Bluff in Realität verwandelt hatte. Wenn man sie mit dem schrecklichen Instrument behandelte, setzte ihr Herz aus. Die Verringerung der Intensität blieb ohne Einfluß auf die automatische Reaktion von Körper und Geist. Schließlich meinte der Arzt, er könne die menschliche Frau nicht ständig vor dem Tod bewahren: Irgendwann, so warnte er, sei das Herz der menschlichen Frau so geschwächt, daß es nie wieder schlug.

Als die Klingonen primitivere Verhörmethoden verwendeten, spielte Jean ihren einzigen Trumpf aus: Sie bat darum, zu Kang gebracht zu werden. Sie gab sich keinen Illusionen hin, was seine Einstellung ihr gegenüber betraf, erhoffte sich nur eine Atempause. Tirax lachte höhnisch, als er ihre Bitte hörte. »Oh, seien Sie unbesorgt, Terranerin: Der Commander hat natürlich das letzte Wort. Aber noch kann er nicht mit Ihnen abrechnen. Er ist derzeit anderweitig beschäftigt.« Der Lieutenant quälte sie auf eine sachliche, fast völlig emotionslose Art und Weise, so als sei das Feuer des Hasses in ihm erloschen. Was auch immer der Grund sein mochte: Er ließ Jean überhaupt keine Zeit, über diese Anomalie nachzudenken.

Erst später begriff Czerny, daß Spock auch noch einen zweiten psychischen Schutzmechanismus geschaffen hatte: Jeder Versuch, ihr Informationen über Aethelnor abzuringen, führte ebenfalls zum Herzstillstand. Nach einigen Zwischenfällen dieser Art lehnte der Arzt jede Verantwortung ab, und daraufhin überließ man sie ihren Alpträumen.

Jean blinzelte mehrmals, und es fiel ihr schwer, in die Wirklichkeit zurückzukehren, aus dem Kokon der bleischweren Benommenheit zu schlüpfen. Langsam stemmte sie ihren gequälten Leib in die Höhe, zog den selbstinduzierten Schmerz jener Pein vor, die in ihr brannte, wenn man sie grob von der Matratze riß. Mit ihren Augen stimmte etwas nicht — sie sah drei Klingonen, und Tirax existierte gleich zweimal. Apathisch starrte sie den doppelten Tirax an, während der ISG-Arzt mit einer grotesken Parodie seiner Diagnose- und Heilpflichten begann. »Sie haben einen Doppelgänger«, sagte Jean schlicht. Diese Feststellung schien sehr wichtig zu sein, aber Czerny konnte ihre Bedeutung nicht ganz erfassen....

Der zweite Tirax lächelte zufrieden, und in seinen Augen blitzte es. »Eine weise Erkenntnis. Aus gutem Grund hielt es mein Bruder nicht für nötig, sich Ihnen vorzustellen.« Er wandte sich an den ersten Tirax, und Jean beobachtete, daß er seinen linken Arm sehr vorsichtig bewegte. Außerdem fiel ihr eine Narbe am Nacken auf, die ihr ebenfalls eine vage Botschaft vermittelte. »Mein Zwillingsbruder Kahlex, ISG-Kommandant der Garnison vom Ichidur-Raumhafen. Ich bin ihm sehr dankbar dafür, daß er mich bei Ihnen vertreten hat.«

Czerny schloß die Augen, und Tränen quollen unter den geschlossenen Lidern hervor. Nach jedem einzelnen Tropfen sah sie einen Tirax, der in tausendfacher Gestalt vorhanden war, sich ihr aus allen Richtungen gleichzeitig näherte und verächtlich grinste. Wie aus weiter Ferne vernahm sie spöttisches Gelächter. Zorn explodierte in ihr, und sie wollte aufstehen, sich auf den Lieutenant stürzen.

Der Arzt hielt Jean fest, drückte sie auf die Liege zurück. Nur ein dumpfer Schrei löste sich von ihren Lippen.

»Untersuchen Sie die Terranerin gründlich, Doktor. Es wäre sehr bedauerlich, wenn Sie etwas übersähen.«

Jean glaubte zu spüren, daß der Arzt vorsichtiger als sonst zu Werke ging. Er hielt Sensoren an verschiedene Körperstellen, und nach einer Weile sagte er: »Keine Knochenbrüche, die besondere Behandlung erfordern. Keine schweren inneren Verletzungen. Ich halte die Frau für reisefähig.«

»Wie schade«, murmelte Tirax. »Wir hätten Ihnen unsere Gastfreundschaft noch länger angeboten, aber Kang wartet nicht gern. Vielleicht bietet sich eine andere Gelegenheit. Oh, ich bin sogar sicher. Komm, Bruder. Trinken wir noch etwas, bevor es losgeht.«

Während der Reise nach Peneli sah sich Jean einer neuen Art von Folter ausgesetzt. Tirax blieb die ganze Zeit über bei ihr, verhöhnte sie ständig — dreißig Stunden am Tag. Er rührte sie nicht an, aber er gönnte Czerny auch keine Ruhepause und lehnte es ab, ihr schmerzstillende Mittel zu geben. »Ich soll dafür sorgen, daß Sie von niemandem verletzt werden. Nun, ich halte mich an meine Anweisungen, oder? Mehr dürfen Sie nicht von mir erwarten.« Jean verglich ihn mit einer Schlange, die eine Maus im Käfig sah und auf den Beginn der Fütterungszeit wartete.

Die junge Frau mußte sowohl Tirax' Anwesenheit als auch die Schmerzen ihrer langsamen Genesung hinnehmen. Sie richtete den Fokus ihrer Aufmerksamkeit nach innen, klammerte sich an zwei Fakten fest. Erstens: Es war ihr gelungen, bei den Verhören das Geheimnis namens Aethelnor zu hüten. Zweitens: Spock und seine Begleiter hatten Tsorn verlassen, flogen zur Föderation. Der telepathische Verbindungsstrang zwischen Spock und Jean übermittelte bestätigende Signale, bevor er sich dehnte und so dünn wurde, daß sie ihn nicht mehr wahrnehmen konnte. Czerny wußte nicht genau, ob nach wie vor eine mentale Brücke existierte. Manchmal gewann sie den Eindruck, als flüsterte irgend etwas in ihr, doch wenn sie sich darauf konzentrierte, herrschte sofort wieder Stille.

Jean dachte an Spock und besann sich auf einen besonderen Aspekt, den sie bei der Bewußtseinsverschmelzung kennengelernt hatte: die vulkanische Fähigkeit, Schmerzen zu unterdrücken und den Heilprozeß zu beschleunigen. Immer wieder versuchte sie, den diffusen Impressionen feste Konturen zu verleihen, die gewonnenen Erkenntnisse als ein Instrument zu verwenden, um sich selbst zu helfen. Sie verstand nicht genug davon, um sich Erleichterung zu verschaffen, aber es ergab sich wenigstens ein Vorteil: Die geistigen Übungen lenkten sie von ihrer Agonie ab.

Sie beamten sich direkt an Bord von Kangs Schlachtschiff, und Tirax brachte Jean zur Krankenstation. Eknaar untersuchte sie kurz – und wies ihr sofort ein Bett zu. »Durgath! Bei Ihnen hat jemand ganze Arbeit geleistet!« Er blickte nachdenklich zur Tür, die sich gerade hinter dem Lieutenant geschlossen hatte. »Tirax?« fragte er lakonisch.

Jean schüttelte den Kopf. »Nein, sein Ebenbild.«

»Wie bitte?«

»Sein Zwillingsbruder Kahlex.«

»Ich verstehe. Und dann kam Tirax und rettete Sie gerade noch rechtzeitig, nicht wahr?«

»In gewisser Weise.«

»Eine sonderbare Sache«, brummte Eknaar, sah auf die Anzeigen eines Scanners, diagnostizierte den Zustand der Frau und wählte verschiedene Medikamente. »Kang hat den ganzen Planeten umgekrempelt, ohne auch nur eine Spur von Ihnen zu finden. Er vermutete, man habe Sie nach Tahrn gebracht, um ihn auf eine falsche Fährte zu locken. Daraufhin begann er auch dort mit einer Suche. Und erhielt eine Nachricht. Von einem Doppelagenten, wie es heißt. Sie lautete: Sehen Sie sich auf Tsorn um. Unmittelbar darauf meinte Tirax, er habe gerade eine Mitteilung von seinem Bruder bekommen.« Der Arzt schüttelte den Kopf. »Nun, glücklicherweise haben Sie lange genug durchgehalten. Bewegen Sie sich nicht; jetzt sticht es gleich ein bißchen.«

»Wollen auch Sie ›ganze Arbeit leisten‹?« fragte Jean trocken.

»Natürlich«, erwiderte Eknaar. Dann hob er abrupt den Kopf. »Wie? Oh, ich verstehe... Nein, von mir haben Sie nichts zu befürchten. Ich sorge nur dafür, daß Sie dreißig Stunden lang ruhig schlafen, das ist alles.« Jean spürte nur einen leichten Stich und war geneigt, dem Arzt zu glauben. Er strich die Decke zurück und sah sich ihre Brust an. »Wiederholter Herzstillstand, nicht wahr? Auf welche Weise hat man Sie verhört?«

»Mit dem Schmerzstimulator.«

Eknaar pfiff leise durch die Zähne. »Und Kang meinte, Sie blufften nur.«

Ganz gleich, was für ein Medikament er ihr verabreicht hatte — es begann zu wirken. Jean spürte eine andere Art von Benommenheit, hieß sie willkommen. Sie hob die Hand, berührte den Klingonen am Arm. »Dr. Eknaar, mein Herz setzte auch ohne den Stimulator aus, und vielleicht wiederholt sich das. Wenn es noch einmal geschieht... Bitte holen Sie mich nicht ins Leben zurück. Lassen Sie mich sterben.«

Der Arzt zögerte kurz, legte seine Instrumente beiseite und musterte die menschliche Patientin. »Schlafen Sie jetzt«, sagte er schroff. »Wir sprechen später darüber.«

Dunkle Gedankenlosigkeit folgte, und irgendwann roch Jean etwas, nahm den antiseptischen Geruch der Krankenstation wahr. Kurz darauf hob sie die Lider und sah den dunklen Baldachin über ihrer Liege. Ein schmerz- und traumloser Schlaf — Eknaar hatte nicht zuviel versprochen. Der Arzt gab der jungen Frau Kleidung und servierte ihr wortlos das Frühstück, bevor er den Wächter rief. *Wann habe ich zum letztenmal etwas gegessen?* fragte sich Jean.

Ein Uniformierter führte sie durch die Korridore des Schiffes. Inzwischen kannte sie den Schlachtkreuzer und seine Besatzung gut genug, um zu spüren, daß irgend etwas die allgemeine Routine an Bord störte. Die vage Veränderung ging nicht auf sie zurück, sondern auf einen anderen Faktor. Außerdem: Eknaar mußte ihr etwas gegeben haben. Der Block aus Eis in ihrer Magengrube war nicht annähernd so groß wie sonst.

Man brachte Jean weder in den Arrestbereich noch zur Sicherheitsabteilung, geleitete sie statt dessen zu Kangs Quartier. Im Beratungszimmer hielt sich niemand auf – offenbar sollte privat über ihr Schicksal entschieden werden. Der Wächter klopfte an die Tür, hob den Phaser und forderte die Terranerin mit einer knappen Geste auf, die Kabine zu betreten.

»Ausgezeichnet. Wegtreten.« Es war nicht die Stimme des Commanders.

»Mara!« Jean vergaß ihr eigenes Dilemma, und der Kummer verwandelte sich in Verzweiflung: »Oh, nein! Er hat Sie ebenfalls erwischt!«

In dem Zimmer brannte nur eine Lampe, und ihr matter Schein konnte die Schatten nicht aus den Ecken vertreiben. Mara saß auf einem Stuhl am Bett, trug ihre blaue und silberne Uniform. Sie wirkte ruhig und gelassen, als sie Jean heranwinkte. »Ganz im Gegenteil. Der Staatsstreich ist gelungen. Ich bin aus freiem Willen hier.«

»Der Staatsstreich?«

»Ja. Meine Anhänger kontrollieren jetzt die militärische und zivile Verwaltung. Peneli steht hinter mir.«

»Und Ihr Bruder?«

»Ist nach wie vor Regent. Aber sagen Sie mir: Wie erging es Ihnen?«

Jean sah sich um. »Soll ich Ihnen das hier erzählen?«

Mara lachte kurz. »Dies ist der einzige Ort an Bord eines imperialen Schlachtkreuzers, an dem Sie offen sprechen können.« Sie wurde wieder ernst. »Ihr Bericht.«

»Als wir Tsorn erreichten, setzte sich der Kontaktmann nicht mit uns in Verbindung. Auf dem Weg zum Raumhafen war er einem ›Unfall‹ zum Opfer gefallen. Wir mußten also warten, bis neuerliche Vorbereitungen getroffen werden konnten. Als wir anschließend den Planeten verlassen wollten, wurde ich verhaftet. Die anderen entkamen, konnten starten und flogen zur Föderation. Mehr weiß ich nicht. Wie dem auch sei: Ich habe allen Grund zu hoffen, daß Ihr Sohn Starfleet erreicht hat. Er befand sich in guten Händen.«

Mara lächelte triumphierend. »Danke, Miß Czerny. Diese Nachricht beruhigt mich sehr. Nun, vielleicht interessiert Sie eine Meldung, die ich gestern erhielt, kurz bevor Sie an Bord kamen.« Sie reichte Jean eine Folie.

LIEFERUNG UNVERSEHRT EINGETROFFEN.
ERWARTE WEITERE ANWEISUNGEN. SCHLAGE
SOFORTIGES TREFFEN VOR.
CODE OMEGA 17.

Jean griff nach Maras Hand, als sie die Mitteilung zurückgab. »Dann droht keine Gefahr mehr! Wir haben es wirklich geschafft!«

Mara nickte. »Gestern abend empfing Kang eine Sendung von Starfleet. Darin legte man ihm nahe, einen Gesandten der Föderation zu treffen, mit ihm über Shermans Planet und ›andere dringende Angelegenheiten‹ zu diskutieren.« Etwas lauter fügte sie hinzu: »Nun? Du hast es gehört. Bist du jetzt überzeugt?«

Jean drehte sich um. Kang stand in der Tür, die Zugang zum Bad und Maras Quartier gewährte. Seine Hände schlossen sich so fest um den Rahmen, daß die Fingerknöchel weiß hervortraten. Mara stand auf, öffnete den Schrank und holte ein kleines Gerät hervor. Sie entnahm dem Instrument eine Plastikscheibe und bot sie dem Commander an. »Hier. Ohne Wahrheitsserum. Ohne den Schmerzstimulator. Nicht die geringsten Drohungen. Und trotzdem hat sie die Wahrheit gesagt.«

Kang stieß sich vom Türpfosten ab und kam näher. Er nahm die Kunststoffscheibe entgegen, betrachtete sie kurz und warf sie dann aufs Bett. Der Commander schloß den Schrank, drehte sich um und starrte die beiden Frauen wie ein in die Enge getriebener *Jequard* an.

»Nur ein kompletter Narr wäre so verrückt, Cymele und ihren *Jheens* gegenüber als Durgath aufzutreten.« Kang vollführte eine zustimmende Geste. »Ich treffe mich mit Kirk.« Selbst in der Niederlage hielt er an seinem Stolz fest, und Jean litt mit ihm.

Unter anderen Umständen hätte sie der Versuchung nachgegeben, an ihn heranzutreten. Sie beschränkte sich darauf, Mara zu beobachten, bewunderte die Selbstbeherrschung der Klingonin. Sie hatte die Hände auf den Rücken gelegt, und die Finger zuckten einmal in dem gleichen Reflex, der auch in Czerny zitterte. Aber Mara blieb stehen, wartete, murmelte schließlich ein einziges Wort. »Endlich.«

»Mara!« stöhnte Kang und lachte bitter. »Bei Durgath! Nach deiner Rückkehr glaubte ich, völlig sicher zu sein – du bist die einzige Person im ganzen Imperium, mit der man mich unter Druck setzen kann. Ich habe geschworen, mir nie wieder eine Blöße zu geben ... Du könntest alle Legionen des Alls kommandieren, und ich würde *lachen*, solange du bei mir bist.« Er ballte die Faust, hielt sie dicht vor Maras Gesicht. »Du kommst zurück und bietest mir den Sieg an. Doch als ich danach greife, legst du mir mit einer anderen Verpflichtung Fesseln an. Heilige Cymele! Deine Rache ist grausam. Mara! Warum?«

»Es handelt sich um eine historische Notwendigkeit, und uns bleibt nicht mehr viel Zeit. Nur du bist mächtig genug und hast die Möglichkeit, über den Horizont des Gegenwärtigen hinauszublicken. Du hast dich geweigert, aus eigener Initiative aktiv zu werden, und dadurch blieb mir keine andere Wahl.« Mara gab ihre Starre auf, richtete den Blick auf Kangs Gürtelschnalle und vollführte die Geste der Demut. »Milord ...«

Jean ging geräuschlos fort, zog sich in Maras Kabine zurück und schloß die Tür. Sie streckte sich auf der

Couch neben dem Bett aus und schloß die Augen, davon überzeugt, daß sie in dieser Nacht niemand stören würde.

Czerny verbrachte gleich mehrere ruhige Tage. Im Korridor stand ein Wächter, und die Tür zu Kangs Unterkunft war verschlossen. Man brachte ihr die Mahlzeiten und gelegentlich sah sie Mara. Bei einer jener Gelegenheiten fragte Jean unsicher, ob der Commander von ihr erwartete, in Maras Kabine zu bleiben. Die Klingonin sah sie überrascht an. »Natürlich, meine Liebe. Dies ist auch Ihr Quartier.« Die menschliche Frau ließ es dabei bewenden, nutzte die Zeit, um sich von den Qualen auf Tsorn zu erholen. Viele Stunden verbrachte sie damit, sich mit Infobändern zu beschäftigen und gründlich nachzudenken.

Häufig regte sich Unbehagen in ihr, wenn Mara zugegen war. Die Klingonin ließ sich zwar nichts anmerken, aber Jean kam sich wie ein Eindringling vor, wie eine Fremde, die in der wiederhergestellten Zweisamkeit nichts zu suchen hatte. Vermutlich bereitete sie Mara mehr als nur Unannehmlichkeiten. *Ich erinnere sie daran, daß Kang eine zweite Gemahlin gewählt hat und mich gegen sie verwenden wollte.* Czerny verdankte ihre relative Sicherheit nur dem Umstand, daß Mara sie duldete, und deshalb hielt sie es für angeraten, die Klingonin in keiner Weise herauszufordern. Wenn sie sich zu einer Konfrontation hinreißen ließ, wurde sie vielleicht dem Zorn des Commanders ausgesetzt. Oder schlimmer noch: Tirax' Haß. Und wenn Kang seinem Lieutenant grünes Licht gab, wenn Tirax Gelegenheit bekam, sich an ihr zu rächen... Jean schauderte heftig.

An diesem Abend saß sie vor dem Sichtschirm, befaßte sich mit einem weiteren Infoband und beendete ihre Mahlzeit, als Mara aus Kangs Unterkunft zurückkehrte. Die Klingonin legte einige Dokumente aufs Bett, nahm ihren Umhang und ging ins Bad. Jean schaltete hastig die Konsole ab und brachte ihr Tablett zur Tür. Dann ließ sie sich auf die Couch sinken – dort nahm sie immer Platz, wenn sie nicht allein im Zimmer war. Kurz darauf kehrte Mara zurück. Czerny gab vor, ganz auf ihr persönliches Tagebuch konzentriert zu sein, aber insgeheim beobachtete sie die Klingonin, als sie ihren dünnen Mantel abstreifte und sich mit Duftöl einrieb. An Maras Figur gab es nichts auszusetzen, und sie widmete ihrem Körper die gleiche Aufmerksamkeit wie auch allen anderen Dingen.

Mara reichte ihr den kleinen Behälter. »Bitte helfen Sie mir beim Rücken.« Überrascht und verwirrt legte Jean das Tagebuch beiseite und kam der Aufforderung nach. Mara streckte sich wie eine Katze. »Danke.« Sie zog sich wieder an, nahm die Dokumente und ging damit zum Tisch. »Oh, da fällt mir ein ... Kang erwartet, daß Sie heute nacht sein Lager mit ihm teilen. Sie sollten bald zu ihm gehen.«

»Wie bitte?« brachte Jean hervor. Ein Kloß entstand in ihrem Hals. »Warum?«

»Warum nicht?« Mara wirkte unbekümmert, sah die menschliche Frau nicht an und ordnete ihre Unterlagen.

Jean stand unsicher in der Mitte des Zimmers, hielt noch immer den kleinen Behälter mit dem Duftöl. »Äh, ich meine ... Entspricht das auch Ihrem Wunsch?«

»Warum sollte es irgendeine Rolle spielen ...« Mara unterbrach sich mitten im Satz, drehte sich um und musterte Jean. Ihr Tonfall veränderte sich ein wenig, als sie hinzufügte: »... was *ich* mir wünsche?« Sie wartete vergeblich auf eine Antwort. »Es kommt nur darauf an, was Kang will. Aus welchem Grund sind Sie hier? Nun, was meinen Sie?«

»Ich ...«, begann Jean. »Ich dachte, Sie ...«

Mara stand auf, trat auf Czerny zu und berührte sie an den Wangen, neigte den Kopf der Terranerin nach hinten. »Glauben Sie etwa, Sie seien auf mein Geheiß hier?« fragte sie sanft. Jean nickte und spürte, wie die Finger der Klingonin kurz zitterten, bevor sie die Hände wieder sinken ließ. Mara lachte humorlos. »Mein liebes Kind, ich habe nicht annähernd soviel Macht, wie Sie vermuten. Oh, sicher, ich kann gewissen Einfluß ausüben, aber er dient einzig und allein dazu, den Erfolg der Mission sicherzustellen, Verhandlungen mit der Föderation zu ermöglichen. Ich würde es nicht *wagen,* noch etwas anderes zu verlangen. Sie sind als Kangs Gemahlin hier – weil er Sie begehrt, weil er meint, Sie könnten ihm noch immer nützlich sein. Ich habe mit all dem nichts zu tun.«

Jean sah auf die kleine Dose mit dem Öl herab. »Sie kennen meine Einstellung. Und Sie sollten auch wissen, daß ich mir nicht Ihre Feindschaft zuziehen will.«

»Meine Feindschaft?« Maras Verwunderung schien echt zu sein. Sie holte tief Luft, schob die Hand unter Jeans Kinn. »Ah, ich verstehe. Bei den Menschen sind andere Bräuche üblich, nicht wahr? Sie wählen nur jeweils einen Partner. Cymele steh uns bei! Jean, es belastet mich nicht, daß Kang Sie zu seiner zweiten Frau gemacht hat. Wahrscheinlich hätte er schon längst eine solche Entscheidung getroffen, wenn er einen planetaren Stützpunkt befehligte, anstatt das Kommando über einen imperialen Schlachtkreuzer zu führen. Sein hoher Rang gibt ihm das Recht dazu. Warum sollte ich böse auf Sie sein? Immerhin bin ich nach wie vor seine Erste Gemahlin und genieße alle damit einhergehenden Privilegien. Vergessen Sie das nie.« Es klang fast wie eine Warnung. »Im großen und ganzen bin ich mit seiner Wahl zufrieden. Sie verfügen über keine Beziehungen im Imperium, die meine Position gefährden könnten. Und Sie sind Terranerin, was sowohl mir als auch Kang bestimmte Vorteile gibt.«

Kein besonders tröstender Vortrag, fand Jean. Aber auch nicht ganz so schlimm, wie sie zunächst befürchtet hatte. Stumm drehte sie den Ölbehälter hin und her, schraubte den Deckel zu und versuchte gleichzeitig, Ordnung in ihr emotionales Chaos zu bringen.

Mara sah sie einige Sekunden lang an. »Fällt es Ihnen wirklich so schwer, sich mit dieser Situation abzufinden?«

Jean blickte zu ihr auf, fühlte sich innerlich hin und her

gerissen. Sie versuchte vergeblich, die Ungewißheit in einen entfernten Winkel ihres Selbst zurückzudrängen.

»Er erwartet nicht von Ihnen, daß Sie ihn lieben. Zumindest nicht sofort. Selbst ich stand ihm zunächst mit einer gewissen Distanz gegenüber. Später vielleicht... Nun, er rechnet mit *Aetheln.* Und er verdient es«, betonte Mara. »Ja, daran kann kein Zweifel bestehen. Inzwischen wissen Sie genug, um zu erkennen, wie wichtig Kang für das Imperium ist. Und auch für die Föderation. Respektieren Sie seine Bedeutung, ganz gleich, welche Gefühle Sie ihm entgegenbringen.«

»Ich finde ihn nicht... unattraktiv. Aber wenn ich ihm gegenüberstehe...« Jean suchte nach einem passenden Vergleich, erinnerte sich an ein Erlebnis in der *Enterprise.* Sie stand neben Scott im Maschinenraum und beobachtete das energetische Wabern des Materie-Antimaterie-Wandlers. Als sie ihre Faszination in Worte faßte, erwiderte der Chefingenieur: *Ja, es ist angenehm, mit einer so erhabenen Schönheit zu arbeiten – solange das schützende Magnetfeld stabil bleibt.*

Jean nickte sich selbst zu. »Ebensogut könnte man versuchen, mit einem Warptriebwerk zu arbeiten, das nicht von einem Magnetfeld abgeschirmt wird.«

»O ja, ich weiß, was Sie meinen.« Mara lächelte und nahm der Terranerin die Dose mit dem Öl ab. »Gehen Sie jetzt. Stellen Sie Kangs Geduld nicht auf die Probe.«

Czernys Gedanken kehrten in die Wirklichkeit zurück. Sie beherzigte Maras Rat und begab sich ins Quartier des Commanders. Er saß auf dem Bett, hatte das eine Bein angezogen und las in mehreren Dokumenten. Als Jean eintrat, hob er kurz den Kopf, konzentrierte sich dann wieder auf die Unterlagen.

»Zieh dich aus.«

»Was?«

»Du sollst dich ausziehen.«

»Nein.« Als Jean Kangs durchdringenden Blick spürte, fügte sie zaghaft hinzu: »Warum?«

Der Klingone legte den Schreibstift beiseite. »Ich habe dir einen Befehl gegeben«, antwortete er in einem Tonfall, der keinen Widerspruch duldete. Jean gehorchte, und Kang brummte zufrieden, griff nach einem elektronischen Block und führte einige Berechnungen durch. Schließlich ließ er den kleinen Computer sinken und erhob sich mit einer geschmeidigen Bewegung. Jean stand nackt vor ihm, und er untersuchte sie mit klinischer Gründlichkeit. Einige Stellen, die er berührte, schmerzten noch immer, und die junge Frau zuckte mehrmals zusammen.

»Hmm, Eknaar hat nicht übertrieben«, brummte Kang. Er ging in die Hocke und betrachtete ein angeschwollenes Knie. Nach einigen Sekunden hob er den Kopf. »Hat das Verhör deinen Widerstandswillen gebrochen?«

Czerny erinnerte sich an eine Bemerkung Maras. »Mein Durchhaltevermögen ist nicht annähernd so stark ausgeprägt, wie du glaubst. Kahlex und seine Leute verstehen ihr Handwerk. Ich habe ihnen viel erzählt, aber sie erfuhren nichts von Aernath und seinem Mündel.«

»Gut.« Kang seufzte und stand auf. »Falls Kahlex euch alle erwischt hätte, auch Aernath...« Die Miene des Commanders verfinsterte sich. »Wenn ich den verdammten Verräter in die Hände bekomme...« Er unterbrach sich erneut und schnaufte leise. »Nun, wenn Kahlex erfolgreich gewesen wäre, spielte es kaum eine Rolle, welche Informationen Sie preisgaben. In einem solchen Fall hätte sich kaum etwas an meiner Situation geändert. So wie die Dinge jetzt stehen, kann ich von Glück sagen, daß er praktisch alles verpfuschte. Außer dir, Mara und mir selbst weiß niemand sonst im Imperium von der Mission. Ich bin durchaus bereit, es mit meinen klingonischen Gegnern aufzunehmen, aber ich kann keinen Krieg an zwei Fronten führen. Es bleibt mir also gar nichts anderes übrig, als mit der Föderation zu verhandeln.«

»Du würdest es vorziehen, dich an Aernath zu rächen und Mara zu verschonen?« fragte Jean wie beiläufig.

Kang wußte, worauf sie hinauswollte, und er entgegnete

aufrichtig: »Ich brauche Mara...« Erinnerungsschmerz funkelte in seinen Augen. Jean hielt dem Blick des Commanders stand, bis er den Kopf zur Seite drehte. »Und ich liebe sie«, fügte er widerstrebend hinzu. »Überrascht dich das, Terranerin? Verblüfft es dich, daß ein Klingone lieben kann?« Er starrte sie an und lachte bitter. »Es ist eine Schwäche, ich weiß.« Aus einem Reflex heraus ballte Kang die Fäuste und versteifte sich. »Bei Durgath, ich habe versucht, darüber hinauszuwachsen und stärker zu werden, aber es gelang mir nicht. Vielleicht erweist sich das irgendwann als fatal. Oh, ja, Cymele wird sich rächen, weil ich einer Sterblichen das gab, was allein ihr gehört.« Sein Blick reichte in die Ferne, und eine Zeitlang wirkte er tief in Gedanken versunken.

»Ich halte Liebe keineswegs für eine Schwäche«, sagte Jean leise. »Du würdest mir weitaus besser gefallen, wenn du häufiger solche Tendenzen zeigtest.«

Kang blinzelte kurz und kehrte ins Hier und Jetzt zurück. »Wie dem auch sei... Erzähl mir von dem Verhör auf Tsorn. Wer stellte dir Fragen? Auf welche Weise zwang man dich, Auskunft zu geben? Ich möchte alle Einzelheiten erfahren.«

Jean trug nur das Gewand ihrer Sorge, als sie mit dem Bericht begann. Noch einmal erlebte sie den Schrecken, und überwunden geglaubter Schmerz brannte in ihr. Kang erkundigte sich nach bestimmten Details, nahm Platz und überlegte. »Die Initiative ging also von Kahlex aus. Er wandte sich erst später an seinen Bruder, und Tirax gab ihm nur die gewünschten Auskünfte.« Er sah Jean fragend an. »Wie soll ich mit ihnen verfahren?«

»Mit wem?«

»Mit Kahlex und seinen Leuten.«

»Das fragst du mich?« Jean klang überrascht.

»Ich habe nicht gesagt, daß du entscheiden kannst. Ich bitte dich nur um deine Meinung.«

»Laß sie in siedendem Öl baden!« platzte es aus Czerny heraus.

»Klingt interessant. Wie geht man dabei vor?«

»Himmel, ich habe es nicht wörtlich gemeint!« versicherte Jean hastig, als sie den Ernst in Kangs Zügen sah. »Willst du wirklich meine Ansicht hören?«

»Sonst hätte ich dich nicht gefragt«, erwiderte der Commander scharf.

Jean dachte kurz nach. »Erteile ihnen eine Lektion«, sagte sie fest. »Degradiere sie, so daß sie nie wieder Einfluß gewinnen und sich gegen dich stellen können.«

Kang musterte die junge Frau. »Ich verstehe. Und Tirax?«

»Was wirfst du ihm vor?«

»Nur die letzte Episode. Er informierte mich nicht von Kahlex' Anfrage, gab mir erst nach dem Verhör Bescheid, das dich wiederholt in Lebensgefahr brachte. Er glaubte, meine Dankbarkeit zu gewinnen, indem er dich ›fand‹, sich an seine Anweisungen hielt und dich hierherbrachte. In Wirklichkeit setzte er Kahlex als Instrument seiner Rache ein.«

Das ist nicht viel, dachte Jean. Sie entsann sich an den ständigen Hohn des Lieutenants, an seine dauernde Präsenz während des Rückflugs. Stundenlang hatte er sie durch die Korridore des Schiffes geführt, um ihre Schmerzen zu genießen. *Oh, sicher, er hat sich an seine Befehle gehalten – und mich trotzdem gequält. Wahrscheinlich hofft er weiterhin auf eine Möglichkeit, endgültig mit mir abzurechnen. Ich hätte ihn auf Peneli umbringen können, aber ich brachte es nicht über mich, ihm das Messer in den Leib zu stoßen. Soll ich ihn nun von jemand anders töten lassen?* Sie schüttelte den Kopf. »Schick ihn fort. Nutze auch weiterhin Tirax' Loyalität, aber sorg dafür, daß seine Feindseligkeit gegenüber Menschen keinen Schaden anrichten kann.«

Kang stand jetzt vor ihr, so nahe, daß Jean seinen Körpergeruch wahrnahm. Mit dem Zeigefinger hob er ihr Kinn an. »Du möchtest, daß ich auf Maßnahmen gegen Aernath verzichte, und das kann ich durchaus verstehen.

Das trifft auch auf Kahlex zu — eigentlich wurde er nur seiner Pflicht gerecht. Aber Tirax? Du hast dir einen unversöhnlichen Feind geschaffen. Auf Peneli ergab sich die Gelegenheit für dich, ihn ins Jenseits zu schicken — und doch hast du ihn am Leben gelassen. Eknaar erfuhr das von ihm. Jetzt bekommst du eine zweite Chance, die von ihm ausgehende Gefahr zu bannen. Warum läßt du sie ungenutzt verstreichen?« Der Commander sah Jean verwirrt an. »Warum? Was hat es mit euch Menschen auf sich? Ihr habt den Mut, euch selbst in aussichtslos erscheinenden Situationen zu behaupten. Aber seltsamerweise zögert ihr, wenn der entscheidende Augenblick kommt. Wie erringt ihr eure Siege?«

Jean lehnte sich an ihn, und der grobe Stoff seiner Uniform schabte über ihre bloße Haut. Erneut schüttelte sie den Kopf. »Ich weiß nicht, wie ich es dir erklären soll. Einer der größten menschlichen Propheten riet vor über zweitausend Jahren dazu, unsere Feinde zu lieben. Um ganz ehrlich zu sein: Unter den gegebenen Umständen fällt es mir schwer, diesen Rat zu beherzigen. Nun, eine meiner elementaren Überzeugungen lautet folgendermaßen: Jedes intelligente Wesen kann innerlich wachsen und zu neuen Erkenntnissen gelangen, indem es sich Herausforderungen stellt. Ich vermute, das gilt sogar für Tirax — obgleich die Wahrscheinlichkeiten für einen charakterlichen Wandel in seinem Fall sicher sehr gering sind. Aber wenn ich ihn töte, so nehmen gleich zwei andere Klingonen seinen Platz ein und setzen alles daran, Vergeltung zu üben. Daraus ergibt sich ein Teufelskreis, aus dem man kaum ausbrechen kann. Jemand anders hat vor nicht ganz so langer Zeit gesagt: ›Der Kämpfer muß lernen, seine Waffen einzustekken.‹ Ich *habe* es gelernt. Und ich möchte auch anderen Personen dabei helfen, auf den Kampf zu verzichten.«

Kang stützte die junge Frau, legte ihr die Hand auf die Schulter. »Das klingt höchst sonderbar. Kannst du mir ein Beispiel dafür nennen, daß sich diese Theorie mit Erfolg in die Praxis umsetzen läßt?«

Jean sah zu ihm auf. »Nein. Aber vielleicht funktioniert sie irgendwann einmal. Man braucht nur guten Willen.«

Kang wandte sich ab und nahm die Dokumente vom Bett. Dann trat er wieder auf Czerny zu, und diesmal waren seine Berührungen alles andere als neutral. »Was euch Menschen betrifft, gibt es noch immer viele Dinge, die mir ein Rätsel sind. Doch derzeit gilt mein Interesse weder dem Kampf noch der Frage, wie man auf ihn verzichten kann.« Er trug Jean zur Koje, legte sich neben sie und lachte leise. »Vielleicht nehme ich deinen Vorschlag in bezug auf Tirax an. Er ist ein guter Offizier, obgleich er alles Terranische haßt. Leute wie ihn verliere ich nicht gern...« Kang schmunzelte. »Eigentlich gar nicht übel. ›Die menschliche Frau hat sich für Sie eingesetzt und meinte, ich könne völlig unbesorgt sein. Ihre lächerlichen Versuche, Rache zu nehmen, seien von vorneherein zum Scheitern verurteilt. Aus diesem Grund bin ich bereit, von einer exemplarischen Strafe abzusehen.‹ Was er wohl davon hält, wenn ich ihn für einige Tage in einen Tribble-Käfig stecke?«

Jean verzog das Gesicht. »Wenn du ›Milde‹ walten läßt, sollte man auf der Hut sein.«

»Es wird Tirax sicher nicht gefallen«, sagte Kang grimmig. »Aber er dürfte es überleben.«

»Und was ist mit mir?« fragte Czerny leise.

Kang rollte sich auf sie. »Bisher hast du dich gegen Tirax sehr wirkungsvoll zur Wehr gesetzt. Außerdem: Er haßt dich bereits mit der ganzen Kraft seiner Seele. Schlimmer kann es kaum werden. Ich bin sicher, du überlebst ebenfalls.« Daraufhin küßte er sie.

KAPITEL 12

Sulu hatte sich bereit erklärt, den ihm zugewiesenen Bereich des Laboratoriums mit Aernath zu teilen. Der Klingone zeigte sich erstaunt von Größe und Ausstattung der botanischen Sektion, verglich sie mit der Imperialen Forschungsstation auf Tahrn. Die Menschen nahmen ihre Wissenschaft offenbar sehr ernst. Sulu machte ihn mit den Anlagen vertraut und sah dann in der Vorratskammer nach. »Wir haben keinen Stickstoff mehr. Nun, holen Sie einfach Nachschub aus dem zentralen Lager. Ich würde Sie gern begleiten, aber mein Dienst auf der Brücke beginnt gleich. Wenn Sie jemand fragt... Sagen Sie einfach, Sie kämen in meinem Auftrag.« Der Steuermann beschrieb den Weg und ging. Aernath sah dem schlanken, dunkelhaarigen Menschen nach und dachte an die Ereignisse der vergangenen drei Wochen.

McCoy hatte recht behalten, was Aethelnors Reiz anging. Fähnrich Tamura brauchte sich nicht über einen Mangel an Freiwilligen zu beklagen, die sich um den Jungen kümmern wollten. Während der ersten Tage an Bord blieb Aernath ständig bei dem Knaben, rang sich dann zu folgender Erkenntnis durch: Einige Menschen begegneten ihm zwar mit Mißtrauen, doch Aethelnor stieß nirgends auf Feindseligkeit. Dennoch brauchte Tamura eine Weile, um ihn davon zu überzeugen, daß er kein Gefangener war. Ihre Aufgabe bestehe in erster Linie darin, für das Wohlergehen des Jungen zu sorgen, so versicherte sie ihm. Kurz darauf stellte Aernath fest, daß er sein Quartier tatsächlich ganz nach Belieben verlassen und all jene Sektionen des großen Föderationsschiffes aufsuchen konnte, die keinen Sicherheitsbeschränkungen unterlagen. Inzwischen zögerte er nicht mehr, Aethelnor für jeweils einige Stunden am Tag Keiko und ihren Freunden zu überlassen. Maras Erwartungen erfüllten sich bereits: Ihr Sohn bekam ausreichend Kontakt mit Menschen.

Aernath hielt an der Routine fest, den Knaben täglich zu unterrichten, und in diesem Zusammenhang überprüfte er aus reiner Neugier alle elektronischen Archive des Bordcomputers, die Daten über Klingonen enthielten. Die aktuellsten militärischen Informationen waren dreißig Jahre alt und betrafen die Schlacht um Donatu V. Alle neueren Dateien hatte Spock mit einem speziellen Zugangscode geschützt. Die übrigen Angaben über das klingonische Imperium erschienen Aernath bemerkenswert subjektiv und lückenhaft. Das beste Material stammte vom Vulkanier – archiviertes Wissen, das an seinen Einsatz auf Tsorn erinnerte. Aernath beschloß, bei seinen Lektionen auf die Hälfte des Computers zu verzichten. Wenn Kang und Mara Shermans Planet erreichten... Vielleicht ergab sich dann eine Möglichkeit, sie um Speichermodule und Infobänder zu bitten.

In der Zwischenzeit beschäftigte er sich mit anderen Dingen, und dabei lernte er Sulu kennen. Als die beiden Klingonen während der ersten Woche in der Sporthalle übten, kam der Steuermann herein und sah ihnen zu, bot dem Agrikultur-Spezialisten an, mit ihm zu fechten. Daraufhin folgten jeden Tag weitere Duelle.

Aernath verließ das Laboratorium, und der Turbolift trug ihn zu einem anderen Deck. Es erschien ihm noch immer seltsam, die *Enterprise* ohne eine Eskorte zu durchstreifen. Er zweifelte nicht eine Sekunde daran, daß man ihn überwachte, aber offenbar geschah es auf eine sehr subtile Art und Weise. Aernath verschwendete kaum einen Gedanken daran: Es lag ihm fern, Argwohn zu provozieren und dadurch den Erfolg seiner Mission in Frage zu stellen. Manchmal wanderte er durch den Rundgang am Rande des Diskussegments, um sich die Beine zu vertreten, und bei solchen Gelegenheiten bewunderte er die Ausmaße des Raumschiffes, den Platz, den es seiner Besatzung bot.

Man konnte sich leicht verirren, aber glücklicherweise gab es den Turbolift, der einen rasch zurückbrachte.

Die Tür öffnete sich, und Aernath trat in den Gang. *Das zentrale Lager müßte sich dort drüben befinden,* dachte er und ging los. Nach einigen Minuten blieb er hilflos stehen und kam zu dem Schluß, daß Sulus Richtungsangaben nicht genügten. Es wurde Zeit, jemanden nach dem Weg zu fragen. Ein Mannschaftsmitglied war gerade durch eine Tür vor ihm gegangen, und Aernath beschloß, es dort zu versuchen.

Er trat durchs Schott. »Entschuldigen Sie bitte, könnten Sie mir...«

Der Mann trug einen Kasten, drehte sich um und riß die Augen auf. »Ein Klingone!« stieß er hervor, holte aus und benutzte den Behälter als improvisiertes Wurfgeschoß. Mit der Faust hieb er auf ein kleines Kontrollfeld an der Wand, stürzte sich dann auf Aernath, der überhaupt nicht wußte, wie ihm geschah. Er verlor den Halt, stürzte zu Boden. Alarmsirenen heulten, und einige Sekunden später starrte der landwirtschaftliche Spezialist in die Mündungen von sechs Strahlwaffen.

»He, er hat mich angegriffen«, brachte Aernath hervor.

»Na klar, Mister. Haben Sie vielleicht erwartet, daß er Ihnen die Hand schüttelt?« Einer der Wächter zerrte ihn grob auf die Beine, und er nahm den intensiven Geruch von Feindseligkeit wahr.

»Ich habe mich verirrt und wollte nur nach dem Weg zum zentralen Lager fragen.«

»Ausgerechnet hier? In einem Sperrbereich? Das soll wohl ein Witz sein, wie? Los, bewegen Sie sich.«

Man führte Aernath zur Sicherheitsabteilung — er befand sich an Bord eines fremden Schiffes, aber diese Sektion erkannte er auf den ersten Blick. Kurze Zeit später sah er sich in einer Kammer um, die kaum Ähnlichkeiten mit seinem Quartier aufwies.

»Nehmen Sie hier Platz, Klingone.«

Er setzte sich und überlegte verwirrt. Der Wächter hatte

einen Sperrbereich erwähnt. *Hat mich Sulu absichtlich dorthin geschickt? Um mir eine Falle zu stellen?* Im Korridor versuchte niemand, ihn aufzuhalten, und er konnte sich an keine Warnhinweise erinnern. Aernath wußte, daß ihm viele Angehörige der Sicherheitsabteilung mißtrauten. Wenn ihm etwas zustieß – was sollte dann aus Aethelnor werden? Seine Besorgnis wuchs.

Ein ernst dreinblickender, grauhaariger Mann kam herein, und seine Züge verhärteten sich, als er Aernath sah.

»Wir haben ihn in der Nähe des Dilithiumtanks überrascht, Chef. Er trat einfach ein und stürzte sich auf den Unteroffizier.«

»Nein, das stimmt nicht«, protestierte Aernath. »Ich habe mich verirrt und wollte dem Besatzungsmitglied nur eine Frage stellen.« Das Herz klopfte ihm bis zum Hals empor. Dilithiumtank. *Eine Falle, ja. Es gab nirgends irgendwelche Schilder. Oh, die Menschen haben alles gut vorbereitet.*

»In einem Sperrbezirk?« fragte Johnson. »Erwarten Sie wirklich, daß wir diesen Unsinn glauben?«

»Ich wußte nicht, daß der Zutritt verboten ist!« erwiderte Aernath. »Es fehlten Hinweise darauf.«

»Verdammter klingonischer Lügner!« platzte es aus einem der Wächter heraus. »Und die Aufschrift am Schott hast du einfach übersehen, was?« Er holte zu einem Schlag aus, der Aernath am Mund traf.

»Immer mit der Ruhe, Sanders«, erklang die Stimme des Sicherheitsoffiziers Giotto. »Wir halten uns streng an die Vorschriften, klar?«

Aernath schmeckte Blut, und instinktiver Zorn quoll in ihm empor, verdrängte das mahnende Flüstern des Intellekts. Verzweifelt versuchte er, den Reflex zu unterdrükken. *Nein, nicht hier! Es wäre selbstmörderisch... Besinn dich auf deine Pflicht. Denk an Aethelnor...*

Doch sein Körper handelte von ganz allein. Sechs Männer waren nötig, um die beiden Kämpfenden voneinander zu trennen: zwei für Sanders, und vier für den Klingonen.

Aernath saß gefesselt auf dem Stuhl, und allmählich verflüchtigte sich der orangefarbene Dunst vor seinen Augen. Kühle verdrängte die Hitze der Wut. Wie aus weiter Ferne hörte er Giottos Stimme.

»Captain Kirk? Es tut mir leid, Sie zu stören, aber es ergab sich ein kleines Problem. Könnten Sie hierher kommen? Einige meiner Leute haben den Klingonen beim Dilithiumtank überrascht.«

Kurze Zeit später traf der Captain ein, begleitet von Spock. Sicherheitsoffizier Giotto stellte noch einmal die gleichen Fragen wie zuvor, und Aernath blieb bei seinen Antworten.

»Wieso behaupten Sie, daß Sie nichts von dem Sperrbereich wußten? Große schwarze Buchstaben am Schott weisen doch deutlich darauf hin. Können Sie denn nicht lesen?«

»Ich habe keine Aufschrift gesehen, Sir.«

»Das ist doch nicht zu fassen«, ächzte Giotto.

Kirk sah einen der abseits sitzenden Wächter an. »Was zeigen die Indikatoren, Fähnrich?«

Der Mann blickte auf ein tricorderähnliches Instrument. »Die Anzeigen liefern kein klares Bild, Sir. Sie deuten auf Furcht und einen ausgeprägten Streßzustand hin. Es besteht eine Wahrscheinlichkeit von fünfundsechzig Prozent dafür, daß der Befragte subjektiv die Wahrheit sagt.«

»Nun, Giotto?« Kirk seufzte leise. »Was fangen wir damit an?«

»Bitte entschuldigen Sie, Captain«, warf Spock ein. »Mir ist da gerade etwas eingefallen. Vielleicht kann ich diese Sache klären.«

Kirk wandte sich an seinen ersten Offizier. »Ich bin ganz Ohr, Mr. Spock.«

Der Vulkanier näherte sich Aernath, blieb vor ihm stehen und legte die Hände auf den Rücken. »Ich kenne Sie besser als sonst jemand an Bord, und ich kann mir kaum vorstellen, daß Sie den Sperrbereich wissentlich betreten haben.«

Der Klingone spürte, wie ein Teil der Anspannung aus ihm wich. Wer Spock auf seiner Seite hatte, brauchte sich kaum mehr Sorgen zu machen. »Vielen Dank.«

»Sie wissen sicher, was Dilithium ist, oder?«

»Ja, natürlich. Dilithiumkristalle sind wichtige Komponenten des Warptriebwerks.«

»Ich nehme an, ihr Aufbewahrungsort an Bord von klingonischen Raumschiffen unterliegt strengen Zugangsbeschränkungen, nicht wahr?«

»Ja. Nur wenige Personen haben die Erlaubnis, sich dort aufzuhalten.«

»Was geschähe mit einem Menschen, wenn man ihn in jener Sektion fände?«

»Die betreffende Person müßte damit rechnen, auf der Stelle erschossen zu werden«, erwiderte Aernath sofort. Er fragte sich, worauf Spock hinauswollte. Der bisherige Wortwechsel diente nicht dazu, seine Situation zu verbessern.

»Erwarten Sie solche Sicherheitsmaßnahmen auch in einem Föderationsschiff?«

»Selbstverständlich. Es wäre närrisch, den Dilithiumtank ungeschützt zu lassen. So dumm sind Menschen bestimmt nicht.«

»Dem kann ich nur beipflichten. Sie konnten also davon ausgehen, daß der Tank bewacht wird?«

»Ja.«

»Danke. Würden Sie jetzt bitte meine Uniform beschreiben?«

Aernath starrte den Vulkanier groß an und glaubte, ihn falsch verstanden zu haben. »Ich soll Ihre Uniform beschreiben?«

Als Spock nickte, fuhr er verwirrt fort: »Halbhohe schwarze Stiefel, schwarze Hose, blauer Pulli mit zwei goldenen Streifen an den Ärmeln, die Insignien der wissenschaftlichen Sektion auf der linken Brustseite, schwarzer Kragen.«

»Korrekt. Was ist mit Captain Kirk?«

»Stiefel und Hose wie bei Ihnen, ein dunkelgelber Pulli, Kommandanten-Streifen an den Ärmeln, die Insignien des Captains, schwarzer Kragen.«

»Und Lieutenant Commander Giottos Uniform?«

»Oh, ganz einfach: Insignien der Sicherheitsabteilung und zwei goldene Ärmelstreifen. Ansonsten ist alles schwarz.«

»Wie bitte?« entfuhr es Sanders.

Aernath fragte sich, warum die Anwesenden so verdutzt wirkten. Spock musterte ihn eine Zeitlang.

»Welche Farbe hat der Stuhl, auf dem Sie sitzen?«

»Nun, ich würde sagen, er ist, äh, gelbgrün.«

Giotto schürzte skeptisch die Lippen. »Nun, das Ding mag ein bißchen schmuddelig sein, aber ich würde es noch immer als weiß bezeichnen.«

Spock sah Kirk an. »Mit Ihrer Erlaubnis, Captain ... Ich möchte Dr. McCoy bitten, in der Krankenstation eine Untersuchung vorzunehmen. Bestimmt können wir beweisen, daß Aernath die Wahrheit sagt. Er drang völlig unabsichtlich in den Sperrbereich vor.«

»Wie Sie meinen. Ich kehre jetzt zur Brücke zurück. Geben Sie mir Bescheid, wenn konkrete Ergebnisse vorliegen.«

Zwei Wächter begleiteten Aernath und Spock zur Krankenstation. McCoy kontrollierte den Zustand eines Patienten, der gerade operiert worden war, und er bedachte die Gruppe mit einem herausfordernden Blick. »Lieber Himmel, was hat das denn zu bedeuten?«

»Ich würde gern Ihre visuellen Testapparate verwenden, um Aernath zu untersuchen, Doktor.«

McCoy winkte mit der einen Hand. »In Ordnung, Spock, bedienen Sie sich. Sie wissen ja, wie man mit dem Gerät umgeht. Ich komme zu Ihnen, sobald ich hier fertig bin.«

Der Vulkanier führte Aernath zu einer Maschine, die auf einem kleinen Ecktisch stand. Das Visier paßte sich der jeweiligen Kopfform an und schirmte externes Licht ab. »Ich projiziere jetzt verschiedene Wellenlängen«, sagte Spock. »Bitte teilen Sie mir mit, was Sie sehen.«

Einige Minuten lang starrte Aernath in den Sichtschlitz und benannte einzelne Farben. Kurz darauf traf McCoy ein und blickte über die Schulter des Ersten Offiziers.

»Nun, wie weit sind... Bei allen Raumgeistern, Spock! Was machen Sie da? Wollen Sie seine Netzhaut verbrennen?«

Die Stimme des Arztes klang erschrocken, und Aernath wich ruckartig zurück.

Spock blieb ruhig und gelassen. »Ganz und gar nicht, Doktor. Sehen Sie sich die bisherigen Resultate an.«

McCoy beugte sich über eine Folie. »Sie haben bei zehntausend Ångström begonnen, und er reagierte an dieser Stelle?«

»In der Tat.«

»Entsprechen die Farben dem üblichen Standard?«

»Ja.«

»Und damit hat sich die Wahrnehmungsfähigkeit nicht erschöpft?«

»Nein«, bestätigte Spock geduldig.

»Hmm. Was dagegen, wenn ich selbst eine Überprüfung vornehme? Zumindest sollten wir die Strahlungsstärke ein wenig herabsetzen.« Der Vulkanier überließ seinen Platz McCoy. »Nun, Aernath, ich schlage vor, wir wiederholen den Test noch einmal.«

Der Klingone sah wieder in den Schlitz und gab gehorsam Auskunft, als er mattes, orangefarbenes Glühen sah. Die anderen Farben des Spektrums folgten.

»Was sehen Sie?«

»Blau-violett.«

»Gut, wir machen weiter«, brummte McCoy. »Und nun?«

»Violett.«

»Und jetzt?«

»Violett-*amarklor*.«

»Was ist das?«

»Ein sehr dunkles Violett«, sagte Aernath.

»Na schön. Und jetzt?«

»*Amarklor.*« Plötzlich herrschte eine seltsame Stille im Zimmer.

»Und jetzt?«

»*Amarklor-kalish.*«

»Ich verstehe.« Der Arzt klang aufgeregt. »Und jetzt?«

»*Kalish.* Nichts weiter.«

McCoy veränderte die Justierung. »Was sehen Sie nun?«

»Schwärze. *Kalish* ist die Grenze des Sichtbaren, Doktor.«

»›*Kalish* ist die Grenze des Sichtbaren‹, sagt er. Meine Güte, Spock: Sein Wahrnehmungsbereich endet bei dreitausendzweihundert Ångström!« McCoy deutete auf die beiden Wächter. »Hat er irgend etwas angestellt?«

»Er ging zum Dilithiumtank und wollte nach dem Weg fragen.« Spock wandte sich an die beiden Männer aus der Sicherheitsabteilung. »Geben Sie Fähnrich Tamura Bescheid und bringen Sie den Jungen zur Lager-Sektion. Fragen Sie ihn, welche Farbe die Tür hat und ob er Schriftzeichen darauf sieht.«

»Ja, Sir.«

McCoy musterte Aernath nachdenklich. »Um Ihren Lieblingsausdruck zu benutzen, Mr. Spock – faszinierend. Ich möchte der Sache auf den Grund gehen. In der zoologischen Abteilung gibt es ein Gerät, das uns helfen könnte. Kommen Sie.«

Einige Minuten später betraten sie ein anderes Zimmer, und der Klingone versteifte sich unwillkürlich, als man einen gefährlich wirkenden Apparat an ihn heranrollte. »Was haben Sie vor?« fragte er nervös, während der Doktor eine Haltevorrichtung an seinem Kopf befestigte.

»Ich gebe Ihnen jetzt Tropfen, um Ihre Pupillen zu erweitern und die Augenmuskeln vorübergehend zu lähmen. Anschließend untersuche ich die spektrale Absorptionsfähigkeit der Netzhaut unter verschiedenen Bedingungen.«

»Ist es schmerzhaft?«

»Die Tropfen brennen ein wenig, aber für Ihre Augen besteht nicht die geringste Gefahr. Halten Sie jetzt still.«

Die Flüssigkeit brannte tatsächlich. Spock und McCoy wandten sich ab, gingen zur Computerkonsole am anderen Ende des Raums und sprachen leise miteinander. Es war recht dunkel, aber Aernath sah trotzdem, wie die Konturen seiner Umgebung verschwammen. Schon nach kurzer Zeit konnte er die Augen nicht mehr bewegen, und trotz der beruhigenden Worte des Arztes wies sein Körpergeruch auf wachsende Furcht hin. Was mochte geschehen, wenn McCoy ein Fehler unterlief? Bestand die Konsequenz vielleicht in permanenter Blindheit? Panik keimte in Aernath, und er kämpfte dagegen an. Inzwischen bedauerte er es fast, daß sich Spock in der Sicherheitsabteilung für ihn eingesetzt hatte.

Schließlich kehrten die beiden Männer zurück. »Er hat sich jetzt sicher an die Dunkelheit gewöhnt«, sagte der Doktor. »Mal sehen, wie er auf Licht mit geringer Intensität reagiert.«

»Beginnen Sie mit fünftausendzweihundert Ångström.« Spocks Stimme.

Mehrfarbiges Glühen folgte, und eine halbe Ewigkeit verging. Aernath wußte nicht, wieviel Zeit das Experiment in Anspruch nahm, aber zumindest in einem Punkt behielt der Arzt recht: Er empfand keine Schmerzen, und allmählich entspannte er sich. Offenbar funktionierten klingonische Augen anders als die von Vulkaniern und Menschen, und dieses Phänomen schien nicht nur McCoys Interesse geweckt zu haben: Selbst in Spocks Stimme vibrierte ein gewisser Enthusiasmus. *Vielleicht handelt es sich doch nicht um eine Falle,* dachte Aernath erleichtert.

Irgendwann schaltete McCoy die Maschine aus und löste auch die Haltevorrichtung. »Hier, setzen Sie das auf. Es dauert eine Weile, bis die Wirkung der Tropfen nachläßt.« Er reichte Aernath eine dunkle Brille. »Wir bringen

Sie zur Krankenstation. Ich behalte Sie dort, bis Sie sich vollständig erholt haben.«

In einem der Behandlungszimmer begegneten sie Fähnrich Tamura, Aethelnor, Giotto und Kirk. »Der Junge hat die Schrift ebenfalls nicht gesehen«, sagte Giotto. »Er meinte, die Tür sei völlig schwarz.«

»Diesen Eindruck muß auch Aernath gewonnen haben«, erwiderte Spock.

»Welche Farbe hat das Schott für Sie?« fragte der landwirtschaftliche Spezialist zaghaft.

»Es ist dunkelrot, und große schwarze Buchstaben verkünden folgende Botschaft: ACHTUNG, SICHERHEITSZONE. ZUTRITT NUR FÜR AUTORISIERTES PERSONAL.«

»Soll das heißen, Klingonen sehen keinen Unterschied zwischen Rot und Schwarz?« entfuhr es Giotto ungläubig.

»Genau«, sagte Spock. »Wir haben gerade den Beweis dafür erbracht.«

»So etwas höre ich zum erstenmal.« Der Sicherheitsoffizier runzelte die Stirn. »Und wieso bezeichnet er einen weißen Stuhl als gelbgrün? Ist er farbenblind?«

»Ich wäre ebenfalls für eine Erklärung dankbar«, warf Kirk ein.

»Hab ein wenig Geduld, Jim.« McCoy deutete auf eine Liege. »Strecken Sie sich dort aus, Aernath.«

Der Klingone legte sich auf die Matratze und stellte fest, daß sie ebensoweich war wie das Bett in seinem Zimmer.

»Sie sind sicher mit den primären Spektralfarben vertraut«, begann Spock.

Kirk nickte. »Natürlich. Rot, Grün und Blau.«

»Einen Augenblick«, wandte Giotto ein. »Ich dachte, die drei Hauptfarben seien Rot, Gelb und Blau.«

»Das stimmt auch, soweit es Pigmente betrifft«, sagte McCoy. »Der Captain und Spock meinen verschiedene Wellenlängen des Lichts. Ist Ihnen klar, warum man von primären Farben spricht?«

»Oh, sicher«, antwortete der Sicherheitsoffizier. »Wenn man sie miteinander mischt, so bekommt man die einzelnen Farben des Regenbogens. Und nimmt man alle zusammen, ergibt sich Weiß.«

»Für das normale menschliche Auge, ja. Kennen Sie auch den Grund dafür?«

Giotto schüttelte den Kopf.

»Ein Farbenblinder kann Blau nicht von Grün unterscheiden«, murmelte Kirk. »Aber Aernath weiß die blaue Farbe als solche zu deuten, nicht wahr?«

»Du meinst Deuteranopie, auch Grünblindheit genannt«, sagte McCoy. »Andererseits: Wenn Aernath im menschlichen Sinne an Protanopie beziehungsweise Rotblindheit litte, so könnte er zwar zwischen Blau und Grün unterscheiden, doch alle roten, gelben und orangefarbenen Töne erschienen ihm grün.«

»Aber Aernath sieht mein Hemd als gelb«, stellte Kirk fest.

»Genau«, bestätigte Spock. »Womit wir zu der Frage zurückkehren, warum Rot, Grün und Blau die primären Spektralfarben sind.«

Der Captain lächelte. »In Ordnung, Spock. Erläutern Sie uns den Grund dafür.«

»Sie entsprechen den Wellenlängen der maximalen Absorption der drei visuellen Pigmente im menschlichen Auge: Erythrolab, Chlorolab und Rhodopsin. Alle Farbwahrnehmungen erfolgen durch die Stimulierung von einem oder mehreren dieser Sehpigmente in der menschlichen Netzhaut. Klingonen haben kein Erythrolab. Zumindest fehlt es bei Aernath.«

»Das erklärt nicht, wie er Gelb sehen kann«, sagte Kirk.

»Da hast du völlig recht, Jim«, pflichtete ihm McCoy bei. »Das ist ja gerade so erstaunlich: Rote Töne bleiben Aernath verborgen, doch orangefarbene Schattierungen erkennt er. Für ihn reicht das sichtbare Spektrum von sechstausendvierhundert bis hin zum Ultravioletten bei ungefähr dreitausendzweihundert Ångström.«

»Er sieht im ultravioletten Bereich?« fragte Kirk.

»Darauf kannst du deine Stiefel wetten.« McCoy grinste von einem Ohr bis zum anderen.

»Und *was* sieht er?«

»*Amarklor* und *Kalish*«, antwortete der Arzt ernst.

»Wie bitte?«

»So nennen Klingonen die beiden ultravioletten Hauptfarben.«

»Oh.« Kirk überlegte kurz. »Nun, wie stellen sie es an? Ich meine, was ermöglicht eine solche Wahrnehmung?«

»Eine außerordentlich faszinierende Angelegenheit«, kommentierte der Vulkanier. »Das spektrale Absorptionsmuster der Netzhaut und der eben durchgeführte Sensibilitätstest deuten auf folgendes hin: Aernath hat vier Sehpigmente – Chlorolab und Rhodopsin, oder ihre jeweiligen Äquivalente, ein drittes für orangefarbene und ein viertes für ultraviolette Wellenlängen. Bei ihm ist die sogenannte Purkinje-Erscheinung gleich doppelt vorhanden: Sie betrifft sowohl die gelben als auch blauen und violetten Töne.«

»Hm.« Kirk sah McCoy an. »Würdest du für mich übersetzen, Pille?«

»Aernath sieht Grün und Blau mit dem gleichen Mechanismus wie wir, aber wie du eben gehört hast, befinden sich in seinen Augen auch noch zwei andere Pigmente. Das eine befähigt ihn, von Orange bis Grün zu sehen, und das andere erlaubt ihm die Wahrnehmung von Blau bis *Kalish*. Nachts oder während der Dämmerung reagiert er insbesondere auf gelbe oder blaue Farben, während wir Menschen allein auf die blauen beschränkt sind.«

Giotto beugte sich vor. »Er hat also die Wahrheit gesagt, als er meinte, er habe nur nach dem Weg fragen wollen?«

Spock nickte. »Ja. Für ihn bildeten die roten Schriftzeichen auf der Tür keinen Kontrast zum Schwarz, und deshalb konnte er den warnenden Hinweis nicht erkennen.«

»Nun, dann sollte ich besser in meine Abteilung zurückkehren.« Giotto stand auf und ging.

Kirk wirkte sehr nachdenklich. »Trotzdem, das mit dem Stuhl verstehe ich noch immer nicht«, sagte der Captain und wurde damit seinem Ruf gerecht, alles sehr genau zu nehmen.

»Wir sehen die weiße Farbe als solche, weil sie keine Wellenlängen in dem für uns sichtbaren Spektrum absorbiert«, erklärte Spock. »Sie werden alle reflektiert.«

»Ah, allmählich wird mir die Sache klar«, brummte Kirk. »Wenn ein Klingone etwas Weißes sieht, so müssen auch die ultravioletten Strahlen reflektiert werden. Bei dem Stuhl war das nicht der Fall.«

»Genau«, bestätigte McCoy. »Da das dunkle Violett des Spektrums absorbiert wurde, nahm Aernath einen gelbgrünen Farbton wahr. Für einen Klingonen sind wir farbenblind: Wir sehen weiße Dinge, die seiner Ansicht nach überhaupt nicht weiß sind. Es ist wie bei einem Menschen, der für Grün blind ist. Wenn man Rot und Blau mischt, so ergibt sich Weiß für ihn, obgleich wir einen purpurnen Ton sähen.«

Kirk hob kurz die Hände und ließ sie wieder sinken. »Nun, wenn du mit Spock einer Meinung bist, so muß wohl etwas dran sein. Es ist schon eine ganze Weile her, seit ihr zum letztenmal an einem gemeinsamen Projekt gearbeitet habt, ohne dabei verschiedene Standpunkte zu vertreten. Wie sind Sie überhaupt darauf gekommen, Spock?«

»Während der Mentalverschmelzung auf Tsorn fiel mir etwas auf«, erwiderte der Vulkanier. »Als ich Aernath begegnete, trug er graue Kleidung, doch in seiner Vorstellung hatte sie eine andere Farbe. Nach unserer Rückkehr wollte ich mich eingehender mit diesem Phänomen befassen, doch ich bekam erst jetzt Gelegenheit dazu.«

»Dr. McCoy?« Der Klingone sah eine schemenhafte Gestalt, die sich ihm näherte.

»Ja, Aernath?«

»Wie sieht Rot für Sie aus?«

Der Arzt suchte nach den richtigen Worten. »Nun, wie

würden Sie jemandem den Unterschied zwischen *Amarklor* und *Kalish* erklären, dessen sichtbares Spektrum bei Purpur endet?«

Aernath zögerte und versuchte, sich in die Lage des Menschen zu versetzen. Die beiden genannten Farben waren völlig anders als die übrigen... »Ich verstehe, was Sie meinen. Sie sind ebenso deutlich und differenziert wie Orange, Gelb und Grün. Vermutlich gilt das auch für Rot.«

»Rot ist eine ausdrucksstarke Farbe«, stellte McCoy fest. »Ich würde nur ungern auf sie verzichten. Aber wenn man daran gewöhnt ist, sie nicht zu sehen... Mr. Spock findet ästhetischen Gefallen daran, Magnetfelder zu beobachten – obwohl es eigentlich verwirrend sein muß, dauernd auf irgendwelche Linienmuster zu starren.«

»Ganz im Gegenteil, Doktor...«

Das Knacken im Interkom-Lautsprecher verhinderte einen typischen verbalen Konflikt zwischen Spock und McCoy.

»Captain Kirk, hier ist Sulu. Unsere Sensoren haben gerade einige klingonische Raumschiffe geortet.« Der Steuermann zögerte kurz, bevor er ernst hinzufügte: »Es sind insgesamt fünf, Sir.«

»Alarmstufe Rot, Mr. Sulu. Wir sind unterwegs.« Kirk und Spock machten sich sofort auf den Weg zur Brücke. Tamura brach zusammen mit Aethelnor auf, und das Personal der Krankenstation traf alle notwendigen Vorbereitungen für die Behandlung von Verletzten und Verwundeten.

In seiner Aufregung vergaß Sulu, den internen Kom-Kanal zu schließen, und somit bestand weiterhin eine Verbindung zum Kontrollraum. Aernath lauschte aufmerksam. Ein ganzes Geschwader! Für gewöhnlich setzte die Imperiale Flotte nie mehr als jeweils drei Schlachtkreuzer ein, doch diesmal schickte sie gleich *fünf*... Was war während der vergangenen Wochen im Imperium geschehen? Hatten sich die Falken durchgesetzt? Aernath verfluchte die Augentropfen, deren Wirkung anhielt – er wußte nicht, daß nur akustische, aber keine visuellen Signale übermittelt wurden.

Er hörte, wie Spock und Kirk die Brücke erreichten.

»Statusbericht, Mr. Sulu.«

»Volle Gefechtsbereitschaft, Captain. Deflektoren aktiviert und stabil.«

»Chekov?«

»Die fünf Raumschiffe kommen aus dem klingonischen Imperium, nähern sich jedoch nicht mit einem direkten Kurs, Captain. Die bisherigen Berechnungen zeigen, daß sie uns diesseits von Shermans Planet erreichen. Nach der ersten Ortung wurde kein Kurswechsel durchgeführt.«

»Danke. Na schön, Mr. Sulu, sehen wir uns die Kreuzer an. Wandschirm ein. Maximale Vergrößerungsstufe.«

Eine Zeitlang herrschte Stille. Dann erklang wieder die Stimme des Captains. »Können Sie die Einheiten identifizieren, Mr. Spock?«

»Das Flaggschiff des Geschwaders ist die *Klolode Zwei,* und nach den letzten Berichten steht sie unter dem Befehl von Commander Kang. Es folgen die *Kahless* unter Commander Ekthorn und die *Geißel* Commander Koloths. Über die beiden anderen Schiffe liegen uns keine Informationen vor.«

Kirk zischte leise. »Kang höchstpersönlich... Lieutenant Uhura, übermitteln Sie Starfleet Command einen vollständigen Bericht: Kursdaten, energetische Emissionen, ID-Kennungen und so weiter. Öffnen Sie einen Kommunikationskanal und verwenden Sie Code Zwei. Erwekken Sie den Anschein, als verständigten wir die U.S.S. *Hood* und U.S.S. *Lexington.* Beenden Sie die Meldung mit dem Hinweis, daß wir keine Antwort erwarten.«

»Ja, Sir«, bestätigte Uhura.

Ekthorn begleitet Kang! dachte Aernath begeistert. *Das erste Ergebnis der veränderten Lage auf Klairos.* Ekthorn hatte großen Einfluß in der Flotte, und sein jüngerer Bruder gehörte zum klairosianischen Rat. Koloths Präsenz überraschte nicht, denn immerhin war er für diesen Raumsektor zuständig. Aber er stellte einen gewissen Unsicherheitsfaktor dar. Einer der anderen Kommandanten hieß vermutlich Kasob; sein Onkel bekleidete einen hohen Rang am penelianischen Hof. Bei dem fünften Schiff gab es verschiedene Möglichkeiten.

Erneut drangen Stimmen aus dem Lautsprecher des Interkoms.

»Tja, Mr. Spock, entweder meint es Commander Kang mit den Verhandlungen ernst, oder hier beginnt gleich das größte Feuerwerk seit der Schlacht um Donatu Fünf. Wie wär's, wenn Sie uns die Chancen nennen, bevor wir erste Wetten abschließen?«

»Welchen Sinn hat es, um etwas zu wetten, wenn man den Gewinn nicht einstreichen kann, Captain? Nun, ich habe inzwischen etwas in Erfahrung gebracht, das Sie sicher interessieren dürfte. Spezialistin Czerny befindet sich in einem der fünf Schlachtkreuzer.«

»Was die Wahrscheinlichkeit für die Verhandlungsbereitschaft erhöht, nicht wahr, Mr. Spock?«

»Eine logische Schlußfolgerung.«

Jean! Aernath stieß einen halblauten Schrei aus und richtete sich auf. McCoy näherte sich besorgt. »Was ist los? Haben Sie Schmerzen?«

Jean lebt! erklang es hinter Aernaths Stirn. *Sie hat alles überstanden.* Er räusperte sich. »Ich bin überrascht und erfreut, daß Miß Czerny überlebt hat«, brachte er hervor. Um über seine Gefühle hinwegzutäuschen, fügte er hinzu: »Captain Kirk sollte wissen, daß die fünf Raumschiffe nicht nur eine Demonstration der Macht sind, um die Föderation zu beeindrucken. Sie weisen darauf hin, welchen Einfluß Kang inzwischen in der Flotte genießt. Daß ihn Ekthorn begleitet, ist besonders bedeutungsvoll.« Hilflos ballte Aernath die Faust. »Wenn ich doch nur sehen könnte! Vielleicht wäre ich dann in der Lage, die anderen Schiffe zu identifizieren.«

»Ich gebe Captain Kirk Bescheid.« McCoy berührte den

Klingonen an der Schulter. »Wir freuen uns alle darüber, daß Czerny noch lebt. Sie ist sehr sympathisch, nicht wahr?« Der Gesichtsausdruck des Arztes blieb Aernath verborgen, und deshalb ahnte er nicht, daß ihn der Arzt durchschaut hatte. McCoy lächelte wissend und wandte sich von seinem Patienten ab.

»Der Bericht an Starfleet Command ist gesendet«, ertönte die melodische Stimme Uhuras.

»Gut. Stellen Sie eine Verbindung zu Commander Kang her.«

»Ja, Sir.«

»Captain Kirk.« Chekov klang aufgeregt. »Die klingonischen Schiffe ändern ihre Formation!«

Die Wortwechsel im Kontrollraum deuteten darauf hin, daß Kangs Eskorte im stellaren Territorium des Imperiums zurückblieb, sich jedoch in Bereitschaft hielt – die vier Kreuzer konnten Shermans Planet innerhalb weniger Minuten erreichen.

»Irgendeine Reaktion Kangs, Lieutenant Uhura?«

»Nein, Sir, noch nicht... Einen Augenblick. Jetzt empfange ich etwas.«

»Öffnen Sie einen Audio-Kanal. Sulu, justieren Sie das Projektionsfeld auf die fünf Schiffe. Ich möchte sie im Auge behalten.« Eine Taste klickte. »*Klolode Zwei.* Hier spricht Captain Kirk von der U.S.S. *Enterprise.* Bitte melden Sie sich.«

Statik knisterte, und dann hörte Kirk die grollende Stimme eines Klingonen. »Hier ist Commander Kang von der *Klolode Zwei.* Soweit ich weiß, möchte die Föderation einige Fehler korrigieren, die ihr unterliefen. Als Repräsentant des Imperators bin ich bereit, Ihre Vorschläge entgegenzunehmen. Wir kommen in Frieden.«

»Von wegen!« brummte McCoy leise. »Wenn's allein nach euch ginge, würdet ihr bereits die Gräber für uns ausheben!«

Aernath stellte fest, daß der Körpergeruch des Arztes kaum von Feindseligkeit kündete. Die Menschen konnten wirklich sehr verwirrend sein. Manchmal bestand zwischen ihren Bemerkungen und Empfindungen ein krasser Gegensatz.

Er spitzte die Ohren und hörte Kirks Antwort.

»Das freut mich zu hören, Commander. Ein Beobachter, der die Hintergründe nicht kennt, zöge vielleicht einen anderen Schluß.«

»Wer den Köder wechselt, muß deshalb nicht unbedingt die Falle entfernen. Nur mit Wachsamkeit überlebt man, um auch am nächsten Tag zu jagen, Captain Kirk. Sie schlagen Shermans Planet als ›neutralen‹ Treffpunkt vor. Welche Garantien bieten Sie uns an?«

»Es ist die einzige Welt in der ganzen Galaxis, auf der sowohl wir als auch Sie einen Stützpunkt haben«, erwiderte Kirk ruhig. »Wir können den neuen Konferenzsaal in unserer landwirtschaftlichen Forschungsstation benutzen oder die Besprechungen abwechselnd bei uns und in Ihrer Basis stattfinden lassen.«

Kang lachte leise. »Sie waren also nicht imstande, unsere Kolonie zu vernichten.«

»Wir haben keinen entsprechenden Versuch unternommen«, entgegnete Kirk scharf. »Unsere Leute gaben sich alle Mühe, einen Kontakt mit Ihrer Gruppe herzustellen, aber die Klingonen antworteten nicht. Bitte geben Sie ihnen Bescheid.«

»Oh, sicher«, sagte Kang gleichgültig. »Wir schwenken in einen Standard-Orbit, und Sie sollten Ihr Schiff in eine parallele Umlaufbahn steuern, Captain. Teilen Sie Ihren Untergebenen auf dem Planeten mit, daß ich ihnen einen Gesandten schicke, der eine Lagesondierung vornehmen wird. Wenn Sie diesmal irgendwelche Tricks versuchen, überleben Sie nicht lange genug, um Ihre Hinterhältigkeit zu bereuen.«

»Einverstanden, Commander Kang. Keine Tricks. Kirk Ende.« Ein kurzes Klicken, das die Verbindung unterbrach.

»Was für ein arroganter, eingebildeter und hochmütiger

Hurensohn!« entfuhr es Scott. »Wenn er glaubt, so mit einem Starfleet-Captain reden zu können, hat er sich gründlich geirrt!«

»Er ist ein Gesandter des Imperiums und steht mit dem Rücken an einer besonders scheußlichen Wand, Mr. Scott. Wenigstens hat er uns nicht sofort mit einigen Photonentorpedos begrüßt. Wenn wir mit Kang verhandeln möchten, so sollten wir ihm ein wenig Bewegungsspielraum lassen. Das dürfte uns eigentlich nicht schwerfallen.« Kirks Stimme klang nicht tadelnd, brachte eher Verständnis und Mitgefühl zum Ausdruck.

»Aye, Sir, da haben Sie natürlich recht, Captain«, brummte Scotty. »Trotzdem wäre es mir ein Vergnügen, den Klingonen von seinem hohen Roß zu holen.« Der Chefingenieur zeichnete sich durch ein ruhiges Gemüt aus, aber wenn das Feuer des Zorns in ihm zu brennen begann, erlosch es nicht so schnell. Er hegte noch immer einen Groll gegen Kang, weil die Soldaten des Commanders vor einigen Jahren seinen Maschinenraum verheert hatten.

»Daran zweifle ich nicht, Mr. Scott. Aber wir sind aus anderen Gründen hier. Mr. Sulu, veranlassen Sie Alarmstufe Gelb und bleiben Sie dabei, bis Sie neue Anweisungen von mir bekommen.«

McCoy schaltete das Interkom aus und trat erneut an Aernaths Liege heran. »Nun, wie steht's mit Ihren Augen?« Er griff nach der Brille des Klingonen und blickte auf ihn herab.

Aernath sah nur ein undeutliches Gesicht. »Es ist noch immer alles verschwommen. Wie lange dauert es, bis die Wirkung der Tropfen nachläßt?«

»Oh, ich schätze, in einigen Stunden haben Sie das Schlimmste überstanden. Vermutlich werden Sie helles Licht während der nächsten Tage als unangenehm empfinden.«

McCoy rückte die Brille wieder zurecht. »Da Kang und seine Kumpane offenbar nicht die Absicht haben, ein Feuerwerk zu veranstalten... Ich gehe jetzt zum Captain und übermittle ihm Ihre Hinweise.« Der Arzt klopfte seinem Patienten kurz auf die Schulter und verließ die Krankenstation.

Aernath blieb allein zurück und dachte nach.

KAPITEL 13

Jeans Herz pochte heftiger, und ihr Blick klebte an den Gebäuden weiter vorn fest, als die Distanz zwischen dem Bodengleiter und der Föderationsstation schrumpfte. Die Landschaft erschien ihr vertraut, obwohl es durch das Erdbeben zu teilweise erheblichen Veränderungen gekommen war. Czerny hockte am Fenster, neben Mara und Kang. Ihr gegenüber saßen Lieutenant Klen aus der klingonischen Basis und Lieutenant Klyndur, taktischer Offizier an Bord von Ekthorns Kreuzer. Im dritten Sessel hatte ein ISG-Wächter Platz genommen, und er hielt einen schweren Strahler bereit. Dem Fahrer und seinem Begleiter standen ähnliche Waffen zur Verfügung. Nun begannen die Verhandlungen, und Jean fühlte, wie ihre Anspannung wuchs. *Kang und Kirk haben sich zum letztenmal vor einigen Jahren gesehen, an Bord der* Enterprise, *kurz nach dem Beta-XIIA-Zwischenfall. Welche Konsequenzen ergeben sich aus der bevorstehenden Begegnung?*

Sie drehte den Kopf und beobachtete die beiden Gestalten neben ihr. Ihre Uniformen zeigten die jeweiligen imperialen Farben. Kang trug Silber und Weiß, Mara Silber und Blau. Jean kannte sie beide gut genug, um zu wissen, daß sich Unbehagen hinter ihrer äußeren Gelassenheit verbarg. Kang verriet seine Besorgnis durch einige dünne Falten in der Stirn, und Mara preßte die Lippen zu fest aufeinander.

Jean blickte auf ihre Hände herab, die im Schoß einer schlichten, schmucklosen Raumschiffuniform lagen. An ihrer Nervosität konnte kein Zweifel bestehen. Aber die Unruhe gründete sich nicht etwa auf vage Furcht – der Grund hieß freudige Erwartung.

Einige Felder waren bepflanzt, und anscheinend gedieh

das Korn recht gut. Man hatte die Station in unmittelbarer Nähe des Flusses wiederaufgebaut, und im Bereich der Hügel sah Jean noch einige Schutthalden. *Unter einer davon befindet sich mein altes Laboratorium,* dachte sie melancholisch.

Der Wagen wurde langsamer, und Czerny sah sich aufmerksam um. Alles wirkte neu; nichts deutete auf eine Katastrophe hin, die Dutzende von Menschenleben gekostet hatte. Vor einem der Gebäude bemerkte sie Captain Kirk, den Ersten Offizier Spock und Lieutenant Uhura. Sie trugen Galauniformen, während rotschwarze Kleidung die übrigen Männer und Frauen als Angehörige der Sicherheitsabteilung auswies.

Ein Klingone näherte sich dem Bodengleiter, salutierte und öffnete die Tür. »Commander...«

Kang stieg als erster aus, gefolgt von Mara und den beiden Lieutenants. Der ISG-Wächter forderte Jean auf, das Fahrzeug ebenfalls zu verlassen. Der klingonische Gesandte wandte sich an Kang und erklärte ihm das Protokoll. »Wir kontrollieren die Repräsentanten der Föderation, und anschließend durchsuchen uns die unbewaffneten Sicherheitsbeamten. Beide Gruppen beauftragen zwei bewaffnete Wächter, vor dem Gebäude zu patrouillieren. Unsere beiden anderen Soldaten bleiben beim Wagen. Die übrigen Starfleet-Sicherheitsbeamten ziehen sich zurück und wahren einen Abstand von mindestens hundert Metern.«

Kang bestätigte die Vereinbarungen mit einem knappen Nicken. »In Ordnung, *Tormin.* Weitermachen. Wachsamkeit ist der erste Schritt zum Sieg.« Er beobachtete, wie sich seine Leute den drei Föderationsoffizieren näherten und feststellten, daß Kirk, Spock und Uhura unbewaffnet waren. Sie kehrten mit einem Mann und einer Frau aus der Sicherheitsabteilung der *Enterprise* zurück. Jean erkannte Fähnrich Tamura wieder, mit der sie eine Zeitlang ihre Kabine an Bord des Föderationsschiffes geteilt hatte. Der Mann blieb vor Kang stehen, und der Commander griff nach Blaster und Schwert, reichte sie dem *Tormin.* Er nahm die Durchsuchung wie gleichgültig hin, aber Jean sah, wie seine Schläfenader anschwoll.

Der Fähnrich zögerte am Stiefel und sah unsicher zu Kang auf. »Diese Waffe, Sir... Würden Sie sie bitte entfernen?«

Dunkle Flecken bildeten sich auf den Wangen des Commanders, und einige Sekunden lang befürchtete Jean, er könne sich dazu hinreißen lassen, den Mann zu schlagen. Es handelte sich nur um einen Zeremoniendolch. Auch ein Gürtel konnte als Waffe verwendet werden, aber niemand forderte einen Botschafter auf, seinen Gürtel abzulegen, bevor er am Verhandlungstisch Platz nahm. Kang reichte sein Messer dem wartenden *Tormin.* »Soll meine Frau Ihre Haarnadeln ablegen?« fragte er ironisch. »Sie könnte Ihren Captain damit erstechen.«

Der Mann lief rot an, gab jedoch ruhig Antwort. »Nein, Commander, das ist nicht nötig.«

Mara folgte Kangs Beispiel und reichte ihr Messer Fähnrich Tamura. Der Sicherheitsbeamte trat an Klyndur heran, und Tamura näherte sich Jean, lächelte einen wortlosen Gruß. Während ihre Hände über die Uniform tasteten, fragte sie leise: »Warum tragen Sie solche Kleidung?«

Czerny runzelte verwirrt die Stirn und überlegte, was sie darauf erwidern sollte. Es war nicht ihre Entscheidung, in einer klingonischen Uniform zur Föderation zurückzukehren. »Ich mußte mich mit gewissen Dingen abfinden.«

Keiko bedachte sie mit einem durchdringenden Blick, setzte dann die Suche fort. »Wie geht es Ihnen?« Ihre Hände strichen über Jeans Knie nach unten.

»Den Umständen ent...«

Kang starrte sie finster an. »Du sprichst nur, wenn ich dich dazu auffordere.«

Tamuras Finger berührten die Stiefel. »Ja, Milord«, sagte Jean betont demütig — und erzielte damit die erhoffte Wirkung. Ein leichter Druck vermittelte Anteilnahme, und dann glitten Keikos Hände über den Dolch im einen Stiefel hinweg. Jean widerstand der Versuchung, erleichtert zu seufzen. Als man ihr die Uniform gab, hatte irgend jemand das Messer übersehen — zum erstenmal seit Tsorn verfügte sie wieder über eine Waffe, und sie wollte sich nicht davon trennen. *Obgleich sie mir kaum etwas nützt*, dachte die junge Frau. *Vielleicht habe ich mir die klingonische Denkweise zu eigen gemacht. Ist es wirklich so beruhigend, kalten Stahl an der Wade zu spüren?* Sie verdrängte den Zweifel und beschloß, Keiko zu danken, sobald sich eine Gelegenheit dazu ergab.

Tamura und der Mann eskortierten die klingonische Delegation zu den Offizieren der *Enterprise*, die vor der Tür des Konferenzsaals warteten.

Kirk trat vor und streckte die Hand aus. »Ich grüße Sie, Commander Kang. Es ist mir ein Vergnügen und eine Ehre, Sie in unserer Station willkommen zu heißen.«

Kang legte die Hände auf den Rücken und verneigte sich kurz. »Captain Kirk... Ich nehme Ihren Gruß entgegen. Bitte begleiten Sie mich und schildern Sie mir die von Ihnen getroffenen Vorbereitungen.«

Kirk ließ sich nichts anmerken und führte Kang ins Gebäude. Jean kaute auf der Unterlippe und überlegte, ob sich die beiden Männer mit Absicht beleidigt hatten. Wahrscheinlich nicht. Spock und Mara folgten ihnen, und dann kamen Uhura und Klyndur an die Reihe. Jean und Klen bildeten den Abschluß. Hinter ihnen schloß sich die Tür.

Das Konferenzzimmer war schlicht eingerichtet. Im Zugang wurden Getränke und Erfrischungen angeboten. In der Mitte des Saals standen zwei lange, mit Kom-Konsolen ausgestattete Tische, an denen die beiden Delegationen Platz nehmen sollten. An der gegenüberliegenden Wand hingen lange Spiegel neben zwei Türen, vor denen jeweils ein Stuhl stand.

Die Klingonen wählten den rechten Tisch, Kirk und seine Begleiter den linken.

»Mit Hilfe der Kommunikationsanschlüsse können Sie

eine Verbindung zu Ihrem Schiff herstellen, Commander Kang.« Uhura erklärte die Funktionsweise des Gerätes. Klyndur überprüfte den Apparat gründlich und nickte dann.

Als sie Platz nahmen, sah Kirk Jean an. »Es freut mich, daß Sie zurückgekehrt sind. Bitte setzen Sie sich.« Er deutete auf die beiden Stühle vor den Türen.

»Du bleibst stehen«, sagte Kang scharf und zeigte auf eine Stelle hinter seiner rechten Schulter.

In Kirks Augen blitzte es, aber er beherrschte sich. »Soll ich den Stuhl holen lassen, Commander?«

»Das ist nicht nötig, Captain. Können wir jetzt anfangen?« Kangs Blick kam einer stummen Warnung gleich: *Wag es nicht, mir zu widersprechen. Die menschliche Frau gehorcht allein meinen Befehlen.*

»Wie Sie meinen«, erwiderte Kirk ruhig. »Nun, wir haben viele Dinge zu besprechen. Ich schlage vor, wir be...«

»Wir beginnen, indem wir die Tagesordnung festlegen«, sagte Kang scharf. »Ihnen wurde bereits ein entsprechendes Schriftstück vorgelegt. Das Imperium ist natürlich bestrebt, friedliche Beziehungen zur Föderation herzustellen, aber leider fielen wir in der Vergangenheit immer wieder den Aggressionen Starfleets zum Opfer. Es müssen Reparationen erfolgen, bevor eine Übereinkunft geschlossen werden kann. Ich möchte einige Beispiele nennen. Die Föderation mischt sich nach wie vor in unsere Angelegenheiten, soweit sie das klingonische Sonnensystem Eins-null-vier-drei-sieben betreffen — die von Ihnen verwendete Bezeichnung lautet Tellun. Darüber hinaus werden unsere Repräsentanten und ihre Protektorate auf Ke Neun-zwei-drei-sechs unter Druck gesetzt. Bei Ihnen heißt der Planet Neural. Unser Gesandter auf Capella Vier kam bei einem Anschlag ums Leben, und ein Föderationsagent namens Cyrano Jones löste auf vier klingonischen Welten und an Bord eines Schlachtkreuzers ökologische Katastrophen aus. Hinzu kommt die völlig unrechtmäßige Verhaftung mehrerer Bürger des Imperiums. Wenn ich richtig informiert bin, halten Sie an Bord Ihres Schiffes zwei Klingonen fest. Oder wollen Sie das abstreiten, Captain?«

In Kirks Wangen zuckte es, als er Kangs absurde Vorwürfe hörte, doch seine Stimme klang völlig normal. »Ich bin bereit, darüber mit Ihnen zu sprechen. Aber ich meine, wir sollten das Problem namens Shermans Planet als ersten Punkt auf die Tagesordnung setzen. Immerhin finden die Verhandlungen hier statt.«

Kang widersprach nicht. Mara berührte ihn am Handgelenk, als sie sich vorbeugte und zum erstenmal das Wort ergriff. »Einen Augenblick, Captain. Es wurde eben behauptet, daß sich zwei Klingonen an Bord Ihres Schiffes befinden. Können Sie das bestätigen?«

Kirk nickte. »Es stimmt tatsächlich. Aber sie werden keineswegs ›festgehalten‹. Sie stehen vielmehr unter dem Schutz der Föderation.«

Ein dünnes Lächeln umspielte Maras Lippen. »Nennen Sie es, wie Sie wollen, Captain. Nun, Sie können deutlich sehen, daß Miß Czerny wohlauf ist. Bitte beweisen Sie, daß Ihre beiden .... Gäste ebensogut behandelt werden.«

Kirk warf Uhura einen kurzen Blick zu, woraufhin die dunkelhäutige Frau aufstand, sich einer der beiden Türen näherte und sie öffnete. McCoy kam mit Aernath herein. Jähe Freude entstand in Jean, wich dann dumpfer Besorgnis, als sie sah, daß der Spezialist eine dunkle Brille trug und sich recht unsicher bewegte. Der Arzt führte ihn. Lieutenant Klyndur vergewisserte sich, daß die beiden Männer keine Waffen trugen.

»Aernath, Commander Kang und Mara möchten wissen, wie man Sie und Ihr Mündel behandelte«, sagte Kirk, als sich der klingonische Lieutenant wieder setzte. »Geben Sie offen Auskunft.«

»Es geht mir gut. Derzeit habe ich einige Probleme mit meinen Augen, aber Dr. McCoy versicherte mir, daß ich bald wieder normal sehen kann. Es gibt keinen Grund zur Klage.«

»Und Ihr Mündel?« In Maras Stimme vibrierte etwas.

»Gesund und munter«, sagte Aernath. »In dieser Hinsicht kam es zu keinen Schwierigkeiten.«

»Der Junge hält sich noch immer in der *Enterprise* auf«, warf Kirk sanft ein. »Wenn Sie möchten, gebe ich Ihnen später Gelegenheit, ihn zu besuchen und sich davon zu überzeugen, daß ihm nichts fehlt.« Kang nickte nur und schwieg. McCoy half Aernath dabei, auf dem Stuhl an der Tür Platz zu nehmen, gesellte sich dann der Föderationsdelegation hinzu. »Kommen wir jetzt auf Shermans Planet zu sprechen«, fuhr Kirk fort. »Commander, warum haben Sie die Sendungen der Organianer ignoriert?«

Jean beobachtete, wie sich Kangs Finger fester um den Schreibstift schlossen, den er in der rechten Hand hielt. Seine Züge verhärteten sich. Aus einigen Gesprächsfetzen an Bord der *Klolode Zwei* hatte sie entnommen, daß der Commander seine Position in bezug auf Shermans Planet nicht für fest und stabil genug hielt. Es überraschte Czerny kaum, daß Kang eine direkte Kommunikation mit den Organianern vermied, aber sie fragte sich nun, warum Kirk ausgerechnet mit diesem Thema begann. Wollte er den Klingonen ganz bewußt verärgern?

»Wir haben das Abkommen nicht verletzt, indem wir hier eine Basis einrichteten«, brummte Kang. »Wenn die Organianer unseren Stützpunkt trotzdem vernichten wollen...« Er zuckte mit den Schultern. »Es hätte ohnehin keinen Sinn, sich auf eine Diskussion mit ihnen einzulassen. Wir sind bereit, die Konsequenzen unseres Handelns zu tragen.«

Kirk lächelte. »Es wurden keineswegs irgendwelche Strafmaßnahmen angedroht. Die Organianer akzeptieren Ihre Argumente und halten es für angemessen, daß unserer Forschungsstation ein wissenschaftlicher Stützpunkt der Klingonen hinzugefügt wird. Mr. Spock?« Der Vulkanier stand auf und reichte dem Commander ein Dokument.

Kang hob langsam den Kopf und versuchte, nicht zu überrascht zu wirken. Die beiden Lieutenants bewiesen weniger Selbstdisziplin und wechselten einen verblüfften

Blick. Während ihres kurzen Aufenthalts in der klingonischen Basis hatte Jean erfahren, daß die Mission auf Shermans Planet als Himmelfahrtskommando galt. Angeblich bestanden für die entsprechenden Soldaten nur geringe Überlebenschancen. Sie waren ausgeschickt worden, um die *Enterprise* abzulenken — und um zu sterben.

Kang überflog das Dokument und gab es Mara. Mit ausdruckslosem Gesicht wandte er sich an Kirk. »Und was hält die Föderation von dieser Entscheidung?«

Der Captain stützte die Ellenbogen auf den Tisch und faltete die Hände. »Einige Leute sind enttäuscht und weisen auf die vielen Probleme hin, mit denen wir hier konfrontiert wurden«, gestand er ein. »Wie dem auch sei: Ich glaube, wir sollten die veränderte Lage ausführlich besprechen. Bestimmt läßt sich eine Vereinbarung treffen.«

Kang wartete eine Zeitlang, gab seinen Begleitern Gelegenheit, das Dokument zu lesen. »Möchten Sie uns einen Vorschlag unterbreiten?« fragte er schließlich. Als Kirk nickte, fügte er hinzu: »Nun gut, wir hören.«

Kirk gab Spock ein Zeichen, und der Vulkanier begann mit einem Vortrag. Er nannte Art und Anzahl des zulässigen Personals in den beiden Stationen, legte Grenzen fest, beschränkte die Waffen auf Handphaser, regte gemeinsame Patrouillen an und wies darauf hin, wie Kontroversen zu lösen seien. Er beendete seine Ansprache, indem er den Klingonen Kopien der jeweiligen Protokolle aushändigte.

Kang bestätigte ihren Empfang. »Wir müssen darüber beraten und geben Ihnen später Antwort. Kommen wir jetzt zu dem Verbrecher Cyrano Jones. Wir verlangen Entschädigung für den von ihm angerichteten Schaden. Außerdem fordern wir seine Auslieferung, damit er bestraft werden kann.«

Erstaunt beobachtete Jean die Reaktionen der Föderationsdelegation. Uhura seufzte. McCoy brummte leise vor sich hin, und selbst Spock wirkte verständnisvoll. Kirk stöhnte. »Bitte glauben Sie mir, Kang«, sagte er fest, »es wäre mir praktisch ein Vergnügen, Ihnen Jones zu übergeben. Aber er wurde bereits von unseren Gerichten verurteilt, weil er mehrere Föderationsgestze brach. Daher ist er derzeit... unabkömmlich. Was Entschädigungen betrifft: Darf ich Sie daran erinnern, daß einige unserer hiesigen Probleme auf die klingonische Sabotage des *Quadrotritikal* zurückgehen? Ich würde sagen, wir sind quitt.« Kirk ignorierte den zornigen Blick des Commanders. »Aber um meinen guten Willen zu zeigen... Ich glaube, Dr. McCoy ist bereit, Ihnen von einer seiner jüngsten Entdeckungen zu berichten. Pille?«

Die steinerne Miene des Arztes hätte einem Vulkanier zur Ehre gereicht. »Soweit ich weiß, haben Sie auf mehreren Planeten und an Bord einiger Schiffe Probleme mit Tribbles. Wir hatten mit ähnlichen Schwierigkeiten zu kämpfen und konnten inzwischen ein Schutzsystem entwickeln, das Ihnen auch bei den genetischen Forschungen mit sogenannten *Glommern* helfen dürfte.« McCoy beschrieb Herstellung und Anwendung von Neoäthylen, schilderte die Auswirkungen auf den Metabolismus von Tribbles.

Als er schwieg, beugte sich Mara vor. »Danke, Dr. McCoy. Es klingt vielversprechend. Wir werden uns eingehend mit der neuen Substanz beschäftigen. Wenn Sie mir diese Bemerkung gestatten: Ich dachte, Menschen mögen Tribbles.«

Der Arzt schnitt eine Grimasse. »Solange es um einzelne Exemplare geht. Aber wie Captain Kirk einmal sagte: Wenn man von irgend etwas zuviel bekommt, so verliert man rasch den Spaß daran. Das gilt auch und *gerade* für die Anhänglichkeit von Tribbles.«

Auf Kangs Vorschlag hin sprachen sie über das tellunische Sonnensystem und seine beiden bewohnten Welten: Troyius und Elas. Jean wußte nicht viel darüber, vermutete jedoch, daß die *Enterprise* einmal jenen Sektor angeflogen hatte. Kirks Bemerkungen deuteten darauf hin, daß seine Sympathie in erster Linie den Troyianern galt; er schien es für gerecht zu halten, die Elasianer den Klingonen zu überlassen. Im Anschluß daran ging es bei der Diskussion um natürliche Ressourcen, Handelsvereinbarungen, Reisebeschränkungen und dergleichen – bis Uhura meinte, es werde Zeit fürs Mittagessen.

Captain Kirk lud die klingonische Delegation ein, aber Kang lehnte ab, zog sich mit seiner Gruppe in ein vorbereitetes Nebenzimmer zurück. Es enthielt zwei Sofas, mehrere gepolsterte Sessel und ein üppiges Büfett, das sowohl klingonische als auch menschliche Speisen anbot. Kang und Mara schienen mit den einzelnen Spezialitäten vertraut zu sein – wahrscheinlich hatten sie damals an Bord der *Enterprise* Gelegenheit bekommen, sie zu probieren –, doch Klen und Klyndur zeigten weitaus mehr Zurückhaltung. Während der Mahlzeit herrschte eine bedrückende Stille.

»Manchen wir einen Spaziergang, bevor die nächste Verhandlungsrunde beginnt«, sagte Kang schließlich, und seine Miene machte deutlich, daß er keinen Widerspruch duldete. Vermutlich nahm er an, daß es im Zimmer elektronische Spione gab; er wollte mit seinen Begleitern sprechen, ohne daß irgend jemand mithörte.

»Soll ich hierbleiben oder dich begleiten?« fragte Jean zaghaft.

Kang sah sie kurz an. »Geh zum Wagen!« befahl er.

Sie verließen das Gebäude, und der Commander wandte sich an den Klingonen der Patrouille, beauftragte ihn, Czerny zum Bodengleiter zu bringen. Dann ging er davon, hielt auf einige Bäume zu. Mara, Klen und Klyndur folgten ihm. Lieutenant Johnson von der *Enterprise* schloß sich Jean und ihrer Eskorte an. Als sie den Wagen erreichten und die Tür öffneten, schlug ihnen heiße Luft entgegen.

»Sie erwarten doch wohl nicht, daß Miß Czerny dort drin Platz nimmt?« protestierte Johnson. »Himmel, sie könnte ersticken!«

»Befehl des Commanders, Terraner«, knurrte der klingonische Wächter. »Mischen Sie sich nicht ein.« Er hob die Waffe, forderte Jean auf, sich in den Fond zu setzen.

Sie musterte die beiden Soldaten, die am Wagen warteten, wandte sich dann an den Lieutenant. »Hier gibt es keinen Schatten, und ich bin sicher, auch Klingonen empfinden die Hitze als unangenehm. Könnten wir den Wagen nicht zu einem kühleren Ort fahren?«

Johnson warf ihr einen sonderbaren Blick zu. »Mal sehen, was sich machen läßt. Kommen Sie.« Er winkte seinem klingonischen Kollegen zu, und die beiden Männer gingen fort. Jean stieg ein und rang den Klingonen die Erlaubnis ab, die Türen offen zu lassen. Sie nickten nur; die hohe Temperatur setzte ihnen ebenfalls sehr zu.

Kurze Zeit später kam Tamura und meinte, Kang habe die Genehmigung gegeben, den Wagen unter einen Baum vor dem Konferenzgebäude abzustellen. Keiko sah den Fahrer an und lächelte gewinnend. »Haben Sie was dagegen, wenn ich im Fond Platz nehme? Ich würde Ihren Bodengleiter gern von innen sehen.«

Der betreffende Klingone hatte an vielen Schlachten teilgenommen und war zur Basis auf Shermans Planet abkommandiert worden.

»Völlig ausgeschlossen. Ich kann nicht fahren und Sie gleichzeitig im Auge behalten. Sie gehen zu Fuß und zeigen uns den Weg.«

»Ach, *Tormin«*, warf der andere Wächter ein. »Eine unbewaffnete Frau stellt bestimmt keine Gefahr dar. Sei unbesorgt, ich kümmere mich um sie. In Ordnung, Terranerin, setzen Sie sich neben Czerny. Aber sprechen Sie nicht mit ihr, klar?«

Keiko lächelte erneut, als sie einstieg, und Jean nickte ihr kurz zu. Sie wußte um Tamuras Fähigkeiten und zweifelte nicht daran, daß sie in der Lage gewesen wäre, beide Klingonen zu überwältigen. Aufgrund ihrer zierlichen Statur wurde sie immer wieder unterschätzt, und das gab ihr einen wichtigen Vorteil.

Der Beifahrer beobachtete sie aufmerksam, als sich der

Bodengleiter dem Baum näherte. »Was ist das?« fragte er und deutete auf den Behälter, der an Keikos Schulterriemen hing.

»Oh, ich habe Ihnen etwas zu trinken mitgebracht«, antwortete sie. »Ist wirklich ziemlich warm hier draußen, nicht wahr?«

»Noch heißer als ein amoklaufender Vulkanier«, bestätigte der Mann und wischte sich den Schweiß von der Stirn. »He, bleiben Sie ruhig sitzen.« Er richtete die Waffe auf Tamura, als sie nach der Thermosflasche griff. »Keine Bewegung. Warten Sie, bis wir am Ziel sind.«

Keiko zuckte mit den Achseln und geduldete sich. Kurz darauf stand der Wagen im Schatten des Baums, und die beiden Wächter ließen Jean und Tamura aussteigen. Keiko bot noch einmal kalte Limonade an. Der Fahrer schüttelte den Kopf, aber sein Gefährte nahm ein Glas entgegen, als er feststellte, daß die Flüssigkeit keine schädlichen Wirkungen auf die Frauen hatte. Er probierte einen Schluck und nickte anerkennend.

»Ich wußte, daß es Ihnen schmecken würde«, sagte Tamura. »Die beiden Klingonen an Bord der *Enterprise* trinken kaum mehr etwas anderes.«

Sie plauderte einige Minuten lang, sprach mit den beiden Wächtern über Aernath und den Jungen, wies beiläufig darauf hin, daß sie sich frei im Föderationsschiff bewegen konnten und Freundschaft mit der Besatzung geschlossen hatten. Auf diese Weise ließ sie Jean wissen, wie es um Aernath und Aethelnor stand. Czerny hörte aufmerksam und dankbar zu.

Schließlich sah Tamura zum Konferenzgebäude. »Ich sollte jetzt besser zurückkehren. Bis später.«

»Nett, nicht wahr?« meinte der eine Soldat, als Keiko über den Rasen davonschritt.

»Laß dich nicht vor ihr täuschen, Landsmann«, erwiderte der Fahrer, hielt Jean am Ellenbogen fest und strich mit dem Zeigefinger über ihre Lippen. »Die Menschen haben Zähne.«

»Was aber nicht bedeutet, daß wir beißen«, sagte Jean, als sie sich wieder in den Wagen setzte. *Genau darauf wollte Keiko hinweisen.*

Czerny döste ein und erwachte wieder, als die klingonische Delegation eintraf. Sie begleitete Kang ins Konferenzzimmer, blieb erneut hinter ihm und Mara stehen. Aernath nahm seinen Platz an der Tür ein, und sie stellte erleichtert fest, daß er jetzt keine Brille mehr trug. Ab und zu wanderte ihr Blick zu ihm, doch die meiste Zeit über konzentrierte sie sich auf die Gespräche an den Tischen. Kang setzte die Diskussion über das tellunische Sonnensystem fort und wirkte nun nicht mehr ganz so angespannt wie zuvor. Vorschläge und Gegenvorschläge wurden unterbreitet, Vorwürfe mit Rechtfertigungen beantwortet.

»Ich habe den Eindruck, daß wir bei einigen Punkten nicht weiterkommen, Captain«, sagte Spock schließlich. »Daher halte ich es für angeraten, die Erörterung dieses Themas jetzt zu beenden und beiden Delegationen Gelegenheit zu geben, sich ausführlich zu beraten. Wir können morgen darauf zurückkommen.«

»Da bin ich ganz Ihrer Meinung, Mr. Spock«, entgegnete Kirk. »Sind Sie einverstanden, Commander?«

Kang nickte. »Ja, Captain. Was Ihre Anregungen in Hinsicht auf Shermans Planet betrifft ...«

Man einigte sich sowohl auf den Umfang der wissenschaftlichen Siedlungen als auch die Zusammensetzung des jeweiligen Personals. Anschließend ging es um Sicherheitsprobleme und die Frage, woraus die Bewaffnung bestehen sollte. Beide Seiten verlangten die Möglichkeit einer genauen Überprüfung, und Kang protestierte gegen die Beschränkung auf einfache Handwaffen.

Jean verlagerte ihr Gewicht vom einen Bein aufs andere und fragte sich, ob sie eine Ohnmacht vortäuschen sollte, um sich endlich setzen zu können. Kang hatte seinem Stolz Genüge getan — warum beharrte er noch immer darauf, daß sie hinter ihm stehenblieb?

Klyndur beendete gerade einen ziemlich leidenschaftlichen Vortrag, aber Jean achtete nicht darauf. Sie ließ ihre Gedanken treiben, horchte in sich hinein... Ja, die mentale Verbindung existierte nach wie vor, und Spocks Anwesenheit verstärkte seine telepathische Präsenz...

Kirk vollführte eine ungeduldige Geste. »Das ist mir klar, Lieutenant, aber Ihr gegenwärtiger Status ermächtigt Sie dazu, eigene Entscheidungen zu treffen.«

Lieutenant... Status... ermächtigt...

Jean blinzelte und taumelte benommen. »Oh!« kam es von ihren Lippen.

Zwei Dinge geschahen gleichzeitig: Die Lücke in ihrem Innern füllte sich plötzlich, und die telepathische Brücke erzitterte, wuchs dann in die Breite, verwandelte sich in einen schützenden Kokon, der sie vor einem Schock bewahrte. *Ich erinnere mich!* Plötzlich fiel ihr alles ein: der Auftrag, die Einsatzbesprechung, alle Vorbereitungen, die Code-Worte. Durch einen dichten, substanzlosen Schleier beobachtete sie, wie sich Kang und Mara zu ihr umwandten. Kirk sah sie verwirrt an, und Spock saß völlig reglos, wirkte wie in tiefer Trance. Der Commander stand auf; in seinen Augen funkelten Sorge und jähes Mißtrauen. Jean kämpfte gegen den psychischen Schraubstock an, der ihr Ich zusammenpreßte, es zu kontrollieren versuchte. »Geben Sie mich frei, Spock! Verschwinden Sie aus meinen Gedanken.« Sie fügte ein rasches ›Sir‹ hinzu, als sie sich daran entsann, daß man einem vorgesetzten Offizier mit Respekt begegnete — selbst unter diesen Umständen.

Der Druck veränderte sich, und ein Teil stammte nicht mehr von Spock, sondern von Kang, der die Arme um sie schloß. Er hielt ihren Dolch in der einen Hand, und die Klingenspitze zielte auf Jeans Bauch. Eine bittere Erkenntnis bildete sich in ihr. *Niemand hat das Messer übersehen, als man mir die Uniform gab. Kang wußte davon. Er setzte auf das menschliche Mitgefühl mir gegenüber — um eine Waffe zu bekommen, wenn er sie braucht. Himmel, ich habe mich von ihm erneut in eine Falle locken lassen.*

Alle sprangen auf. Spock und Uhura bildeten die einzigen Ausnahmen. Kirk beugte sich über den Vulkanier, und Jean vernahm ein Flüstern in ihrem Innern. »Bei Ihrer Antwort auf Klyndurs Ausführungen verwendeten Sie unabsichtlich den mnemonischen Code, Captain. Die Barrieren in Miß Czernys Gedächtnis haben sich aufgelöst. Ich schütze sie derzeit mit einem mentalen Block, bis sie ihr geistiges Gleichgewicht wiedergefunden hat. Aber das ändert nichts daran, daß eine recht schwierige Situation entstanden ist.«

Was für eine verdammte Untertreibung! fuhr es Jean durch den Sinn, als spitzer Stahl ihre Haut ritzte. Der Zorn galt sowohl ihr selbst als auch dem dominierenden Ich des Vulkaniers. Wenn sie sich beherrscht, ihre Überraschung nicht gezeigt hätte...

»Wollen Sie mich erneut hintergehen, Kirk?« grollte Kang hinter ihr. »Keine Tricks – so lautete unsere Vereinbarung. Ich hätte es besser wissen sollen. Auf was sind Sie und der Vulkanier aus? Was haben Sie mit dieser Frau vor?« Jean fragte sich, ob sie laut ausgesprochen hatte. Sie lehnte sich an Kang, doch der Druck an Bauch und Kehle ließ nicht nach, nahm sogar zu.

Spock! dachte sie konzentriert. *Wir müssen ihm die Wahrheit sagen. Es ist unsere einzige Chance. Sprechen Sie mit dem Captain. Wenn er mir erlaubt, Kang alles zu erzählen...*

Kirk hob die Hände. »Ich versichere Ihnen, Commander: Dieser Zwischenfall war *nicht* geplant. Von irgendwelchen Tricks kann keine Rede sein. Bitte nehmen Sie wieder Platz. Geben Sie mir nur etwas Zeit. Ich erkläre es Ihnen gleich.« Kang und seine beiden Offiziere blieben stehen. Alle anderen setzten sich.

Erneut vernahm Jean ein mentales Raunen, als sich Spock an Kirk wandte, hörte auch die Antwort des Captains. »Hm. Was empfehlen Sie?«

»Ich bin nicht sehr zuversichtlich, was ihre Erfolgsaussichten angeht«, flüsterte Spock. »Aber ich schätze, angesichts der jetzigen Lage bleibt uns gar nichts anderes übrig.«

Kirk musterte Jean nachdenklich, richtete seinen Blick dann auf den Commander. »Na schön, Spock. Kang, wenn Sie Czerny loslassen, kann sie für sich selbst sprechen. Sie ist mit den Hintergründen ebensogut vertraut wie ich.«

Aus dem hellen Licht der mentalen Verbindung wurde wieder ein mattes Glühen. Einige Sekunden lang schien Kang entschlossen zu sein, die junge Frau auch weiterhin festzuhalten, doch dann ließ er langsam die Arme sinken. Jean drehte sich um. *Verdammter Mist!* dachte sie, als sie zu ihm aufsah. Sein Gesicht zeigte nichts weiter als Mißtrauen. Viele Monate geduldiger Arbeit, all die Gespräche und Diskussionen, ihre Versuche, an Vernunft und Gefühl zu appellieren — vergeblich. Wenige Minuten genügten, um den Erfolg ihrer Bemühungen zu gefährden. *Wie kann ich Kang überzeugen?*

Jean holte tief Luft. »Durch die Verletzung im Laboratorium habe ich einen Teil meines Gedächtnisses verloren. Ich *wußte,* daß ich mich an etwas erinnern sollte, aber wenn ich mich darauf zu konzentrieren versuchte, glitt es fort. Eben fiel mir alles wieder ein. Was ich dir jetzt sagen werde, dürfte dir kaum gefallen, und vielleicht glaubst du mir nicht. Aber ich schwöre dir: Es ist die reine Wahrheit. Vor gut einem Jahr meldete ich mich freiwillig zu einer Mission im Imperium. Starfleets Geheimdienst hatte von der Hungersnot erfahren, und man beschloß, diese Situation auszunutzen.« Kangs Miene verfinsterte sich, und Czerny fuhr rasch fort: »Dann ergaben sich Hinweise auf eine geplante klingonische Aktion, die hier stattfinden sollte. Wir glaubten allerdings, das Landeunternehmen werde von Koloth geleitet. Nun, mit diesen Informationen standen Starfleet verschiedene Möglichkeiten offen.«

»Kann ich mir denken«, kommentierte Kang eisig.

»Man entschied sich für einen Plan, der meine Hilfe erforderte. Wenn die Klingonen auf Shermans Planet landeten, sollte ich zu ihnen ›überlaufen‹ und die Trockenfäule auf Peneli bekämpfen.« Als Czerny Kangs ungläubigen

Blick bemerkte, fügte sie hinzu: »Nein, es war kein Vorwand, das versichere ich dir. Gleichzeitig bestand meine Absicht darin, Kontakt zu Maras Bewegung aufzunehmen, Maelen und auch dich zu beeinflussen, dir nahezulegen, Verhandlungen und eine Zusammenarbeit mit der Föderation zu erwägen.«

»Mit anderen Worten — deine Suche galt einer Schwäche«, sagte Kang bitter. »Um dort einen Hebel anzusetzen, um uns die Doktrin der Föderation aufzuzwingen...«

»Hör mir zu, Kang!« Jeans Stimme klang fast flehentlich. »In gewisser Weise waren deine Befürchtungen durchaus begründet. Starfleet *wußte* von der Ernährungskrise. Aber wurden Kriegsschiffe entsandt? Nein. Ganz im Gegenteil: Man entschied, Hilfe zu schicken.« Czerny verzog kurz das Gesicht. »Allerdings ergab sich ein Problem. Als ich an Bord deines Kreuzers zu mir kam, erinnerte ich mich nicht an die Notwendigkeit der Kooperation.« Etwas sanfter fügte sie hinzu: »Als Gegenleistung erhofften wir nur deine Verhandlungsbereitschaft, weiter nichts.«

Der Commander stand reglos und starr, gab keinen Ton von sich. Er wirkte wie die verkörperte Feindseligkeit, blieb weiterhin mißtrauisch.

Schließlich wandte Jean den Blick von ihm ab und betrachtete den Dolch, der unter Kangs Fingerspitzen auf dem Tisch lag. Sie zögerte einige Sekunden lang, griff nach dem Messer und seufzte. »Vielleicht siehst du darin einen weiteren ›heimtückischen‹ Plan Captain Kirks. Nun, du kannst ganz nach Belieben mit mir verfahren, aber...« Trotzig schob Czerny das Kinn vor und streckte die Hand aus — die Dolchspitze zeigte auf sie. »Verdammt, Kang! Ich fordere dich heraus!«

Der Klingone musterte sie wortlos und mit steinerner Miene. Dann griff er langsam nach dem Messer und drehte es um neunzig Grad. »Laß es dabei bewenden und setz dich. Die Einsätze sind sehr hoch, aber ich gebe nicht auf.« Ruckartig drehte er sich um und nahm Platz. »Nun, Captain, da wir diesen Punkt geklärt haben... Wir können fortfahren, wenn Sie mir versprechen, daß Ihr Erster Offizier keine weiteren Überraschungen für uns bereithält.«

Es ließ sich nur schwer bestimmen, welche Delegation verblüffter war. Kang lächelte, schien die Verwirrung der übrigen Anwesenden zu genießen. Er hatte einen Vorteil gewonnen, und das fügte seinen metaphorischen Karten einen Trumpf hinzu. Je größer die Herausforderung, desto mehr liebte er das Spiel – vorausgesetzt, die andere Seite riskierte ebensohohe Einsätze wie er.

Als Kang an jenem Abend zur *Klolode Zwei* zurückkehrte, brachte er Jean und Mara sofort in sein Quartier. »Warte in deinem Zimmer«, wies er Mara an. »Wir sprechen uns später.« Dann wandte er sich an Jean, die schweigend in der Mitte des Raums wartete. »Nun, hältst du mich für einen Mann, der zu seinem Wort steht?«

Jean suchte vergeblich nach taktvollen Worten und blieb stumm.

»Ich habe dich etwas gefragt.«

»Und ich kann leider keine zufriedenstellende Antwort geben«, sagte die junge Frau.

»Laß mich das beurteilen.« Kang griff nach Jeans Haar und zwang ihren Kopf zurück. »Hältst du mich für einen Mann, der zu seinem Wort steht?« wiederholte er scharf.

»Au! Ja, verdammt! Solange es nicht deinen Vorstellungen von Ehre widerspricht.«

Der Commander ließ sie los, und mit dem Handrücken versetzte er ihr einen Schlag, der sie aufs Bett schleuderte. Czerny blieb liegen, stand nicht wieder auf.

Kang marschierte mit langen, energischen Schritten durch die Kammer, brummte leise vor sich hin. Nach einer Weile verharrte er und beobachtete die Gestalt auf der Koje. Jean verbarg ihr Gesicht im Kissen, und das schwarze Haar bildete einen breiten Schleier. »Benimm dich nicht wie ein Feigling«, zischte der Klingone. »Dadurch beleidigst du mich.«

»Wenn du glaubst, daß ich vor Furcht zittere, irrst du

dich gewaltig, du verdammter Narr!« erwiderte Jean zornig. »Ich brauche meine ganze Kraft, um mich zu beherrschen, um mich nicht auf einen Kampf mit dir einzulassen.« Als sich die Lücke in ihrem Gedächtnis schloß, kehrte auch das Wissen um die Fähigkeiten und Reflexe zurück, die sie auf Peneli so sehr verwundert hatten. Bevor sie sich freiwillig zu der Mission im Imperium meldete, fehlten ihr solche Eigenschaften. Kirk hatte darauf bestanden, sie nicht ohne eine gründliche Vorbereitung in den Einsatz zu schicken, und Keiko Tamura erwies sich als eine sehr gewissenhafte Lehrerin. Jetzt versuchte Jean, Körper und Geist unter Kontrolle zu halten.

Kang stützte das eine Knie aufs Bett, packte die Terranerin an den Schultern und schüttelte sie. »Ein Kampf?« fragte er und lachte bitter. »Nein, das wäre viel zu einfach. Und die einfachen Lösungen gefallen dir nicht, oder? Nun gut, ich beantwortete meine Fragen selbst. Ja, ich werde mein Wort halten. Aber du hast recht. Es gibt eine Frage, die ohne zufriedenstellende Antwort bleiben muß. Wie halte ich mein Wort? Soll ich dich töten oder dir die Freiheit schenken? Du hast meine Niederlage in den Mantel des Sieges gekleidet, und ich habe gar keine andere Wahl, als diesen Umhang entgegenzunehmen und zu hoffen, daß er mich wärmt. Gleichzeitig weiß ich, daß er nicht die Blöße bedeckt, die ich mir dir gegenüber gegeben habe. Aus der Saat meines Erfolges ergibt sich eine katastrophale Ernte: der Untergang des Imperiums. Was für eine entsetzliche Vorstellung!« Er ließ Czerny los, starrte über sie hinweg ins Leere.

Jean musterte ihn und fragte sich, wie sie sein Verhalten deuten sollte. »Kang«, sagte sie vorsichtig, »ich verstehe nicht...«

In seinen Zügen zeigte sich Schmerz. »Ich bin völlig hilflos«, erwiderte er leise. »Ich habe mir immer einen Sohn gewünscht, und als ich ihn endlich bekam... Kirk nahm ihn mir. Und er kann ihn nicht zurückgeben.«

Kangs Seelenqualen weckten Mitleid in Jean. Sie streckte

die Hand aus, berührte Kang an der Wange. »Die Föderation hält niemanden als Geisel fest. Captain Kirk *kann* und *wird* dir Aethelnor zurückgeben, vielleicht schon sehr bald.«

Der Klingone drehte den Kopf, und als Czerny das Glühen in seinen Augen sah, wich sie unwillkürlich zurück. »So wie Mara?« fragte er niedergeschlagen.

Plötzlich verstand Jean. Sie ließ die Hand sinken und schüttelte den Kopf. »Du bist ein Narr, Kang. Was hast du denn von Captain Kirk erwartet? Daß er in Mara Haß auf die Föderation schürt? Sollte er ihr gegenüber den wilden Barbaren spielen?« Sie zögerte kurz und lächelte dünn. »Inzwischen ist Mara wieder bei dir. Hast du sie darum gebeten, Treue zu schwören?«

Kang verzog das Gesicht. »Ich mag ein Narr sein, wie du sagst. Aber ich bin nicht total verblödet. Die Antwort lautet nein. Mara würde ablehnen.«

»Das *glaubst* du nur«, entgegnete Jean. »Ihre Loyalität gilt dem Imperium und dir – obgleich sie weiß, daß du daran zweifelst. Sie machte eine entsprechende Bemerkung, als wir uns zum erstenmal sahen.«

»Willst du etwa behaupten, daß ich auch auf deine Loyalität zählen kann?« fragte der Commander spöttisch.

»Ich bin von Anfang an offen gewesen«, sagte Jean und hielt Kangs Blick stand. »Ich habe deutlich darauf hingewiesen, wem und was ich mich verpflichtet fühle.«

»Ja«, bestätigte der Klingone trocken. »In dieser Hinsicht bist du nie zu Kompromissen bereit gewesen.« Überrascht sah Jean die alte Pein in seinen Augen. »Allmählich wird mir klar, warum Captain Kirk auf taktische Opfer verzichtet. Zahlt er diesen Preis, um zu bekommen, was mir verwehrt ist? Wie stellt er es an? Welche Macht gibt ihm die Möglichkeit, in wenigen Stunden jahrzehntelange Loyalität zu zerstören? Was versetzt ihn in die Lage, die Treue in seinen Freunden zu bewahren, sie so gut vor der Fäule des Zweifels zu schützen?«

Erneut schüttelte Jean den Kopf »Du siehst die Sache aus

einer völlig falschen Perspektive, Kang. Du wirst erst verstehen, wenn du lernst, die gleiche Kraft zu nutzen. Sie verbirgt sich in dir.«

Der Commander schürzte kurz die Lippen. »Du klingst wie Mara.« Einmal mehr grub er seine Hand in Czernys Haar und sah auf sie herab. »Auch du spielst mit dem Feuer und gehst das Risiko ein, dich zu verbrennen, Terranerin. Vertrauen gegen Vertrauen, mein Tod auf der einen Seite, deiner auf der anderen. Aber es gibt Schicksale, die noch schrecklicher sind als der Tod, auch wenn sie mit einem leichteren Leben locken. Kirk hat den Einsatz erhöht: Meine Bindungsverpflichtungen gegen deine. Warum erwartest du Gnade von mir?«

»Eben hast du behauptet, er sei außerstande, dir das zu geben, was du willst«, wandte Jean ein. »Mit anderen Worten: Er kann nicht den Sieg erringen.«

»Ebensowenig wie ich«, sagte Kang leise. »Wir sitzen beide fest. Nun, mal sehen, wie Kirk um dein Leben spielt...«

KAPITEL 14

Jean lehnte sich zurück und schloß die Augen, als sich der Bodengleiter erneut dem Gebäudekomplex näherte. Inzwischen waren zwei Wochen vergangen, und die Verhandlungen standen kurz vor dem Abschluß. Auf den ersten Blick betrachtet, hatten beide Delegationen genug, zufrieden zu sein – nur wenige Punkte blieben strittig. Das Ausmaß von Kangs Erfolg ließ sich an dem Gebaren der beiden Offiziere Klen und Klyndur messen. Verdacht und Feindseligkeit verwandelten sich in amüsierte Anerkennung, die Kangs Leistungen galt. Hinzu kam widerstrebender Respekt gegenüber der Föderationsdelegation, die einen recht flexiblen Standpunkt vertrat. Klen glaubte weiterhin, daß die Präsenz der fünf klingonischen Schlachtkreuzer einen nicht unerheblichen Beitrag leistete. Inzwischen zweifelte niemand mehr daran, daß sich – abgesehen von der *Enterprise* – keine weiteren Föderationsschiffe in diesem Raumsektor befanden, und den Klingonen blieb gar nichts anderes übrig, als Kirks Mut zu bewundern.

Eins der Probleme, die noch immer einer Lösung harrten, bestand in der Frage, was mit Jean, Aernath und seinem ›Mündel‹ geschehen sollte. Kirk schlug vor, sie auf Shermans Planet zu lassen, damit sie die Arbeit an der ›Czerny-Sorte‹ fortsetzen konnten. Kang ging nicht darauf ein. Jean fragte sich, ob Mara von seinem inneren Konflikt wußte, ob sie ahnte, daß es auch um ihr Schicksal ging. Der Commander erinnerte Kirk an sein Versprechen, ihm eine Begegnung mit Aethelnor zu ermöglichen, und nun stand sie unmittelbar bevor.

An diesem Tag sollten keine weiteren Verhandlungen stattfinden – Jean, Kang und Mara saßen allein im Wagen. Sie passierten die zentralen Bauten der Forschungsstation, fuhren zu einem einstöckigen Haus, das noch vor dem verheerenden Erdbeben errichtet worden war. Dort hatte Kirk die beiden klingonischen ›Gäste‹ untergebracht. Jean beobachtete das Gebäude, und seltsame Gefühle entstanden in ihr: freudige Erwartung, aber auch Besorgnis.

Einige Wächter hielten den Wagen etwa fünfzig Meter vor dem Haus an. Kang legte seine Waffen ab, stieg zusammen mit den beiden Frauen aus und setzte den Weg zu Fuß fort. Jeans Blick glitt über die steinernen Wände und Fenster, über den Garten, in dem viele importierte Pflanzen wuchsen. Große terranische Bougainvillea flankierten die breiten Stufen, die zum Eingang emporführten, und das würzige Aroma aldebaranischer *Lesquit*-Büsche weckte Erinnerungen an die Heimat.

Kirk hatte garantiert, daß sie allein mit Aernath und Aethelnor sprechen durften. Niemand kam ihnen entgegen, um sie zu begrüßen. Kang öffnete die Tür, und sie betraten ein kühles, halbdunkles und leeres Zimmer. Kurz darauf kam der Agrikultur-Spezialist aus einem Nebenraum und salutierte. »Commander...«

»Bei Kahless!« Kangs Stimme zitterte vor Wut. »Sie wagen es, mich auf diese Weise zu begrüßen? Verdammter Verräter!«

Aernath erstarrte förmlich und hob den Kopf. »Ich habe mir nichts zuschulden kommen lassen, Commander. Ich bin Ihnen nach wie vor treu ergeben. Es ging mir einzig und allein um Ihr Überleben, um Ihren Erfolg.«

»Lügner!« Kang näherte sich ihm und ballte die Fäuste. »Sie haben Ihre Ehre als klingonischer Krieger verwirkt, Ihren Eid geschändet!«

Jean trat zwischen die beiden Männer. »Schluß damit!« rief sie und deutete auf die Erste Gemahlin des Commanders. »Wir tragen mindestens ebensoviel Verantwortung. Wenn du bei uns auf eine Strafe verzichtest, solltest du deine Wut nicht an Aernath auslassen. Das ist deiner nicht würdig. Gebt euch jetzt die Hände — oder tauscht die entsprechende klingonische Geste aus. Laßt die Vergangenheit ruhen.«

Kang stieß sie einfach beiseite und starrte Aernath weiterhin finster an.

Bedrückende, angespannte Stille herrschte. Schließlich brach Aernath das Schweigen. »Ich schwöre bei Durgath und Seinem Thron, der Ihnen gebührt: Ich habe mich immer an meinen Eid gehalten.« Langsam ließ er sich vor Kang auf die Knie sinken, nahm die klassische Demutshaltung ein: die Beine gespreizt, die Hände auf den Oberschenkeln, den Kopf geneigt.

Jean wartete nervös auf Kangs Reaktion. Aernath unterwarf sich ihm, zeigte seine Bereitschaft, selbst den Tod hinzunehmen. Ein kurzer, kraftvoller Hieb, der ihm das Genick brach... Czerny ächzte innerlich, sah das Funkeln in den Pupillen des Commanders, hatte plötzlich das Gefühl, als werde es noch kälter im Zimmer. Sekunden verstrichen. Kang starrte auf den jüngeren Klingonen herab, sah dann Mara und Jean an. Er zögerte, hob den rechten Fuß und stieß Aernath ans rechte Knie.

»Ich bin hier, weil Sie mich dazu gezwungen haben, aber ich muß zugeben, daß wir einen gewissen Erfolg erzielen konnten«, brachte Kang widerwillig hervor. »Ich akzeptiere die Erneuerung Ihres Schwurs...« – er ließ die rechte Hand auf Aernaths rechte Schulter sinken – »... Landsmann.«

Tiefe Erleichterung durchströmte Jean, und verstohlen wischte sie sich Tränen aus den Augen, spürte Kangs Blick auf sich ruhen. Sie erinnerte sich an eine Frage, die er vor einigen Tagen an sie gerichtet hatte: *Kannst du mir ein Beispiel dafür nennen, daß sich diese Theorie mit Erfolg in die Praxis umsetzen läßt?* »Du hast dir gerade eine weitere Frage beantwortet«, sagte sie leise. »Ja, jetzt kenne ich ein Beispiel.«

Kang deutete ein Nicken an, bestätigte damit, daß er wußte, was Jean meinte.

»Ich glaube, Sie sollten uns jemanden vorstellen«, wandte er sich an Aernath.

Der jüngere Mann stand auf. »Ja, Commander. Der Junge ist hier.« Er ging zu einer Tür, die in den rückwärtigen Bereich des Hauses führte. Aernath öffnete sie, rief etwas und trat zur Seite.

Aethelnor kam herein und musterte die drei wartenden Gestalten. Er lächelte kurz, als er Mara erkannte, richtete seine Aufmerksamkeit dann auf Kang. Der Commander sah ihn ebenfalls an. Jean beobachtete Vater und Sohn, bemerkte ihre Ähnlichkeit.

Aernath griff nach der Hand des Knaben und führte ihn näher heran. »Aethelnor, das ist Commander Kang. Commander... Ihr Sohn.«

Kang ging vor dem Jungen in die Hocke, und sein Blick klebte an Aethelnors Gesicht fest. Zögernd hob er die Hand, tastete nach der Schulter des Kindes, ließ den Arm wieder sinken. »Weißt du, wer ich bin?« Er sprach leise, flüsterte fast.

»Ja. Du bist mein Vater, Kang von Tahrn, Thronfolger des Imperators — und der beste Commander in der ganzen klingonischen Flotte!« Die letzten Worte klangen stolz.

Kang drehte kurz den Kopf und sah Mara an. »Ich verstehe. Wer hat das behauptet?«

»*Korin.*« Aethelnor deutete auf Aernath.

»Hmm...« Kang warf dem Agrikultur-Spezialisten einen nachdenklichen Blick zu. »Und was meinte sie dazu?« Er zeigte auf Czerny.

»*Thelsa* Jean sagte, ich solle auf *Korin* Aernath hören, weil er mehr über Klingonen wisse als sie.«

»Ich verstehe«, wiederholte Kang. Erneut hob er die Hand, und diesmal schloß er die Finger sanft um die Schulter des Knaben. »Das stimmt. Trotzdem scheint sie uns ziemlich gut zu kennen.« Die Hand des Commanders bewegte sich, strich wie in einer hungrigen Faszination über den Leib des Sohnes. Er nickte Mara zu. »Was hat sie gesagt?«

»Sie gab mir den Rat, eine wichtige Regel zu beachten: ›Verrate niemandem, wer du bist. Gehorche *Korin* und

Thelsa. Denk immer daran, den Namen deines Vaters in Ehren zu halten.‹«

»Meinen Namen?« fragte Kang.

Der Junge nickte und runzelte plötzlich die Stirn. Er trat etwas näher und musterte den Commander neugierig. »Wo sind deine Waffen? Warum trägst du sie nicht bei dir?«

Kang schlang seinen Arm um den Knaben. »Sie liegen im Wagen. Ich habe sie zurückgelassen, weil Menschen nervös werden, wenn sie einen bewaffneten Klingonen sehen.«

»Wollen die Terraner gegen dich kämpfen?«

»Nein, wohl kaum. Wenigstens nicht heute. Bist du besorgt?«

Aethelnor schüttelte den Kopf. »Nein. Du würdest gewinnen.«

»Weshalb bist du so sicher?«

»Meine Mutter meinte, du gewinnst immer.«

Kang sah Mara an. »Hmm, ja. Sag mir: Du bist an Bord der *Enterprise* gewesen — was hältst du von den Menschen?«

Aethelnor zupfte am Kragen von Kangs Uniform. »Sie riechen anders als wir«, erklärte er mit kindlicher Offenheit. »Und die meisten von ihnen kämpfen nicht besonders gut. Abgesehen von Sulu. Mir schmeckt der *Kakao.* Und Keiko ist sehr lustig. Sie kennt viele Tricks.« Er betrachtete die silbernen Tressen an den Ärmeln.

»Sulu?«

»Ja. Er kämpft gegen *Korin.* Und manchmal gewinnt er.«

Kang drehte den Kopf und runzelte die Stirn.

»Mein Partner beim Fechten«, sagte Aernath.

Aethelnor umarmte seinen Vater. »Kann ich mit dir kommen? Zeigst du mir dein Schiff?«

Der Commander versteifte sich kurz, bevor er den Jungen loslies. »Du hast deine Mutter noch nicht begrüßt. Geh zu ihr. Sie erklärt dir alles.«

Bei Mara gab sich Aethelnor weitaus weniger zurückhaltend: Er schmiegte sich sofort an sie und gab ihr einen Kuß. Dann flüsterte er ihr etwas ins Ohr, und Mara lächelte. »Ja, das würde ich gern sehen. Möchtest du es mir jetzt zeigen?« Sie sah auf. »Bitte entschuldigt uns. Wir gehen in den Garten.«

Kang nickte, sah Mutter und Sohn nach und trat ans Fenster heran. Eine Zeitlang blieb er dort stehen, lehnte sich an den Rahmen und starrte nach draußen — eine dunkle Silhouette, die sich vor dem Licht und der Farbenpracht des Gartens abzeichnete. Schließlich drehte er sich um und lächelte hintergründig. »Mara hat ihre Entscheidung bereits getroffen«, sagte er. »Meine steht noch aus.« Er winkte Jean zu sich heran. »Komm.«

Sie gehorchte, und Kang schob die Hand unter ihr Kinn. »Welches Schicksal wählst du? Erfolg oder Scheitern?«

»Das Urteil darüber steht dir zu.«

Der Commander übte mehr Druck aus, und Jean hob den Kopf.

»Ich habe dir eine Frage gestellt.«

»Du weißt, was ich verlange«, erwiderte Czerny ruhig.

Kang seufzte leise. »Immer mit dem Kopf durch die Wand, nicht wahr?« Er kniff die Augen zusammen. »Du bleibst bei deiner ursprünglichen Foderung?«

Jean nickte.

»Na schön.« Er zeigte auf die Vitrine. »Ein Kelch.«

Aernath holte ihm das gewünschte Objekt, und Kang hielt es am dünnen Stiel, drehte es zwischen Daumen und Zeigefinger. Dann drückte er kurz zu, und das Glas splitterte. »Gebrochen«, sagte er und legte die eine Hälfte in Jeans linke Hand. »Gebrochen«, wiederholte er, als er die andere Hälfte auf die rechte Hand der Terranerin sinken ließ. »Ich entlasse dich aus den Pflichten der Gemahlin und gebe dir die Freiheit zurück. Du bist nicht mehr an mich gebunden.«

»So einfach ist das?« fragte Jean ungläubig.

»Ja.« Kang zögerte. »Du kannst weiterhin das *Theld-*

Recht beanspruchen. Ich möchte nicht, daß du im Imperium ohne Verwandte bist.«

»Soll das heißen, ich genieße den Schutz deiner Familie, so wie eine... Schwester?« fragte Jean. Sie wußte nicht genau, worauf Kang hinauswollte.

Der Commander hob überrascht die Brauen, wirkte dann sehr nachdenklich. »Etwas in der Art... Eine Schwester... Ja, vielleicht...«

Jean vernahm ein leises Keuchen und drehte sich um. Aethelnor und seine Mutter waren aus dem Garten zurückgekehrt und standen in der Tür. Mara starrte Kang und Czerny fassungslos an. »Eine Schwester! Milord, deine Kühnheit erstaunt mich immer wieder. Selbst ich hätte es nicht gewagt...«

Kang unterbrach sie mit einer abrupten Geste. »Wenn sie Klingonin wäre – fändest du sie unwürdig?«

Mara musterte Jean aufmerksam. »Nein.«

Der Commander nickte zufrieden. »Dann gibt es also keine Einwände. Wie ich eben schon sagte: vielleicht...«

»Ich fürchte, ich verstehe nicht.« Jean sah Kang und Mara nacheinander an.

Aernath trat einen Schritt vor. »Kangs Schwester starb, bevor sie einen Sohn zur Welt bringen konnte.«

Plötzlich begriff Czerny die enorme Bedeutung der letzten Worte. »Ich... Es tut mir leid. Ich wollte keineswegs unverschämt und anmaßend sein.« Sie verneigte sich. »Es wäre mir eine große Freude, als eine entfernte Verwandte Kangs *Theld* anzugehören. Ich weiß, welche Ehre mir dadurch zuteil wird.« Sie begegnete dem Blick des Commanders. *»Huthak Kang, kla i'il kurin aetheln.‹* *

Triumphierender Stolz blitzte in Kangs Augen: Indem er Jean freigab, bekam er endlich das, was ihm die Terranerin während der Bindung verweigerte. »Es ist wirklich schade, daß du keine Klingonin bist, *Thelerrin.* ** Trotzdem...

---

* Ungefähr: Ich grüße dich, Kang, mit dem dir gebührenden *Aetheln.*

** Thelerrin: Anrede für eine jüngere Verwandte

Wer weiß? Vielleicht...« Wieder blickte er nachdenklich in die Ferne. Kurz darauf glätteten sich die Züge des Commanders, und er lächelte, als er nach Aethelnors Hand griff. »Nun, mein Sohn... Ich schlage vor, du zeigst mir den Garten, der dir so gefällt.« Mara begleitete sie.

Aernath und Jean standen nebeneinander am Fenster und beobachteten die drei Gestalten, die draußen an den Büschen und Sträuchern entlanggingen. Czerny spürte die Präsenz des Mannes an ihrer Seite deutlicher als jemals zuvor, fühlte seine Anspannung. Sie betrachtete Aernaths Hände, die sich fast krampfhaft fest um das Sims geschlossen hatten, starrte dann auf die beiden Hälften des zerbrochenen Kelchs herab. Jean legte sie beiseite, und ihre Finger zitterten, als sie Aernath am Arm berührte. »Solange ich im klingonischen Imperium festsitze... Ich bin jetzt wieder in der Föderation und habe meine Freiheit zurückbekommen.« Sie holte tief Luft. »Damit enden auch Ihre Pflichten als *Gebundener.* Sie sind ebenfalls frei.«

Jean senkte den Kopf, brachte nicht den Mut auf, Aernath anzusehen.

Der Klingone wich ein wenig zurück. »Leider ist es nicht ganz so einfach, Jean. Spock übermittelte mir Ihre Botschaft.«

Jean erinnerte sich an die telepathische Nachricht, und ihr Herz klopfte plötzlich heftiger. Die Verzweiflung unmittelbar nach ihrer Verhaftung auf Tsorn, die Gewißheit, bald zu sterben und Aernath nie wiederzusehen... *Aber wenn er meine Gefühle nicht erwidert? Oh, er hätte nie davon erfahren dürfen.*

Aernath nahm sie sanft in die Arme und flüsterte: »Glaubst du, zwei ehemalige Spione könnten einen neuen Kurs für das Imperium und die Föderation berechnen?«

Jean hob den Blick, gab sich ganz den tiefen amethystblauen Augen hin. »Es ist ein interessantes Navigationsproblem«, murmelte sie.

EPILOG

Spock, Kirk und McCoy standen im Transporterraum der Station K 7 und sahen, wie sich Kang, Mara und Klyndur zur *Klolode Zwei* zurückbeamten. Sie hatten gerade ein offizielles Bankett hinter sich, das den erfolgreichen Abschluß der Verhandlungen krönte. Als der Techniker Bereitschaft meldete, traten der Captain und seine Begleiter auf die Plattform, und einen Sekundenbruchteil später rematerialisierten sie an Bord der *Enterprise*.

Kirk seufzte erleichtert, ging zur Kontrollkonsole und rieb sich den Nacken. Dann aktivierte er das Interkom und stellte eine Verbindung zur Brücke her. »Hier Kirk, Scotty. Die diplomatische Mission ist beendet. Wie steht's mit dem Schiff?«

»Alles in bester Ordnung, Sir«, erwiderte der Chefingenieur. »Wenn Sie nicht zu müde sind... Uhura lädt Sie zu einer kleinen Feier im Freizeitraum auf Deck Fünf ein.«

»Danke, Scotty. Ein Schlummertrunk kann bestimmt nicht schaden.« Er schaltete ab und wandte sich an seine Offiziere. »Spock? Pille? Kommt ihr mit?«

»Ein doppelter saurianischer Brandy wäre genau die richtige Medizin für mich«, erwiderte McCoy, als sie zum Turbolift wanderten. »Ich bin froh, wieder an Bord zu sein. In der Raumstation treiben sich zwar keine Tribbles mehr herum, aber ich hatte das Gefühl, überall Neoäthylen zu riechen.«

»Was erneut beweist, daß Ihre Gefühle völlig unzuverlässig sind, Doktor«, sagte Spock. »Neoäthylen ist praktisch geruchlos, und hinzu kommt, daß inzwischen einige Wochen verstrichen sind. Nach so langer Zeit kann die Substanz von menschlichen Sinnen nicht mehr wahrgenommen werden. Vielleicht führt Ihre unlogische Sympathie für jene Geschöpfe zu einem irrationalen Schuldbewußtsein, weil Sie maßgeblich daran beteiligt waren, K 7 von der Tribble-Plage zu befreien. Möglicherweise manifestiert sich diese spezielle Ambivalenz als eine olfaktorische Halluzination.«

»Oh, da haben Sie wahrscheinlich recht, Spock«, erwiderte McCoy freundlich. »Es ist zweifellos unlogisch, ein warmes, pelziges Wesen zu mögen, das nur leise schnurrt, wenn man es streichelt. Findest du nicht, Jim?« Der Arzt sah Kirk an und schmunzelte. Der Captain nickte nur.

Spock wölbte eine Braue — McCoy stimmte ihm nur selten so bereitwillig zu. Er überlegte einige Sekunden lang, hielt nach einer verbalen Falle Ausschau und nickte langsam, als er keine fand. »Ich habe bereits darauf hingewiesen, daß derartigen Geschöpfen meiner Ansicht nach jeder praktische Nutzen fehlt.«

»Ja«, sagte McCoy und lächelte erneut. Sie näherten sich dem Freizeitraum. »Wenn ich mich nicht sehr irre, lauteten Ihre Worte: ›Sie sind ebenso nutzlos wie eine in Hermelinpelz gehüllte Violine.‹«

Laute Stimmen erklangen, als sie das Zimmer betraten. In dem allgemeinen Durcheinander gab McCoy Uhura ein Zeichen, und die dunkelhäutige Frau nickte stumm, eilte fort.

Nach dem begeisterten Empfang sagte der Arzt wie beiläufig: »Übrigens, Mr. Spock ... Bevor wir die Raumstation verließen, gab mir Cyrano Jones ein Abschiedsgeschenk für Sie.« Er grinste von einem Ohr zum anderen, als das sonst so ausdruckslose Gesicht des Vulkaniers fast alarmiert wirkte.

»Handelt es sich etwa um einen Tribble, Doktor?« fragte Spock besorgt.

»Nein, natürlich nicht.« Und etwas lauter: »Uhura, Maevlynin!« Die beiden Frauen traten ein, trugen jeweils einen mahagonibraunen, sechsbeinigen tsornianischen *Ngkatha*. Als der Arzt erfuhr, wie sehr sich Spock für diese

Tiere interessierte, scheute er keine Mühen, um ihn mit einem entsprechenden Geschenk zu überraschen. Das Erstaunen des Vulkaniers genügte ihm bereits als Lohn, doch er ließ es sich nicht nehmen, das letzte Wort zu behalten. »Ich biete Ihnen gleich *zwei* in Hermelinpelz gehüllte Violinen an, Mr. Spock.«